미니 미스터리
ELLERY QUEEN'S MINI-MYSTERIES

미니 미스터리

세계 베스트 초단편 추리소설 걸작선

엘러리 퀸 엮음
김석희 옮김

인간사와 인간심리 그 깊은 밑바닥을 꿰뚫는 세계 최고 거장들의
명 단편을 통해 인간의 내밀한 악마적 본성이 음험한 형상으로 드러난다.

차례

머리말 / 엘러리 퀸 · 9

최초의 미니 미스터리

탐정업의 기원 / 뉴턴 뉴커크 · 17

미니 범죄

백만에 하나의 우연 / 새뮤얼 홉킨스 애덤스 · 23

살아 있는 팔찌 / 로버트 블로크 · 28

웨딩드레스 / 루이스 브롬필드 · 32

검시 심문 / 마크 코넬리 · 38

목사의 오명 / 제임스 굴드 커즌스 · 47

연설 / 로드 던세이니 · 53

내 눈에 흙이 들어가기 전에는 / 앤소니 길버트 · 61

사기꾼 카르메신 / 제럴드 커시 · 71

팜베 세랑의 한계 / 러디어드 키플링 · 80

표범 남자의 이야기 / 잭 런던 · 89

로버트는 언제나 신용을 지킵니다 / 필립 맥도널드 · 96

최선의 방책 / 페렌츠 몰나르 · 104

죽느냐 죽이느냐 / 오그던 내시 · 110

스타디움에서 죽다 / 로버트 네이선 · 115

양심 / 엘머 라이스 · 121

실제 이야기 / 딜런 토머스 · 127

미니 미스터리

유령의 집 / 올리버 라파지 · 135

어느 노인의 죽음 / 아서 밀러 · 143

더브 딜셋의 통찰 / 크리스토퍼 몰리 · 153

미니 클래식

절묘한 변호 / 작자 미상 · 161

산초 판사의 명판결 / 미겔 데 세르반테스 · 167

자장가 / 안톤 체호프 · 171

장갑 한 켤레 / 찰스 디킨스 · 181

복수 / 기 드 모파상 · 189

정의의 비용 / 기 드 모파상 · 196

회중시계 / 마크 트웨인 · 204

개와 말 / 볼테르 · 210

미니 셜록 홈스

파라돌 체임버의 모험 / 존 딕슨 카 · 219

아담과 이브의 실종사건 / 로건 클렌드닝 · 227

탐정의 정체 / 캐슬린 노리스 · 229

미니 탐정

핀치벡 로켓 사건 / 에릭 앰블러 · 239

서명된 살인 / 로런스 블로크먼 · 249

너무 간단한 범행 / 조지 하먼 콕스 · 253

강변의 범죄 / 에드먼드 크리스핀 · 261

살인을 위한 레시피 / C.P. 도넬 주니어 · 268

다운셔의 공포 / 앤드루 가브 · 277

찻집의 암살자 / 마이클 길버트 · 286

시카고의 밤 / 벤 헥트 · 293

20년 후 / 오 헨리 · 298

애플비 경감의 첫 번째 사건 / 마이클 이네스 · 304

살인의 향기 / 로크리지 부부 · 311

비글의 코 / 아서 포지스 · 321

각설탕 / 엘러리 퀸 · 328

토요일 밤의 살인 / 패트릭 쿠엔틴 · 336

말을 삼킨 사나이 / 크레이그 라이스 · 344

런던 야화 / 마저리 샤프 · 348

산타클로스의 크리스마스 선물 / 렉스 스타우트 · 356

마술처럼 사라지다 / 줄리언 시먼스 · 364

결정적인 단서 / 앤서니 바우처 · 370

최후의 미니 미스터리

더 이상 줄일 수 없는 탐정소설 / 스티븐 리콕 · 377

옮긴이의 덧붙임 / 김석희 · 381

MINI-MYSTERIES

머리말

친애하는 독자 여러분.

'미니 미스터리'라는 제목을 붙인 이 작품집에는 51편의 초단편 (short-short story) 추리소설이 실려 있습니다. 짧은 것은 200자 원고지로 5매 정도, 아무리 길어봤자 40매 안팎입니다.

   식사에 비유하자면 그야말로 영양 만점의 간식이고, 메뉴에는 범죄 샌드위치, 탐정 오르되브르, 공포 햄버거, 서스펜스 스낵 따위가 포함되어 있습니다. 여러분은 심심풀이로(물론 심심풀이가 아니어도 좋습니다), 이 경우에 어울리는 표현을 쓰자면 죽여도 좋은 몇 분의 여가가 있을 때, 그런 간단한 미니 식사를 드시면 됩니다.

   예를 들면

      모닝커피가 끓기를

      달걀이 삶아지기를

      토스트가 구워지기를 기다리는

       아침 식사 전의 한때

출근길에

      전철이나 지하철 안에서

      버스를 기다리는 동안

비행기의 출발을 기다리는 동안
업무를 하기 전에
커피 타임에
  신사용 화장실에서
  숙녀용 화장실에서
점심 디저트 대신(다이어트 방법으로는 안성맞춤!)
업무를 보는 틈틈이
고객을 기다리는 틈틈이
퇴근길에도 틈틈이
집에 돌아와서도 틈틈이
  청소를 하다가
  요리를 하다가
   장을 보는 틈틈이
   운전을 하는 틈틈이
   전화를 거는 틈틈이
    미장원에서 차례를 기다리는 동안에도
    은행 창구 앞에서 순서를 기다리는 동안에도
    슈퍼마켓 계산대에 줄을 서 있는 동안에도
  담배를 한 대 피우면서
식전의 칵테일을 마시면서
식후의 하이볼을 마시면서
  연극이나 연주회나 오페라의 휴식시간에도
신문이나 소설을 읽다가 잠시 기분전환으로
  대화가 잠시 끊겼을 때에도

텔레비전을 시청할 때에도
  프로그램이 시작되기 전에
  한창 진행되고 있는 동안에
  광고가 나오는 동안에
화장실 안에서도
  양변기에 앉아 있는 동안에(이때는 시간이 충분합니다!)
  욕조에 발을 담그고 있는 동안에
    잠자리에서 술을 한잔하면서
    불면으로 뒤척일 때에도
요컨대
  언제나
  어디서나
여러분이 이 51편의 미니 미스터리에서 발견하는 것은
  살인(단수 또는 복수의 사살, 자살, 교살, 사고사, 독살, 박살, 쇼크사, 익사, 역살), 절도, 협박, 사기, 음모, 위장, 강도, 강탈, 부패, 뇌물, 사기, 편취, 도박, 유괴, 암살⋯.
동기로는
  금전, 복수, 간통, 증오, 질투, 오만, 탐욕, 인색, 정욕, 분노, 폭식, 선망, 나태⋯.
무대로는
  미국, 영국, 프랑스, 모나코, 스페인, 러시아, 남아프리카, 인도, 코르시카, 아덴, 중국, 바빌론, 에덴동산―요컨대, 천국과 지옥을 포함한 이 세상 모두!
범행 현장으로는

가정, 클럽, 법정, 욕실, 열차, 선박, 마차, 극장, 은행, 서점, 슈퍼마켓, 유흥장, 미술관, 공원, 카지노, 운동장, 찻집, 정원, 카페, 서커스장, 영국 의사당….

분류로는

단서, 추리, 심문, 고발, 정통, 해학, 공포, 풍자, 공상, 현실, 죽기 전에 남긴 메시지, 홈스식, 솔로몬식, 소송, 기록, 불가능 범죄, 역전, 범죄는 수지맞지 않는 장사, 안락의자, 범죄 뒤에는 여자가 있다, 허풍, 배신, 배신에 대한 배신, 독심술, 최면술, 경쟁, 도박, 비밀조약, 포르노, 공개 살인, 살인의 레시피, 중세물, 현대물, 야화(아랍 야화, 런던 야화, 시카고 야화)….

그리고 또

아슬아슬한, 교묘한, 지적인, 가상적인 몇 분

미니 음모의, 미니 착오의, 미니 열정의 막간….

우리는 말장난을 하고 있습니다. 그렇습니다. 가장 중요한 게임은 언어의 게임이고, 언어의 유희야말로 최상의 유희라고 할 수 있습니다.

그렇다면 여러분, 이 풍성한 말의 잔치에 동참하여 최상의 유희를 즐겨보지 않으시렵니까?

형식을 파괴한 이 작품집 속에서 여러분은 미스터리의 생리─폭력의 소리, 잔혹한 광경, 악의 냄새, 비극의 감촉, 살인의 맛, 인간적 고통과 자연의 충격을 탐지하는 육감, 나아가서는 머리에서 나오거나(직감? 영감? 추리?) 가슴에서 나오는(전율? 떨림? 충격?) 칠감까지도 느낄 수 있을 것입니다.

그러면 친애하는 독자 여러분, 즐거운 미뉴에트를 미니 범죄와 미니 탐정과 미니 미스터리의 삼박자로 만끽하시기 바랍니다.

엘러리 퀸

최초의 미니 미스터리

탐정업의 기원

뉴턴 뉴커크*

아담은 이 세상에 등장한 최초의 탐정이었다. 어느 날 그는 옆구리에 통증을 느끼고 눈을 떴다.

"으악! 누군가가 내 갈비뼈 한 대를 훔쳐가버렸어."〔최초의 절도 사건〕

"여기 있어요." 뒤에서 아름다운 목소리가 들렸다.〔최초의 단서〕

아담이 뒤를 돌아보니, 아름다운 여인의 모습이 눈에 들어왔다.〔'범죄 뒤에는 여자가 있다'는 최초 사례〕

"호오." 아담은 저도 모르게 숨을 헐떡이며 물었다. "여기 있다니, 어디 있다는 거요?"〔최초의 미스터리〕

"당신의 사라진 갈비뼈는 여기 있는 제가 되었어요." 여자가 대답했다.〔최초의 자백〕

"아니, 그럴 수가!" 아담이 대꾸했다. "당신 이름은 뭡니까?"〔반대 심문의 최초 사례〕

---

* Newton Newkirk(1870~1938): 미국의 유머 작가.

"이브예요." 여자가 대답했다.

"으흠." 아담은 코를 울리고 나서 말했다. "'이브'(저녁)라기보다는 '셉템버 몬'(9월 아침: 프랑스 화가 폴 샤바의 누드화ㅡ옮긴이)이라고 하는 편이 어울리겠군." [신원 오인의 최초 사례]

그러자 이브는 얼굴을 붉히더니 어딘가로 모습을 감추었다. 그러고는 한참 뒤에 돌아왔는데, 무화과 잎사귀로 만든 멋진 옷을 입고 있었다. 허리는 잘록하고, 치마는 흐트러져 있었다. [최초의 변장]

그 후 이브는 사과라는 것을 아담에게 건네주었다. [최초의 함정]

아담이 먹어보니 그것은 사과가 아니라 레몬이었다. [최초의 배신] ('레몬을 건네다'라는 말은 '남을 속이다, 사기치다'는 뜻의 영어 관용구ㅡ옮긴이)

그때 마침 머리 위의 나무에 뱀이 숨어 있다가, 킬킬거리는 웃음소리를 냈다. [최초의 도청]

어느 날 저녁, 아담은 배가 고프고 지친 몸으로 일터에서 돌아왔다. 억센 공룡들을 쫓아내며 온종일 가파른 산비탈에서 밭을 갈았기 때문에, 산양보다도 배가 고팠다.

"당신을 깜짝 놀라게 해줄 일이 있어요, 아담." 바깥 베란다에서 아담에게 키스하면서 이브가 들뜬 목소리로 말했다. "뭔지 알아맞혀 봐요."

"메가테리움(홍적세에 살았던 포유동물ㅡ옮긴이) 고기 절임과 양배추겠지." 아담이 대답했다. [최초의 추리]

"아니에요, 아담. 먹을 게 아니에요. 황새가 현관문 앞에다 놓고 간 거예요."

"호오, 여자아이인가?"

"아뇨, 여자아이가 아니에요. 다시 한 번 알아맞혀 보세요."

"쳇! 나는 알아맞히는 데에는 소질이 없어."

"아담, 당신 같은 바보는 난생처음 봐요. 자, 열심히 한번 생각해 보세요. 여자아이가 아니라면 도대체 뭐겠어요?"

아담은 잠시 생각에 잠겨 있다가, 인간의 지성 같은 것이 번득인 듯 이렇게 외쳤다.

"아, 알았다. 사내아이다!" [최초의 '소거법에 의한 추리']

저녁 식사를 마치자 아담은 애용하는 엽총에 총알을 재워 넣고, 현관문 앞 층계에 진을 쳤다. [최초의 총잡이]

"뭘 기다리고 있는 거예요?" 이브가 물었다.

"그 황새가 돌아오기를 기다리고 있어." 아담이 불어뜯듯이 대답했다. [최초의 위협]

대충 이런 식이었다, 처음에는….

(원제: Origin of the Detective Business)

미니 범죄소설

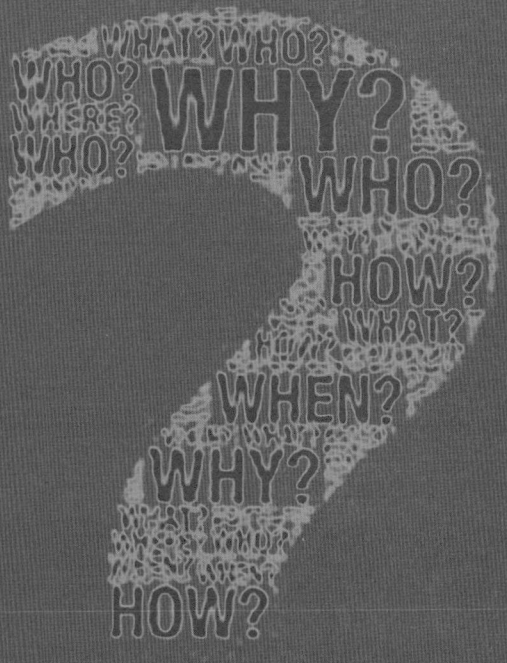

백만에 하나의 우연

새뮤얼 홉킨스 애덤스*

배실의 눈앞에는 꼼꼼한 글씨로 적힌 계획서가 놓여 있었다. 만약의 실수를 막기 위한 보조수단으로 개요를 적어두는 것은 그의 과학적 훈련의 하나다. 이렇게 하여 당국에 도전하려는 것이다.

제1차 자료—화학자인 에이드리언 골 박사, 일요일 오전 9시에 자택 실험실에서 시체로 발견됨. 사인은 클로로포름. 범행 시각은 6시 49분, 쓰러졌을 때 망가진 피해자의 회중시계로 입증됨. 서류가 들어 있는 소형 캐비닛을 뒤진 흔적이 있음. 아래층 차고에 있던 두 대의 자동차 가운데 하나가 사라짐.

제2차 자료—서류나 기구는 전혀 없어지지 않았음. 사망자 이외의 지문은 검출되지 않음. 사라진 '쿠페' 이외의 자동차 타이어 자국도 없음.

현장 및 상황—골 박사의 집에 있는 전용 실험실은 뉴저지주 내트레에 있는 골 화학공장에서 5마일가량 떨어진 곳에 있음.

---

* Samuel Hopkins Adams(1871~1958): 미국의 저널리스트·추리소설가.

토요일이면 박사는 거기서 밤새 연구를 계속하고, 아침 식사 때까지 작업을 방해하는 것은 엄격히 금지되어 있음. 시체는 아침 식사를 알리러 간 고용인에게 발견됨.

예상되는 결과—사라진 쿠페는 나중에 용커스(뉴욕주에 속한 시로, 뉴욕시 북쪽에 있다—옮긴이) 근처의 폐차장 앞에 있는 허드슨강 바닥에서 빈 채로 발견됨. 물의 부식작용으로 운전자를 알아낼 단서가 될 만한 흔적은 모두 사라짐.

배실은 이 서류를 봉투에 넣어 봉한 다음 금고에 넣고 잠갔다. 나중에 일이 한 걸음씩 진전될 때마다 그것과 맞춰보면서 지적 만족을 맛보려는 것이다. 백만에 하나, 나에게 불리해질 가능성이 있다면… 과감히 맞서는 거야. 나도 백만 명 가운데 하나 있을까 말까 한 천재라고. 내 뛰어난 재능을 갈고 다듬어, 뒤늦게나마 거기에 상응하는 대가를 쟁취하기 위한 무기로 만든 거야.

그거야 어쨌든, 박봉을 참으며 그토록 열심히 일했는데도 골이라는 놈한테 쫓겨나다니! 골의 귀중한 화학식 사본이 내 서류 속에서 발견되면? 그렇다 해도 그게 나한테 불리한 증거는 안 돼—적어도 법적으로는.

골 박사의 조수는 이렇게 '차용한' 기록 속에서 채산을 맞출 수 있는 광맥을 찾아냈다. 그가 일을 할당받고 심혈을 기울여 만든 부차적 화학식의 도움을 얻어, 막대한 위험을 무릅쓰고 얻어낸 이 정보는 그가 필요로 하는 거의 모든 것을 그에게 주었다. 그러나 그것은 '거의' 전부였을 뿐, 완전한 전부는 아니었다. 빠진 부분이 있을 만한 곳은 그 노인의 전용 실험실밖에 없었다. 그 완전한 화학식과 실용화에 관한 자료를 손에 넣기 위해서라면 전 세계의 어떤 고무회사도 거액을 아낌없이 투자할 터였다. 바로 그 큰돈을 배실은 자기 돈으로 삼기로 마음먹은 것이다.

5시. 전략상 첫 번째 수를 써야 할 시간이다.

아파트 1층에 있는 도면 의사의 진료실을 찾아간 그는 갑자기 현기증이 나고 숨이 가쁘다고 호소했다. 그의 초췌하고 창백한 얼굴과 꿈틀꿈틀 경련을 일으키는 뼈만 앙상한 손가락을 본 의사는 신경성 소화불량이라는 진단을 내리고 처방전을 써주었다.

"고맙습니다, 선생님. 심장이 나쁜 게 아닐까 걱정했거든요."
(잘했어!)

그는 버스의 맨 앞자리에 앉을 수 있었다. 허드슨강의 뉴저지 쪽 다리 기슭에 인부들이 색전구를 장식하고 있었다.

"오늘 밤이야?" 하고 묻는 버스 운전사의 목소리가 배실의 귀에 들어왔다.

"틀림없어요." 집표원이 대답했다.

배실은 뉴어크에서 버스를 내린 뒤, 퍼세이익행 야간열차를 탔다. 걸어서 골 박사의 집에 도착했을 때는 새벽 2시였다. 실험실에는 불이 켜져 있었다. 쿠페가 주차된 쪽의 차고 문이 열려 있었다. 이거 운이 좋은걸! 그는 소리가 나지 않도록 조심하면서 차를 차고 밖으로 밀어낸 다음, 비탈에서 차를 굴려 소리가 들리지 않는 곳까지 밀고 가서 시동을 걸었다.

그렇게 해놓고 이층으로 올라가서 문을 두드렸다.

"배실입니다, 박사님."

노인이 문을 열고 말했다.

"무슨 일인가?"

"일 때문에 온 게 아닙니다. 다시 한 번 생각해주실 수는 없을까요?"

골 박사는 냉정하게 말했다.

"지금이 몇 시인 줄이나 아나? 돌아가게."

이렇게 말하고는 홱 고개를 돌렸다. 배실은 그에게 덤벼들었다. 장갑 낀 손으로 기다란 헝겊을 클로로포름에 적셔서 맥없이 늘어진 골 박사의 입과 콧구멍에 친친 감았다. 정신없이 뒤진 끝에 문제의 화학식을 찾아낸 배실은 열심히 그것을 베꼈다. 그 일이 끝나자, 죽은 노인의 회중시계를 꺼내 6시 49분으로 맞춰놓고 유리뚜껑을 깨뜨렸다.

마지막으로 다시 한 번 현장을 점검한 뒤 문을 닫고, 신중하게 계획한 이 '사건'에 작별을 고했다. 차는 미끄러지듯 출발했다. 그는 고속도로로 차를 몰았다.

다리를 건너 뉴욕 쪽으로 들어가면, 사전에 충분히 답사해둔 폐차장으로 가서 쿠페를 강에 밀어 넣도록 되어 있었다. 그 일이 끝나면 귀가하여, 아침 7시에 의사에게 전화를 거는 것이다.

"또 심장이 너무 고통스럽습니다. 빨리 좀 와주세요."

7시라면 범행이 일어난 지 11분 뒤가 되고, 그 시각에 그는 범행 현장에서 25마일이나 떨어져 있게 된다. 알리바이는 완벽하다.

다리의 섬광이 그의 눈을 찔렀다. 색전구들이 다리 기슭에 모여 있는 한 무리의 사람들을 섬뜩하게 비추고 있었다. 다리를 경비하고 있는 경찰관, 기마경찰, 그리고 일반 시민 몇 명. 그는 브레이크를 밟고, 거스름돈이 필요 없도록 잔돈으로 준비한 통행료를 내밀었다. 그러자 누군가가 그의 손을 잡고 흔들었다. 환호성과 박수갈채가 일어났다. 갑자기 플래시가 터져서 시야를 가렸다. 두 번, 세 번 플래시가 터졌다. 사람들이 그의 주위에 모여들었다.

"이름과 주소를 말씀해주세요." 자동차 번호를 적은 경찰관이 싱글싱글 웃으면서 물었다.

무슨 일이죠? 도대체 어떻게 된 겁니까? (이게 정말 내 목소리일까? 바싹 말라버린 듯한 이 목소리가?)

상냥한 목소리가 사방에서 그의 질문에 대답하여, 어리둥절한 그의 마음을 더욱 혼란시켰다. 백만? 백만? 백만이 나하고 무슨 관계가 있다는 거지? 경찰관이 설명해주었다. 당신의 통행권은 이 다리에서 백만 번째로 발행된 겁니다. 내일 기념식이 열리고, 당신은 금시계를 기념품으로 받게 됩니다.

아아, 그랬구나. 그럼 내일 신문에 내 사진이 실리겠군. 피해자의 자동차를 탄 살인범의 사진이. 백만 번째의 차. 백만에 하나의 우연!

수사 당국은 배실의 금고 안에서 그 계획표를 발견했다. 계획은 충실히 지켜져 있었다.

줄거리에 명기되어 있듯이, 골 박사의 쿠페는 허드슨 강바닥의 진창 속에 처박혀 있었다. 계획에서 어긋난 점이 딱 하나 있었다. 그 차 안에 배실이 있었던 것이다.

(원제: The Unreckonable Factor)

살아 있는 팔찌

로버트 블로크[*]

찌는 듯이 무더운 밤이었다. 인도에서도 이런 더위는 드물다. 비커리가 진토닉을 만들고 있을 때 호텔 객실문을 조용히 두드리는 소리가 났다.

"새러?" 그는 작은 소리로 물었다.

그러나 들어온 것은 사내였다. 사내는 재빨리 들어와서 문에 빗장을 걸었다.

"나는 페너야. 새러의 남편이지." 사내는 의자에 앉아 있는 비커리를 내려다보며 히죽 웃었다. "어때, 놀랐나? 새러는 놀라던데."

"정말 놀랐소." 비커리는 엉거주춤 일어섰다.

"손님 접대는 필요 없으니까 그대로 앉아 있어." 페너가 말했다. 그러고는 여전히 싱글거리면서 재킷에서 권총을 꺼내 비커리의 복부에 들이댔다.

"움직이지 않는 표적이군." 비커리가 말했다. "이건 공정하지

---

[*] Robert Bloch(1917~1994): 미국의 작가. 다양한 장르의 소설을 썼으며, 앨프레드 히치콕 감독의 영화 〈사이코〉의 원작자로 유명하다.

않은데?"

"스포츠맨십을 들먹이다니 대단하군. 남의 마누라를 건드린 주제에. 그 허여멀건 피부에 맹세코 명포수라는 건가? 옆방까지 빌린 걸 보니 꽤나 거창한 사냥이었던 모양이지?"

비커리는 한숨을 내쉬었다.

"부인해도 소용없을 것 같군. 빨리 쏘아버리고 교수형이라도 당하는 게 어때?"

"바로 그게 문제야. 나는 교수형을 당할 생각이 추호도 없거든. 그러니까 쏘지는 않아."

페너는 한 손으로 권총을 겨눈 채, 다른 손으로 재킷 주머니를 뒤져서 작은 가죽 주머니를 꺼냈다. 그러고는 주머니 입구를 조심스럽게 벌려서, 비커리의 발치에다 선명한 색깔의 무언가를 떨어뜨렸다. 얼핏 보기에는 작은 산호 팔찌 같았지만, 살아 있는 생물이었다.

"움직이지 않는 게 좋을걸. 이놈은 크라이트야. 몸집은 작지만 세계 제일의 맹독을 가진 뱀이지."

"페너, 잠깐만. 내 말도 좀 들어주…"

그 작은 산호 팔찌가 갑자기 똬리를 풀었다. 비커리가 미처 뒷걸음칠 새도 없이 분홍색 섬광이 그를 덮쳤다. 독사는 얇은 바지 천을 통해 비커리의 오른쪽 다리에 몇 번이나 독니를 꽂았다.

비커리는 헐떡거리며 눈을 감았다. 뱀을 밟아 뭉개려고도 하지 않았다. 뜻밖에 뱀은 얌전해져서, 양탄자 한가운데에 다시 똬리를 틀었다.

페너는 꿀꺽 침을 삼키고는 이마의 땀을 닦았다. 그러고는 권총을 탁자 위에 내던졌다.

"이걸 놓고 가지. 네놈이 쓰고 싶어질 테니까. 10분도 지나기 전에…."

비커리는 쿡쿡 웃기 시작했다.

"이봐, 페너. 당신은 정말 얼간이로군!"

"그게 무슨 뜻이지?"

"원주민 노점상한테 속아서 독도 없는 뱀을 산 거야. 그놈 말을 곧이듣고 이게 독사라고 믿었으니… 질투가 심한 여자 말을 곧이듣고, 그 여자와 내가 관계를 맺었다고 믿었듯이 말이야. 사실은 내가 그 여자의 어느 부분도 원치 않았기 때문에 그 여자가 자존심이 상해서 화가 난 거라고." 비커리는 다시 쿡쿡 웃었다. "이런 말을 하면 부인한테 실례가 되겠지만…."

"그런 말을 내가 곧이들을 거라고 생각하는 건 아니겠지?"

"곧이 듣든 말든, 좋으실 대로." 비커리는 손을 흔들며 말을 이었다. "아, 잠깐만. 여기 앉아서 한잔하지 않겠나? 아무 일도 일어나지 않아. 이제 곧 알게 돼. 보라고."

확실히 아무 일도 일어나지 않았다. 다만 페너가 비커리와 함께 술을 마시면서 이야기하는 동안, 비커리가 양탄자 위에 똬리를 틀고 있는 작은 뱀과 마찬가지로 결백하고 무해하다는 사실을 납득했을 뿐이다.

헤어질 때 페너는 비커리에게 진심으로 사과했다. 새러를 런던행 첫 기선으로 귀국시켰다고 말하고, 자기도 내일 아침에 떠날 예정이라고 했다. 비커리는 여행이 무사하기를 빈다고 말하고 나서 이렇게 덧붙였다.

"저 권총은 가져가게. 그리고 저 뱀도. 가죽 주머니에 넣을 필요는 없을 걸세. 옷주머니에 직접 넣어도 돼. 뱀이란 놈은 온기나 신체 접촉을 좋아하니까."

지금까지 그의 아내가 묵고 있던 옆방으로 페너가 물러가자 비커리는 잠잘 준비를 시작했다. 머리는 계산으로 바쁘게 움직였다. 새러가 런던에 도착해서 이쪽으로 전화를 걸 때까지 시간이 얼마나 걸릴까. 남편이 죽으면 유산이 얼마나 굴러들어온다고 했더라? 앞으로 얼마쯤 지나면 그 크라이트가 페너의 주머니에서 날뛰기 시작하여, 천을 통해 그놈의 살찐 몸뚱이를 물어뜯을까? 이 마지막 의문에 대한 대답은 곧 주어졌다.

얇은 벽을 통해 옆방에서 비명이 들려온 것이다. 그가 침대에 걸터앉아 '오른쪽 다리의 의족' 가죽끈을 푼 바로 그 순간.

(원제: The Living Bracelet)

웨딩드레스

루이스 브롬필드*

제노비아 화이트가 죽었다―마침내! 오늘 아침에 식사를 하러 아래층으로 내려갈 때, 목초지가 내려다보이는 높은 창 너머로 강가의 농장에 살고 있는 제이버스 트렌스가 큰길에서 샛길로 올라오는 것이 보였다. 그는 달려오고 있었다. 나를 보자마자 큰 소리로 외쳤다.

"제노비아 화이트가 죽었어!"

그러고는 입을 다물어버렸다. 너무 오래 산 괴팍한 노처녀―한 세기 가까이 산 노파―의 죽음에 흥분해 있는 자신의 어리석음을 문득 깨닫고 멋쩍어진 것처럼.

"제노비아 화이트가 죽었다고!"

우리들 세계에서―제이버스와 나뿐 아니라 우리 군에 살고 있는 모든 주민의 세계에서―무언가가 사라져버렸다. 그게 무엇인지, 누가 알겠는가?

죽은 지 사흘 뒤에야 발견되었다고 한다. 그녀의 개들이

---

* Louis Bromfield(1896~1956): 미국의 소설가. 1927년에 《초가을》로 퓰리처상을 받았다.

구슬픈 소리로 끊임없이 짖어대지 않았다면, 관목숲 속의 작은 집에서 그녀가 죽은 것을 아무도 알아차리지 못했을 것이다. 제이버스의 아버지가 그녀의 집을 둘러싸고 있는 덤불을 헤치고 들어갔다고 한다. 닭과 개와 고양이들 사이를 뚫고 문간에 이르러, 문을 두드려보았다. 그런데 쥐죽은 듯 조용했다는 것이다. 지금으로부터 80년 전의 어느 조용한 밤처럼.

제노비아 화이트는 침대 위에서 죽어 있었다. 하얀 비단으로 만든 웨딩드레스를 입은 채. 면사포가 주름투성이 얼굴을 덮고 있었다. 옷감은 낡아서 누렇게 바래 있었다. 80년 전에 만들어진 웨딩드레스가 분명했다.

이리하여 우리들 세계에서 무언가가 사라져버렸다. 제이버스 역시 그것을 잘 알고 있었다. 우리는 이제 두 번 다시 제노비아 화이트의 모습을 볼 수 없다. 누렇게 바랜 태피터 드레스의 긴 옷자락을 질질 끌며 흙먼지를 일으키고, 한쪽 팔에 바구니를 걸치고, 긴 레이스 장갑을 단정하게 끼고, 커다란 모자의 깃털장식을 산들바람에 나부끼며 걸어가는 제노비아 화이트… 그 나이의 여자치고는 키가 크고, 허리도 꼿꼿하고, 자존심이 강한 제노비아 화이트… 묘하게 생긴 낡은 보닛에서 늘어져 있는 검은 레이스 베일 밑에서 검은 눈을 오만하게 빛내며 흙먼지 날리는 길을 걸어가는 제노비아 화이트… 카롤뤼스 뒤랑(1837~1917. 프랑스의 화가—옮긴이)이 그린 사라 베르나르(1844~1923. 프랑스의 여배우. 연극배우였으며, 영화 초창기에 영화에도 출연했다—옮긴이)처럼 언제나 누런 드레스를 걸치고 있는 성마른 노파 제노비아 화이트… 한 무리의 고양이를 거느린 제노비아 화이트… 그 모습을 이제는 두 번 다시 볼 수 없게 된 것이다.

제이버스가 서 있는 쪽, 계곡 저 아래쪽에 관목숲으로 둘러싸인 작은 집이 보였다. 제노비아가 망아지 때부터 키운 늙은 백마의 모습도 얼핏 보였다. 마구도 안장도 몸에 얹어본 적이 없는 늙은 백마… 정원에서 한 발짝도 나간 적이 없고, 침입자가 나타나면 이빨을 드러내며 편자를 대지 않은 발굽으로 발길질을 해대는 늙은 백마… 하지만 오늘 아침에는 제이버스에게 덤벼들지 않았다. 오늘 아침, 제노비아 화이트가 웨딩드레스 차림으로 죽어 있을 때, 그 말은 슬픈 듯이 거기에 서서 기다리고 있었다고 한다.

정원에는 새들이 잔뜩 있었다. 꾀꼬리, 굴뚝새, 홍관조. 그리고 개도 잔뜩 있었다. 그 개들은 아무도 갖고 싶어 하지 않는 잡종견들인데, 제노비아 노파네 집에 눌러앉아 버렸다. 그리고 수십 마리의 고양이가 개들 곁을 한가로이 어슬렁거리고 있었다.

제노비아 화이트-얽힌 사연이 풍부한 할머니! 어느 날 밤, 백마의 눈을 피해 들어간 강도가 제노비아의 발을 화덕에 집어넣고 단근질을 하면서 고문한 적이 있었다. 그러나 그녀는 끝내 돈이 있는 곳을 가르쳐주지 않았다. 강도가 물러가자 그녀는 정신을 잃었다. 그리고 그 후 제노비아는 당당한 걸음걸이를 잃고 다리를 약간 절게 되었다.

그녀는 우리 할아버지와 동년배였다. 스무 살 무렵에는 이목구비가 반듯하고 키가 후리후리한 아가씨였고, 아마조네스(그리스 신화에 나오는 여전사 부족-옮긴이)처럼 말을 잘 탔다. 우리 군에 사는 젊은이의 절반이 그녀에게 구애했다고 한다. 하지만 그 무렵에도 그녀는 혼자서 작은 집에 살고 있었다. 제노비아 화이트의 어머니는 이로쿼이족 인디언 추장의 딸이었지만, 제노비아가 태어난 직후에 세상을 떠났다. 제노비아는 스무 살 때 고아가 되었다.

젊고 아름다운 제노비아 화이트는 부랑자나 배신자 인디언이 이 지역에 출몰하고 있던 당시, 강가의 작은 집에서 혼자 살고 있었다. 아버지의 유품인 권총을 몸에 지니고.

"하지만 제노비아는 혼자서도 얼마든지 해나갈 수 있는 여자였지." 우리 할아버지는 자주 말씀하시곤 했다. 아마 할아버지도 그녀에게 반한 젊은이 가운데 하나였을 것이다.

그러나 제노비아는 맥두걸이라는 젊은이를 사랑하고 있었다. 맥두걸은 격렬한 성품의 붉은 머리 사나이였고, 달리기에서는 아무도 따라갈 사람이 없었다. 제노비아는 맥두걸과 약혼한 사이였다. 어느 조용한 여름밤, 두 사람은 황야의 오솔길로 말을 달렸다. 그리고 그만 다투고 말았다. 둘 다 성정이 불같았기 때문이다. 결혼식을 이틀 앞둔 날이었다. 우리 할아버지는 물방앗간에서 돌아오는 길에 황야에서 돌아오는 두 사람을 보았다고 한다. 다퉜기 때문이겠지만, 제노비아는 약혼자보다 조금 앞서 말을 달리고 있었다. 분노로 볼을 빨갛게 물들인 채, 야무진 표정을 짓고 있었다. 그리고 강가의 작은 집에 도착하자 그녀는 약혼자에게 한 마디도 하지 않고 혼자 집 안으로 들어갔다고 한다. 할아버지의 말에 따르면, 그녀는 아름다운 여자였다.

제노비아는 집 안에 들어가자, 침입자에 대비하여 출입문과 모든 창문에 빗장을 걸고 앉아서 성경을 읽으며 흥분이 가라앉게 해달라고 기도했다. 이리하여 그녀는 자정이 훨씬 지났을 때까지 깨어 있었다. 커다란 나무에 둘러싸인 빈터에 서 있는 작은 집 안에서 성경을 읽고 있을 때 수상한 발소리가 의식 속으로 들어왔다. 라일락 잎새가 바람에 스치는 소리에 섞여 들려오는 발소리. 한 사람의 발소리, 어쩌면 수많은 사람의 발소리인지도 몰랐다.

제노비아는 촛불을 끄고 귀를 기울였다. 정원에서 들리는 소리에, 올빼미의 울음소리에, 강을 건너오는 바람 소리에 귀를 기울였다. 소리가 그치지 않자 제노비아는 아버지의 유품인 권총을 집어 들고, 망령 같은 침입자들을 겁주려고 출입문 너머로 총을 쏘았다. 총성이 울려 퍼진 뒤, 사방이 쥐죽은 듯 조용해졌다. 제노비아는 화약 연기가 피어오르는 권총을 손에 든 채 어둠 속에 우두커니 서서 기다렸다. 만반의 태세를 갖추고.

주위는 조용해졌다. 놈들은 가버렸다. 들려오는 것은 한숨처럼 살랑거리는 바람 소리와 희미한 올빼미의 울음소리뿐….

그리고 아침이 되자, (우리 할아버지의 말씀에 따르면) 제노비아는 창문으로 비쳐드는 눈부신 햇살과 정원에서 즐겁게 지저귀는 개똥지빠귀와 홍관조의 시끄러운 노랫소리에 잠에서 깨어났다. 봄날의 아침 햇살은 의자에 펼쳐놓은 웨딩드레스를 하얗게 비추고 있었다. 옷을 갈아입고 아래층으로 내려가자 그녀는 창문과 출입문의 빗장을 차례로 하나씩 벗겼다. 정원으로 통하는 문을 열었을 때 그녀는 햇살을 받아 활활 타오르는 듯한 붉은 머리카락을 보았다. 정원 오솔길에 잭 맥두걸이 엎드려 있었다. 그는 죽어 있었다. 총알이 심장을 꿰뚫은 것이다.

나는 눈을 들었다. 제이버스가 어찌할 바를 모른 채 나무 그늘에 앉아 있었다. 우리는 이제 두 번 다시 제노비아 화이트의 모습을 볼 수 없다. 고양이들을 거느리고, 누렇게 바랜 태피터 드레스 자락을 질질 끌면서 하얀 흙먼지를 일으키며 걸어가는 제노비아의 모습을. 제노비아 화이트는 죽어버렸다. 내일 웨딩드레스 차림으로 매장된다고 한다.

(원제: The Wedding Dress)

검시 심문

마크 코넬리 *

"이름은?"

"프랭크 윙거드라고 합니다."

"주소는?"

"웨스트 55번가 185번지입니다."

"직업은?"

"'헬로 아메리카' 극단의 무대감독입니다."

"제임스 돌의 고용주였지요?"

"예, 어떤 의미에서는 그렇습니다. 지미(제임스의 애칭)도 나도 프로듀서인 벤더 사장 밑에서 일하고 있었지만, 어쨌든 나는 분장실 책임자니까요."

"시어도어 로벨을 아십니까?"

"예."

"그 사람도 당신네 극단에 있었나요?"

"아뇨. 그 사람은 리허설이 시작되었을 때 처음 만났습니다.

---

* Marc Connelly(1890~1980): 미국의 극작가·배우·저널리스트·각본가·영화 프로듀서·소설가·연출가.

그때가 6월이니까, 지금으로부터 석 달쯤 전이지요. 난쟁이를 모집했더니, 로벨과 지미가 함께 왔더군요. 그 밖에도 많이 왔지만요. 그런데 로벨은 키가 너무 커서 채용할 수가 없었습니다. 그 후로는 로벨을 보지 못했습니다. 지난 화요일에 그 방에 들어갈 때까지는…"

"그래서 그들의 시체를 발견했군요?"

"예, 저기 있는 파이크 부인과 함께요."

"방에 들어가보니 둘 다 죽어 있었지요?"

"예."

"저지시티(미국 뉴저지주에 있는 도시-옮긴이)에는 어떻게 오셨습니까?"

"월요일 밤에 지미의 셋집으로 전화를 걸었습니다. 공연 시간이 되었는데도 나타나질 않아서요. 그런데 집주인인 파이크 부인이 전화로 말하기를, 둘 다 방에 없다는 겁니다. 그래서 지미든 로벨이든 돌아오면 전화하라고 전해달라고 부탁해 두었지요. 그랬더니 화요일 아침에 파이크 부인한테서 전화가 왔는데, 지미 방에 들어가보려고 했더니 문이 잠겨 있다는 거예요. 다른 방에 사는 사람들은 전부 나가고 혼자 있는데, 왠지 무서운 기분이 든다고 하더군요. 무슨 일이 일어난 게 아닐까 하는 생각이 들어서, 내가 그리로 갈 테니까 기다리라고 했습니다. 그러고는 지하철을 타고 정오 무렵 그쪽에 도착했지요. 그래서 파이크 부인과 함께 이층으로 올라가 문을 부수고 들어간 겁니다."

"그 방에 이 칼이 있는 걸 보았습니까?"

"예, 바닥에 떨어져 있었습니다. 지미의 몸에서 두어 뼘 떨어진 곳에."

"무슨 일이 일어난 게 아닐까 하는 생각이 들었다고 하셨는데, 무슨 뜻입니까?"

"지미한테 무슨 사고라도 생긴 게 아닐까 생각했습니다. 물론 그가 죽어 있을 줄은 꿈에도 몰랐지만요. 지미는 요즘 몹시 우울했거든요. 그런 지미를 로벨이 위로해주려고도 하지 않는다는 건 알고 있었지요."

"그렇다면 그들은 싸움이라도 했습니까?"

"아뇨. 둘 다 울적해 있었습니다. 로벨은 훨씬 전부터 우울증에 걸려 있었어요. 로벨과 지미는 처남 매부 사이입니다. 로벨이 5년쯤 전에 지미의 누이와 결혼했거든요. 그 여자도 난쟁이였지요. 그런데 결혼한 지 1년쯤 뒤에 그 여자가 죽어버렸습니다. 지미는 로벨 부부와 함께 살다가, 누이가 죽은 뒤에는 로벨과 함께 파이크 부인네 집에 세들어 살고 있었지요."

"그걸 어떻게 아십니까?"

"지미와 나는 극단에서 꽤 친하게 지냈습니다. 지미는 좋은 녀석이었고, 내가 일자리를 마련해준 걸 고마워하는 눈치였어요. 제2막의 동양 장면에 난쟁이가 한 사람 필요해서 소개업자한테 부탁했더니 열다섯 명이나 보내왔더군요. 연출자인 게링 씨가 자기는 바쁘니까 적당한 사람을 하나 골라두라고 하셨기 때문에, 키가 제일 작은 지미를 골랐지요. 지미는 서커스단에서 인기를 끌 만큼 작지는 않았기 때문에 1년 가까이 일을 못 했거든요. 그래서 무슨 일이든 가릴 형편이 아니었지요. 친해지자 지미는 매부 이야기를 자주 해주었습니다."

"매부와 사이가 나쁘다는 말은 하지 않던가요?"

"로벨과는 말다툼한 적도 없었을 겁니다. 이건 짐작이지만, 지미는 로벨에게 호감을 가지고 나름껏 도와준 모양이에요. 로벨은 지난 2~3년 동안 일을 못 해서 지미보다 형편이 훨씬 어려웠거든요. 그래서 지미가 먹여 살리다시피 했지요. 지미가 자주 말했지만, 로벨은 고령 성장한 뒤로 줄곧 우울증에 빠져 있었다더군요."

"뭐라고요?"

"고령 성장이요. 난쟁이들 사이에는 흔히 있는 일이라는데, 나는 지미한테 처음 들었습니다. 난쟁이는 대개 열네댓 살 때의 키를 평생 유지하지만, 서른 살 무렵에 키가 다시 자라는 사람도 있답니다. 2~3년 사이에 무려 30센티 이상 자라는 경우도 있다더군요. 그 후로는 영원히 성장이 멈춘다지만, 어쨌든 그렇게 자라버리면 난쟁이로서는 타격이 크지요. 그런데 로벨이 3년 전에 그렇게 되어버렸습니다. 그래서 좀처럼 일거리를 얻지 못했고, 그걸 몹시 괴로워했다더군요.

지미와 파이크 부인의 말에 따르면 로벨은 계속 그 이야기를 하고 있었던 모양입니다. 로벨은 일주일에 두 번 뉴욕에 와서 소개업자를 만났지만, 전혀 일거리를 얻지 못하고 저지시티로 돌아가곤 했답니다. 로벨은 일주일의 태반을 혼자 지냈습니다. 공연이 시작되면 지미가 사촌네 집에 묵을 때가 많았기 때문이지요.

최근에 로벨은 뉴욕에 전혀 나타나지 않았습니다. 하지만 토요일 밤이면 지미는 반드시 저지시티로 돌아가 월요일까지

로벨과 함께 지내면서, 로벨의 기운을 북돋워주려고 애썼습니다. 일요일마다 그들은 산책을 하거나 영화를 보면서 지냈지요. 거리를 걷고 있으면 로벨은 지미와 자신의 키 차이를 절실히 느꼈을 겁니다. 두 사람이 죽어버린 것은 그 때문일 거라고 생각합니다."

"그건 무슨 뜻입니까?"

"아까도 말씀드렸듯이 지미는 로벨을 동정하고 기운을 북돋워주려고 애를 썼습니다. 지미는 앞으로도 계속 일거리를 얻을 수 있겠지만 로벨은 키가 너무 자라서 일거리를 얻을 수 없으니까 지미한테 얹혀살 수밖에 없다는 건 둘 다 잘 알고 있었습니다. 그래서 로벨은 괴로워했지요.

그런데 한 달쯤 전 월요일에 지미는 자기도 끝장이라는 생각을 하게 되었습니다. 내가 7시 반쯤 분장실 입구에 서 있는데, 지미가 풀죽은 모습으로 걸어오는 게 보이더군요. 평소에는 지팡이를 흔들면서 활기차게 걷는데, 이상하구나 생각했지요. '기분은 좀 어때, 지미?' 하고 말을 걸었더니, '별로 좋지 않습니다, 윙거드 씨' 하고 대답하는 것이었습니다. 그래서 '도대체 무슨 일이야?' 하고 물었더니, 무서워졌다는 거예요. 나는 왜 그러냐고 캐물었지요. 그랬더니 지미는 '키가 자라기 시작했어요' 하더군요. 마치 일주일 뒤에 죽을 병에라도 걸린 듯한 말투였지요. 지미는 떨고 있는 것 같았습니다.

'무슨 소리야? 조금도 자라지 않았는데, 왜 그래?'

내가 말했더니, 지미가 이러더군요.

'아니, 자라기 시작했어요. 나는 지금 서른한 살이고, 이건 매부와 마찬가지로 고령 성장입니다. 우리 아버지도 그랬지만,

돈이 있었기 때문에 별로 곤란하진 않았지요. 하지만 나는 사정이 달라요. 일을 하지 않으면 먹고 살 수가 없어요.'

'겉보기엔 전혀 달라진 것 같지 않은데 그래. 지금까지는 키가 얼마였나?'

'94센티였습니다.'

'그럼 소도구실로 오게. 키를 재줄 테니.'

그랬더니 지미는 뒷걸음질을 치면서 이렇게 말하는 겁니다.

'그런 건 알고 싶지 않아요.' 그러고는 재빨리 분장실로 가버렸습니다.

그 주 내내 지미는 몹시 우울해 보였습니다. 다음 주 월요일 밤에 나타났을 때는 완전히 겁에 질린 얼굴을 하고 있더군요.

나는 분장실로 올라가려는 지미를 붙잡고 잠깐 나 좀 보자고 말했지요. 지미가 내 손을 뿌리치고 도망치려고 하지나 않을까 걱정했지만, 도망치지는 않았습니다. 다만 영문모를 미소 같은 것을 띠고 있었지요. 이윽고 지미는 이렇게 말하더군요.

'소용없습니다, 윙거드 씨.'

그래서 내가 물어봤지요.

'매부한테 갔었나?'

지미가 그렇다고 하길래, 나는 이렇게 말해주었습니다.

'자네가 괴로워하는 건 그 때문이야. 자네 이야기로 미루어보건대 로벨은 계속 신세를 한탄하고 있는 모양인데, 그 때문에 자네마저 우울해져버린 게 아닐까. 이번 주말에는 로벨에게 가지 말게.'

한동안 지미는 아무 말도 않고 멍하니 서 있었다가 이렇게 말하더군요.

'그래도 소용없을 겁니다. 그리고 매부는 혼자 살고 있기 때문에 친구가 필요합니다. 어차피 나도 이젠 틀렸어요. 키가 벌써 5센티나 자라버렸으니까요.'

나는 새삼스럽게 그의 얼굴을 보았습니다. 슬픈 표정을 짓고 있었지만, 내가 보기에는 아무것도 달라진 데가 없었지요.

'키를 재봤나?' 하고 물어봤더니, 재지 않았다는 겁니다. 그래서 나는 이렇게 말해 주었습니다. '그럼 어떻게 알아? 옷도 딱 맞고, 바지도 너무 길 정도잖아?'

그러자 지미는 이렇게 말하더군요.

'바지는 멜빵을 해서 아래로 끌어내린 겁니다. 게다가 원래부터 좀 큰 편이었고요.'

그래서 나는 이렇게 말했습니다.

'확인해보지 않겠나? 줄자를 가져와서 재보세.'

그런데 지미는 완전히 겁에 질려서 재볼 생각을 하지 않았습니다. 끝까지 싫다고 고집을 부리더군요.

그 주 내내 지미는 나를 피했습니다. 그런데 요전 토요일 밤에 극장을 나가려다가 우연히 지미와 마주쳤지요.

'이젠 기분이 좀 나아졌나?' 하고 물었더니, '이젠 괜찮습니다' 하더군요. 그런데 완전히 겁먹은 얼굴을 하고 있었어요.

그게 내가 마지막으로 본 지미의 모습이었습니다. 화요일에 파이크 부인의 전화를 받고 저지시티에 갈 때까지는."

"순찰 경찰 골리츠의 증언에 따르면, 그가 현장에 도착했을 때 시체는 방 양쪽에 따로 떨어져 있었다는데, 당신들이 문을 부수고 들어갔을 때도 시체는 그 위치에 있었습니까?"

"예."

"검시관의 증언에 따르면 둘 다 칼에 찔려 죽었답니다. 그것도 같은 칼에 찔린 모양이에요. 지미가 쓰러질 때 그의 손에서 칼이 떨어졌을 거라고 생각하십니까?"

"예."

"지미가 일자리를 잃을지 모른다는 두려움 때문에 둘 다 절망해서 자살한 거라고 생각하세요?"

"아뇨, 그렇게는 생각지 않습니다."

"그렇다면?"

"파이크 부인과 함께 방에 들어갔을 때 나는 그 칼을 보고 부인에게 말했습니다. 방에 놔두기에는 이상한 칼이라고. 아시다시피 그건 고기를 썰 때 쓰는 칼입니다. 그러자 파이크 부인이 말하더군요. 이건 2~3주 전에 부엌에서 없어진 칼이라고. 로벨이나 지미가 훔쳤다고는 생각도 못했다는 겁니다. 하지만 로벨이나 지미가 그런 칼을 훔쳤다는 것도 이상하다는 생각이 들었습니다. 그래서 이것저것 생각하는 동안 진상을 알았습니다. 부러진 작은 지팡이가 침대 위에 뒹굴고 있었지요?"

"이것 말입니까?"

"예, 그겁니다. 지미는 키가 자랐다고 말했지만, 키를 재보려고 하지 않았기 때문에 정말로 자랐다는 확증은 없습니다. 그래서 파이크 부인한테 칼 이야기를 듣고 이것저것 생각해봤습니다. 그 칼이 활동을 개시하기 5분쯤 전에 지미는 그 칼을 발견한 게 아닐까. 아마 우연히 발견한 게 아닐까 하고 생각했습니다."

"우연이라면?"

"로벨은 정신이 약간 돌았던 게 아닐까 생각합니다. 로벨은 칼을 훔쳐서 지미 눈에 띄지 않도록 몰래 숨겨놓았습니다. 그래서 지미는 그 칼을 발견했을 때, 로벨이 대체 이 칼로 뭘 하고 있을까 생각했을 겁니다. 그런데 로벨이 아무 말도 하지 않으니까 지미가 직접 알아냈을 겁니다. 아니, 어쩌면 로벨이 사실을 털어놓았는지도 모르지요. 어쨌든 지미는 그 지팡이를 보았습니다. 그것은 그가 늘 가지고 다니는 지팡이였지요. 어쨌든 지미는 알았습니다. 자기가 보지 않는 틈에 로벨이 지팡이 끝을 조금씩 깎아내고 있었다는 사실을."

(원제: Coroner's Inquest)

목사의 오명

제임스 굴드 커즌스*

큰길에서 층계를 세 계단 올라가면 출입문이 있고, 그 문을 열고 들어가면 책들이 빽빽이 꽂힌 서가들 사이로 좁은 통로가 뻗어 있다. 그 통로를 지나 10미터쯤 안쪽으로 들어가면 칸막이로 나누어진 작은 사무실이 있고, 그 안에서는 안색이 별로 좋지 않은 덩치 큰 사내가 등갓을 씌운 스탠드의 불빛 아래서 일을 하고 있었다.

문이 열리는 소리가 났기 때문에 사내는 고개를 들고 안경 너머로 그쪽을 바라보았다. 하얀 콧수염을 짧게 다듬은 여윈 몸집의 신사가 '골라잡아 한 권에 50센트'라는 표찰이 붙어 있는 탁자 앞에 부동자세로 서 있을 뿐이었다. 서점 주인은 책상 위에 쌓여 있는 종교 관계 주간지로 다시 시선을 떨어뜨렸다. 그러고는 부고란을 다시금 확인하고, 메모장을 끌어당겨 뭐라고 적어넣었다. 그 일을 끝내고 다시 눈을 들어보니 하얀 콧수염의 신사는 어느새 가게 안의 통로를 지나 안쪽까지 다가와 있었다.

---

* James Gould Cozzens(1903~1978): 미국의 소설가. 1949년에 《의장병》으로 퓰리처상을 받았다.

서점 주인은 주간지를 옆으로 밀쳐놓으면서 말했다.

"어서 오세요. 무슨 책을 찾으십니까?"

하얀 콧수염의 신사는 날카로운 눈초리로 상대를 바라보았다.

"당신이 이 가게 주인인 조레스 씨요?"

"예, 그렇습니다만."

"나는 잉걸스라고 하오. 잉걸스 대령."

"만나뵙게 돼서 영광입니다, 대령님. 그런데 무슨 일로…."

"아무래도 잉걸스라는 이름이 기억나지 않는 모양이군요."

조레스는 안경을 벗고 살피듯이 잉걸스 대령을 바라보았다.

"예, 그렇습니다. 전혀 짐작이 가지 않는데요. 잉걸스라고 하셨지요? 예, 역시 모르겠습니다. 그런 이름을 가진 분은 기억에 없습니다."

잉걸스 대령은 지팡이를 겨드랑이에 끼고 안주머니에서 봉투를 꺼냈다. 그러고는 봉투 안에서 종이 한 장을 꺼내 펼친 다음, 책상 위로 획 내던졌다.

"아마 그걸 보면 기억이 되살아날 거요."

조레스는 코를 벌름거리고 나서 잉걸스를 더한층 말똥말똥 바라보며 안경을 썼다. 그러고는 잉걸스 대령이 책상 위로 내던진 종이를 집어 들고 말했다.

"청구서군요. 아하, 이걸 보니 생각이 납니다. 깜박 잊어서 죄송합니다. 저는 만난 적도 없는 분들과 우편으로 거래하는 경우가 많아서요. '성 요한 목사관의 고드프리 잉걸스 목사님'이시죠. 예에, 기억하다마다요."

"그분은 내 형님인데, 얼마 전에 돌아가셨소. 그리고 그 청구서 말인데, 아무래도 착오인 게 분명하오. 그 청구서에 적혀 있는 책들을 형님이 주문했을 리도 없고, 받았을 리도 없고, 무엇보다도 그런 책들을 읽고 싶다고 생각했을 리도 없어요. 당연한 일이지만, 형님의 유품에는 그런 책이 한 권도 들어 있지 않았소."

"그러시군요. 무슨 말씀인지 알겠습니다." 조레스는 청구서에 적힌 책들의 제목을 하나씩 읽고 난감한 듯 헛기침을 했다. "잠깐만 제 장부를 조사해보겠습니다."

이렇게 말하고는 앞쪽 선반에서 너덜너덜해진 큼직한 장부를 내렸다.

"고드프리… 잉걸스… 아아, 역시 있군요."

"그런 수고는 할 필요도 없소." 잉걸스 대령이 말했다. "이건 착오니까. 하지만 아무래도 묘한 착오요. 강력히 충고하겠는데, 좀 더 신중을 기하는 게 좋을 거요. 당신이 이런 종류의 책을 몰래 팔아서 자신의 품위를 떨어뜨리고 있다 해도 그건 내가 상관할 바 아니지만…."

조레스는 몇 번이나 고개를 끄덕이고, 의자 등받이에 몸을 기댔다.

"이것 보십시오, 대령님. 대령님께서 무슨 견해를 갖고 계시든 그건 자유입니다만, 저는 손님들 취향에 관해 좋다 나쁘다 판단을 내릴 입장이 아닙니다. 어쨌거나 이 경우, 청구서에 적혀 있는 본인이 이런 책들을 주문하신 건 의심할 여지가 없습니다. 작년 5월 15일에 저는 주문한 책들을 분명히 발송했고, 그 책들은 당연히 배달된 것으로 여겨집니다. 그 후 그 책들이 어떻게 되었는가 하는 것은, 저한테는 아무래도 좋은 일이지만, 지금 대령님께서 그런 비난을 하신 이상 저도 한 말씀 드리고 싶군요.

이런 종류의 책은 대체로 은밀한 곳에 숨겨두고 혼자서 몰래 읽는 법입니다. 지난 8개월 동안 저는 달마다 독촉장을 보냈지만 결국 책값을 받지 못했습니다. 물론 책을 주문하신 분께서 돌아가신 줄은 미처 몰랐고요. 그래서 마지막으로 보낸 이 독촉장에 책값을 지불하지 않으면 법에 호소하겠다고 덧붙인 것입니다. 돌아가신 줄도 모르고 그런 짓을 해서 정말 죄송…."

"이 천하에 못된 놈!" 잉걸스 대령이 소리쳤다. "잉걸스 목사님 같은 분이 이런 책을 주문했다고, 정말로 그렇게 주장할 셈인가? 분명히 말해두지만…."

조레스가 잉걸스 대령의 말을 가로막았다.

"대령님, 도대체 어떻게 그처럼 단정적으로 말씀하실 수 있습니까? 저는 책을 주문한 분의 인격에 관해 이러쿵저러쿵 말씀드리고 있는 게 아닙니다. 제가 주장하고 싶은 건, 저는 상품을 제공하는 사람이고, 그 상품의 대가를 받을 권리가 있다는 것뿐이죠. 저는 가난한 사람입니다. 그러니 책값을 지불하지 않으면 저로서도 어쩔 수 없이…."

"무슨 소리를 하는 거야. 이 낯부끄럽기 짝이 없는…."

조레스는 한 손을 들어 상대를 제지했다.

"제발 그만 하세요. 부탁입니다. 대령님의 그런 태도는 대단히 부당하다고밖에 생각되지 않습니다. 이 거래는 책값이 미지불인 채 오랫동안 방치되어 있었습니다. 저는 아직 소송을 제기한 건 아닙니다. 이 청구서 내용이 공개되면 많은 손님에게 폐가 되리라는 것쯤은 충분히 알고 있고, 이런 일은 결코 드물지 않습니다. 저한테서 몰래 책을 구입하고 있는 고객 명단을 보시면 대령님도 아마 깜짝 놀라실 겁니다."

잉걸스 대령은 신중하게 말했다.

"수고스럽겠지만, 형님의 주문서를 좀 보여주겠나?"

"아아." 조레스는 입술을 오므렸다. "그건 대단히 무리한 요구입니다, 대령님. 제가 주문서를 보관하지 않는다는 것은 대령님도 잘 아실 겁니다. 손님들한테 큰 폐를 끼칠 우려가 있는 증거물을 하나라도 보관했다면, 그건 참으로 무분별하기 짝이 없는 짓이지요. 발송장 사본이라면 보관하고 있습니다. 사정이 사정인만큼, 그 사본만으로도 법적으로는 충분히 증거 자료가 된다고 생각합니다. 제 입장은 이제 아셨겠지요?"

"확실히 알았어. 그런 건 더러운 모리배 불량서점 주인의 입장이야. 그러니까 너를 때려눕혀서 이 불만을 풀어주겠다."

이 말이 끝나기가 무섭게 잉걸스 대령은 겨드랑이 밑에서 지팡이를 빼 들었다. 조레스는 재빨리 의자에서 몸을 피해, 다른 의자를 잉걸스 대령의 진로 쪽으로 걷어차고는 책상 위에 놓인 전화기를 움켜잡았다.

"교환! 빨리 경찰을 불러줘요." 그러고는 서랍을 열고 권총을 꺼냈다. "자아, 대령." 그는 등을 벽에 댄 채 말했다. "이제 곧 사태가 분명해질 거요. 당신의 욕설을 나는 꾹 참았어. 하지만 참는 데도 한계가 있다고. 당신이 도발적인 행동으로 나온 건 나도 어느 정도까지는 이해할 수 있어. 하지만 아무리 그렇다 해도 폭력에 호소하려고 한 건 용서할 수 없어. 당신이 지금 당장 여기서 나가서 내가 당연히 받아야 할 책값을 수표로 보내준다면 나도 조용히 넘어가겠지만…"

잉걸스 대령은 지팡이를 꽉 움켜쥐었다.

"경찰이 오기를 기다리기로 하지." 잉걸스 대령은 놀랄 만큼 차분하게 말했다. "아무래도 내가 너무 성급했던 것 같소. 당신의 고객 명단, 내가 보면 깜짝 놀랄 거라고 말한 그 명부가 있는 이상, 거기에 실려 있는 다른 사람들의 입장도 생각해야 했는데…."

그때 느닷없이 잉걸스 대령의 지팡이가 휙 날아가 조레스의 손목을 쳤다. 권총이 날아가 바닥을 데굴데굴 굴렀다. 잉걸스 대령은 재빨리 권총을 뒤쪽으로 차냈다.

"특히 목사 가족들은 그 명부라는 게 공개되기를 바라지 않을 테니, 어딘가에서 목사가 죽었다는 기사를 읽으면 당신은 얼씨구나 하고 청구서를 보내겠지? 청구서를 받은 사람들은 대부분 그 청구서에 적힌 금액을 그대로 지불하고 입을 꽉 다물 수밖에 없겠지. 정말 빈틈없는 꾀야."

조레스는 목을 움츠리면서 지팡이에 맞은 손목을 눌렀다.

"무슨 소린지 모르겠군. 잘도 뻔뻔스럽게…."

"오호, 그래?" 잉걸스 대령이 말했다. "보통 경우라면 나도 어리둥절하고 당황했을 거야. 하지만 우리 형님의 경우에는 당신이 얼빠진 실수를 저질렀단 말이다. 나는 우리 형님이 네놈한테 한 권의 책도 주문하지 않았고, 그 책을 몰래 감춰두거나 몰래 읽었을 리도 없다고 확신할 수 있지. 물론 부고란에는 실려 있지 않지만, 잉걸스 목사님은 15년 전에 사고로 장님이 되셨거든…. 자아, 주인장, 드디어 왔군, 당신이 부른 경찰이…."

(원제: Clerical Error)

연설

로드 던세이니[*]

어느 날 밤, 연로한 기자가 언론인 단골 클럽에서 말했다.

"요즘 폭력사건 기사가 많이 나오지만, 내가 젊었을 때 일어난 그 사건처럼 굉장한 기사가 되는 범죄는 요즘 전혀 찾아볼 수가 없단 말씀이야. 아니, 굉장한 기사가 될 뻔했던 범죄라고 해야겠군. 어쨌든 그 사건은 은폐된 채 흐지부지 수습되어버렸으니까."

"그럴 만한 이유가 있어서 은폐되었겠지요?" 젊은 기자가 말했다.

"그야 물론이지. 은폐하지 않으면 안 될 사건이었으니까. 그 당시 정치인들은 유럽의 평화를 깨뜨리지 않으려고 무척 신경을 썼지. 그 범죄는 바로 유럽의 평화에 관한 것이었다네. 지금은 기억하는 사람이 거의 없지만, 아주 머리가 비상한 청년이 있었지. 피터 민치라는 사람인데, 그 젊은이의 부친에 대해서는 아는 사람이 별로 없었을 거야. 그 부친은 스웨이트 경이라는 귀족이지만, 정말 시원찮은 늙은이였으니까. 하지만 아들인 피터 민치는 한때 제법 이

---

* Lord Dunsany(1878~1957): 영국의 작가. 단편·판타지·희곡 등에서 많은 걸작을 남겼다. 본명은 제18대 던세이니 남작, 에드워드 존 모어턴 드랙스 플런켓.

름나 있었지. 피터는 야당의 유망주였다네. 지금은 그런 유망주를 도무지 찾아볼 수가 없지만 말일세.

그 무렵 피터 민치는 의회에서 연설을 하기로 되어 있었다네. 얼마 전부터 국제 정세의 흐름이 수상쩍어지고 있었지만, 민치는 유럽 평화에 전혀 도움이 안 되는 연설을 할 예정이었지. 그가 연설에서 말하려고 했던 것은 오스트리아를 상당히 자극하는 내용이었고, 오스트리아가 그 연설을 들으면 당연히 격분했을 거야. 그런 오스트리아를 독일이 지지하면 러시아는 못마땅한 얼굴을 할 테고, 그 결과 불에 기름을 붓는 사태가 될 건 뻔했지. 그런데 민치에게 연설을 그만두게 할 수는 없었어. 민치는 대단한 선동가였다네. 물론 정부는 그를 막을 수 없었고, 야당은… 민치는 야당의 샛별인 데다, 민치의 연설은 오스트리아를 화나게 하기보다 정부를 난처하게 만들 거라고 야당 사람들은 생각했을 거야."

그리하여 (노기자는 말을 이었다) 이윽고 심상치 않은 사건이 일어났다. 민치가 소속한 정당의 대표실에 한 사내가 이름도 밝히지 않고 들어와서는, 자기는 민치의 연설이 결코 이루어지지 않을 거라는 확실한 정보를 가지고 있다고 말했다. 그러고는 그 정보를 단순한 협박이 아니라 경고로 받아들여 달라고 덧붙였다.

"그건 무슨 뜻이오?" 야당 당수가 물었다.

그러자 그 이름 모를 사내는 이렇게 대답했다.

"나하고는 아무 관계도 없는 어떤 단체가 있는데, 그 단체는 민치의 연설을 중단시키기로 결의했고, 실제로 그 협박을 실행할 만한 힘을 가진 단체입니다. 협박하고 있는 것은 내가 아닙니다. 나는 단지 여러분께 경고하러 왔을 뿐입니다."

"그러니까 그 단체가 실력 행사로 나올 것이다, 그런 말이오?"

"필요하다면 뭐든지 실행에 옮길 겁니다. 우리는… 아니, 그들은 전쟁이 더 큰 악이라고 생각하고 있으니까요."

"전쟁?" 당수가 되물었다. "도대체 우리 당이 전쟁을 일으키려 한다고 누가 그럽디까?"

"그들은 민치가 연설할 내용이 현재의 정세에서는 전쟁을 일으키게 될 뿐이라는 정보를 쥐고 있습니다. 그들은 여러 가지 정보에 정통한데, 나한테 이렇게 말하더군요. 민치의 연설은 유럽의 평화를 깨뜨릴 위험이 높다, 그러니 그런 위험을 좌시하기보다는 한 사람을 죽이는 편이 더 바람직하다고…"

당수는 이름 모를 사내에게 마음대로 하라고 말했다. 그러자 사내는 다음과 같은 말을 남기고 떠났다.

"민치의 연설은 이루어지지 않습니다. 사정이 어떻든, 절대로 연설은 이루어지지 않을 겁니다. 적어도 의회 안에서는 절대로…"

야당은 런던 경찰청에 이 일을 통보했다. 경찰청은 당장 이 사건을 접수하고, 런던의 경찰력을 총동원하여 민치를 보호하겠다고 당수에게 약속했다. 민치의 신변에는 즉각 경비망이 쳐졌다.

경찰청은 문제의 협박을 하고 있는 단체에 대해 발표한 것보다 더 많은 것을 알고 있었던 게 분명하다. 경찰청은 야당의 신고를 받자마자, 당수를 만나러 간 그 수수께끼의 사내는 아마 호스켄이라는 자일 거라고 말했으니까. 실제로 그 사내는 호스켄이라는 사실이 밝혀졌다. 야당 당수는 호스켄을 체포할 거냐고 경찰청에 물었다. 그런데 주임 경감의 대답은, 체포하지 않고 내버려두면 더 많은 정보를 가져다줄지 모르니까 체포하지 않는 편이 좋을 거라고 하였다. 아니나 다를까, 호스켄은 계속 정보를 가져왔다.

야당 당수는 경찰이 모든 상황을 파악하고 있다고 믿었기 때문에, 무거운 짐을 벗어 던지고 집무실에 안심하고 앉아 있었다. 바로 그때, 그 심상치 않은 사내가 또 성큼성큼 들어왔다. 당원들이 그 사내를 들여보낸 것은 그가 이번에는 무슨 정보를 꺼낼지, 그것을 듣고 싶었기 때문이다. 당수도 이번에는 사내를 호스켄이라는 이름으로 불렀다. 그에 대해 전부 다 알고 있는 듯한 냄새를 풍기면서 당수는 어린애 같은 기쁨을 느꼈을 것이다.

"호스켄 씨, 아직도 우리한테 하고 싶은 말이 남았소?"

당수의 입에서 자신의 이름이 나오자 호스켄은 희미한 미소를 지으며 말했다.

"하고 싶은 말은 단 하나, 국제 정세가 달라지지 않는 이상, 아무리 경찰력을 동원해도 민치 씨는 의회에서 토론의 방아쇠를 당기는 그 연설을 할 수 없다는 것뿐입니다."

"민치 씨는 의회에서 연설하고 싶으면 얼마든지 그럴 권리가 있고, 반드시 그 권리를 행사하게 될 거요."

"내가 여기 온 것은 다음과 같은 정보를 알려드리기 위해섭니다. 민치 씨가 당분간 연설을 연기하고 사태가 진정될 때까지 기다려준다면, 내 친구가 접촉하고 있는 그 유력한 단체도 실력 행사를 유보할 거라는 정보입니다."

"당신이 말하는 '사태'가 유럽의 정세를 뜻하는 거라면, 그건 우리 당이 알 바가 아니오. 유럽인들이 우리 당에 대해서 이래라저래라 하는 것은 결코 용납할 수 없소."

"연설은 공공연한 도발 행위가 됩니다. 따라서 전쟁을 유발하게 됩니다."

"우리도 더 이상의 협박에는 참을 수 없다는 것을 알아주기 바라오."

"알았습니다. 하지만 적어도 일주일 동안은 의회에서 민치 씨의 연설이 이루어지지 않을 겁니다. 당신들이 평화적인 수단으로 그 사람의 연설을 막아준다면 굳이 테러에 호소할 필요도 없겠지만…"

이렇게 말하고 호스켄은 싱긋 웃으며 나갔다.

이런 상황에서 (노기자는 이야기를 계속했다) 긴장은 고조되었고, 불같은 성격의 피터 민치는 의회에서 유럽 전역으로 파급될지도 모르는 불길에 기름을 붓는 토론의 방아쇠를 당기려 했고, 유력한 협박자 단체는 한 사람을 죽이는 건 전쟁에 비하면 아무것도 아니라면서 그 토론을 중지시키기로 결의하고 있었고, 그 협박자들을 상대로 런던 경찰력이 총동원되었다. 경찰이 어떤 예방책을 강구했는지, 그 자세한 내용은 구태여 말할 필요가 없지만, 어쨌든 모든 예방 조치를 강구했다. 민치에게는 적어도 두 명의 형사가 줄곧 따라다니며 호위했다. 일찍이 런던에서 그만큼 엄중한 보호를 받은 사람은 없었을 것이다.

경찰은 곧 호스켄의 소재를 알아냈지만, 체포하지는 않았다. 그저 감시했을 뿐이다. 그렇게 해두는 편이 도움이 될 거라고 생각한 것이다.

수요일 오전, 모든 준비가 갖추어졌다. 민치는 그날 저녁 6시에 연설하기로 되어 있었다. 민치의 가족은 모두 의회에 방청하러 갈 예정이었다. 부친은 귀족 방청석에, 나머지 식구들은 귀부인석에 앉도록 되어 있었다. 경찰은 민치를 위해 3센티 두께의 방탄유리까지 갖춘 완벽한 방탄차를 준비했다.

그 경계 조치는 영국은행에서 금괴를 운반할 때보다도 더 삼엄할 정도였다. 경찰은 민치에게 3시까지 의사당에 도착해 달라고 당부했다.

민치와 그를 호위하는 형사가 의사당에 도착하자 전령이 쪽지 한 장을 경호 주임인 경감에게 건네주었다. 경감이 쪽지를 펼쳐보니, 보낸 사람의 이름은 없고 '민치 씨는 오늘 연설을 하지 못할 것이다'라고만 적혀 있었다. 경감은 이것을 읽고 싱긋 웃었다. 의사당 안으로 한 걸음만 들어가버리면 살인은 절대로 불가능하기 때문이다.

민치의 가족은 5시 30분에 도착할 예정이었다. 3시에 따분한 토론이 시작되었다. 그래도 회의장의 분위기는 팽팽히 긴장하여, 전기에 감전된 것처럼 짜릿짜릿할 정도였다. 참석자들이 모두 그 테러단의 협박을 알고 있었기 때문이다. 민치의 연설이 이루어지느냐 마느냐는 의회의 권위와도 직결되는 문제였기 때문에, 민치 때문에 큰 폐를 입게 되는 여당 의원들까지도 의회의 권위를 앞세우고 있었다. 점점 긴장이 고조되는 가운데 시곗바늘이 한 바퀴를 돌아 4시를 가리켰다.

긴장이 고조되는 가운데, 다른 사람들이 무슨 생각을 하고 있는지를 모두 알고 있는 것 같았다. 연설자가 농담을 하려고 하면, 아직 농담을 하기도 전에 모두 앞질러 신경질적인 웃음소리를 냈으니까.

그럭저럭하는 동안 4시 5분이 되었을 때 경찰관 하나가 경감에게 민치 앞으로 온 쪽지 하나를 건네주었고, 경감은 그것을 국회 경위에게 건네주었고, 경위는 회의장에 들어가 민치에게 쪽지를 건네주었다. 민치는 쪽지를 펼쳐보고 얼굴이 하얘졌다.

그가 옆에 있던 의원에게 말했다.

"아버님이 돌아가셨네. 피살당하셨어."

"저런, 그거 안됐군. 무슨 일이 일어났는데 그래?" 동료 의원이 물었다.

민치는 그에게 쪽지를 건네주었다. 그의 부친인 스웨이트 경이 자택에서 피살되었고, 범인은 도주했다는 내용이었다.

"그렇다면 유감이지만…" 하고 동료 의원이 말했다. "자네 연설은 아무래도…"

"아니야." 민치가 말했다. "아무리 그래도 내 연설을 막을 수는 없어. 아버님의 죽음을 나만큼 슬퍼하는 사람은 없겠지만, 사적인 슬픔과 공적인 책무는 별개 문제야."

"하지만 자네는 이제 귀족이 됐어." 옆자리의 의원이 말했다.

"뭐가 되었다고?" 민치가 외쳤다.

"자네는 이제 귀족이라고."

"오오, 맙소사!"

"이야기는 이것으로 끝났다네. 결국 테러단은 뜻대로 해치운 셈이지. 분별 있는 사람이라면 상대를 공격할 때 아무도 예상하지 않는 부분을 공격하는 법이라네. 그 부분이 가장 취약한 맹점이니까. 그 가엾은 스웨이트 경을 염두에 둔 사람은 아무도 없었지. 스웨이트 경은 평범한 인물이었으니까. 그런데 그 양반이 죽은 순간 피터 민치는 부친의 지위를 승계하여 귀족이 되었고, 그래서 하원에서는 어떤 연설도 할 수 없게 되어버린 것일세.

　상원에서도 당장은 연설할 수가 없었지. 우선 상원 의석을 얻어야 했기 때문인데, 그렇게 되려면 시간이 걸렸으니까. 민치는 선거구 집회에서 그 주 안에 연설을 하긴 했지만, 오스트리아는 그런 연설이 이루어진 걸 몰랐다네."

　"그래서 전쟁을 피할 수 있었군요." 젊은 기자가 말했다.

　"그런 셈이지." 노기자가 대답했다. "결국에는 같은 결과가 되어버렸지만."

(원제: The Speech)

내 눈에 흙이 들어가기 전에는

앤소니 길버트[*]

"간호사!" 파렌 부인이 짜증스러운 목소리로 불렀다. "어디 있나, 간호사?"

"곧 갑니다." 앤스트루더 간호사는 큰 소리로 대답하고, 잠시 후에는 '병실'로 기세 좋게 달려갔다. 이 가정방문 간호사는 작은 몸집에 생기가 넘치는 깔끔한 여자인데도, 파렌 부인은 쇠막대기처럼 뻣뻣한 여자라고 투덜대고 있었다. "이번엔 또 무슨 일이세요?"

"베개를 바로잡아줘." 파렌 부인이 신음하듯 말했다. "그리고 열이 있는 것 같아."

앤스트루더 간호사는 베개를 바로잡고 환자의 체온을 쟀다. 예상대로 체온은 정상이었다. 그녀는 차를 한 잔 마시러 아래층으로 내려간 참이었다고 부인에게 말했다.

"차는 나한테는 독이야." 파렌 부인은 신음소리를 냈다. "약 먹을 시간이 안 됐나?"

---

[*] Anthony Gilbert(1899~1973): 영국의 추리소설가. 범죄소설에 뛰어났다.

"약은 3시에 드시면 돼요."

"계속 누워만 있으면 좀처럼 시간이 가질 않아. 조이는 아직 안 들어왔나?"

"따님은 점심을 먹으러 나갔어요. 잊으셨어요, 마님?"

"이렇게 늦게 돌아온다고는 말하지 않았어. 내가 저를 얼마나 걱정하고 있는지 알면서…. 요즘 젊은 애들은 그저 자기밖에는 모른다니까."

"2시 45분은 점심을 먹으러 나갔다가 돌아오기에는 이른 시간이에요. 그리고 조이는 어린애가 아니에요. 벌써 서른 살인걸요."

"아무리 그래도 나한테는 언제나 어린애야. 점심밥은 집에도 잔뜩 있었으니까 밖으로 먹으러 나갈 필요도 없었고…. 나는 새처럼 식욕이 왕성하니까."

'새도 새 나름이지. 당신은 닥치는 대로 분탕질하고 다니는 독수리야' 하고 간호사는 생각했지만, 입으로는 이렇게 말했다. "오늘은 특별한 날이잖아요. 마님도 아시다시피, 조이는 워터하우스 대위님과 점심을 같이하고 있으니까요."

"그건 몰랐는걸." 파렌 부인은 나른함을 잊어버렸다. "그 애가 자네한테 그렇게 말하던가?"

앤스트루더 간호사는 웃었다.

"요즘 대위님 말고 누가 조이랑 함께 점심을 먹겠어요? 두 사람은 마지막 계획을 세우고 있을 거예요."

"계획이라니, 무슨 계획?"

"두 사람이 서로 사랑하고 있다는 건 장님도 알 정도인걸요. 대위님은 이 댁 현관 앞에 살고 있는 거나 마찬가지예요."

"자네는 머리가 어떻게 된 모양이군. 고맙게도 워터하우스 대위가 내달에는 식인종과 호텐토트족(아프리카 남부 칼라하리 사막 주변에 사는 황갈색 피부의 미개 종족—옮긴이)이 득실거리는 임지로 돌아가게 되어 있어. 그렇게 되면… 뭐가 그렇게 우스워?"

"안 그래요. 케냐에는 식인종도 호텐토트족도 없다고요. 제 여동생이 케냐에 가 있는데…."

파렌 부인은 간호사의 여동생을 옆으로 밀쳐버렸다.

"조이는 절대로 케냐 같은 데 가지 않아. 내가 허락하지 않을 테니까."

"그래도 가버릴 거예요. 마님도 조이를 노처녀로 늙게 하고 싶진 않으시겠죠? 지금까지만 해도 마님은 조이를 너무 오랫동안 마님 곁에 붙잡아두셨어요. 자, 약 드실 시간이에요. 제가 따라드릴까요?"

"내 약은 내가 직접 따른다는 걸 자네도 알면서 그래. 난 그게 더 좋아. 인생 경험을 쌓은 덕에 나는 조심성이 많아졌지. 요즘 사람들은 너무 부주의해서 믿을 수가 있어야지. 약병을 뒤죽박죽으로 섞어놓았다가 엉뚱한 약을 주면 곤란해."

"그럴 염려는 별로 없어요." 간호사가 말했다. 그녀는 한 번도 파렌 부인에게 화를 낸 적이 없었다. 화를 내고 있다가는 다른 일을 할 시간이 전혀 없었을 것이다. "저는 25년 동안 간호사 생활을 했지만, 환자한테 독약을 먹인 적은 아직 한 번도 없는걸요."

파렌 부인은 손을 뻗어, 바로 옆 탁자 위에서 길쭉하고 둥근 병을 집어 들었다. 그것이 '내 약'이고, 6시간마다 먹도록 되어 있었다. 파렌 부인은 모양이 전혀 다른 약병을 또 하나 갖고 있었는데,

거기에는 수면제가 들어 있었다. 강장제와 수면제는 겉보기에 아주 비슷했기 때문에, 주치의인 샘프슨 박사는 약을 혼동하지 않도록 모양이 다른 병에 따로 담아주었고, 게다가 각각의 약병에 눈에 잘 띄는 딱지까지 붙여주었다. 간호사는 파렌 부인이 주의 깊게 1회 복용량을 따른 다음 약병의 코르크 마개를 닫는 것을 지켜보았다.

"자, 이젠 커피를 끓여줘." 부인이 말했다. "그리고 조이 말인데, 자네 생각이 틀렸다는 걸 알게 될 거야. 그 애는 나이에 비해서는 아주 젊지만, 그런 모험가한테 걸려들 만큼 젊지는 않아."

이때 아래층에서 문이 열렸다.

"조이가 돌아온 모양이에요." 간호사가 말했다. "부인이 직접 물어보면 되잖아요."

조이 파렌은 눈이 반짝반짝 빛나고 키가 큰 금발 아가씨였고, 얼굴은 행복감으로 환히 빛나고 있었다. 10년 전에는 상당한 미인이었을 것이다. 사랑을 하고 있는 지금, 그녀의 얼굴에는 젊음이 되살아나 있었다.

"늦었구나. 얼마나 걱정했는지 아니? 늦으면 늦는다고 전화라도 할 것이지…."

"아직 세 시밖에 안 됐는걸요. 우린 의논할 게 너무 많아서, 시간이 눈 깜짝할 사이에 지나가버렸지 뭐예요."

"우리라니?"

"가이와 저 말이에요. 그이는 다음 달에 임지로 떠나라는 명령을 받았는데, 그때 저도 함께 떠날 수 있도록 당장 결혼하고 싶대요. 오, 어머니. 다시 한번 이렇게 행복해질 수 있을 줄은 꿈에도 몰랐어요."

파렌 부인은 팔꿈치를 괴고 몸을 일으켰다.

"너, 머리가 어떻게 된 거 아니냐? 워터하우스 대위와 결혼하겠다니, 그건 말도 안 돼."

"아무리 그래도 저는 할 거예요. 결혼한다고요! 오, 어머니. 멋진 일이잖아요!"

"당치도 않아." 파렌 부인은 단호하게 말했다. "사실대로 말하면 너는 완전히 흥분한 나머지 감정에 떠밀려 이성적인 판단을 내릴 수 없게 되어버렸어. 워터하우스는 내가 사위로 삼고 싶은 남자가 아니야. 그리고 너는 어떻게 그런 무정한 말을 할 수 있지? 나를 혼자 두고 가버리겠다니…"

"저는 가이와 결혼할 거예요. 이번 기회를 놓치면, 영영 다시 오지 않아요."

"대위가 그렇게 변덕스럽다면…"

"이건 변덕 문제가 아니에요. 하지만 저는 앨런 피어스도, 그다음에 만난 모리스도 잊지 않았어요. 요컨대 어머니는 저를 결혼시킬 마음이 없는 거예요."

"내가 너라면 어미를 고맙게 생각할 거다. 간호사, 거기 멍하니 서서 뭘 하고 있는 거지? 앞으로 한 시간 동안은 자네한테 볼일이 없어. 조이하고 단둘이 의논할 게 있으니까 잠깐 자리를 비켜줘요."

앤스트루더 간호사는 조이 옆을 지날 때 "잘되면 좋겠어" 하고 속삭였지만, 마음은 무거웠다. 파렌 부인은 제 뜻을 관철시키는 일에 관해서는 명수였고, 지금까지 여러 해 동안이나 조이를 좌지우지해왔다. 그녀가 문을 닫자마자 언쟁이 시작되었고, 한 시간 뒤에 돌아왔을 때도 말다툼은 여전히 계속되고 있었다. 그러나 추는 이제 파렌 부인 쪽으로 기울어져 있는 게 분명했다.

간호사가 들어갔을 때 부인은 이렇게 말하고 있었다.

"내 눈에 흙이 들어가기 전에는 절대로 허락할 수 없어. 내가 죽어도 결혼하겠다면 해도 좋다. 하지만 그렇게 해서 내가 죽으면 네 양심은 평생 짓눌리게 될 텐데, 그건 아마 너도 싫을 거다. 아마 나중에는 네가 바보 같은 짓을 하지 않도록 구해준 나를 고맙게 생각하게 될 거야."

그 후 며칠이 지나는 동안 조이가 패배를 맛보리라는 것은 점점 분명해졌다. 파렌 부인은 그 문제를 더 이상 논하기를 거부했다.

"이런 식으로 말다툼만 하고 있으면 나는 죽어버릴 거야. 내가 얼마나 건강에 조심해야 하는지, 그건 너도 알고 있을 텐데."

그러면서 부인은 이제 기력이 좀 생기면 본머스(영국 남부의 도시로, 해변 휴양지—옮긴이) 같은 데로 함께 여행이나 떠나자고 덧붙였다.

사태가 이 지경에 이르자 앤스트루더 간호사는 놀라운 결심을 했다. '내 눈에 흙이 들어가기 전에는 절대로 허락할 수 없다'고 파렌 부인은 말했다. '내가 죽어도 결혼하겠다면 해도 좋다'고 말하기도 했다. 그렇다면 '그렇게 하자'고 간호사는 결심을 굳혔다. 그녀의 계획은 지극히 단순한 것이었다. 약병의 내용물을 바꿔서, 파렌 부인이 6시에 약을 먹을 때 치사량의 수면제를 먹도록 하는 것이다. 부인은 언제나 6시부터 7시까지는 혼자 있고 싶어 했기 때문에, 7시에 발견했을 때는 이미 때가 늦어서 손쓸 수 없게 될 것이다. 조사 결과, 진상은 부인이 수면제를 약으로 잘못 알고 먹은 것으로 밝혀질 것이다. (왜냐하면 간호사는 의사를 부르기 전에 약을 원래대로 돌려놓을 테니까.)

간호사는 자기가 하려고 하는 일에 파리 한 마리 죽이는 정도의 죄책감밖에는 느끼지 않았다. 게다가 주변 상황이 그녀의 계획을 도왔다. 드디어 계획을 실행하기로 결심한 날, 파렌 부인에게 손님-크리스티 부인-이 찾아왔다. 손님 덕에 자칭 환자('환자라니, 가소롭기 짝이 없어' 하고 간호사는 생각했다. '내가 스스로 내 일을 해나갈 수 있는 것처럼, 부인도 얼마든지 혼자서 해나갈 수 있어!')의 정신이 산만해져서, 부인의 주의를 끌지 않고 약의 내용물을 바꿔칠 수 있는 절호의 기회가 생겼다.

파렌 부인은 손님에게 줄곧 딸의 태도를 한탄했다.

"나이를 먹어서 나는 이제 쓸모없는 인간이구나 하는 생각이 드는 것만큼 비참한 일은 없어요. 내 인생은 무거운 짐이었어요. 그 짐을 벗어버릴 수 있다면 얼마나 좋겠어요."

크리스티 부인은 떠날 때 간호사에게 말했다.

"파렌 부인은 우울증에 빠져 있어요. 침대 옆에 수면제를 놔둬도 괜찮을까요? 내가 당신이라면 부인한테서 눈을 떼지 않을 거예요. 저런 기분으로는 무슨 짓을 할지 모르잖아요."

"그건 미처 생각 못했군요." 앤스트루더 간호사는 솔직하게 말했다. "일부러 주의를 주셔서 고맙습니다."

간호사는 3층으로 올라가는 도중에 파렌 부인의 방을 들여다보았다. 환자는 눈을 감고 베개에 기대앉아 있었다. 부인은 간호사를 보고 말했다.

"아무도 들어오지 못하게 해줘. 조용히 있고 싶으니까. 크리스티 부인 덕에 완전히 녹초가 되어버렸어. 어떻게든 잠을 자도록 해봐야지."

약 한 시간 동안 집 안은 쥐죽은 듯 조용했다. 그리고 6시 15분 전, 파렌 부인의 호출벨이 울리고, 부인이 온 집안 사람을 거만하게 부르는 소리가 들렸다.

온 집안 사람—조이와 간호사와 요리사인 파머 부인—이 모두 침대 발치에 늘어서자 부인이 말했다.

"지금부터 내가 하는 말을 모두 잘 들어둬요. 그러면 서로 상대의 알리바이를 증명할 수 있을 테니까. 그리고 조이, 너는 결국 네가 하고 싶은 대로 할 수 있게 됐구나. 나는 다만 네가 나중에 후회하지 않기만 바랄 뿐이다."

"그럼 우리 결혼을 승낙해주시는 거예요?"

조이는 자기 귀를 믿을 수가 없었다. 앤스트루더 간호사도 마찬가지였다.

"이렇게 된 마당에 반대는 하지 않겠다는 것뿐이다. 이것밖에는 해결책이나 탈출구가 없는 것 같아. 나는 다른 사람들한테 무거운 짐이 되고 있어. 그래서 수면제를 정량보다 세 배 더 먹었지. 그런 얼굴 하지 마라, 조이. 이미 때가 늦었으니까 의사를 불러도 소용없어. 결혼생활을 마음껏 즐기도록 해라. 결국 그 때문에 나는 목숨을 잃는 거니까."

조이는 금방이라도 졸도할 것 같은 얼굴이었다. 파머 부인이 외쳤다.

"간호사, 의사를… 빨리 의사 선생님을 불러요."

파렌 부인은 의기양양하게 말했다.

"이미 늦었어."

오직 앤스트루더 간호사만 침착했다.

"허둥댈 필요 없어요. 위험은 전혀 없으니까. 마님께서는 치사량의 수면제를 먹은 게 아니에요. 평소에 늘 드시는 약을 정량보다 세 배 더 먹은 것뿐이죠. 그걸로는 파리 한 마리도 죽이지 못해요. 사실은 이렇게 된 거예요." 그녀는 사정을 설명했다. "마님께서 몹시 우울해하신다고 크리스티 부인이 주의를 주셨기 때문에, 나는 만약의 경우를 생각해서 약병의 내용물을 바꿔두었어요. 그러니까…" 간호사는 다시 환자 쪽으로 고개를 돌리고 말을 이었다. "마님께서는 '수면제'라고 적혀 있는 병에서 정량의 세 배를 드셨지만, 사실은 강장제를 정량보다 좀 많이 드셨을 뿐이에요. 물론 약은 나중에 다시 원래대로 돌려놓을 작정이었죠."

확실히 그녀는 그렇게 할 작정이었다. 그런데 이 못된 할망구가 막판에 '속임수'를 쓰다니!

"아니, 왜 그러세요, 마님? 갑자기 안색이 변하시고…"

환자는 갑자기 등을 꼿꼿이 폈고, 얼굴은 공포로 하얘져 있었다.

"그게… 정말… 이야?"

"물론 정말이죠. 그러니까 연극은 그만두고 주무세요."

그런데 파렌 부인은 자기를 눕히려고 하는 간호사의 손을 뿌리쳤다.

"건드리지 마, 이 바보 같은 살인자. 자네가 무슨 짓을 했는지 알아? 자네가 그런 짓을 하리라는 걸 내가 알 도리가 없잖아? 나는 자네들과 조이를 놀라게 해주고 싶었어. 단지 그것뿐이야. 그래서 약을 먹기 전에 약병의 내용물을 바꿔놓았어. 이제 알겠어?"

이 사건이 법정에 올려졌을 때 배심원들은 앤스트루더 간호사에게 무죄 평결을 내렸고, 판사는 그녀가 일어날 가능성이 있는 비극을 예방하기 위해 유별난 조치를 취했을 뿐이라고 논평했다. 그리고 판사는 이렇게 결론지었다.

"본 법정은 당신이 파렌 부인의 죽음에 책임이 있다고는 인정하지 않습니다."

그러나 앤스트루더 간호사는 오늘날까지도 여전히 자기가 살인자인지 아닌지를 판단하지 못하고 있다.

(원제: Over My Dead Body)

사기꾼 카르메신

제럴드 커시*

픽! 하는 소리와 함께 가스난로가 꺼져버렸다. 나는 갖가지 욕설이란 욕설은 생각나는 대로 다 퍼부어대면서 가스회사 사람들의 육체와 영혼을 지옥으로 떨어뜨렸다. 그때 카르메신이 우리 집을 찾아왔다.

그는 탁자를 사이에 두고 나와 마주 앉자 놋쇠 담배 상자를 탁자에 올려놓았다. 그 안에는 담배꽁초가 가득 들어 있었다. 그는 여느 때처럼 신중하게 꽁초를 풀어서 담뱃가루를 받침접시에 조용히 담고, 찢어진 종이는 상자 속에 도로 집어넣었다. 어둠 속에서도 그에게는 사물이 보이는 모양이었다.

내가 숨을 쉬기 위해 잠시 욕설을 멈추자 종이와 담뱃가루가 희미하게 바스락거리는 소리가 들려왔다. 그리고 카르메신이 엄숙하고도 신중한 목소리로 코끼리처럼 중얼거리는 소리도 들려왔다.

"왜 그렇게 짜증을 내고 있나?"

---

* Gerald Kersh(1912~1968): 영국 태생의 미국 소설가. 범죄·공포·환상 등 다양한 장르의 소설을 썼으며, 특히 단편에 뛰어났다.

"가스 때문에요. 동전이 다 떨어져서 가스가 나오질 않네요."

"그렇군. 동전 한 닢으로 얻을 수 있는 가스가 얼마나 적은지, 그건 확실히 짜증스러운 일이지. 하지만 자네는 일을 철학적으로 처리하는 방법을 배워야 해. 가스불 대신 촛불을 켜면 되잖나."

"도대체 촛불로 어떻게 달걀을 요리할 수 있습니까?"

"날것으로 먹으면 되잖아." 카르메신이 말했다. 바스락거리며 담배꽁초가 또 하나 풀렸다. "혹시 담배 종이 가진 거 없나?"

"없는데요."

"빌어먹을!" 카르메신이 투덜거렸다.

"담배 종이가 없으면 담배를 그냥 씹으면 되잖아요." 나는 담배를 가리키며 심술궂게 말했다.

"알았네. 나 같은 사람의 코를 납작하게 만드는 게 그렇게 간단하다고는 생각지 말게. 자네가 내 나이쯤 되면 조금은 철학적인 생활방식을 배우게 될 거야. 평정, 균형, 그리고 사물을 객관적으로 바라보는 능력, 그게 바로 이 세상에서 필요한 덕목이야."

여기서 카르메신에 관해 잠깐 언급해두겠다. 강력한 개성, 거인 같은 풍모, 그러나 쇠락한 느낌을 풍기는 노인 카르메신. 여러분에게 단 한 번만이라도 그를 만나게 해주고 싶다. 어쨌든 카르메신은 굉장한 가슴과 상상할 수 없을 만큼 두툼한 배를 갖고 있었지만, 그래도 감색 양복을 단정히 차려입고 있었다. 뻣뻣한 머리카락은 짧게 자르고, 불그레한 얼굴은 당당할 만큼 크고, 누더기 같은 하얀 눈썹 아래 나른해 보이는 누런 눈은 자두처럼 크고, 니체처럼 기른 콧수염은 담배 연기 때문에 갈색으로 물든 채 마치 겨울잠을 자는 다람쥐처럼 코 밑에 웅크리고 있었다. 입을 가린 그 콧수염은 그가 숨을 내쉴 때마다 살아 있는 생물처럼 움직인다. 이 카르멘신이야말로 당대 최고의 범죄자 또는 당대 최고의 사기꾼이다.

"이렇게 하면 어떨까요?" 내가 말했다. "골판지를 동전 크기로 잘라서…"

"안 돼." 카르메신이 말했다. "그런 짓을 해봤자 시간 낭비야. 그 방법을 시험해본 적이 있는 사람을 알고 있는데, 성공하지 못했어. 그뿐만 아니라 가스계량기가 고장 나는 바람에 집주인한테 이실직고할 수밖에 없었지. 실패한 데다 호되게 창피까지 당한 셈이야. 그 녀석도 역시 자네처럼 젊었어."

"그건 혹시 영감님 자신이 저지른 대실수 가운데 하나가 아닌가요?"

"이보게 친구, 나는 실수 같은 건 하지 않아. 내 마음은 창의력이 풍부하고, 사실을 정확히 파악하고, 믿을 수 없을 정도의 선견지명을 갖고 있지. 내가 가스회사를 속일 때는 동전 몇 푼이 목적이 아니라 수천 파운드, 수만 파운드의 큰돈이 목적이었다네."

"수천, 수만 파운드라고요?"

"아니, 실제로는 파운드가 아니라 프랑이었지만."

"그럼 정말로 가스회사의 돈을 감쪽같이 가로챘다는 겁니까?"

"그건 식은 죽 먹기였다네. 하지만 원래 위대한 범죄라는 건 지극히 간단한 법이지. 눈뜬장님처럼 뻔한 것도 꿰뚫어보지 못하는 보통 사람의 맹점을 찌르면 돼. 천재란 무엇인가. 뻔하고 명백한 사실을 정확히 파악하는 능력과 창의력을 겸비한 사람을 말하는 것일세.

19××년 겨울에 나는 파리에서 병에 걸린 데다 일시적으로 금

전부족증까지 겹친 적이 있었지. 그때 나는 난방과 조명을 공짜로 해결할 뿐만 아니라, 그것을 손에 넣기 위해 고생한 대가로 사례금까지 듬뿍 받아낼 수 있는 방법을 발견했다네. 게다가 그 사례금은 현금이었어. 1만 프랑. 나는 그걸 밑천 삼아 독립할 수 있게 됐지. 브라질로 건너가서 역사상 가장 예술적인 다이아몬드 강도를 할 수 있었던 것도 원래는 가스회사에서 받아낸 그 밑천 덕택이었다네."

앞에서도 말했듯이 카르메신을 따라갈 사람은 아무도 없다. 그가 그렇게 굉장한 범죄자는 아니라 해도, 굉장한 이야기꾼인 것만은 분명하다. 덩치 크고 상냥하고 철학적인 그 노인이 하는 이야기를 들으면, 어떤 종류의 불법과 난폭함도 쉽게 연상할 수 있다. 그는 이야기의 급소를 잘 알고 있었기 때문에, 그의 이야기를 듣는 사람은 담배로 더러워진 콧수염을 통해 나오는 말을 한 마디도 남김없이 믿어버리게 된다. 하지만 이런 사람이 어떻게 범죄자로 전락할 수 있을까. 아니, 적어도 어떻게 거짓말 같은 것을 할 수 있을까.

"영감님 이야기를 어디까지 믿어야 좋을지 모르겠군요."

"무슨 소리를 하는 거야. 나는 가스가 끊겼을 때는 항상 그 사건을 생각하면서 내 마음을 달래고 있는걸.

그 사건의 개요는 이렇다네. 아까도 말했듯이 그때 나는 파리에 있었지. 어떤 장사든 경기가 좋을 때와 나쁠 때가 있는 법이지만, 그때는 정말 최악의 시기였다네. 나는 예기치 못한 사정으로 급히 제네바를 떠나, 삼등열차를 타고 프랑스 끝에서 끝까지 여행할 수밖에 없는 형편이었지. 프랑스의 삼등열차는 요즘도 한심하지만, 전쟁 전에는 훨씬 지독했다네. 따라서 내가 독감에 걸려 오르나노가 근처에 있는 셋방에서 앓아눕는 처지가 된 것도 전혀 이상할 게 없었어.

나는 샤를 라부아지에라는 이름으로 프랑스 신분증명서를 갖고 있었지. 그리고 내 프랑스어는 파리 토박이도 무색할 만큼 유창해. 그런 건 아무것도 아니야. 나는 11개 국어를 본토박이처럼 말할 수 있으니까. 핀란드어도 식은 죽 먹기야.

그런데 내가 역사상 가장 혹독했던 한겨울 추위 속에서 그 지저분한 셋방에 누워 끙끙 앓고 있는 꼴을 상상해보게. 방값은 석 달 치를 선불로 냈으니까 동네 가게에서는 어느 정도 외상으로 신용거래를 할 수도 있었지만, 내 소지품은 전부 전당포에 들어가버렸다네. 돈이라고는 한푼 없어서 난방을 못하니 방은 지독하게 추웠지. 파리의 담요는 속이 비칠 만큼 얄팍한 데다 보풀을 살짝 붙인 물건이라서, 몸에 두르면 보풀이 전부 콧속으로 들어오고 남는 것은 얄팍한 헝겊뿐이야. 너무 얇아서, 이나 벼룩도 그 속에 들어오려고 하지 않을 정도라네. 올 사이로 빠져나가 아래로 떨어지면 다리가 부러질지도 모르니까.

하지만 고열 속에서도 내 두뇌는 돌아가기 시작했지. 독감의 몽롱한 의식에 홀로 맞서서 분투하는 천재의 번득임, 그걸 한번 상상해보게. 그게 바로 이 카르메신의 두뇌일세. 밖에서는 눈이 내리기 시작했고, 그 눈이 녹아서 얼음으로 변했어. 찬서리가 내리는 밤들이 계속되었고…."

"그보다…" 나는 그의 말을 가로챘다. "가스회사 이야기는 어떻게 됐습니까?"

"지금 막 그 이야기를 하려던 참일세. 고열에 시달리는 동안 내 머릿속에서 영감이 번득이더군. 그래서 밤새도록 계획을 짠 결과, 이튿날 아침에는 가스등이 빛나고 난로도 활활 타올라 나는 오들오들 떠는 신세에서 벗어날 수 있었네. 게다가 나는 계량기에 동전 한 닢 넣지 않고 또 계량기를 조작하지도 않고 그 일을 해치웠다네."

"아니, 어떻게 그럴 수 있었습니까?"

"그렇게 재촉하지 말고 조금만 기다리게! 2주가 지나자 가스회사 직원이 계량기에 든 동전을 수금하러 왔더군. 우스꽝스러운 턱수염을 기른 남자였어. 그 사람은 계량기의 눈금에서 몇 리터의 가스가 소비된 것을 보고는 계량기를 열었지만, 물론 동전통은 텅 비어 있었지.

그 친구가 이러더군. '선생님, 이 계량기는 텅 비어 있는데요.'

그래서 나는 말했지. '수금원 양반, 그게 나하고 무슨 상관이오?'

그러자 녀석은 '하지만 돈은 어디에 있습니까?' 하더군.

나는 이렇게 대답했지. '이보슈, 나는 환자요. 언제까지나 이렇게 앉아서 당신이 내는 수수께끼에 대답할 수 있는 몸이 아니란 말이오. 제발 돌아가주시오.'

그러자 녀석이 이러더군. '선생님, 이건 상부에 보고하지 않으면 안 됩니다.'

나는 '좋을 대로… 악마한테나 보고하시오' 하고 말해주었지. 수금원은 계량기에 자물쇠를 채우고 봉인까지 했지만, 그래도 나는 그 후 2주 동안 공짜로 마음껏 가스를 썼다네. 2주가 지나자 또 그 수금원이 이번에는 다른 직원과 함께 찾아왔더군. 두 사람은 우선 자물쇠의 봉인을 조사하고, 전혀 손댄 흔적이 없는 것을 확인했지. 그건 복잡한 납봉인이라서 간단히 만지작거릴 수 있는 물건이 아니었어. 이어서 두 사람은 휘황하게 빛나고 있는 가스등과 새빨갛게 타고 있는 가스난로를 보았지. 그러고 나서 검사원은, 나보다 배짱이 작은 사람이라면 그만 주눅이 들어서 움츠러들 것 같은 눈초리로 나를 노려보면서 계량기 상자를 열었지만, 물론 동전 따위는 한 닢도 들어 있지 않았다네.

그때부터 시작된 말다툼 소리는 아마 당베르 광장에서도 들렸을 거야.

그 결과는 어떻게 되었느냐고? 가스회사 직원들은 내 방 계량기가 고장 났다고 단정하고는 그것을 떼어서 가져가고 새 계량기를 달았다네. 새 계량기는 정말 악마 같은 물건이었지. 어쨌든 버스처럼 커다랗고, 버스처럼 새빨갛고, 운전사가 기어를 바꿀 때처럼 요란한 소리를 내는 장치가 달려 있었으니까.

일주일 뒤에 가스회사 직원들은 또 나를 찾아와서는, 이번에도 가스등이 전부 휘황찬란하게 빛나고 방 안이 마치 오븐처럼 후끈후끈한 것을 보았지. 계량기를 여는 데 30분 정도는 족히 걸렸을 거야. 저번에 왔을 때 아주 단단히 잠가놓고 갔으니까 무리도 아니지. 그런데 계량기 상자 안에서 놈들은 무엇을 발견했을까. 텅 빈 공간뿐이었어."

카르메신은 이렇게 말하고는 우레 같은 소리로 껄껄 웃어댔기 때문에 쟁반 위에서 물주전자가 춤을 추고 유리창이 덜컹덜컹 울렸다.

"하지만 어떻게 그럴 수 있었습니까?"

"성미도 급하긴. 좀 느긋하게 기다리게. 가스회사 직원들도 똑같은 것을 묻더군. 나는 수수께끼 같은 웃음만 지은 채 아무 말도 하지 않았지. 그러던 어느 날, 아니나 다를까, 가스회사 중역한테서 나를 만나고 싶다는 정중한 초대장이 날아왔다네. 그래서 가봤더니 그 중역은 대충 이런 의미의 말을 하더군.

'라부아지에 씨, 당신이 어떤 수법을 쓰고 계신지는 모르지만, 그게 합법적이 아닌 것만은 분명합니다. 우리 회사의 가스계량기에 어떤 조작을 하셨습니까?'

나는 빙그레 웃기만 했다네. 그러자 중역이 이러더군.

'자, 어서 말씀해주세요. 우리는 관대한 조치를 취할 작정입니다. 당신을 고발하고 싶지는 않아요. 도대체 어떻게 해서 동전을 한 닢도 넣지 않고 그 계량기를 작동시킬 수 있었는지, 그걸 가르쳐주시면 우리는 일을 조용히 수습할 뿐만 아니라, 경우에 따라서는 당신이 지금까지 가스를 불법으로 사용한 사실에 대해서도 그냥 넘어갈 수 있습니다.'

그래서 나는 이렇게 말해주었지.

'좋습니다. 다만 조건이 있는데, 내가 그걸 가르쳐드리면, 당신네 회사는 나를 고발하지 않는 것은 물론이고 2만 프랑을 나한테 지불해야 합니다. 그렇게 하지 않으면, 소비자가 가스를 공짜로 이용할 수 있는 간단한 방법을 은밀하고도 신중한 방식으로 공표할 테니까요.'

'그런 엉터리가 어디 있소?' 하고 중역은 호통을 치더군.

'그렇게 되면 아마 당신네 회사에서는 계량기를 전부 바꿔 달아야 할 거요. 그 비용이 만만치 않을 텐데.'

결국 서로 양보해서 1만 프랑으로 타협하고, 중역은 나와 함께 하숙집으로 갔다네."

"그래서 어떻게 됐습니까?" 나는 조바심을 내며 물었다.

"조작은 아주 간단했어. 나는 계량기 바닥을 가리키며 중역에게 작은 구멍을 보여주었지. 바늘로 찌른 정도의 아주 작은 구멍이지만, 그게 제1호 장치였다네. 다음으로 나는 내가 사용하고 있던 비누를 보여주었지. 그게 제2호 장치였어. '그래서요?' 하고 중역이 묻더군. 나는 그 사람을 창가로 데려가서 창문을 열었다네. 창틀 위에 비누가 세 개 놓여 있었지. 각 비누에는 1프랑짜리 은화와 똑같은 크기의 오목한 구멍이 파여 있었네.

일은 어린애 속임수처럼 간단했다네. 그 비누에 판 작은 거푸집 속에다 나는 물을 부어두었지. 그러면 밤사이에 물이 얼음으로 변하는 거야. 계량기를 작동시키기에 딱 알맞은 강도를 가진 얼음 은화가 생기는 셈이지. 그렇게 해서 얻은 가스가 실내를 덥히면, 그 열로 얼음은 다시 물이 되어 계량기 바닥에 뚫린 작은 구멍으로 똑똑 떨어지는 장치야. 그 결과는? 물론 아무것도 보이지 않는 거지."

"정말 기막힌 수법이군요. 그런데 1만 프랑은 손에 들어왔습니까?"

"물론이지. 하지만 1만 프랑은 아무것도 아니야. 그 정도야 병아리 모이값이지."

카르메신은 벌써 두 번이나 피운 담배를 신문지 조각에 말아서 궐련처럼 만든 다음, 입에 물고 불을 붙였다. 그리고는 지독히 쓴 연기를 후우 토해내어 그 거대한 콧수염을 연기로 그슬렸다.

(원제: Karmesin, Swindler)

팜베 세랑의 한계

러디어드 키플링[*]

 이 사건의 배경이랄까 주변 사정을 고려하면, 그는 그렇게 할 수밖에 없었다. 그래도 역시 팜베 세랑은 죽을 때까지 목이 졸렸고, 나키드도 이제는 저세상 사람이 되었다.

 3년 전, 엘자스로트링겐 선박회사 소속의 증기선 '잘브릭'호가 아덴(아라비아반도 남쪽 예멘에 있는 항구도시─옮긴이)에 정박하여 석탄을 보급받고 있을 때, 10미터 아래 화실^{火室}에서 오른쪽 두 번째 보일러의 화부로 일하고 있는 덩치 크고 뚱뚱한 나키드는 휴가를 얻어 상륙했다. 햇볕이 몹시 뜨거웠다. 그는 배에서 나갈 때는 이른바 '시디 보이'─사람들은 화부를 그렇게 불렀다─였지만, 양손에 술병을 들고 돌아왔을 때는 고국인 잔지바르(동아프리카에 있던 왕국. 영국의 보호령이었으며, 1963년 독립한 뒤 탕가니카와 합병하여 탄자니아가 되었다─옮긴이)의 왕통을 이어받은 사이드 바가슈 술탄 각하가 되어 있었다. 그는 앞쪽 해치의 쇠창살 위에 털썩

---

[*] Rudyard Kipling(1865~1936): 영국의 소설가. 인도의 뭄바이에서 태어났다. 《정글북》의 작가로 유명하며, 1907년에 노벨문학상을 받았다.

주저앉아, 소금에 절인 생선과 양파를 먹으며 먼 나라의 노래를 불러댔다. 그 음식은 팜베라는 세랑(외국 선박에 고용된 인도인 하급 선원의 우두머리—옮긴이)의 것이었다. 팜베는 좀 전에 그것을 조리해놓고 소금을 구하러 잠깐 나간 참이었다. 그가 돌아와서 보니 나키드가 더러운 손가락으로 그릇에 가득 담아놓은 밥을 쿡쿡 쑤셔대고 있었다.

세랑은 중요한 직책이고, 급료는 화부보다 적지만 지위는 훨씬 높다. 선장 전용 보트가 수면에서 갑판으로 올려질 때 "어기여차, 어여차" 하고 선창을 외치는 것도 세랑의 역할이고, 수심을 잴 때 추를 내리는 것도 세랑이다. 때로는 배에 탄 사람들이 모두 할 일 없이 빈둥거릴 때, 새하얀 무명옷에 새빨간 장식띠를 두르고 뒷갑판에서 승객의 아이들과 놀아주기도 한다. 그러면 승객들은 그에게 팁을 주고, 그는 그 돈을 모아두었다가 뭄바이나 콜카타나 페낭에서 실컷 먹고 마시는 데 쓰곤 했다.

"이봐! 뚱보 깜둥이 오크통! 감히 내 음식에 손을 대다니!" 팜베는 특수한 '링구아 프랑카'(모국어가 다른 사람들이 의사소통을 하기 위해 공통어로 사용하는 제3의 언어—옮긴이)로 말했다. 지중해의 레반트어(시리아·요르단·레바논 등 중동 일부 지역에서 쓰는 아랍어—옮긴이)가 끝나는 곳에서 시작되는 이 국제 혼성어는, 이집트의 포트사이드에서 동쪽으로 나아가, 북태평양에서 바다표범을 잡는 범선이 하코다테(일본 홋카이도 남단에 있는 항구도시—옮긴이)의 정크선과 세상 돌아가는 이야기를 나누는 극동의 바다까지 퍼져 있다.

"악마 새끼, 원숭이 낯짝, 말린 상어간, 돼지 같은 놈. 나는 위대하고 현명한 사이드 바가슈 술탄이고, 이 배의 선장이다. 네놈의 이 쓰레기는 빨리 치워버리는 게 좋을 거야." 이렇게 말하고 나키드는 텅 빈 밥그릇을 팜베의 손에 억지로 쥐어주었다.

팜베는 그 양철 그릇을 털실 같은 머리가 돋아난 나키드의 정수리에 내리쳐서 납작하게 찌그러뜨렸다. 그러자 나키드는 칼을 빼들어 팜베의 다리를 찔렀다. 팜베도 칼을 빼들었지만, 그때 나키드는 이미 어두운 화실로 달려 내려가 쇠창살 밑에서 팜베에게 퉤 하고 침을 뱉었다. 팜베의 다리에서 흘러내리는 피가 깨끗이 닦인 갑판에 얼룩을 만들고 있었다.

오직 하얀 달만이 이 자초지종을 내려다보고 있었다. 고급 선원들은 석탄 싣는 작업을 감독하고 있었고, 승객들은 비좁은 선실에서 잠을 자고 있었기 때문이다.

"좋아." 팜베는 혼자 중얼거리고, 뱃머리 쪽으로 가서 다리에 붕대를 감았다. "이 일은 나중에 반드시 매듭을 지어주마."

팜베는 인도에서 태어난 말레이인이었고, 아내가 여럿이었다. 한번은 미얀마에서 결혼했는데, 그 아내는 쉐다곤 거리에서 담배 장사를 하고 있었다. 또 한번은 싱가포르에서 중국인 아가씨와 결혼했고, 인도 마드라스에서 새를 파는 이슬람 여자와도 결혼했다. 영국인 선원은 우편이나 전신이 발달해 있기 때문에 팜베처럼 여러 번 결혼할 수 없지만, 토착민 선원들은 서양 미개인의 야만적인 발명품의 영향을 받지 않기 때문에 얼마든지 여러 여자를 아내로 거느릴 수 있다. 팜베는 이따금 자기한테 아내가 있다는 것이 생각나면 좋은 남편이 되었다. 그는 또한 훌륭한 말레이인이기도 했는데, 말레이인을 화나게 하는 것은 현명한 일이 아니다. 말레이인은 어떤 일도 결코 잊어버리는 법이 없기 때문이다. 게다가 팜베의 경우에는 피가 났을 뿐 아니라 음식까지 더럽혀졌다.

이튿날 아침, 나키드는 텅 빈 마음으로 일어났다. 그는 이제 잔지바르의 술탄 각하가 아니라, 찌는 듯한 더위에 시달리는 화부였다. 그래서 그는 갑판으로 올라가 윗옷을 열고, 아침의 산들바람에 땀을 식히고 있었다. 바로 그때 단검이 날치처럼 날아와 그의 오른쪽 겨드랑이에서 손가락 한 마디밖에 떨어지지 않은 조리실 나무 기둥에 꽂혔다. 그는 바람 쐬기를 서둘러 그만두고 화실로 뛰어 내려가면서 어젯밤에 자기가 그 칼의 임자한테 무슨 실수를 저질렀는가를 기억해내려고 애썼다.

정오가 되자 선원들이 모두 점심을 먹기 위해 모였다. 나키드는 본디 자신의 피부색을 자랑스럽게 생각하고 싸움을 싫어하는 온화한 성품을 타고났기 때문에, 사람들 한가운데로 나아가서 이런 말로 교섭을 시작했다.

"이 배에 타고 있는 여러분. 어젯밤에 저는 몹시 취해서 여러분 가운데 한 분에게 부끄러운 짓을 저지른 모양입니다. 오늘 아침에야 그것을 깨달았습니다. 그게 누군지 말씀해주십시오. 그러면 제가 술에 취해서 실수를 했다고, 그 사람한테 직접 사과할 수 있을 테니까요."

팜베는 나키드의 드러난 가슴까지의 거리를 눈으로 쟀다. 여기서 덤벼들면 중간에 발이 걸려 넘어질지 모르고, 나키드의 가슴을 향해 무턱대고 칼을 던져도 갈비뼈에 상처를 내는 정도로 끝날지 모른다. 상대가 자고 있을 때가 아니면 갈비뼈 사이를 정확히 찌르기는 어렵다. 그래서 팜베는 아무 말도 하지 않았고, 다른 선원들도 잠자코 있었다. 당장 그들의 얼굴에서 표정이 사라졌다. 살인의 낌새나 무슨 말썽이 일어날 가능성이 있으면 동양인들은 무표정해지는 버릇이 있다.

나키드는 선원들의 하얀 눈동자를 오랫동안 바라보았다. 그는 타고난 아프리카인이어서 남의 성격을 잘 간파하지 못했다. 커다란 한숨-거의 신음에 가까운 한숨-이 그의 입에서 새어나왔다. 그는 다시 화실로 돌아갔다. 선원들은 나키드가 중단시킨 대화를 다시 시작했다. 화제는 쌀을 요리하려면 어떻게 하는 게 가장 좋은가 하는 것이었다.

뭄바이까지 항해하는 동안 나키드는 신선한 공기를 마시지 못해서 몹시 괴로웠다. 그가 갑판으로 나가는 것은 다른 사람들이 주위에 많이 있을 때뿐이었지만, 그렇게 조심을 했는데도 한번은 기중기에서 무거운 각재가 떨어져 그의 머리에서 한 뼘도 떨어지지 않은 곳을 스친 적이 있었고, 겉보기에는 단단히 묶여 있는 쇠창살에 그가 발을 올려놓은 순간 쇠창살이 홱 뒤집혀, 하마터면 5미터 아래의 화물창고로 떨어질 뻔한 적도 있었고, 또 어느 날 밤에는 뱃머리의 망루에서 칼이 떨어져 그의 몸에 상처를 내는 견디기 어려운 사건도 있었다. 그래서 나키드는 고충을 호소하고, '잘브릭'호가 뭄바이에 도착하자마자 배에서 달아나 80만 명의 군중 속으로 모습을 감추었다. 그리고 '잘브릭'호가 뭄바이를 출항한 뒤 한 달 동안은 승선계약에 서명하지 않았다.

팜베도 뭄바이에서 나키드가 나타나기를 기다리고 있었지만, 아내가 잔소리를 해대는 데다 그 자신이 '놀기만 하고 일하지 않으면 주머니에 곰팡이가 핀다'는 속담을 깨달았기 때문에, '스피셸렌'

호를 타고 홍콩까지 가는 계약에 서명할 수밖에 없었다. 안개가 짙은 남중국해에서 그는 줄곧 나키드를 생각했고, 엘자스로트링겐 사 소속의 선박이 '스피셸렌'호와 같은 항구에 들어와 있을 때는 선원들에게 나키드의 행방을 수소문하곤 했다. 그리하여 나키드가 '그레이브로테'호를 타고 희망봉을 지나 영국으로 갔다는 사실을 알아냈다. 그래서 팜베도 '워스'호를 타고 영국으로 갔다. '워스'호는 템스강 어귀의 노어 등대 앞바다에서 '스피셸렌'호를 만났다. 나키드는 그 '스피셸렌'호를 타고 영국에서 남인도의 캘리컷 해안으로 가는 중이었다.

"친구를 찾고 있다고? 통풍구 같은 입을 가진 화부라고?" 무역업에 종사하고 있는 신사가 말했다. "그렇다면 찾아내는 건 식은 죽 먹기요. 니안자(게냐 서남부, 빅토리아호 연안에 있는 마을—옮긴이) 선착장에서 기다리고 있으면 틀림없이 올 거요. 누구나 반드시 니안자 선착장에 오니까. 거기서 기다리면 돼요, 불쌍한 이교도여."

그 신사의 말은 사실이었다. 세상에는 끈기있게 기다리고 있으면 만나고 싶은 사람을 반드시 만날 수 있는 커다란 관문이 세 군데 있다. 수에즈 운하 북쪽 끝이 그중 하나인데, 그곳에는 '죽음'도 함께 찾아온다. 두 번째 장소는 영국 런던의 체링크로스 역이지만, 이건 내륙용 만남의 장소이다. 그리고 세 번째가 니안자 선착장이다. 이 세 곳에는 반드시 오기로 되어 있는 사람을 찾아다니는 남녀의 모습이 끊이지 않는다.

그래서 팜베는 선착장에서 기다렸다. 그에게 시간 따위는 아무래도 좋았다. 아내들도 기다리게 내버려두면 된다. 이리하여 하루가 지나고, 일주일이 지나고, 한 달이 지났다. 그는 계속 기다렸다.

그동안 파란 다이아몬드 표시의 굴뚝, 빨간 점을 그린 굴뚝, 노란 줄무늬 굴뚝 따위가 번갈아 나타났다가 사라지고, 이름도 없는 초라한 화물선들이 짐을 부리거나 싣고, 끊임없이 계속되는 안개 속에서 밀치락거리며 엇갈리고, 기적을 울리고, 요란한 소리를 냈다.

주머니에 곰팡이가 피기 시작했을 때 어떤 친절한 신사가 팜베에게 기독교도가 되라고 권했기 때문에, 팜베는 서둘러 기독교도가 되어 선박들이 드나드는 틈틈이 종교 교육을 받았고, 선원들에게 전도용 광고지를 나누어주는 대가로 일주일에 6실링 내지 7실링을 벌었다. 그 신앙이 어떤 것인지에 대해서는 관심도 없었다. 하지만 검정 코트를 입은 신사들에게 "나리, 저는 원주민 기독교도입니다" 하고 말하면 동전 몇 닢을 적선받을 수 있다는 것은 알고 있었고, 전도용 광고지는 싸구려 담배를 파는 선술집에 팔아 치울 수 있었기 때문에 소득이 쏠쏠한 소매업이었다.

그러나 8개월이 지나자 팜베는 진창 속에 잠긴 채 꼼짝 않고 서 있었던 탓으로 폐렴에 걸려, 어쩔 수 없이 2실링 6펜스짜리 셋방에 앓아눕게 되었다. 그는 운명에 대해 몹시 화를 냈다.

친절한 신사는 그의 침대 옆에 앉아, 마음의 양식이 되는 책을 소리 내어 읽어주었다. 그러나 팜베가 그 낭독에 귀를 기울이는 대신 이국어로 투덜거리기만 하면서 또다시 미개하고 야만적인 이교도로 되돌아가버릴 것 같은 기색을 보이자 몹시 슬퍼했다. 그러던 어느 날 팜베는 선착장 근처에서 지껄이고 있는 목소리를 듣고는 혼수상태에서 번쩍 눈을 떴다.

"저 목소리는… 내 친구다!" 팜베는 속삭였다. "불러주세요. '나키드!' 하고 큰 소리로 불러주세요! 빨리요. 하느님이 놈을 나한테 보내주셨어요!"

'이 사람은 동족을 찾고 있었구나.' 친절한 신사는 이렇게 짐작하고 밖으로 나오자, 목청을 한껏 높여서 "나키드!" 하고 불렀다. 그러자 까슬까슬 피부를 스치는 하얀 셔츠에 새로 산 싸구려 옷을 입고, 커다란 모자를 쓰고, 가슴에 장식핀을 단 유색인이 홱 뒤를 돌아보았다. 나키드는 수많은 항해에서 돈 쓰는 법을 배워 어엿한 시민이 되어 있었다.

신사한테 사정 이야기를 듣고는 그가 이렇게 말했다.

"아아, 그래요! 그 녀석한테 명령한 적이 있었지요. '잘브릭'호에 타고 있을 때요. 그리운 팜베, 오, 그리운 팜베. 녀석은 터무니없는 악당이었지요. 녀석이 있는 곳으로 안내해주세요."

그는 신사를 따라 팜베의 방으로 들어왔다. 나키드는 팜베를 보자마자, 친절한 신사가 깜박 잊고 말하지 않은 것을 간파했다. 팜베는 절망적인 가난에 시달리고 있었던 것이다. 나키드는 두 손을 주머니에 깊이 찔러넣고 주먹을 쥐었다. 그러고는 병자에게 다가가면서 이렇게 외쳤다.

"하이야, 팜베! 하이야! 히야! 후라아! 히이호오! 다키로! 다키로! 고물을 단단히 고정시켜, 팜베! 알겠지, 팜베. 나를 알겠지. 멍청이, 뚱보, 게으름뱅이, 악당놈아!"

팜베는 왼손으로 그의 이름을 불렀다. 오른손은 베개 밑에 들어가 있었다. 나키드는 커다란 모자를 벗고, 가늘게 속삭이는 팜베의 목소리를 들으려고 침대 위에 허리를 굽혔다.

"얼마나 아름다운 광경인가!" 친절한 신사가 말했다. "동양인은 얼마나 어린애처럼 서로 사랑하는가."

"뭐라고? 좀 더 큰 소리로 말해봐." 나키드는 허리를 더욱 굽혀서 팜베의 얼굴에 귀를 가까이 대고 말했다.

"그 생선과 양파 사건 말인데…" 팜베가 이렇게 말한 것과 단검이 나키드의 갈비뼈 밑에서 푹 꽂힌 것은 거의 동시였다.

병자 같은 탁한 기침 소리가 나고, 아프리카인의 몸뚱이가 천천히 허물어졌다. 꽉 움켜쥐고 있던 손에서 은화가 우수수 쏟아져 방바닥 구석구석으로 굴러갔다.

"이제야 드디어 편안히 눈을 감을 수 있게 됐군!" 팜베가 말했다.

그러나 그는 죽지 않았다. 돈으로 살 수 있는 온갖 치료 덕에 목숨을 건졌던 것이다. 법률이 그의 신병을 원하고 있었기 때문이다. 이리하여 그는 결국 건강을 되찾은 다음, 살인범에게 합당한 형태로 교수형에 처해졌다.

팜베는 별로 개의치 않았지만, 그 친절한 신사에게는 슬픈 충격이었다.

(원제: The Limitations of Pambe Serang)

표범 남자의 이야기

잭 런던[*]

그는 꿈을 꾸는 듯한, 먼 곳을 바라보고 있는 듯한 눈빛을 하고 있었다. 젊은 아가씨처럼 상냥하고 우수에 잠긴 그 독특한 목소리는 깊이를 알 수 없는 우울함의 온건한 표현처럼 들렸다. 그는 표범 남자였지만, 전혀 그런 느낌이 나지 않았다. 그는 많은 관객들 앞에서 곡예를 하는 표범 우리에 들어가 위험한 연기를 하여 관객을 조마조마하게 만드는 일로 생계를 꾸려가고 있었다.

금방 말했듯이 그는 전혀 그런 인물로 보이지 않았다. 허리가 가늘고, 어깨도 좁고, 빈혈에 걸린 사람처럼 창백했지만, 부드러운 슬픔을 조용히 참고 있는 것에 비하면 그다지 우울해 보이지도 않았다. 나는 한 시간 동안이나 그에게서 이야기를 들으려 하고 있었지만, 그는 아무래도 상상력이 부족한 것 같았다. 그가 보기에 자신의 직업에는 남들이 화려하게 여기는 그런 낭만이라고는 눈곱만큼도 없고, 대담무쌍한 행위나 스릴 같은 것도 없었다. 있는 것이라고는 단지 회색의 단조로움과 끝없는 권태뿐이었다.

---

[*] Jack London(1876~1916): 미국의 소설가·사회평론가.《야성의 부름》,《강철군화》가 유명하다.

"사자요? 그럼요. 물론 사자와도 싸운 적이 있지요. 별로 대단한 건 아닙니다. 필요한 건 냉정함을 잃지 않는 것이죠. 흔해 빠진 채찍 한 개만 있으면 누구나 사자를 얌전하게 만들 수 있습니다. 언젠가는 30분 동안이나 사자와 싸운 적이 있지요. 사자가 덤벼들 때마다 콧등을 찰싹 때려주고, 사자가 고개를 숙이고 덤벼들면 그때는 한쪽 다리를 쑥 내미는 겁니다. 그래서 그 다리에 덤벼들면 얼른 다리를 당기고, 다시 콧잔등을 찰싹 때려줍니다. 단지 그것뿐이에요."

그는 먼 곳을 바라보는 듯한 눈빛에다 부드러운 어조로 말하면서, 헤아릴 수 없을 만큼 많은 상처를 보여주었다. 그중 하나는 암호랑이한테 어깨를 물려 뼈까지 드러난 상처였다. 나는 그제야 그의 윗옷에 정성 들여 기운 부분이 많은 것을 알아차렸다. 그의 오른쪽 팔은 팔꿈치에서 손까지 마치 탈곡기에라도 말려 들어간 것 같았다. 맹수의 발톱과 이빨이 남긴 끔찍한 상처였다. 하지만 이 정도는 아무것도 아니라고 그는 말했다.

"좀 귀찮은 건 장마철이 되면 해묵은 상처가 쑤시는 것뿐입니다."

갑자기 무언가 생각난 게 있는 듯 그의 표정이 생기를 띠었다. 듣는 내 열성에 못지않게, 그 역시 재미있는 이야기를 들려주고 싶어서 좀이 쑤시는 모양이었다.

"사자 조련사가 어떤 남자의 미움을 산 이야기인데, 들으신 적이 있습니까?"

그는 잠시 말을 멈추고, 맞은편 우리 안에 병들어 누워 있는 사자를 뚫어지게 바라보았다.

"저 녀석은 이빨이 아프답니다. 그런데 그 사자 조련사의 장기는 사자 입 속에 머리를 집어넣는 것이었지요. 그를 미워한 남자는 사자가 그의 머리를 덥석 무는 꼴을 보고 싶어서, 조련사가 출연할 때는 반드시 관중석에서 지켜보고 있었답니다. 그는 서커스단이 가는 곳이면 어디든 따라왔지요. 그렇게 오랜 세월이 흘러, 그 남자도 사자 조련사도 그리고 사자도 함께 늙어갔습니다. 그러던 어느 날, 객석 맨 앞줄에 앉아 있던 그는 오랫동안 기다리던 광경을 마침내 보았습니다. 사자가 조련사의 머리를 덥석 물어버린 겁니다. 의사를 부를 필요도 없었지요."

표범 남자는 아무렇지도 않게 제 손톱을 힐끗 보았지만, 그것은 그 특유의 슬픔을 동반하지 않았다면 잔혹하다고까지 말할 수 있는 태도였다.

"내가 보기에는 그것이야말로 인내의 극치였습니다. 나도 사실은 인내심이 강한 편이지요. 하지만 내가 알고 있던 어떤 남자의 인내심은 그것과는 또 달랐습니다. 그는 키가 작고, 칼을 삼키는 곡예와 마술을 하는 프랑스인이었지요. 이름은 드빌이라고 했는데, 아내가 대단한 미인이었습니다. 그 여자는 공중그네를 타는 곡예사였어요. 천막 지붕 바로 밑에서 그물까지 멋지게 한 바퀴 회전하면서 다이빙을 하는 겁니다.

드빌은 무대에서 손놀림이 재빠른 것만큼 성미도 급했는데, 손이 어찌나 빠른지 호랑이 앞다리에도 지지 않을 정도였답니다. 그런데 어느 날 서커스단 단장이 그를 프랑스놈이라고 욕했습니다. 어쩌면 그보다 더 심한 욕을 했는지도 모르지만, 어쨌든 드빌은 화가 나서 평소에 칼던지기 배경막으로 사용하는 부드러운 송판에 단장을 눌러대고는, 단장에게 생각할 여유도 주지 않은 채, 관객이 보는 앞에서 느닷없이 칼을 잇달아 던지기 시작했습니다. 칼은 단장의 옷을 뚫고, 살갗을 살짝 스칠 만큼 몸 가까이에 즐비하게 꽂혔지요.

단장은 핀에 꽂힌 곤충과 똑같은 꼴이 되어서, 어릿광대들이 칼을 뽑아주어야 했답니다. 그 후 드빌을 조심하라는 소리가 서커스단에 쫙 퍼졌고, 이제는 아무도 그의 아내한테 추근거리지 않았습니다. 어쨌든 그 여자는 꽤나 엉덩이가 가벼운 여자였지만, 모두 드빌이 무서워서 손을 댈 수가 없었지요.

그런데 월리스라는 남자가 있었습니다. 이 세상에 무서울 게 없다는 남자였지요. 그 역시 사자 조련사였고, 사자 입 속에 머리를 집어넣는 곡예를 장기로 삼고 있었습니다. 게다가 상대가 어떤 사자든 가리지 않고 머리를 집어넣는 겁니다. 하지만 가장 안심하고 머리를 집어넣을 수 있는 상대는 오거스터스였습니다. 덩치는 크지만 사람을 잘 따르는 얌전한 사자였지요.

월리스―우리는 그를 '월리스 대왕'이라고 불렀어요―는 산 것이든 죽은 것이든 어떤 것도 무서워하지 않았습니다. 대왕이니까 실패하는 일도 없었지요. 언젠가 술에 취한 그가 난폭해진 사자 우리에 들어가는 내기를 하고는, 채찍 하나 사용하지 않고 사자를 얌전하게 만드는 것을 본 적이 있습니다. 사자의 콧잔등을 주먹으로 때려서 얌전히 굴복시키더군요.

그런데 드빌의 아내가…"

그때 우리 뒤에서 소동이 일어났다. 표범 남자는 조용히 뒤를 돌아보았다. 그곳에는 두 칸으로 나뉜 우리가 있었는데, 원숭이 한 마리가 칸막이 너머로 손을 뻗었다가 반대쪽 우리에 있던 커다란 회색 늑대한테 팔을 물린 참이었다. 늑대는 엄청난 힘으로 원숭이의 팔을 잡아당기고 있었다. 원숭이의 팔은 굵은 고무줄처럼 점점 길어지는 것 같았고, 동료 원숭이들이 꽥꽥 소리를 지르고 있었다. 가까이에 사육사가 없었기 때문에 표범 남자가 우리로 다가가서 손에 들고 있던 채찍으로 늑대의 콧잔등을 찰싹 때렸다. 그러고 나서 변명하는 듯한 슬픈 미소를 짓고 돌아오더니, 마치 아무 일도 없었던 것처럼 다시 이야기를 계속했다.

"…월리스 대왕한테 추파를 던졌고, 월리스 대왕도 그 여자한테 의미있는 시선을 보내는 걸 보고, 드빌이 몹시 불쾌한 얼굴을 하게 되었습니다. 우리는 월리스한테 주의를 주었지만 전혀 효과가 없었지요. 그는 우리를 비웃고, 얼마 후에는 드빌한테 싸움을 걸었습니다. 드빌의 머리를 풀이 가득 들어 있는 양동이에 집어넣고는, 그 꼴이 우습다면서 웃음거리로 삼았으니까요.

드빌의 꼴은 차마 눈 뜨고는 못 볼 만큼 참혹했습니다. 나도 풀을 닦아내는 걸 도와주었을 정도니까요. 그런데 드빌은 지극히 냉정해서, 월리스의 도발에 응할 기색이 전혀 없었습니다. 하지만 그의 눈에는 맹수의 눈에서 흔히 볼 수 있는 그 활활 타오르는 듯한 광채가 있었기 때문에, 나는 쓸데없는 참견이라고 생각하면서도 월리스한테 마지막 경고를 했습니다. 월리스는 웃고 있었지만, 그 후로는 드빌의 아내한테 별로 추파를 던지지 않더군요.

그리고 몇 달 동안은 아무 일도 없었기 때문에 나도 공연한 걱정을 했는지도 모른다고 생각하기 시작했습니다. 그 무렵 우리는 서부를 순회공연하는 중이어서 샌프란시스코에 천막을 치고 있었지요. 그날 오후에 나는 무대감독 데니한테 빌려준 주머니칼이 필요해서 그를 찾아다녔는데, 공연장을 들여다보니 여자들로 만원이었습니다.

분장용 막사로 다가갔을 때 그 안에 데니가 있을지도 모른다는 생각이 들어서, 천막에 뚫린 구멍으로 안을 들여다보았습니다. 데니는 없었지만, 눈앞에 타이츠를 입은 월리스 대왕이 차례를 기다리고 있더군요. 그는 공중그네를 타는 두 사람의 말다툼을 재미있다는 듯이 구경하고 있었습니다. 분장용 막사에 있던 다른 곡예사들도 모두 말다툼에 정신이 팔려 있었지만, 드빌만은 증오를 노골적으로 드러낸 눈으로 월리스를 뚫어지게 노려보고 있었지요. 월리스와 다른 사람들은 싸움에 정신이 팔려 드빌의 표정을 알아차리지 못했습니다. 드빌이 계속 월리스한테 화를 내고 있다는 것도 전혀 몰랐고요.

하지만 나는 천막에 뚫린 구멍을 통해 전부 다 보았습니다. 그날은 무척 더웠는데, 드빌은 주머니에서 손수건을 꺼내 얼굴의 땀을 닦는 척하면서 월리스 뒤를 지나갔습니다. 도중에 한 번도 걸음을 멈추지 않고 손수건을 팔랑거리면서 곧장 출입구까지 걸어가더니, 나가기 전에 휙 고개를 돌려 월리스한테 잠깐 시선을 던졌습니다. 그 시선의 의미를 나는 이해할 수가 없었어요. 거기에는 증오만이 아니라 득의만만한 표정도 섞여 있었으니까요.

드빌을 감시할 필요가 있겠다고 생각했습니다. 그래서 드빌이 서커스장을 떠나 시내로 가는 전차에 타는 것을 보았을 때는 안도감으로 가슴을 쓸어내렸을 정돕니다. 그리고 몇 분 뒤에 나는 공연장에서 데니를 찾아냈습니다. 거기서는 마침 월리스가 멋진 연기로 관객들을 넋 나가게 만들고 있는 참이었지요. 그는 언짢은 일이라도 있는지, 사자들이 엄니를 드러내고 으르렁거리는 소리를 지를 만큼 녀석들의 화를 돋우었습니다. 그래도 늙은 오거스터스만은 너무 뚱뚱하고 노쇠해서 아무리 부추겨도 화를 내는 일이 없었지요.

이윽고 윌리스는 늙은 오거스터스의 무릎을 채찍으로 때려서 바닥에 앉혔습니다. 오거스터스가 얌전히 눈을 껌벅거리며 입을 딱 벌리자 윌리스의 머리가 그 안으로 들어갔습니다. 그런데 바로 그 순간 사자의 턱이 덥석 닫힌 겁니다."

표범 남자는 뜻 모를 미소를 짓고, 먼 곳을 바라보는 듯한 표정을 지었다. 그러고는 낮고 슬픈 목소리로 말을 이었다.

"그게 윌리스 대왕의 마지막이었지요. 소동이 가라앉았을 무렵, 나는 기회를 보아 시체 위에 허리를 굽혀 윌리스의 머리 냄새를 맡아보았습니다. 그 순간 재채기가 나왔습니다."

"그렇다면… 그건?" 나는 서둘러 더듬거리면서 물었다.

"코담배였습니다. 드빌이 분장용 막사 안에서 윌리스의 머리에 뿌린 거예요. 늙은 오거스터스는 윌리스를 죽일 생각이 추호도 없었어요. 다만 재채기를 했을 뿐이지요."

(원제: The Leopard Man's Story)

로버트는 언제나 신용을 지킵니다

필립 맥도널드[*]

이것은 세상이 아직 살기 좋았을 무렵, 이제는 옛날이 되어버린 그리운 날들의 이야기다.

또한 필라델피아의 하워드 핸턴―친구와 가족은 그를 빙고라고 불렀다―이 어떻게 영국을 방문하여, 아름다운 신부만이 아니라 상당한 밑천까지 손에 넣었는가 하는 이야기이기도 하다.

그가 배를 타고 영국으로 떠나기 전에, 너는 영국에서 신부감을 데리고 돌아올 거라고 말하는 사람이 있었다면, 아마 그는 당치도 않은 소리라고 웃어넘겼을 것이다. 하물며 너는 경마 도박사의 딸과 결혼하게 될 거라고 말하는 사람이 있었다면, 그의 웃음소리는 더욱 커졌을 것이다.

하지만 이것은 그가 데보라 델런시를 만나기 전의 이야기다.

데보라는 로버트 델런시의 딸이었고, 로버트 델런시는 그 좋았던 옛날 영국을 방문한 적이 있는 사람이라면 누구나 기억하고 있

---

[*] Philip MacDonald(1909~1980): 영국의 추리소설가·시나리오 작가.

겠지만, 신문광고에 '로버트는 언제나 신용을 지킵니다'라는 문구와 함께 실려 있는 그 당당한 사진으로 낯익은 인물이다.

하지만 델런시에 대해서는 나중에 다시 들을 기회가 있을 것이다. 그것도 확실한 소식통한테 직접. 그러니까 지금은 우선 아버지보다 즐거운 화제인 딸 데보라에게 화제를 돌리기로 하자.

그 당시 데보라 델런시는 단순히 아리따운 아가씨가 아니라, 그 방면의 감정가들이 영국의 세 번째 미녀로 꼽을 만큼 굉장한 미인이었다. 따라서 그녀가 빙고에게 준 충격이 전격적이고 영혼을 뒤흔들 정도였다 해도 전혀 이상할 게 없다.

두 사람은 도싯 공작부인이 주최한 자선 가장무도회에서―각각 퐁파두르 부인(프랑스 국왕 루이 15세의 애인―옮긴이)과 에이브러햄 링컨으로 분장하고―알게 되어, 서로 첫눈에 반했다. 그리고 화려한 그날 밤의 무도회가 끝날 때쯤에는 서로 헤어지기 싫은 기분을 품게 되었다.

두 사람은 이튿날 점심 식사를 같이했고, 그 이튿날 밤에는 저녁 식사를 같이했으며, 셋째 날은 온종일 템스 강변에서 놀았다. 그리고 일주일도 지나기 전에, 둘 다 상대가 없는 삶은 살 가치가 없다고 생각하게 되었다.

또한 데보라가 스물한 살이 될 때까지 꼬박 1년을 더 기다려야 한다는 것도 두 사람에게는 받아들이기 어려운 일이었다.

데보라는 그 귀여운 머리를 슬픈 듯이 흔들면서 말했다.

"하지만 아버지 허락을 받아야 해요. 당신도 이제 곧 아시겠지만, 우리 아버지를 설득하는 건 만만찮은 일이에요!"

그러자 빙고가 말했다.

"그래요? 왜?"

"당신은 아버지가 충분하다고 생각할 만한 재산을 갖고 있지 않으니까요. 게다가 지금 갖고 있는 돈도 스스로 번 게 아니잖아요."

"그런가요?"

로버트 델런시는 만만찮은 정도가 아니라 도저히 감당해낼 수 없는 인물이라는 사실이 곧 밝혀졌다. 그리 길지도 않은 빙고의 이야기를 다 들은 뒤, 그는 설교와 자신의 성공담과 욕설을 비슷한 정도로 뒤섞은 장광설을 늘어놓기 시작했다. 욕설은 빙고라는 인물 자체와 미국적인 모든 것을 대상으로 하고 있었다.

빙고의 눈에는 반짝반짝 윤나게 닦은 커다란 책상 저편에 앉아 있는 델런시의 모습이 행복으로 가는 길을 가로막고 있는 난공불락의 요새처럼 보였다. 일찍이 어떤 인물이 평했듯이, 자수성가한 델런시는 그 풍모와 마찬가지로 남을 대하는 태도도 도무지 요령부득이어서, 붙잡고 매달릴 데라고는 없었다. 빙고는 절망한 나머지 여섯 구획쯤 떨어진 세인트제임스 공원까지 걸어가 공원 연못에 몸을 던지고 싶은 심정을 억누르는 게 고작이었다.

"나는 무정한 사람이 아닐세." 델런시가 말했다. "오히려 그 반대지! 자네가 세상 물정에 밝은 젊은이라면, 세상에 나가 자기 '머리'를 써서 단돈 1파운드라도 벌어올 만한 재능이 있는 젊은이라면 이야기는 또 달라지겠지. 하지만 보아하니 자네는 외국 태생의 게으름뱅이에 불과해. 어쨌든 외국 태생의 게으름뱅이가 외국 태생의 게으름뱅이로 일생을 끝마칠 전망밖에 없는 주제에 내 딸한테 청혼하는 것을 내가 잠자코 허락하리라고는 기대하지 않는 게 좋아!"

이 말과 함께 델런시는 통통한 손으로 책상을 탕 내리쳤다.

"간단히 말하면 그래!"

빙고는 굴욕감을 꾹 참고 숨을 깊이 들이마신 다음, 정중하게 말했다.

"그러면 외국 태생의 게으름뱅이가 더할 나위 없는 사위로 다시 태어나려면 어떻게 하면 된다고 생각하십니까?"

그러자 델런시는 이렇게 말했다.

"그거야말로 예의 바른 질문이군. 그렇다면 나도 예의 바르게 대답해주지. 자네가 '머리'를 써서 1만 파운드를 벌어오면, 그때는 데보라한테 청혼하는 걸 허락하겠네!" 그러고는 이렇게 덧붙였다. "물론 그때까지 내 딸이 자네의 청혼을 기다리고 있다면 말이지만. 어때, 알았나?"

"예. 잘 알았습니다." 빙고는 대답했다.

이 참담한 대면이 끝난 뒤 두 연인은 남의 눈을 피해 몰래 만났다. 세 번째로 밀회할 때 빙고가 말했다.

"당신 아버지 사업의 내막을 좀 알고 싶은데…"

"내막요? 그게 뭔데요?"

빙고가 그 말뜻을 알기 쉽게 설명해주자, 데보라가 말했다.

"알았어요. 우리 아버지는 일류 도박사예요."

이어서 데보라는 아버지의 사업을 간단명료하게 설명했다.

'로버트는 언제나 신용을 지킵니다'의 주인공 델런시는 경주마에 돈을 거는 것이 법률로 허용되어 있는 영국에서 최대의 '장외'(즉 우편을 이용한) 도박사인 모양이었다. 델런시의 고객들이 건 돈은 일주일 단위로 정산되어, 토요일마다 그의 부하가 일주일 치 수표를 받거나 지불하고 있는데, 데보라의 설명에 따르면 지불하는 액수보다 받는 액수가 훨씬 많고, 따라서 그녀의 아버지는 이 사업으로 막대한 재산을 모았다는 것이다.

그녀의 설명이 끝나자 빙고는 저도 모르게 신음을 토했다.

"그런데 당신 아버지와는 누구나 거래할 수 있소?"

"그럼요. 누구나 거래할 수 있어요. 물론 기일까지 돈을 내지 않으면 거래는 정지되지만."

빙고는 잠시 생각에 잠겼다가 입을 열었다.

"그런데 고객은 어떤 경주마에 돈을 얼마 걸겠다는 편지를 언제까지 우송해야 하지요?"

그러자 데보라는 이렇게 대답했다.

"편지는 경주 전날 소인이 찍힌 것까지는 유효해요. 물론 전보나 전화는…."

"그건 됐어요."

빙고는 이마에 주름을 잡고 깊은 명상에 잠겼다.

"뭘 그렇게 골똘히 생각하는 거예요?" 데보라가 사랑스러워 못 견디겠다는 어조로 물었다.

빙고는 느릿느릿한 어조로 대답했다.

"그 1만 파운드를 당신 아버지한테서 받아내면 재미있을 거라는 생각을 하고 있었지." 빙고는 말하고 속으로 덧붙였다. '당신 아버지 모르게… 그리고 당신도 모르게….'

엡섬다운스 경마장에 기록적으로 많은 관중이 몰려든 날, 그 많은 관중의 눈앞에서 인기 없는 '피잔 티보'라는 프랑스산 말이 150대 1이라는 엄청난 승률로 우승하여 더비 경마를 흥분의 도가니로 몰아넣은 것은 그로부터 보름 뒤의 일이었다.

그것은 대부분의 도박사에게는 최고의 날이었고, 델런시도 매우 기분이 좋았다. 수천 명이나 되는 고객들 가운데 단 한 사람─샘 스마일스라는 묘한 이름을 가진 새 고객─만이 우승마에 돈을 걸었을 뿐이고, 그 스마일스한테는 상당액의 배당금을 보내야 했지만, 벌어들인 돈에 비하면 그것은 양동이 속의 물방울 하나에 불과했다.

그로부터 일주일 뒤, 델런시가 더비 경마의 일을 잊었을 무렵, 그의 비서가 핸턴 씨라는 미국인의 방문을 알렸다.

"아, 어서 안내하게." 델런시가 말했다. 그리고 2분 뒤에는 핸턴의 은행계좌에 총액 10,572파운드가 예금되어 있는 것을 증명하는 은행 보고서를 놀란 눈으로 바라보고 있었다.

빙고는 델런시에게 싱긋 웃어 보였다.

"잠깐 세상에 나가서 '머리'를 좀 쓰고 왔지요."

그러나 그 이상의 자세한 이야기는 아무한테도 말하려 하지 않았다. 심지어는 데보라한테도. 그가 데보라한테 사실을 털어놓은 것은 그녀가 그의 아내가 된 뒤 48시간이 지난 뒤였다.

그때 빙고는 이렇게 말했다.

"사실은 이렇게 된 거요. 당신 아버지한테서 경마 배당금을 받아낸 스마일스라는 사람을 기억하지?" 그는 제 가슴을 탁 때리며 의기양양하게 말했다. "샘 스마일스, 그의 다른 이름은 하워드 핸턴, 바로 나요."

"어머나! 내 사랑!" 데보라가 외쳤다. "하지만 어떻게 그 인기 없는 말에 돈을 걸 마음이 났어요?"

"내가 그 말에 돈을 건 것은 경주가 끝난 뒤였지." 빙고는 아무렇지도 않게 말했다.

핸턴 부인은 이 주목할 만한 대답에 놀라서 눈이 휘둥그레졌다. "어떻게 된 건지 설명해주세요. 빨리요!"

"마법을 부린 건 아니요. 수법은 크기가 다른 두 장의 편지봉투였지. 우선 큰 봉투의 오른쪽 위, 그러니까 우표 붙이는 자리를 네모나게 도려냈지. 다음에는 작은 봉투를 그 안에 집어넣고 봉한 다음 내 주소를 썼어요. 그러고는 네모나게 도려낸 부분에 우표를 붙여서 우체통에 넣었지. 경마가 열리기 '전날' 저녁에.

이튿날 아침, 그러니까 경마가 열리는 당일 나는 그 편지를 받았소. 그리고 그 안에서 '전날' 소인이 찍힌 우표가 붙어 있는 작은 봉투를 꺼낸 거지.

그 다음은 간단했소. 작은 봉투 겉면에 장인어른의 사무실 주소를 써놓고, 경주 결과가 나올 때까지 기다렸다가 스마일스 명의로 내기를 신청하는 편지를 써서 봉투에 넣었던 거요. 그러고는 당신 아버지 사무실까지 걸어가서 우체부가 오기를 기다렸다가, 우체부가 떠나자마자 전날 소인이 찍힌 편지를 우편함에 넣은 거요."

"내 장난꾸러기!" 핸턴 부인은 감격한 듯이 속삭였다. "나의 천재!"

두 사람이 그 비밀을 델런시에게 털어놓은 것은 몇 해가 지난 뒤였다. 그러나 어쨌든 그들은 비밀을 털어놓았고, 그 결과 오늘날 영국에서 우편을 통한 경마 도박은 당시와는 전혀 다른 형태로 이루어지게 되었다.

따라서 그 아이디어는 이제 더 이상 통하지 않는다.

(원제: Robert Always Pays)

최선의 방책

페렌츠 몰나르 *

어느 날 아침, 전국농민은행 총재인 베유 씨가 비서인 필리베르를 불렀다.

"이보게 필리베르, 페르피냥(프랑스 남부, 피레네산맥 기슭에 있는 도시—옮긴이) 지점에 있는 플로리오라는 사람은 어떤 인물인가?"

"플로리오요? 그 사람은 출납 담당입니다. 지금 지점장 대리를 맡고 있지요. 르나르 지점장이 죽은 뒤 아직 후임자가 결정되지 않아서요. 그래서 플로리오가 당분간 그 구멍을 메우게 되었습니다. 페르피냥 지점은 별로 바쁘지 않으니까요."

베유 씨는 책상 위에서 편지 한 통을 집어 들었다.

"그런데 아무래도 그자가 공금에 손을 대고 있는 모양이야. 페르피냥에서 이런 편지가 날아왔어. 보낸 사람 이름은 없지만, 그래도…"

그는 필리베르에게 별로 깨끗하다고는 말할 수 없는 편지지 한

---

* Ferenc Molnar(1878~1952): 헝가리의 극작가·소설가. 2차대전 때 유대인 박해를 피해 미국으로 이주했다.

장을 내밀었다. 거기에는 삐뚤삐뚤한 글씨로 몇 줄이 적혀 있었다.

　　전국농민은행 총재님께
　　안녕하십니까?
　　우리 농민들은 땀 흘려 번 돈을 댁의 은행 페르피냥 지점에 예금하고 있는데, 어느 날 아침에 은행은 파산하고 우리 예금은 몽땅 사라져버릴 가능성이 있습니다. 이대로 두면 반드시 그렇게 될 것입니다. 출납 담당인 플로리오 씨가 지난 몇 달 동안 공금을 횡령하고 있는 것을 총재님은 모르실 겁니다. 그가 착복한 돈은 벌써 상당한 액수가 될 테지만, 물론 파리의 높으신 분들이 그것을 알아차릴 때쯤이면 이미 우리 예금은 몽땅 사라져버린 뒤일 것입니다.

"내일 당장 페르피냥 지점으로 조사원을 보내게, 필리베르." 그리고 총재는 이렇게 덧붙였다. "다만 그 조사원에게는 일을 매끄럽게 처리하라고 당부해두게. 그 플로리오라는 사람을 놀라게 하고 싶진 않으니까. 이 투서가 근거 없는 중상모략일 수도 있네."

페르피냥의 임시 지점장 대리인 플로리오는 낭패한 태도로 파리에서 온 조사원의 얼굴을 바라보았다.

"예? 제 장부를 조사한다고요? 지금 당장요? 월초도 월말도 아닌 중간에 말입니까? 아무 사전 예고도 없이? 그건 좀 이례적인 일이 아닙니까?"

조사원은 눈앞에서 흥분하고 있는 작달막한 사내에게 동정심을 느꼈다.

"당신에 관해서는 전혀 걱정할 필요가 없습니다. 어느 지점이나 이따금 이렇게 불시에 조사를 하고 있습니다. 총재님의 변덕이지요. 그냥 형식적인 조사니까, 30분이면 끝날 겁니다."

"그래도 소문이 나니까요. 특히 이런 시골에서는…" 플로리오는 우는 소리로 말했다. "제가 무슨 나쁜 짓을 한 모양이라고 페르피냥 사람들이 수군댈 겁니다. 그렇게 되면 제 체면은 어떻게 되겠습니까?"

"조사는 아무도 모르게 하겠습니다." 조사원은 약간 짜증스럽게 말했다. "당신만 입을 다물고 있으면 아무도 모를 겁니다. 자, 그럼 장부를 보여주세요."

이틀 뒤, 필리베르가 총재실로 들어갔다.

"페르피냥에 갔던 조사원의 보고서입니다. 장부는 정확했고, 단 1원도 모자라지 않답니다."

"좋아. 익명으로 투서하는 그런 비열한 놈들은 상대하지 말았어야 하는 건데. 고맙네, 필리베르."

그로부터 한 달도 지나기 전에 총재는 다시 비서를 불렀다.

"정말 어처구니없는 이야기지만, 또 페르피냥에 관한 익명의 편지가 날아왔네. 편지를 보낸 사람의 말에 따르면, 지난번의 장부 조사에 실수가 있었다는 거야. 아무래도 플로리오는 공범자가 훔친 돈을 돌려줄 때까지 적당한 말로 시간을 번 모양이야. 좀 더 철저하게 조사했어야 하는 건데."

"다시 한번 조사를 시킬까요?" 필리베르가 우울한 얼굴로 물었다.

총재는 손가락으로 책상을 톡톡 두드렸다.

"그건 별로 바람직하지 않아. 하지만 예금자에 대한 의무를 생각하면 그것도 어쩔 수 없는 일이겠지. 만약에 무슨 일이 있을 경우, 우리가 두 번이나 경고 편지를 받았다는 사실이 알려지면 그야말로 치명적인 스캔들이 될지도 몰라. 결국 다시 한번 조사원을 보낼 수밖에 없겠군. 이번에야말로 면밀하게 조사하지 않으면 곤란해. 나는 이 사건에 빨리 결말을 짓고 싶네."

그날 안으로 은행이 가장 신임하는 3명의 조사원이 페르피냐으로 떠났다. 이번에는 플로리오도 완전히 허를 찔렸다. 한 사람이 그를 감시하는 동안, 나머지 두 사람이 네 시간 동안이나 철저히 장부를 조사했다. 하지만 구멍은 발견되지 않았고, 장부에 기입된 내용도 완벽했다.

"다른 지점도 모두 이런 식으로 정확하고 깔끔하게 장부를 정리하면 얼마나 좋겠습니까?" 조사원들은 의기소침한 플로리오에게 이렇게 말하고 작별을 고했다.

그로부터 일주일 뒤.

필리베르가 총재에게 말했다.

"페르피냐 지점의 플로리오 씨가 오셨습니다."

베유 씨는 여느 때의 습관을 깨고, 일부러 의자에서 일어나 두 팔을 벌려 손님을 맞이했다.

그러나 플로리오는 딱딱하게 굳은 얼굴로 허리를 가볍게 굽혔을 뿐이다.

"사표를 가지고 왔습니다."

"아니, 사표라니? 설마 진심은 아니겠지? 도대체 이유가 뭔가?"

"총재님은 두 번이나 제 장부를 조사할 필요를 느끼셨습니다. 당연한 일이지만, 페르피냥에는 그 소문이 자자합니다. 다행히 제가 정직한 사람이라는 건 증명되었지만, 그게 좋지 않은 인상을 준 것은 부인할 수 없습니다. 사람들은 본점에서 두 번이나 조사원이 온 이상, 그럴 만한 이유가 있었을 거라고 수군대고 있습니다. 제 평판은 엉망이 되어버렸습니다. 저도 이제는 젊지 않고, 부양해야 할 가족도 있습니다."

베유 씨는 깊이 감동했다.

"내가 직접 책임지고 자네의 결백을 증명해주겠네. 잠깐 생각 좀 해보세. 아, 그렇지. 지점장이 아직 공석이니까, 자네가 그 자리에 앉는 게 어떤가? 그러면 아무도 자네의 결백을 의심치 않을 걸세. 게다가 봉급도 실질적으로 올라갈 테고…."

"설마 진심으로 그런 말씀을…."

"물론 진심이고말고. 자네처럼 양심적인 직원이 있는 것은 은행에도 다행한 일일세."

페르피냥의 집으로 돌아온 피에르 플로리오는 아내가 내놓는 편안한 실내화에 발을 집어넣었다.

"드디어 해냈어!" 그는 기분 좋게 외쳤다. "아무리 정직한 사람도 그 소문이 상사의 귀에 들어가지 않으면 아무 소용이 없지. 내가 얼마나 정직한가 하는 이야기가 본점의 높은 양반들 귀에 들어가지 않았다면, 앞으로 몇 년 동안이나 일개 출납 담당으로 남아 있었을지 몰라."

플로리오 부인은 만면에 웃음을 띠고 남편에게 존경 어린 눈빛을 보냈다.

"드디어 그분들도 알아주었군요! 정말 훌륭했어요, 당신의 그 편지 아이디어는…."

(원제: The Best Policy)

죽느냐 죽이느냐

오그던 내시 *

변호사인 브렌다 길리스는 남에게 갑작스러운 죽음을 주거나 자신이 그런 죽음을 맞이한다는 것은 꿈에도 생각해본 적이 없었다.

그는 협잡을 일삼는 악덕 변호사가 아니라, 의뢰인이 재판에서 무죄를 얻어낼 때까지는 결백하다고 간주하고 편견에 사로잡히지 않는 법률 전문가였다. 그는 고리대금업자가 아니라, 곤경에 빠진 사람들에게 그 필요에 따라 알맞은 이자를 받고 애써 번 돈의 일부를 융통해주는 세심하고 친절한 인간이었다. 그는 협박자가 아니라, 고민을 안고 있는 이들이 자신을 괴롭히는 정보를 안심하고 털어놓을 수 있는 신중하고 사려 깊은 인물이었다. 가정에서는 구두쇠나 폭군이 아니라, 근검절약과 규율의 단호한 옹호자였다. 그의 소박한 사무실에 찾아와 딱딱한 의자에 앉는 사람들은 대부분이 두 가지 미덕이 결여되어 있기 때문에 그런 한심한 궁지에 빠지곤 했다.

---

* Ogden Nash(1902~1971): 미국의 시인. '가벼운 시'로 유명하지만, 단편도 썼다.

그의 몸속에는 한 조각의 질투심도 존재하지 않았다. 그도 그럴 것이, 아내와 그의 눈길이 마주친 순간 아내의 눈에 얼핏 떠오르는 갈망의 눈빛은 그가 아내의 손목을 가볍게 비틀거나 신경중추를 엄지손가락으로 가볍게 눌러주기만 하면 당장 사라져버리기 때문이다.

또한 처제가 이따금 그를 불쾌한 눈초리로 쳐다본다 해도, 그것은 그의 생활에 어떠한 영향도 주지 않았다. 처제는 요리사 겸 가정부로서 여전히 맡은 일에 충실했으며, 시력이 나쁘고 말을 더듬는 팔푼이 같은 딸에게도 여전히 헌신적이었다. 그 처조카가 지나치게 구운 등심구이를 태연히 식탁에 내놓았을 때 길리스는 조금도 거리낌 없이 말했다. 저 아이는 시설에 넣어두는 게 본인에게도 행복할 거라고.

이 집안에서 집사, 운전사, 잡일꾼의 역할을 도맡아 하면서도 불평 한 마디 하지 않는 조용한 배저는 모든 점에서 이해타산이 빠른 빈틈없는 남자였다. 요컨대 브렌다 길리스는 인간이든 악마든 아무것도 두려워하지 않고, 신의 존재에도 거의 무관심했다.

그러던 어느 주말, 세상에 무서울 것이라곤 없는 길리스가 갑자기 아내의 침대를 객실로 옮기는 수고를 하면서까지 밤마다 침실에 혼자 틀어박히게 된 것은 도대체 무엇 때문일까? 왜 그는 아내에게 등을 보이지 않도록 조심하게 되었을까? 왜 식탁에서는 처제가 먼저 수프를 뜬 다음에야 숟가락을 들게 되었을까? 왜 신랄하고 거의 알아들을 수 없는 말로 끊임없이 배저를 비굴한 흥분상태에 몰아넣게 되었을까?

아마 롤러스케이트 사건이 그를 불안하게 했을 것이다. 물론 그 사건은 분명히 지능이 뒤떨어진 아이한테서 흔히 볼 수 있는 부주의 탓이었다. 그러나 층계참에서 롤러스케이트를 밟는 바람에 아래층 바닥까지 굴러떨어졌기 때문에, 전에 욕조 안에서 넘어졌을 때 다친 허리의 통증이 더한층 심해진 것은 사실이었다. 그 욕조 사건도 역시 불가사의한 일이었다. 어쨌든 더부룩한 머리카락과 유연한 근육을 자랑하던 그가, 새하얀 카스틸 비누밖에 사용하지 않는 그가, 분홍색 욕조와 거의 분간할 수 없는 분홍색 비누를 밟고 미끄러졌기 때문이다.

두 번 일어난 일은 세 번 일어날 수도 있다지만, 그런 일이 세 번으로 끝난다면 걱정할 필요는 없을 터였다. 그리고 세 번째로 일어난 그 뜻밖의 재난에 대해서는 불가사의한 점이라곤 전혀 없었다. 물론 의뢰인을 만나고 무사히 차를 운전하여 돌아왔을 터인데, 자택 차고에 들어선 순간 갑자기 잠들어버린 것을 깨달았을 때는 좀 놀라기도 했다. 게다가 잠에서 깨어나 보니 그는 차고 문을 닫고 시동을 걸어놓은 채 운전석에 앉아 있었다. 하지만 이따금 한잔하기를 좋아하는 사람이라면 이런 착각에는 금세 익숙해지는 법이다.

그가 불안을 느끼기 시작한 것은 아마 그 책 때문일 것이다. 그것은 《독심술 입문》이라는 책이었다. 피부가 까무잡잡하고 못생긴 처조카가 며칠 동안이나 그 책에 열중해 있었기 때문에, 롤러스케이트를 아무 데나 놓아둔 벌로 당연히 그 책은 압수되었다. 그런데 예상과는 달리 처조카는 태연했다.

"그 책에 있는 건 전부 다 알고 있어요." 처조카는 만족스러운 듯이 말했다. "이 집안 사람들이 무슨 생각을 하고 있는지, 난 다 알아요. 누군가가 이모부를 죽이려 하고 있다는 것도요." 이렇게 말하고 나서 그녀는 신중하게 덧붙였다. "하지만 그 누군가가 저는 아니에요."

길리스는 실제적인 사람이었다. 하지만 그가 아내를 침실에서 쫓아낸 것도, 《독심술 입문》을 열심히 읽기 시작한 것도 모두 그날 밤부터였다. 처음에는 그 책에 적혀 있는 것을 코웃음쳤지만, 얼마 후에는 충분히 이해했고, 마지막에는 전적으로 믿게 되었다. 어느 일요일 저녁 식탁에서 그는 갑자기 아내와 처제와 집사의 조용한 이마 속에 숨어 있는 생각을 꿰뚫어보았다. 그리고 자기를 죽이려고 하는 사람이 누구인지를 알았다.

그는 일찌감치 침실에 틀어박혔지만, 이제는 《독심술 입문》이 필요하지 않았기 때문에 그 책이 어느새 침대 옆 탁자에서 사라져 버린 것을 알아차리지 못했다. 브렌더 길리스는 깨어 있는 것도 아니고 잠자고 있는 것도 아닌 상태로 밤새도록 의자에 앉아 있는 동안 꿈을 꾸었다.

그는 꿈속에서 생각했다. 이렇게 되면 '죽느냐 죽이느냐'가 있을 뿐이라고. 그리고 빈틈없는 그는 당장 의심받을 염려도 없고 들통 날 염려도 없는 완전범죄를 꿈꾸었다.

그는 득의의 미소를 지으며 눈을 뜨고, 자물쇠를 채운 문으로 시선을 옮겼다. '만약을 위해 다시 한번 복습을 해보자'고 그는 생각했다. 그런데, 사소한 것이긴 하지만 무언가를 잊어버린 듯한 기분이 들었다.

바로 그때 증오에 찬, 그러나 귀에 익은 목소리가 뒤에서 들려왔다.

"걱정하실 필요 없어요. 나는 잊어버리지 않았으니까."

(원제: Kill or Be Killed)

스타디움에서 죽다

로버트 네이선[*]

"어이, 오랜만이군. 그동안 잘 지냈나?" 하면서 친구가 다가왔다. 내가 미처 대꾸도 하기 전에 그가 외쳤다. "난 지금 위대한 배우 프린시퍼스가 스타디움에서 공개적으로 죽는 걸 보러 가는 참이야. 어때? 자네도 함께 가지 않겠나? 틀림없이 재미있을 거야." 그러고는 이렇게 덧붙였다. "그는 세계 제일의 배우였지."

그 이야기는 나도 들었기 때문에 발길을 돌려 그와 함께 걷기 시작했다. 실제로 온 도시 사람들이 모두 스타디움 쪽으로 걸음을 서두르고 있는 것처럼 보였다. 그래도 우리는 간신히 만원 지하철에 올라탔다. 도중에 몇 번이나 멈춰 서고 기다리면서 천천히 스타디움 쪽으로 나아가는 동안, 친구는 온 나라를 떠들썩하게 만들고 있는 프린시퍼스에 대해 좀 더 자세히 말해주었다.

"그는 위대한 연인이었고, 언제나 주역을 맡았지. 지금 그는 죽으려 하고 있어. 배우의 본능을 발휘하여, 그리고 남은 가족의 생활을 위해 대중이 보는 앞에서 죽기로 결심한 거야. 숭배자들이 슬

---

[*] Robert Nathan(1894~1985): 미국의 소설가·시인.

퍼하는 소리를 들으면서 만족스럽게 죽으려고…."

따뜻한 밤이었다. 석양에 물든 지붕들이 별빛에 물든 하늘로 솟아 있었다. 총총한 별들이 창백한 빛을 내고 있었다. 위대한 배우는 평소에는 권투나 야구경기에 사용되지만 특별히 이 행사를 위해 빌린 스타디움 한복판에서 죽음의 침상에 누워 있었다. 그 주위를 둘러싼 계단식 관중석에는 이제 빈 자리가 하나도 보이지 않았다.

혼잡해서 잠시 시간이 걸렸지만, 우리는 입장권을 사서 지정된 좌석으로 내려갔다.

우리 옆좌석에는 공교롭게도 친구가 아는 영국인이 앉아 있었다. 그가 우리를 보고는 말을 걸어왔다.

"정말 특별한 구경거리로군요."

죽음의 침상은 경기장 한복판에 설치된 휘황찬란한 조명 밑에 놓여 있었다. 침대 주위에는 의사와 간호사, 신문기자와 카메라맨 등이 에워싸고 있었다. 우리는 조금 늦게 도착했다. 시장은 이미 도착하여, 의료진의 도움을 받아 프린시퍼스에게 최초의 스트리크닌을 주사한 뒤, 관중의 박수갈채를 받으며 퇴장한 뒤였다. 그 후 죽어가는 배우는 소방서장, 배우조합 대표, 3명의 상원의원에게 차례로 작별인사를 받았다. 미국 대통령도 초대를 받았지만, 본인은 나타나지 않고 작은 케이크를 보내왔다.

관객들은 불안과 흥분이 뒤섞인 표정으로 죽어가는 배우를 지켜보고 있었다. 판매원들이 음료수와 땅콩, 소시지와 페넌트 따위를 팔고 다니는 통로 여기저기에서 이따금 언덕 위를 지나가는 바람 같은 한숨이 공기를 가볍게 흔들곤 했다. 검은 띠로 가장자리를 두른 페넌트에는 프린시퍼스가 주역을 맡은 몇몇 대작의 제목이 인쇄되어 있었고, 관객들은 마음에 드는 페넌트를 사서 죽어가는 배우에게 흔들고 있었다.

관객들은 저마다 외쳐댔다.

"아아!"

"오오!"

"프린시퍼스!"

"의사들한테 죽지 마!"

그리고 의사들에 대한 야유가 담긴 성원을 프린시퍼스에게 보냈다. 그때 갑자기 우리 앞줄에 앉아 있던 사내가 벌떡 일어나더니 나를 노려보면서 외쳤다.

"나는 저 사람 친구야! 그리고 뉴욕주 시러큐스의 로터리 클럽 회원이기도 하지. 나를 떠민 당신은 도대체 누구야?"

"이름을 댈 만큼 대단한 사람은 아니오." 내가 쌀쌀맞게 대답하자, 상대는 잠시 망설이다가 다시 자리에 앉았다.

옆자리의 영국인은 진저리가 난다는 표정으로 힐끗 나를 돌아보며 말했다.

"미국인의 결점은 독창성이 전혀 없다는 겁니다. 이걸 보고 있으니까 고대 로마의 디오클레티아누스 황제 시대의 제전이 생각나는군요. 당신들은 언제나 남에게서 무언가를 빌려오죠. 왜 직접 만들어내지 않는 겁니까?"

그가 이 말을 끝내기가 무섭게, 스타디움의 멀리 떨어진 곳에서 한 여자가 일어나더니 비명을 지르며 앞으로 쓰러졌다. 사람들이 급히 달려가 그녀를 부축하고, 여경들이 상황을 조사하고, 카메라맨들이 사진을 찍고 이름과 주소를 알아냈다. 이윽고 그녀는 만족스러운 표정을 지으면서 밖으로 실려 나갔다.

곧이어 이번에는 거대한 원형 스탠드의 다른 곳에서 다른 여자가 똑같은 연기를 되풀이했다. 그녀도 사진이 찍히고 만족스러운 얼굴로 실려 나갔다. 이 사건을 보고는 스타디움 곳곳에서 여자들이 비명을 지르며 일어났다가 제각기 다른 자세로 쓰러지기 시작했다. 어떤 여자는 뒤로 벌렁 자빠졌고, 어떤 여자는 앞으로 푹 고꾸라졌다. 하지만 이제는 아무도 아랑곳하지 않았기 때문에, 그녀들은 이윽고 혼자 일어나 좌석에 앉아서 또다시 작은 깃발을 흔들기 시작했다.

"당신들 미국인은…" 영국인이 말했다. "하는 짓마다 모두 남을 흉내 내는 것뿐이에요. 이것도 벌써 몇 세기 전에 영국의 드루이드교(고대 로마 시대에, 갈리아와 브리튼 제도에서 이루어진 켈트족의 한 종교―옮긴이)가 이보다 훨씬 나은 형태로 한 일입니다. 그런데 내가 왜 이런 걸 보고 있어야 하는지 모르겠군요." 그러고는 긴장한 표정으로 몸을 내밀고 큰 소리로 외쳤다. "이봐! 도대체 죽는 거야 안 죽는 거야? 어느 쪽이야?"

죽어가는 배우는 피로한 기색이 짙은 눈으로 관객을 바라보며 누워 있었다. 침대 위의 밝은 조명을 받아 얼굴이 창백하고 피곤해 보였다. 나는 죽을 때는 어떤 기분일까를 생각하고 있었다. 의사들이 걱정스러운 듯이 침대 옆을 돌아다니며 간호사나 동료 의사들과 이야기를 나누고 있었다. 하지만 결론이 나올 기미는 전혀 없었고, 환자의 상태가 발표될 때마다 그 내용에 관계 없이 관중석에서 터져 나오는 환호성도 그들은 알아차리지 못하는 것 같았다.

한 시간 뒤에 호외가 팔리기 시작했다. 신문팔이 아이들이 외쳐댔다.

"프린시퍼스의 죽음으로 부인이 실신하다!"

'위대한 죽음의 내막'이라는 제목의 호외에는 벌써 맨 먼저 기절한 핑키라는 여자의 사진이 실려 있었다. 영국인은 그것을 한 부 사더니, 호외를 보면서 말했다.

"영국에도 여자는 있습니다. 영국 여자도 기절을 잘하기로 유명하지요."

앞줄의 사내가 성난 얼굴로 뒤를 돌아보았다.

"이건 전대미문의 위대한 죽음이야."

"게다가 대성공이지." 내 친구가 대꾸했다.

갑자기 스타디움에 정적이 찾아왔다. 모든 관객의 눈이 의사들에게 쏠렸다. 죽어가는 배우의 침대 주위에 모인 의사들의 표정으로 보아, 위기가 찾아온 모양이었다. 관객들은 숨을 죽였고, 판매원들도 침묵했다. 마침내 의료진 대표가 한 걸음 물러서서 한 손을 들어 올렸다. 그는 창백한 얼굴에 고귀한 표정을 짓고 소리 높이 선언했다.

"환자는 살아날 것입니다."

드문드문 박수가 일어났지만, 그 소리는 당장 비난의 소리에 묻혀버렸다. 남녀 모두 일어나 깃발을 흔들고, 의료진과 죽어가는 배우에게 땅콩이나 소시지나 음료수 깡통을 내던졌다.

"우리는 그가 죽는 걸 보러 왔다!"

관객들이 외쳤다. 그들은 그가 죽는 것을 보려고 일부러 입장권을 사서 들어온 사람들이었다. 기절하여 사진이 찍힌 두 여자의 선창으로 그들은 일제히 비웃음과 야유를 퍼붓기 시작했다.

"겁쟁이!"

"얼간이!"

"다른 의사를 불러라!"

죽어가던 배우는 탈진한 모습으로 몸을 일으켰다. 이미 어두워진 하늘을 찾고 있는 것 같았다. 그는 주위에서 거칠게 물결치는 수많은 얼굴들의 바다를 놀란 듯이 바라보았다. 그가 죽기를 바라는 수많은 사람들의 욕망이 저항하기 어려운 파도가 되어 그를 덮쳤다. 그는 한숨을 내쉬더니 어깨를 푹 떨구고 그대로 숨을 거두었다.

그와 동시에 조명이 꺼지고, 펑키를 앞세운 행렬이 생겨났다. 그들은 침대를 부수고 망가진 침대 조각을 기념으로 가져갔다. 몇몇 사내가 모자를 공중으로 던져 올렸고, 이 소동 속에서 넘어진 한 노부인이 수많은 사람들에게 짓밟혔다.

"영국에서도 사람은 죽습니다." 영국인은 씁쓸하게 말했다. "당신들한테는 정말이지 독창성이라는 게 전혀 없습니까?"

그러고 나서 그는 세계 최대의 연인 프린시퍼스의 침상에서 잘라낸 작은 무명 시트를 한 조각 사들고 귀로에 올랐다.

(원제: A Death in the Stadium)

양심

엘머 라이스 *

해밀턴은 거칠게 수화기를 내려놓고, 진저리가 난다는 듯 "빌어먹을!" 하고 내뱉었다.

"왜 그래요?" 아침 우편물을 가지고 들어온 앤이 물었다.

"그 꺼림칙한 단편 말이야. 어쩐지 성가시게 될 것 같은 예감은 들었지만…."

"〈양심〉 말인가요?"

"그래, 〈양심〉. 《내셔널》지의 맥머리한테서 전화가 왔는데, 빨리 와 달래. 전화로는 얘기할 수 없다는 거야. 사람을 귀찮게 굴어도 분수가 있지. 그 깽깽대는 소리를 들으면 귀가 아파."

"하지만 이해할 수가 없군요! 당신이 한 일은 별로 문제될 게 없잖아요…."

"그런데 그렇지가 않아. 그 사람들한테 미리 말해두었어야 하는 건데."

"그랬다면 원고를 안 샀을지도 몰라요!"

---

* Elmer Rice(1892~1967): 미국의 극작가·소설가. 1929년에 《거리의 풍경》으로 퓰리처상(희곡 부문)을 받았다.

"바로 그렇기 때문에 그들이 더욱 화를 내고 있는 거야. 남의 일에 쓸데없이 참견하기 좋아하는 어떤 녀석이 고자질한 게 분명해. 그래서 그들은 나한테 속았다고 생각했겠지."

"그러면 그 사람들이 어떻게 나올까요? 고료를 돌려달라고 할까요?" 해밀턴의 아내가 걱정스러운 듯이 물었다.

"돌려주고 싶어도 돌려줄 수가 없어. 나는 무일푼이야. 하지만 《내셔널》이 앞으로는 내 원고를 사주지 않을 것 같아서, 그게 걱정이야."

"어쨌든… 잘될 거예요." 앤이 희망 섞인 어조로 말했다.

해밀턴은 아내의 빰을 가볍게 만졌다.

"당신은 정말 귀여운 낙천가야. 당신한테는 천연두도 뭔가 장점을 가지고 있을걸. 어쨌든 이런 일은 빨리 끝내버리는 게 상책이야."

"우편물이라도 훑어보고 가지 그래요?" 앤이 우편물 묶음을 내밀면서 말했다.

"나중에 봐도 돼. 어차피 수표를 보내올 데도 없고… 그래도 어디 좀 볼까? 청구서, 청구서, 청구서… 아니, 이건 뭐야? '노인과 빈민의 집'이라고? 가입신청서인가? 그렇군. 이건 구원의 손길인지도 몰라!"

그는 봉투를 찢고, 삐뚤삐뚤한 글씨로 적힌 편지를 재빨리 훑어보았다.

"아니, 이건 또 뭐야…." 그가 놀라서 외쳤다. "당신 혹시 트바이어스 스몰이라는 사람을 알고 있어?"

"트바이어스 스몰? 어디선가 들어본 이름인데… 그래, 맞아요! 그 사람이에요! 왜 있잖아요. 9번지에서 우리 윗방에 살았던 영감님. 옛날에는 부자였지만, 자식들한테 재산을 빼앗기고 버림받았다는 분 말이에요. 설마 그 영감님이 양로원에 들어가 있는 건 아니겠죠?"

"그런데 거기 들어가 있나봐. 게다가 자기가 내 〈양심〉의 모델이 되었다고 생각하는 모양이야. 불효자식들을 세상에 폭로해줘서 고맙다느니 뭐니, 그런 말을 장황하게 늘어놓았어."

"어머나 세상에! 그런데 도대체 왜…."

"나도 몰라. 하지만 세상 사람들은 원래 그런 법이야. 독자들은 소설 속에서 자기나 가족의 모습을 찾아내곤 하지. 그래, 이 영감님한테 위로 편지라도 보내야겠군.《내셔널》의 사무실에서 살아서 나올 수 있다면 말이야."

매디슨가로 막 들어섰을 때, 그는 최신 유행의 옷으로 몸을 감싼 30대 중반의 여성과 마주쳤다.

"클라라 호프!" 그는 한 손을 내밀고 다가가면서 외쳤다. "이게 얼마 만이야. 마지막으로 만난 지 천 년은 지난 것 같군."

그런데 뜻밖에도 여자는 그가 내민 손을 무시하고, 고개를 돌린 채 그 옆을 스치듯 지나갔다. 해밀턴은 머쓱해진 손을 내리고 놀라서 입을 딱 벌렸다. 이윽고 기분을 돌이킨 그는 급한 걸음으로 그녀를 쫓아갔다. 그는 그녀의 팔을 움켜잡고 말했다.

"왜 그래, 클라라. 설마 나를 잊어버린 건 아니겠지?"

그녀는 그의 손을 매정하게 뿌리치고, 증오에 찬 눈으로 그를 노려보았다.

"당신은 구제할 수 없는 악당이야!"

"이봐, 도대체 왜…." 해밀턴은 당황하여 외쳤다.

"시치미를 떼도 소용없어." 그녀는 딱 잘라 말했다. "당신의 그 잘난 소설을 읽었으니까. 나를 냉혹하고 배은망덕한 딸처럼 묘사했던데, 나를 그렇게 세상에 잘못 알린 수법은 도저히 묵과할 수 없어. 우리 아버지는 나한테 불평할 이유가 전혀 없어. 이유도 없이 나를 미워하고 있을 뿐이지. 그런데도 당신은 악의적인 소문을 곧이듣고…. 정말 말로는 도저히 표현할 수 없는 지독한 짓이야."

"하지만 클라라, 나는 절대로…."

"변명은 그만둬! 앞으로 우리는 전혀 모르는 사이야. 그렇게 알아둬!"

그가 대답할 틈도 주지 않고 그녀는 어떤 아파트로 들어가 모습을 감추었다.

《내셔널》지의 대기실에서 20분 동안이나 초조하게 기다린 뒤, 해밀턴은 겨우 편집장 맥머리의 방으로 안내되었다.

"야아, 해밀턴." 편집장이 말했다. "자네가 쓴 그 〈양심〉 때문에 우리 입장이 아주 곤란해졌어."

"정말 미안합니다." 해밀턴은 얼른 대답했다. "처음부터 미리 설명을 드렸어야 하는 건데."

"정말 그래."

"하지만 내 생각으로는…."

"등장인물이 누군지 알아차리지 못하도록 충분히 위장했다고 생각한다는 거겠지? 그런데 그렇지가 않았어. 덕분에 우리는 명예훼손죄로 고소당할 처지라고. 오늘 아침에 두 여자가 여길 찾아왔는데, 그렇게 화가 난 여자를 본 건 난생처음이야."

"두 여자라니요? 도대체 무슨 소리를 하고 있는 겁니까?"

"시치미를 떼도 소용없어, 해밀턴. 자네는 늙은 아버지한테서 우려낼 수 있을 만큼 실컷 우려낸 다음 집에서 쫓아낸 두 자매 이야기를 소설에 썼잖아. 안 그래?"

"그건 그렇습니다만…."

"게다가 자네 소설에 나오는 등장인물은 부스비 부인과 그 여동생, 그리고 두 자매의 아버지를 묘사한 게 분명해. 안 그런가?"

"천만에요. 그렇지 않습니다! 부스비 부인이라는 이름은 들어본 적도 없어요. 물론 그 여동생도…."

"거짓말!" 맥머리는 믿을 수 없다는 표정을 지었다. "면화왕 프랭크 부스비 씨의 부인을 모른단 말이야?"

"아, 그런가요? 그 여자 이름이라면 물론 들어본 적이 있습니다."

"그래서 자네는 그 여자가 아버지한테 저지른 짓을 소설 소재로 이용한 거잖아. 내가 아는 한, 그건 모두 사실인 모양이야. 하지만 우리 잡지는 흔해 빠진 폭로 잡지와는 달라. 스캔들이 퍼지는 건 곤란해. 자네는 지금까지 잘해주었어, 해밀턴. 그런 자네가 우리를 이런 곤경에…."

해밀턴은 더 이상 참을 수가 없었다.

"잠깐만요, 맥머리! 내 머리가 이상해졌거나 아니면 세상이 어떻게 되었거나 둘 중 하나인 것 같습니다. 나는 정말이지 부스비 부인에 대해서는 아무것도 몰라요. 그 여자한테 여동생과 아버지가 있다는 것도…."

"정말이야? 그럼 어떻게 그 작품을 쓸 수 있었지?"

"정말로 모르겠습니까?"

"알면 왜 묻겠나?"

"도저히 믿을 수가 없군요." 해밀턴은 깊은 한숨을 토해내고 말을 이었다. "편집장님이 나한테 전화해서 24시간 안에 단편소설 하나가 꼭 필요하다고 말한 날을 기억하고 있겠지요?"

"기억하다마다. 그래서…"

"그런데 말입니다. 그때 나한테는 좋은 착상이 전혀 떠오르질 않았어요. 하지만 어떻게든 500단어를 써내야 했지요. 그래서 고심한 끝에, 잘못인 줄 뻔히 알면서도 표절행위를 한 겁니다."

"표절이라고?"

"그래요. 셰익스피어가 쓴 《리어왕》의 플롯을 훔쳤던 거라고요."

(원제: Conscience)

실제 이야기

딜런 토머스[*]

마사가 기억하는 한 이층의 노파는 줄곧 죽어가고 있었다. 어린 마사가 어머니와 함께 이 집에 우유와 채소를 배달하던 무렵부터 노파는 밀랍인형처럼 꼼짝 않고 침대에 누운 채 죽어가고 있었다. 그 마사가 지금은 앞치마를 두르고, 날염한 작업복을 입고, 머리카락을 뒤로 묶은 어엿한 처녀로 성장했다. 그녀는 이제 아침마다 태양과 함께 일어나 화덕에 불을 지피고, 붉은 눈을 가진 고양이를 집 밖으로 쫓아낸다. 그런 다음에는 차를 끓이고, 이층 침실로 올라가, 보이지 않는 눈을 한 번도 감은 적이 없는 노파를 들여다본다. 아침마다 노파의 움푹 들어간 눈을 내려다보고, 그 위에서 두 손을 흔들어본다. 노파가 숨을 쉬고 있는지도 알 수 없다. 여덟 시예요, 벌써 여덟 시라고요, 하고 마사는 말한다. 그러면 보이지 않는 눈이 희미하게 미소를 짓는다. 시트 속에서 앙상한 손이 나타나, 마사가 그 작고 통통한 손으로 찻잔을 쥐어줄 때까지 꼼짝 않고

---

[*] Dylan Thomas(1914~1953): 1930년대를 대표하는 영국의 시인. 산문집도 여러 권 냈는데, 주로 고향 스완지(웨일스 남부의 도시)와 관련한 자전적 이야기들이다.

기다린다. 찻잔이 비어 있으면 차를 따라주고, 요강이 비어 있으면 침대 시트를 들치고 요강을 넣어준다. 노파는 잠옷 차림으로 누워 있다. 피부색은 남아 있는 머리카락과 마찬가지로 잿빛을 띠고 있다. 마사는 시트의 주름을 펴고, 노파의 대소변 시중을 든다. 그런 다음, 요강을 들고 아래층으로 내려간다.

아침마다 그녀는 텃밭에서 일하는 머슴과 함께 밥을 먹는다. 뒷문으로 가서 문을 열면, 가래를 손에 든 사내의 모습이 저 멀리 보인다. 여덟 시 반이에요, 하고 그녀는 말을 건다. 그는 못생겼다. 눈은 고양이보다 더 붉고, 두 눈은 언제나 그녀의 가슴 골짜기를 엿보고 있다. 마사는 머슴의 식사를 그 앞에 차려주고, 불에 두 손을 쬐면서 모로 앉는다. 식사를 마치고 일어서면 사내는 언제나 내가 해줄 일은 없느냐고 묻는다. 그녀는 언제나 없다고 대답한다. 그러면 사내는 밭에서 감자를 캐거나 달걀을 모으러 나간다. 그리고 정원의 구스베리 나무에 열매가 열리면, 그녀는 오전에 사내와 둘이서 구스베리를 따러 간다. 손바닥에 작고 빨간 열매가 소복이 쌓이는 것을 보면 그녀는 노파의 요 밑에 있는 돈을 생각한다. 닭을 잡을 때는 그녀가 사내보다 훨씬 솜씨 좋게 닭의 목을 자를 수 있다. 사내는 잘린 자리에 칼을 댄 채로 놓아두기 때문에, 나중에 칼에 묻은 피를 소맷부리로 닦아내야 했다. 그녀는 닭을 움켜잡고 목을 싹둑 자른 다음, 피의 미지근한 온기를 손에 느끼면서 텃밭의 샛길을 달려가는 목 없는 닭을 바라본다. 그러고는 집 안으로 들어가 손을 씻곤 했다.

올봄에 마사는 스무 살이 되었다. 여전히 노파는 찻잔으로 손을 뻗고, 잠옷 앞자락은 숨이 멎어버린 것처럼 움직이지 않고, 재산은 여전히 요 밑에 깔린 채였다. 마사에게는 가지고 싶은 것이 많았다. 자기만의 남자, 일요일에 입을 검은 드레스, 꽃장식이 달린 모자…. 그러나 그녀는 빈털터리였다. 사내가 달걀과 채소를 시장으로 팔러 가는 날, 그녀는 노파한테 건네받은 6페니짜리 동전 한 닢을 그에게 주고, 사내가 손수건에 싸 가지고 돌아온 돈을 노파의 손에 쥐어주었다. 마사도 사내도 먹을 것과 잠자리를 위해 이 집에서 일하고 있지만, 그녀는 이층 방에서 잠을 자는 반면에 사내는 텅 빈 헛간에 짚단을 깔고 잠자리로 삼고 있었다.

어느 맑은 장날 아침, 그녀는 머릿속에 있는 궁리를 식히기 위해 텃밭으로 나갔다. 하늘에는 구름 두 조각이 떠 있었다. 그것은 꼴사나운 두 개의 손처럼 둥근 태양의 머리를 움켜잡으려 하고 있었다. 하늘을 날 수만 있다면 얼마나 좋을까. 그러면 열린 창문으로 날아 들어가 할망구의 숨통을 물고 늘어질 수 있을 텐데. 그러나 차가운 바람이 그런 망상을 날려 보냈다. 그녀는 자기가 세상에 흔해 빠진 아가씨들과는 다르다는 것을 알고 있었다. 사내가 짚단 위에서 꿈을 꾸고 노파가 어둠 속에 누워 있는 긴긴 겨울밤에 그녀는 몇 권이나 책을 읽었기 때문이다. 황금처럼 날아 들어오는 신들, 인간의 목소리를 내는 뱀, 언덕마루에서 불로 만들어진 생물과 이야기하는 사내를 알고 있는 것도 모두 책을 읽은 덕분이었다.

푸른 들판이 텃밭으로 밀고 들어오지 못하도록 가로막고 있는 산울타리 옆에 흙을 두두룩하게 쌓아올린 둔덕이 있었다. 그녀가 마당에서 닭을 물어 죽인 개를 죽여서 파묻은 곳이었다. 십자가에는 개가 죽은 날짜가 적혀 있었다. 할망구를 저기 묻어줘야지. 개와 나란히. 그러면 아무한테도 들킬 염려가 없어. 그녀는 두 손을 딱 마주치고 뒷문으로 걸어갔다. 마침 그때 구름이 두 개의 손을 내밀고 태양에게 덤벼들었다.

집 안으로 들어오자, 노파를 위해 준비해야 할 식사가 기다리고 있었다. 들리는 것은 칼 소리뿐. 바람은 완전히 잦아들었고, 그녀의 심장은 고동을 멈추어버린 것처럼 조용했다. 집 안에서는 아무것도 움직이지 않고, 그녀의 한 손도 무릎 위에 멈춰 있었다. 그녀는 굴뚝을 통과한 연기가 하늘로 올라가고 있는 것조차 알아차리지 못했다. 이 세상에서 오직 그녀의 마음만 바쁘게 움직이고 있었다. 이윽고 모든 것이 죽었을 때 닭이 홰를 치며 시간을 알렸고, 그녀는 이제 곧 시장에서 돌아올 사내를 생각해냈다. 한 손이 다시 무릎 위에서 정지하는 것을 느꼈다. 정적 속에서 그녀는 사내의 손이 문빗장을 들어 올리는 소리를 들었다.

그는 부엌으로 들어와, 그녀가 감자를 씻고 있는 것을 힐끗 보고 나서, 식탁 위에 손수건을 놓았다. 손수건에 싸인 돈이 짤랑거리는 소리를 듣고 그녀는 사내 쪽을 돌아보며 방긋 웃어 보였다. 그가 그녀의 웃는 얼굴을 본 것은 처음이었다.

곧이어 그녀는 사내 앞에 식사를 내놓고, 자기는 불 곁에 모로 앉았다. 그녀가 사내 쪽으로 몸을 내밀자 머리카락에서 토끼풀 냄새가 나고 손톱 사이에 흙이 끼여 있는 게 보였다. 그녀는 닭을 죽이거나 열매를 따러 갈 때 말고는 집 밖의 이상한 세계로 거의 나가지 않았다. 할머니 식사는 갖다 드렸느냐고 사내가 물었다. 그녀는 대답하지 않았다. 사내는 식사를 끝내자, 일어나서 말했다. 내가 해줄 일은 없느냐고. 그것은 수백 번, 수천 번이나 되풀이된 질문이었다. 마사는 있다고 대답했다.

그녀가 '있다'고 대답한 것도 이날이 처음이었다. 사내는 지금까지 마사가 그런 식으로 이야기하는 것을 들어본 적이 없었다. 젖가슴 골짜기의 그림자가 그렇게 어두웠던 적도 일찍이 없었다. 사내가 비틀거리며 부엌을 가로질러 다가오자, 그녀는 두 손을 어깨로 올렸다. 나를 위해 뭘 해줄래요, 하고 물으면서 작업복 끈을 풀었다. 작업복은 어깨에서 미끄러져 내리면서 그녀의 젖가슴을 드러냈다. 그녀는 사내의 한 손을 잡아서 제 가슴으로 가져갔다. 사내는 얼빠진 눈으로 그녀의 알몸을 바라보다가, 이윽고 그녀의 이름을 부르며 끌어안았다. 나를 위해 뭘 해줄래요, 하고 그녀가 다시 물었다. 그러고는 노파의 요 밑에 깔려 있는 돈을 생각하면서 사내를 힘껏 끌어안고, 작업복을 바닥으로 떨어뜨린 다음 페티코트도 벗어 던졌다. 내 부탁은 뭐든지 다 들어줄 거죠, 하고 그녀는 속삭였다.

잠시 후 그녀는 사내의 품에서 빠져나가, 소리도 없이 달려서 집 안을 가로질렀다. 이층으로 통하는 문에 이르자, 드러난 등을 그 문 쪽으로 돌리고 그에게 손짓을 보냈다. 우리는 부자가 될 수 있어요, 하고 그녀가 말했다. 사내는 다시 그녀의 알몸을 만지려고 했지만, 그녀는 그 손을 밀어냈다. 나를 도와줘요, 하고 그녀는 말했다. 사내는 히죽 웃으며 고개를 끄덕였다. 그녀는 문을 열고 그를 이층으로 데려갔다. 여기 꼼짝 말고 있어요, 하고 말한 다음, 노파의 방에 들어가자 그녀는 금이 간 주전자를, 반쯤 열린 창문을, 그리고 벽에 붙은 성경 구절을 바라보았다. 벌써 한 시예요, 하고 노파의 귀에 속삭이자, 보이지 않는 노파의 눈이 웃었다. 마사는 노파의 목에 손가락을 댔다. 벌써 한 시예요, 하고 말하면서 노파의 머리를 벽에다 내리쳤다. 가볍게 세 번 내리쳤을 뿐인데, 머리는 달걀처럼 맥없이 깨져버렸다.

무슨 짓을 한 거야, 하고 사내가 소리쳤다. 마사는 사내를 방으로 불러들였다. 사내는 문을 열고, 침대에 두 손을 문지르고 있는 알몸의 여자와 벽에 묻은 핏자국을 보자마자 공포에 질려 비명을 질렀다. 조용히 해요, 하고 마사가 말했다. 그러나 사내는 그녀의 목소리를 지워버릴 만큼 큰 소리로 다시 한번 비명을 지르고는 층계를 달려 내려갔다.

나는 하늘을 날아야 해, 하고 마사는 생각했다. 창문 너머 바람 속으로 날아가야 해. 그녀는 창을 활짝 열어젖히고, 공중으로 발을 내밀었다. 나는 하늘을 날고 있어, 하고 그녀는 말했다.

그러나 마사는 하늘을 날고 있지 않았다.

(원제: The True Story)

미니 미스터리

유령의 집

올리버 라파지[*]

조지 워터슨은 비틀거리며 일어섰다. 너무 추워서 온몸이 오들오들 떨렸다. 바람이 지나갔다. 납빛 하늘 아래 어스레한 햇살 속에서 메마른 눈발이 팔랑팔랑 춤을 추고 있었다. 또 실패로 끝났다. 아무래도 당분간 해야 할 일이라고는 그저 목숨을 부지하는 것밖에는 없는 듯싶었다.

그는 주위를 둘러보았다. 아니, 이게 어떻게 된 거야. 그 넓은 후미에서 하필이면 헤일 저택의 해변에 표착하다니…. '유령의 집'이라는 말이 머릿속에 떠올랐다. 이곳 사람들이 헤일 저택을 부르는 이름이었다. 지금 그의 마음을 차지하고 있는 추위와 비참함, 그 밑바닥에는 이것으로 내 운은 완전히 끝났고 마지막 기회도 무너지고 말았다는 생각이 있었다.

적어도 당분간은 계속 살아야 해. 여기는 너무 추워, 어쨌든 헤일 저택으로, '유령의 집'으로 들어갈 수밖에 없어. 이렇게 되리라

---

[*] Oliver La Farge(1901~1963): 미국의 인류학자·소설가. 미국 원주민 문화에 대한 연구가 깊었으며, 1930년에 퓰리처상을 받은 소설 《웃는 소년》도 나바호족의 투쟁을 묘사한 작품이다.

는 것은 당연히 예상하지 않았던가? 그는 모래밭 뒤쪽 벼랑의 샛길을 올라가, 아카시아나무가 바람을 막아주는 벼랑 꼭대기에 이르자 멈춰 서서 뒤를 돌아보았다. 산산 조각난 '루시'호는 바위 틈새에 처박혀 뒤틀린 채 파도에 씻기고 있었다. 이제 배의 형체라고는 조금도 남아 있지 않았다. 그는 차마 볼 수가 없어서 내륙 쪽으로 시선을 돌렸다.

심장이 격렬하게, 그러면서도 아주 천천히 고동치는 소리가 또렷이 귀에 들려왔다. 언덕 꼭대기까지 반 마일은 너끈히 올라간 곳에, 어스레한 서녘 하늘을 배경으로 어깨를 곤추세운 고색창연한 저택이 서 있었다. 넓은 건물 한쪽에는 바다에서 불어오는 바람을 피해 헤일 저택에서 도망치려는 것처럼 구부러진 느릅나무가 있었다.

그는 수지(수전의 애칭)가 이 저택에 누워 있는 광경을 상상했다. 수지, 수지! 그녀의 죽음에 얽힌 생생한 추억들이 처음과 똑같은 충격으로 그를 때렸다. 그 저주받은 낡은 저택에는 죽음이 가득 차 있어! 재스퍼 서머스 노인은 이가 다 빠진 입을 오물거리며 그에게 말했다.

"수전 헤일의 이야기를 들었나? 어젯밤 그 집에 강도가 들었다네. 어쨌든 이 마을에는 20년 만에 처음 일어난 사건인데, 강도가 수전을 쏘아죽였대."

그는 공포의 안개 속에서 계속 지껄이는 노인의 우쭐한 얼굴을 보고, 그 충격으로 헤일 부인이 몸져누웠다는 노인의 목소리를 들었다.

자양화 꽃으로 눈싸움을 하며 놀았던 수지와 존과 나. 헤일 부인은 아마 수지를 거실에 눕혀놓았을 거야. 관에 넣어서… 오오!

나에게 고삐를 쥐게 하고, 부러워하는 존을 곁눈질하면서 내 조랑말을 타던 수지. 내가 돈의 힘으로 마을의 다른 소년들보다 우위에 설 수 있었던 것은 그때를 포함해서 몇 번밖에 없었어. 존과 약혼했다는 말을 수지한테 들었을 때, 모든 것이 멈추어버린 듯한 광경과 아직도 잊을 수 없는 고통. 존이 브렌턴 모래톱 앞바다에서 배와 함께 바닷속에 가라앉았을 때 울면서 나에게 매달리던 수지. 그때 나는 죽은 친구와 슬퍼하는 수지를 동정하면서도 격렬한 기쁨을 느끼고, 충격과 나 자신에 대한 수치심에 사로잡혔지. 이윽고 수지는 이렇게 말했어.

"하지만 '유령의 집'에 살고 있으니까, 나이를 먹으면 또다시 존을 만날 수 있을 거야. 옛날에 우리 할머니가 그랬듯이…."

그는 또다시 자신의 느릿느릿한 심장 소리를 또렷이 들었다. 나는 아주 중요한 것을 해변에 남겨두고 와버렸구나, 하고 그는 막연히 생각했다. 온몸이 얼어붙을 것처럼 추웠다. 세찬 바람이 물에 젖은 옷을 벌써 말려버렸다.

다시 그는 생각해냈다. 수지는 죽었어. 죽었어. 죽었어. 언젠가는 내 여자가 되었을지도 모르는 수지가. 키노초그 마을에서 20년 만에 발생한 가택 침입 강도사건. 그 강도가 쏜 총알이 수지의 심장을 꿰뚫었어. 그저 도둑질을 하러 들어갔다가 사람을 죽여버린 녀석, 어디 사는 누군지도 모르는 그 녀석은 내 태양을 없애버리고 행방을 감추어버렸어.

으스스한 건물이 검은 윤곽을 드러내며 두 개의 불 켜진 창문 위로 우뚝 솟아 있었다. 그 주위에서는 바람이 더욱 사납게 날뛰고, 잎이 다 떨어진 나무들이 가지를 부딪치며 휘이휘이 울고 있었다. 그는 문을 두드리고, 오들오들 떨면서 기다리다가, 다시 한번 문을 두드렸다. 그의 심장은 아주 천천히 고동쳤다. 그는 홱 돌아서서 해변으로 달아나고 싶은 충동과 싸워야 했다. 해변에 무언가 중요한 것을 잊고 온 듯한 기분이 들었다. 여전히 응답은 없었다.

그는 손잡이를 돌려 집 안으로 들어갔다. 거실문이 열려 있었고, 고맙게도 따뜻한 공기가 현관홀로 흘러나왔다. 상상했던 대로 관은 거실 한복판에 놓여 있었다. 헤일 부인이 관과 마주 놓인 흔들의자에 앉아 있었다.

"이렇게 불쑥 찾아온 걸 용서해주십시오, 헤일 부인."

"괜찮네, 조지. 자넨 줄 알았다면 문을 열어주었을 텐데. 자, 어서 앉게."

왠지 이상한 표현이었다. 그녀는 창백하고 쇠약해 보였다. 말투도 차분하긴 했지만, 어딘지 모르게 분명치 않은 데가 있었다. 조지는 관 쪽으로 다가갔다.

"수지를 깨우지 말게."

도대체 헤일 부인은 내가 뭘 할 거라고 생각했을까?

"수지는 피곤할 거야. 그리고 화장도 깨끗이 마무리된 모양이니까, 잠시 그대로 쉬게 해주고 싶네. 매장은 목요일이야."

이 노부인은 충격을 받아서 머리가 이상해진 모양이구나. 조지는 불안해졌다. 그는 수지의 얼굴과 풍성한 금발, 뺨에 그림자를 떨구고 있는 기다란 속눈썹, 섬세하고 따뜻한 입술을 가만히 내려다보았다. 평범한 형용사를 이것저것 생각한 끝에 결국 '사랑스럽다'는 말을 마음속으로 되뇌고 있었다. 그녀의 입술에 연지를 바른 장의사의 솜씨에 감사했다. 수지는 생전에 안색이 나쁜 처녀는 아니었다.

그는 몇 분 동안 그렇게 수지를 바라보면서 아무 생각도 하지 않고 서 있었다. 심장의 고동은 더욱 느려진 것 같았고, 또다시 해변에 무언가를 잊고 온 듯한 기분이 들어서 불안해졌다. 겨우 그는 자리에 앉았다.

"여긴 어떻게 왔나?" 헤일 부인이 '어떻게'에 힘을 주면서 물었다.

"소식을 듣고… 저는 더 이상 살고 싶은 마음이 나지 않았습니다. 그래서 '루시'호를 타고 바다로 나가, 바람에 밀려 배가 뒤집히도록 돛을 죄다 폈습니다. 그랬더니 여기 바닷가로 떠내려왔고, 정신을 차리고 보니 모래밭 위로 밀려와 있더군요. 그래서 지금 이렇게 여기 와 있는 겁니다." 그는 울적하게 덧붙였다. "이쪽 해변에 밀려온 것을 알았을 때는 유감이었지만, 지금은 오길 잘했다고 생각합니다."

"자네한테는 괴로운 일이겠지, 조지. 수지는 목요일에 교회 뒤에서 존을 만나."

"알고 있습니다."

"어쩌면 이게 더 잘된 일인지도 몰라…." 헤일 부인의 목소리는 도중에 끊기고, 그저 입만 계속 뻐끔뻐끔 움직였다.

분명히 그녀는 충격으로 쇠약해져 있었다. 조지 자신도 결코 좋은 상태라고는 말할 수 없었다. 지금 귀에 들리는 소리는 아무리 생각해도 심장의 고동 소리는 아니었다. 심장의 고동 소리라고 하기에는 너무 느렸고, 게다가 몸 밖에서 들려오는 듯한 소리였다.

헤일 부인의 목소리가 또다시 들리기 시작했다.

"우리가 모두 없어지면 이 집은 어떻게 될까? 살 사람이 나설

것 같지도 않아. 남편이 죽은 직후에 팔려고 내놓은 적이 있었는데, 나쁜 소문이 나는 바람에… 헤일 집안은 옛날부터 죽은 가족과 너무 친했다네. 게다가 이렇게… 이 집 안팎에서 계속 사람이 죽으면 소문은 점점 더 나빠지잖아. 이 집은 아마 우리 사촌인 워릭의 헤일 집안으로 넘어가서, 모두에게 분배되겠지. 자네는…"

그녀의 목소리가 또 들리지 않게 되었다. 헤일 부인한테는 휴식과 기분전환이 필요해. 그리고 나도… 그는 분명 지쳐 있었다.

"헤일 부인, 주제넘은 참견인 것 같습니다만, 부인께는 휴식이 필요합니다."

"나는 피곤하지 않아. 모든 게 끝난 지금은 오히려 기력이 팔팔해. 오랫동안 이렇게 기운이 넘쳤던 적은 한 번도 없었을 정도야."

"하지만 말씀하시는 동안 이따금 목소리가 들리지 않게 됩니다."

"뭐라고?"

"부인 목소리가 들리지 않는다고 했습니다. 화내지 마세요. 틀림없이 피곤한 탓입니다. 제가 여러 가지 환청에 시달리고 있는 것은 잘 알고 있습니다. 아주 느린 소리, 심장 고동 소리와 비슷한 소리가 들리고, 지금도 발소리가 들리기 시작한 참입니다. 그리고 누군가가 나를 잡아당기고 있는 듯한 묘한 느낌도 듭니다."

노부인은 등줄기를 곧게 펴고 앉음새를 고치더니, 구멍이 날 만큼 그를 뚫어지게 바라보았다.

"어머나! 그럼 자네는…" 그녀의 목소리가 또 들리지 않게 되었다. 그녀가 무언가를 전달하고 싶어서, 자기 목소리를 그에게 들려주고 싶어서 필사적으로 애쓰고 있다는 것을 조지는 알 수 있었다. 이윽고 목소리가 다시 들리기 시작했다. "해변으로 돌아가. 지금 당장. 아직 늦지 않았네!"

그의 머리카락이 곤두섰다. 누군가가 그의 어깨를 잡고 흔들어대고 있었다. 심장의 고동 소리는 극도로 느려져 있었다.

"무슨 소린지 전혀 모르겠군요."

그녀는 두 사람 사이를 가로막고 있는 침묵을 깨뜨리려고 필사적이었다. 아무리 애를 써도 소용이 없자, 마침내 그녀는 일어나서 침실 문을 열었다.

"저걸 보게."

"앗!"

그곳에는 헤일 부인의 창백한 시체가 침대 위에 조용히 누워 있었다. 그녀의 목소리가 희미하게 들려왔다.

"사람들이 해변에서 자네를 발견한 거야. 자네 귀에 들려오는 소리도, 누군가 자네 어깨를 흔들고 있는 듯한 느낌도 모두 그거야. 자네 심장은 아직도 뛰고 있어. 아직 시간은 있어. 돌아가서 살아. 수지가 아닌 다른 상대를 찾도록 하게. 수지는 목요일에 존과 만나기로 되어 있어. 자, 어서 해변으로 돌아가."

그제야 그는 물속에 반쯤 잠긴 상태로 해변의 모래밭에 남겨두고 온 것이 무엇이었는가를 알았다. 광란과 어두운 공포가 그를 사로잡았다. 무턱대고 문 쪽으로 가려다가 수지의 관에 부딪혔다.

"서둘러! 자넨 살아야 해. 수지를 잊어버리고, 그 애를 대신할 누군가를 찾아야 해."

"수지는 이 안에 있나요?" 조지는 수지의 시체를 가리켰다.

"그래. 하지만 깨우면 안 돼. 자, 어서!"

그는 죽은 처녀를 내려다보았다. 그리고 무한한 미래를 발견했다. 그녀를 대신할 누군가….

"헤일 부인, 존은 제 친구였습니다." 그는 다시 자리에 앉았다. "심장 고동은 아주 느려서, 이제 곧 멈출 겁니다."

(원제: Haunted Ground)

어느 노인의 죽음

아서 밀러[*]

카운터 조리사는 수다스러운 남자가 아니었다. 그것은 경찰관도 마찬가지였다. 새벽 2시가 가까워져, 이따금 부는 바람 소리 말고는 아무 소리도 들리지 않았다. 조리사는 커피 메이커에 기댄 채, 그 희미한 온기를 셔츠를 통해 느끼고 있었다. 경찰관은 맛있는 식사에 입맛을 다셨고, 조리사는 팔짱을 낀 채 창문 너머로 바깥 거리를 내다보고 있었다.

이 경찰관에게는 마음에 드는 점이 하나 있었다. 음식을 인간적으로 먹는다는 점이었다. 손님들 중에는 정나미가 떨어지게 음식을 먹는 사람도 있다. 그는 이 경찰관이 어떤 인간인지 잘 몰랐지만, 대체로 그에게 호감을 느끼고 있었다. 나이는 서른다섯 살쯤 되어 보이고, 하얀 살결에, 찬바람을 맞아 발그레해진 얼굴이 검은 머리를 더욱 돋보이게 해주고 있었다. 경찰관의 이름은 허버트였고, 대학 출신이었다. 조리사가 알고 있는 것은 그것뿐이었다. 어쨌든 그는 말이 없는 편이었기 때문이다. 지금도 그저 창밖을 바라보

---

* Arthur Miller(1915~2005): 미국의 극작가·소설가. 미국의 연극계를 대표하는 작가로, 1949년에 《세일즈맨의 죽음》으로 퓰리처상(희곡 부문)을 받았다.

고 있을 뿐이다.

"에이브러햄스 씨." 경찰관이 말을 걸었다.

조리사는 경찰관 쪽을 돌아보았다.

"뭐 또 필요한 거라도 있나?"

"나는 좀 특이한 경험을 했습니다."

"호오, 그래?"

"정말 기이한 이야기입니다."

바람이 바깥에 걸린 간판을 뒤흔들었다. 에이브러햄스 씨는 그게 좀 걱정이 되었다. 문득 경찰관을 바라보니, 그는 상당히 큰 고기 토막을 남긴 채였다. 게다가 그의 검은 눈과 혀끝으로 입술을 연신 핥는 모습은 그가 사뭇 흥분해 있음을 말해주고 있었다. 이윽고 경찰관은 포크를 내려놓더니, 카운터 끝에 팔꿈치를 괴고 한 손으로 이마를 받쳤다.

"좀 전에 사람이 죽었습니다."

"호오, 그래?"

경찰관의 눈빛에는 무언가 수수께끼 같은 느낌이 있었다. 야간 순찰을 돌고 있을 때, 어둠 속에서 무언가가 나타나 얼핏 모습을 보이고는 또 금방 사라져버리기라도 한 것 같은 느낌이었다. 그는 아직도 그 무언가를 눈으로 쫓고 있는 듯했다. 무서워하고 있는 것은 아니지만, 이제는 더 이상 냉정한 태도를 유지할 수는 없는 듯한 느낌이었다.

잠시 뒤에 경찰관이 말을 이었다.

"그런데 내가 아는 사람이었습니다."

"설마!"

"정말입니다. 다울링과 함께 순찰을 돌고 있는데, 무선연락이 들어왔더군요. 사람이 죽었다는 흔해 빠진 연락이었습니다. 그런데 장소가 하숙집이었기 때문에 현장에 가서 조사할 필요가 있었지요."

"살인인가?"

"내 이야기를 들어보세요. 정말 기이한 경험이었습니다. 우리는 연락을 받고, 별생각 없이 현장으로 달려갔습니다. 철강공장 근처였지요. 박스터 가의…"

"지독한 곳이지."

"예. 하지만 나는 아무렇게도 생각지 않았습니다. 현장에 도착해서 길모퉁이를 돌아 박스터 가로 접어들자, 문제의 집 앞에 구급차가 서 있더군요. 그걸 보고 갑자기 생각이 난 겁니다."

"뭐가?"

"정말 기이한 이야기입니다. 나는 그 사람을 까맣게 잊어버리고 있었으니까요. 실은 10년 전에… 내가 이 식당에 처음 오기 시작한 무렵을 기억하십니까?"

"이제 곧 11년이 되지."

"어쨌든 그 무렵에 나는 수습이었습니다."

"지금보다 훨씬 여위었더랬지."

"그 무렵에는 근무평가를 담당하는 경위를 순찰차에 태우고, 내가 운전대를 잡고 있었지요. 그런데 전화가 걸려와서 우리는 그 하숙집으로 달려갔습니다. 구경꾼들이 현관홀에 모여 있고, 흥분한 사람들이 층계를 오르내리고 있더군요. 밖에는 벌써 구급차가 도착해 있었고요. 우리가 문제의 방으로 올라가 보니 몸집이 작은 한 남자가 피투성이 침대에 누워 있고, 구급 의사가 그 사람 목에 붕대를 감고 있는 중이었지요."

"칼에 찔렸나?"

"아뇨. 제 손으로 목을 자르려 했다는 겁니다." 경찰관은 소리내어 웃었다. 하얗고 고른 치아가 드러났다. "의사가 다음번에는 목덜미를 자르라고 하더군요."

"그래?" 조리사는 웃으면서 고개를 설레설레 저었다.

"어쨌든 나는 의사한테서 그 얼간이를 인계받아 순찰차에 태우고 경찰서로 데려갔습니다."

"병원으로 데려간 게 아니고?"

"피를 조금 흘렸을 뿐, 대단한 상처는 아니었거든요. 그래서 경찰서로 데려가 유치장에 넣어두었지요. 당직 경감이 나를 기다리고 있었습니다. 내 행동은 일일이 채점되고 있었기 때문에, 지금까지는 실수를 저지르지 않았다고 생각하면서 유치장에서 돌아오자, 경위가 이 사건을 어떻게 처리할 작정이냐고 묻더군요."

"그걸 자네가 결정하는 건가?"

"그렇습니다. 그때는 미처 몰랐지만, 그 사람을 경찰서로 데려와서 유치장에 넣기 위해 조서를 받았기 때문에, 그것을 사건으로 만들어버린 겁니다. 조서에 서명을 받을 때는 미처 몰랐지만, 일단 그렇게 해버린 이상 이번에는 그 사건을 처리해야 했지요."

"그렇군."

"경위가… 지금은 경감이지요. 폴리 경감. 그분을 아세요?"

"폴리 경감이라면 물론 알고 있지."

"폴리 경위가 웃지도 않고 뻣뻣이 선 채 이러더군요. '그 사람을 어떻게 할 작정인가?' 내가 어떻게 해야 좋을지 몰라서 한참 우물거리고 있으니까, 경위가 이러더군요. '이봐, 자네는 그 사람을 자살미수로 기록에 남겼어. 자네가 자살미수 정도의 사건을 기록에 남길 만큼 경솔한 사람이라고는 생각지 않았는데, 그렇게 해버린 이상 어쩔 수 없지. 이렇게 되면 그 사람을 정신병원에 보내거나 석방하거나, 둘 중 하나를 택할 수밖에 없어.'"

"그게 정말인가?"

"법규가 그렇게 되어 있습니다. 나는 잠깐 생각하고 나서 석방해야 할 것 같다고 대답했지요. 그 무렵에는 나도 젊었고…."

"그렇군. 그런데 그 사람은 정말로 미쳤나?"

"계속 들어보세요. 경위가 처음에는 아무 말도 하지 않았지만, 나를 자리에 앉히고 말하기를… 그 사람을 석방할 경우, 똑같은 사건을 일으키면 그건 내 책임이라는 겁니다."

"설마. 한 사람이 제멋대로 죽고 싶어 했다고 해서, 도대체 왜 그런…."

"내가 판단을 잘못했다는 거지요. 그리고 누군가가 그걸 빌미삼아 심술을 부리려 들면 승진에도 지장이 있다는 거예요. 요컨대 곤란한 처지였지요. 누군가가 그걸 이용하려고 마음먹었을 경우에는 승진을 방해하는 명백한 과실이 됩니다. 자살에 실패한 사람은 언제 또 자살을 기도할지 모르니까, 그런 일로 경력을 더럽히지 않도록 하라는 겁니다."

"그래서 어떻게 했나?"

"나는 어떻게 해야 좋을지 몰랐습니다. 그래서 경위한테 솔직히 그렇게 말했지요. 그러자 경위는 '자네는 대학을 나왔네. 그 사람이 어떤 인간인지 가서 똑똑히 보고 와' 하는 겁니다. 그래서 나는 유치장으로 돌아가서 그 사람 옆에 나란히 앉았습니다. 그 사람은 꾸벅꾸벅 졸고 있다가, 내가 들어가자 일어나더군요. 잘 보니 일흔 살이 넘은 노인이었습니다. 나는 목에 붕대를 감은 노인을 침대에 앉히고 사정을 이야기해주었습니다."

"무슨 말을 했는데?"

"심리학을 좀 응용해볼 생각이었지요. 즉, 노인의 마음속을 꿰뚫어보려고 한 겁니다. '이것 보세요, 영감님' 하고 나는 말을 걸었습니다. '영감님 때문에 좀 곤란하게 됐습니다. 솔직히 말씀해주세요. 도대체 무엇 때문에 자살하려고 하셨습니까?' 나는 자살을 기도한 원인을 알면 석방된 뒤에 또 자살을 기도할지 어떨지를 짐작할 수도 있을 거라고 생각한 거죠."

"좋은 점에 착안했군."

"그런데 상대는 전혀 내 유도에 넘어오지 않았습니다. 아무 이야기도 하고 싶어 하지 않는 거예요. 하는 수 없이 잠시 세상 돌아가는 이야기를 하는 동안, 상대도 점점 기분이 누그러져서 여러 가지 이야기를 털어놓게 됐지요. 노인은 외톨이였습니다. 부인은 벌써 세상을 떠났고, 자식들은 모두 자라서 전국에 뿔뿔이 흩어져 살고 있고, 본인은 한 달에 몇 달러의 연금을 받아서 살고 있었는데, 그러는 동안 몸도 쇠약해지고, 창밖만 바라보며 사는 생활에도 진력이 나버렸답니다. 내 입으로는 노인의 말을 잘 전달할 수 없지만, 요컨대 혼자 사는 노인의 생활, 친구도 없고, 편지도 오지 않고, 할일도 없고, 그저 하루하루 시간이 지나갈 뿐인 생활입니다. 아시겠습니까?"

"알다마다. 나이를 먹는다는 건 슬픈 일이지."

"노인의 이야기에 실감이 담겨 있었기 때문에, 나는 노인이 자살을 꾀한 것도 무리는 아니라고 생각했습니다. 그 영감님한테는 더 이상 살아갈 이유가 없었던 것이지요. 이 말만은 잊을 수가 없습니다. '나는 이제 아무것도 기다릴 게 없다오' 하고 그 노인은 말했지요."

"정말 그래. 그런 노인은 얼마든지 있다네."

"어쨌든 그 한 마디에 나는 손들었습니다. 노인이 이런 상태라면, 어떻게 할까 고민할 필요는 없다고 생각했습니다. 무슨 뜻인지 아시겠습니까?"

"물론."

"나는 달리 어쩔 도리가 없었기 때문에 노인한테 말했습니다. '나는 영감님을 정신병원에 보낼 수밖에 없습니다.' 그랬더니 노인은 침대에서 벌떡 일어나서는, 내 손을 잡고 애원하기 시작했습니다. '나는 미치광이가 아니야. 나는 미치광이가 아니야' 하면서 말입니다. 그러고는 정신병원에 보내는 것만은 제발 말아 달라고 사정하는 겁니다. 나는 노인이 완전히 제정신이라는 것을 잘 알고 있었습니다. 그래서 아주 입장이 난처해지고 말았지요. 노인은 제발 봐달라고 사정했지만, 나는 이렇게 말해주었습니다. '이것 보세요, 영감님. 영감님이 미치광이가 아니라는 건 잘 알고 있습니다. 하지만 또 이런 짓을 하시면 제가 곤란해져요.' 그러고는 사정을 설명해주었지요. 경위가 나한테 설명해준 것과 똑같이. 그랬더니 그 불쌍한 노인은 놀라서 눈이 똥그래지더군요. 나는 그때를 결코 잊을 수가 없습니다. 노인은 침대에 앉아서 이러더군요. 노인의 말투를 그대로 흉내 내기는 어렵지만, 어린애처럼 고개를 저으면서… '경찰 양반, 내 절대로 당신을 실망시키지 않으리다' 하고…."

"그래서 어떻게 했나?"

"그게 말입니다… 지금 생각해보면 믿을 수 없는 일이지만, 노인의 말이 옳다는 생각이 들었습니다. 노인의 불행이 남의 일 같지 않았어요. 지금이라면 아마 그러지 않겠지만, 당시엔 나도 젊었기 때문에 노인을 석방해주기로 했습니다. 왜 그랬는지는 모르지만, 어쨌든 그렇게 결정했습니다. 그러고 나서 경위한테 보고하러 갔는데, 그때 폴리 경감의 얼굴은 평생 잊을 수가 없습니다. 내가 정신이 나간 게 분명하다고 생각했을 겁니다."

"그럼 노인은 석방되었군?"

"예. 나도 한동안은 그 일이 마음에 걸렸습니다. 당시에는 경위로 승진하는 게 목표였는데, 그런 돌덩어리를 머리 위에 매달아버렸기 때문에, 그게 언제 내 머리로 떨어질지 몰라서 걱정이었지요. 하지만 보름쯤 지나자 다른 일에 쫓겨서 그 일을 까맣게 잊어버렸습니다."

경찰관은 먹다 남은 고기를 바라보았다. 그 수수께끼 같은 눈빛이 다시금 떠올랐다. 그는 아직 말하지 않은 무언가를 생각해내고 미소를 지었다. 조리사는 잠자코 기다렸다. 바람이 불어와 바깥 간판이 끼익끼익 소리를 내고, 시간이 지나갔다. 드디어 경찰관이 고개를 들더니, 애당초 그런 이야기를 꺼낸 것을 후회라도 하는 것처럼 후우 하고 한숨을 내쉬었다.

"그다음에는 어떻게 됐나?" 조리사가 물었다.

"그게…" 경찰관은 질문의 중대성을 부인하는 듯한 어조로 말을 이었다. "조금 전까지 나는 순찰차에 타고 있었습니다. 다울링과 함께요. 그때 박스터 가로 가라는 연락이 들어왔습니다. 길모퉁이를 돌아 구급차를 본 순간, 나는 모든 것을 생각해 냈습니다. 차에서 내린 뒤 건물 안으로 들어가서 현관홀에 서 있는 구경꾼들을 보았을 때, 나는 그 노인의 방이 틀림없다고 생각했습니다. 아니나 다를까, 사람들은 이층을 가리켰습니다.

층계를 올라가 그 방으로 들어갔을 때 내가 맨 먼저 한 일은 면도칼을 찾는 것이었습니다. 저번에는 면도칼이 방바닥 한가운데에 떨어져 있었지요. 그런데 이번에는 그게 보이지 않는 겁니다. 내가 침대로 다가가자 의사가 노인에게 청진기를 대고 있더군요. 노인은 헐떡거리며 숨을 거두기 직전이었지요. 이번에는 수면제를 먹은 모양이라고 생각했습니다. 덕택에 경위 승진은 10년쯤 멀어졌구나 하고 생각했습니다. 나는 할일이 아무것도 없었기 때문에, 진심으로 후회하면서 그 자리에 뻣뻣이 서 있었지요.

이윽고 의사가 일어나길래, 사인이 뭐냐고 물었더니, 노쇠에 의한 죽음이라는 겁니다. 그 노인은 내 얼굴을 뚫어지게 바라보고 있었지만, 글쎄요, 내 얼굴을 기억하고 있었다고는 생각할 수 없습니다. 나는 울고 싶어졌습니다. 어쨌든 방은 지독히 더러웠고, 고약한 냄새가 진동하고 있었습니다. 그 노인은 그런 방에서 수명이 다할 때까지 버틴 겁니다. 나 한 사람을 위해서."

경찰관은 포크를 뒤집어 접시 위에 내려놓고, 외투 단추를 채우기 시작했다. 한동안은 조리사의 눈을 보려고도 하지 않았다. 그러나 이윽고 그는 말했다.

"이상한 이야기라고 생각지 않으세요?"

"참 훌륭한 분이군."

"하지만 내일 또 다시 똑같은 일이 시작된다면, 나는 그런 사람 때문에 책임을 떠맡고 싶지는 않습니다."

"그야 인간은 누구나 제 몸이 소중하니까."

"그렇습니다."

경찰관은 일어서서 카운터 너머로 계산을 끝내고, 외투깃 속에 머플러를 밀어 넣었다. 그러고는 바깥 거리를 내다보며 말했다.

"이상한 이야기지요?"

"정말 그렇군." 조리사가 맞장구를 쳤다.

"너무나 불가사의한 이야기입니다." 경찰관이 말했다.

"그렇군." 조리사가 중얼거렸다.

경찰관은 출입문 쪽으로 걸어가서 손잡이를 잡고 문을 열려다가 문득 손을 멈추고, 바깥의 어둠과 바람에 흔들리는 간판의 희미한 불빛을 내다보았다.

"그럼… 안녕히 계세요." 이렇게 말하고, 경찰관은 찬바람 속으로 나갔다.

(원제: Death of an Old Man)

더브 덜셋의 통찰

크리스토퍼 몰리[*]

나는 그날 거의 온종일 국무부에 있었는데, 그게 얼마나 따분한 일인지는 여러분도 아실 것이다. 만나기로 약속한 상대가 오랫동안 기다리게 한 덕택에 나는 그곳에 전시된 미합중국 국새^{國璽}(국권의 상징으로 국가적 문서에 사용되던 인장—옮긴이)를 마음껏 관찰할 수 있었다. 점심을 먹지 못했기 때문에 오후 4시에 떠나는 '콩그레셔널'호 열차에 탔을 때는 한잔해도 괜찮겠다는 생각이 들었다.

나와 같은 생각을 가진 사람이 나 말고도 많이 있었는지, 열차의 뷔페 라운지 차량에는 빈자리가 하나밖에 없었다. 게다가 그 자리의 탁자는 세상에 근심 걱정이라고는 하나도 없어 보이는 남자 셋이 차지하고 있었다. 나는 고독을 즐기고 싶은 심정이었기 때문에 그들과 합석할 마음이 내키지 않았다. 그들은 행동거지로 미루어보아 국무부 직원과는 거리가 멀었다. 풀 먹인 식탁보에 담뱃재를 함부로 떨어뜨리고, 바지 속에는 줄무늬 팬티를 입고 있을 것 같았다. 그런데도 그들에게는 유쾌한 활기가 넘쳐흘러, 고상함과

---

[*] Christopher Morley(1890~1957): 미국의 저널리스트·소설가·시인.

우아함 속에서 하루를 보낸 뒤에는 그것이 오히려 신선하게 느껴졌다. 그래서 나는 그 자리에 앉았다.

무엇을 주문할까 생각하고 있을 때 웨이터가 커다란 쟁반을 들고 비틀거리며 통로를 걸어왔다. 그는 나와 합석한 삼총사에게 말했다.

"여기 주문하신 걸 가져왔습니다. 마티니 열세 잔입니다."

웨이터는 익숙한 솜씨로 내용물을 엎지르지 않고 13개의 술잔을 꽃잎처럼 탁자 위에 늘어놓았다. 나는 매사에 정확한 것을 좋아하는 인간이다. '열세 잔'이라는 말을 듣고 술잔 수를 세지 않을 수 없었다. 확실히 술잔은 13개였고, 술잔마다 커다란 올리브가 한 개씩 들어 있었다. 술잔을 놓은 뒤 급사는 내 주문을 기다렸다. 내가 입을 열기 전에 옆자리 사내가 말을 걸어왔다.

"무례한 부탁이지만, 우리 마티니가 한 잔 남으니까 그걸 드실 수 없을까요? 재수를 빌려고 열세 잔을 주문했는데, 한 잔이 남아서요. 부탁을 들어주시면 고맙겠습니다. 하지만 올리브는 꺼내게 해주세요. 의례상 아무래도 그것만은 먹어야 하니까요."

그것은 로버트 루이스 스티븐슨의 《신新 아라비안나이트》의 발단과 비슷했다. 나는 그 작품에 나오는 플로리첼 왕자와 마찬가지로 그 부탁이 농담이 아니기를 바랐다. 하지만 낯선 삼총사의 태도가 너무나 쾌활했기 때문에 거절하는 것도 촌스러울 것 같다는 기분이 들었다. 나는 술잔을 집어 들고 그들에게 가볍게 고개를 숙여 보인 다음 마티니를 마셨다. 세 사람은 술은 마시지 않고 각자 술잔에서 올리브만 꺼내 씹으면서 나에게 고개를 숙였다.

그들은 나를 억지로 대화에 끌어들이려고 하지 않았기 때문에,

나는 이른바 시사주간지의 '입체적' 뉴스 보도란 어떤 뜻인가를 해명하려고 여느 때처럼 독서를 시작했다. 하지만 합석한 신사들이 칵테일은 마시지 않고 올리브만 집어내는 것이 자꾸만 눈에 들어왔다. 어느 마티니 공장의 이동 감시원쯤 되나? 그리고 셰익스피어가 '영원한 시대의 올리브'라고 부른 것(셰익스피어의 이 말은 영속적 평화를 의미했다)을 찾아다니고 있는 걸까?

볼티모어에 도착할 무렵, 내 몫을 제외한 열두 잔의 마티니는 거의 다 식탁보에 흡수되어 있었다. 친절한 세 신사는 서로 고개를 끄덕이고, 올리브를 한 개씩 입에 넣을 때마다 "알로하 누이누이" 하고 말했다. '와히니'나 '호말리말리'에 관한 화제로 미루어보아, 그들은 태평양에서 온 군인인지도 모른다. 또는 묘하게 계산에 집착하는 것을 보면 수비학數秘學(숫자와 사람·장소·사물·문화 사이에 숨겨진 의미와 연관성을 공부하는 학문―옮긴이) 연구가일지도 모른다. 한 사람이 마티니 술잔을 손으로 꼽아가면서 헤아린 뒤에 말했다.

"이제 36이 남았군."

나는 그들에게 점점 친근감을 느끼게 되었기 때문에, 거기서 이야기에 끼어들었다.

"서른여섯 잔은 무리지만, 드시겠다면 내가 여러분께 한 잔씩 대접하고 싶군요."

그들은 아주 예의 바르게 행동했다.

"정말 죄송합니다. 같이 한잔하고 싶은 마음은 굴뚝 같지만, 이것은 일종의 의식이라서요. 모두 필요경비에 포함되어 있지요. 다음은 브랜디인데, 그건 제대로 마실 겁니다. 마티니를 주문한 건 올리브 13개를 얻기 위해서였지요."

"그럼 나는 하이볼을 주문하고 대기하고 있겠습니다. 여러분은 하차하실 때 도움이 필요할지도 모르니까요."

그들은 여우에게 홀린 듯한 표정을 짓고 있는 웨이터에게 명령하여, 입도 대지 않은 마티니를 가져가게 했다. 그러고는 "브랜디를 열두 잔 갖다주시오" 하고 말했다.

이어서 그들은 승객 담당 웨이터를 불러, 커다란 술잔 한 개를 가져오게 했다. 그 커다란 술잔에 열두 잔의 브랜디를 붓고는 세 사람이 돌아가며 마시기 시작했다. 그들은 번갈아 브랜디를 마시면서 나에게 쾌활하게 웃어 보였다.

"이 브랜디는 별 3개짜립니다" 하고 그들 중의 하나가 말했다. "별 3개가 열두 잔이니까, 합하면 36이 되는 셈이지요."

그들은 기분이 좋아져서, 서스쿼해나 강(미국 북동부를 흐르는 하천―옮긴이)의 다리를 건널 무렵에는 혀가 꼬부라질 정도였다.

"이걸로 마무리는 잘됐어" 하고 한 사람이 말했다. 13개의 올리브에 36개의 코냑을 합하면 49가 되지."

코냑이라는 발음으로 미루어보아, 그 사람은 아무래도 군인 출신인 것 같았다.

"신이여! 미국에 축복을!" 또 한 사람이 외쳤다. "더 이상은 저작권 침해가 되니까 그만두겠네."

"하늘은 햇빛으로 가득하고 깃발에는 별이 넘친다." 세 번째 사람이 반 다이크의 시를 인용했다.

내 머리는 바쁘게 돌아가기 시작했다. 헨리 반 다이크라면 기억하고 있다. 그 역시 국무부에서 일한 적이 있었다.

"E pluribus unum!"('다수로 이루어진 하나'라는 뜻. 미국 국새에 새겨진 미국의 표어—옮긴이) 첫 번째 사람이 큰 잔을 들어 올리며 외쳤다.

"Annuit coeptis!"('신은 우리가 하는 일을 승인하셨다'는 뜻. 미국 국새의 이면에 새겨진 표어—옮긴이) 내가 옆에서 끼어들었다. 그러나 그들은 아무 반응도 보이지 않았다. 아무래도 그들은 국새의 한 면밖에 모르는 모양이었다.

나는 만약을 위해 머릿속으로 헤아려보았다. 'E pluribus unum'은 13자. 'Annuit coeptis'도 13자. 미국 헌법 기초위원들의 단순한 상징주의. 놀랍게도 '의회'를 뜻하는 '콩그레셔널Congressional'까지 13자로 되어 있다.

"독수리가 한쪽 발톱에 쥐고 있는 13개의 화살을 잊으신 거 아닙니까?" 하고 내가 물었다. "독수리는 발톱 한 개만으로는 날 수 없습니다. 13개의 화살을 상징하기 위해 하이볼을 한 잔씩 마시는 게 어떻습니까?"

"아닙니다." 그들은 대답했다. "그건 49 속에 포함되지 않습니다. 수비학에 따르면, 49라는 수는 4 더하기 9, 즉 13이지요."

"그리고…" 한 사람이 큰 술잔을 비우고 나서 말했다. "우리는 '파우'입니다."

그들은 계산을 끝내고 객차로 돌아갔다. 아무래도 과음한 것 같다고 반성하는 기색이었다. 나는 '파우'라는 말이 술에 취해서 이젠 더 이상 마실 수 없다는 뜻의 하와이 말이라는 것을 생각해냈다.

이튿날 아침 일찍, 나는 내가 거래하는 주식중개인에게 전화를 걸었다.

"사자 주문일세. 이건 절대 비밀이야. '아메리칸 배너' 주식을 되도록 많이, 1천 주쯤 사주게."

"더브, 정신 나갔나?" 상대가 말했다. "전쟁이 끝난 뒤 깃발 업계는 줄곧 불경기야."

"열차 안에서 로비스트를 만났는데, 그 사람들을 보면 분명해. 하와이를 주로 승격시키는 문제가 의회에서는 이미 결정된 모양이야. 모든 공공단체와 애국자들이 별이 49개 있는 새 국기를 사야 할 거야."

"그렇군. 별이 완전히 새로워지는 건가? 그런데 배열은 어떻게 될까? 지금은 여섯 개씩 여덟 줄인데, 일곱 개씩 일곱 줄이 될까?"

이리하여 나는 국무부에서 미국 국새에 새겨진 올리브와 화살과 문자를 관찰하며 보낸 시간을 헛되이 낭비하지는 않았다. 원래 나는 시간을 낭비하지 않는 사람이다.

'State of Hawaii(하와이주)', 이것도 13자다.

다음은 알래스카일까? (그러나 하와이는 1959년 8월 21일 알래스카에 이어 미국의 50번째 주가 되었다—옮긴이)

(원제: Dove Dulcet Hitches His Wagon)

미니 클래식

절묘한 변호

작자 미상

변호사인 본은 첼름스퍼드(영국 런던 북동쪽 에식스주의 중심도시-옮긴이) 순회 법정으로 가는 도중에 싹싹하고 교양 있는 손님과 같은 마차를 타게 되었다. 본은 이런 여행길에 우연히 합석한 승객이 이야기를 좋아하는 사람이라면 누구하고나 '기분 좋은 잡담'을 나누는 것을 좋아했다. 합석한 지 얼마 지나기도 전에 그는 그 승객도 첼름스퍼드 순회 법정에 가는 길이라는 것을 알았다. 법정은 이튿날 열리기로 되어 있었다.

"물론 배심원으로 가시는 거겠지요?" 본이 물었다.

"아닙니다. 배심원으로 가는 건 아닙니다." 상대가 대답했다.

"그럼 증인으로 가시는 건가요?"

"증인도 아닙니다. 증인이라면 차라리 속편하겠지만…"

"아아, 알겠습니다. 검찰관이시군요. 그래서 마음이 괴로운 것이군요. 하지만 그런 일은 흔히 있는 일이고, 어쩔 도리가 없잖습니까?"

"그것도 아닙니다. 저는 순회 법정에서 재판을 받는 친척을 위해 돈을 내주러 가는 길이랍니다."

"아, 그러시군요! 그건 확실히 불쾌한 일이지요. 돈을 낸다는 것은…." 학식이 풍부한 변호사가 말했다.

"정말 속이 상합니다. 여윳돈이 조금밖에 없는 사람에게는 견딜 수 없는 노릇이지요." 상대가 맞장구를 쳤다.

"설마 큰돈은 아니겠지요?"

"액수가 크냐 적으냐 하는 것은 지불하는 사람의 수입이나 재산 정도에 따라 결정되는 법이니까요."

"맞습니다. 옳은 말씀이에요."

"지불하는 금액은 500파운드인데, 저처럼 한정된 재산밖에 없는 사람한테는 아주 큰 돈이지요."

"하지만 나중에 돌려받을 수 있잖습니까?"

"그게 확실치가 않습니다. 이번에 재판을 받는 친척은 여관 주인인데, 돈을 돌려받을 수 있을지 없을지는 영업이 잘 되느냐 안 되느냐에 달려 있지요."

"호오, 확실히 그건 어려운 문제로군요."

"모든 사정을 아시면 틀림없이 그렇게 말씀하실 겁니다."

"그 사건에 무슨 특별한 사정이라도 있습니까?"

"있고 말고요." 상대는 한숨인지 신음인지 알 수 없는 소리로 대답했다.

"그 사건은 비밀입니까?" 변호사 본이 물었다. 그의 호기심은 이제 심상치 않은 수준까지 돋구어져 있었다.

"전혀 비밀이 아닙니다. 선생께서 따분하게 여기지 않으시다면 자초지종을 말씀드리죠."

"듣고 싶어서 좀이 쑤시는 판입니다."

"그럼 말씀드리죠. 두 달쯤 전에 런던의 어느 착실한 곡물상인이 첼름스퍼드로 가는 길에 승합마차 안에서 낯선 두 사람을 만났습니다. 그 사람들은 곧 곡물상인과 이야기를 나누기 시작했고, 그 영국인이 첼름스퍼드로 가는 목적이 무엇인지를 알고는 자기들도 똑같은 용건으로, 즉 곡물을 사러 가는 길이라고 말했지요. 그리고 한동안 더 이야기를 나누다가, 낯선 사람 가운데 하나가 이런 이야기를 꺼냈습니다. 세 사람이 구입할 곡물의 양을 서로 알아두는 편이 세 사람 모두에게 유리할 거라고 말입니다. 세 사람이 사전에 협의도 하지 않고 시장에 몰려가서 제각기 곡물을 흥정하면 첼름스퍼드처럼 작은 도시에서는 곡물값을 끌어올리는 결과가 될 뿐이지만, 서로 협동하여 천천히 흥정을 진행하면 가격 인상을 막을 수 있을 거라고….

그러자 또 다른 낯선 사람은 이 제안에 찬성하는 척하면서, 다시 다음과 같은 제안을 했습니다. 세 사람 가운데 하나가 나머지 두 사람을 따돌리고 제 잇속을 차리는 일이 없도록, 세 사람이 각자 자기 돈을 첼름스퍼드에서 제일 큰 여관의 주인한테 맡겨놓자. 만약을 위해 증인이 있는 앞에서 돈을 맡기고, 또한 세 사람이 모두 함께 돌아와서 전액을 요구할 때까지는 아무한테도 땡전 한푼 내주지 않도록 여관 주인에게 특별 지시를 내려두자. 두 번째 남자가 이렇게 제안하자, 첫 번째 남자는 거기에 덧붙여, 만약 여관 주인이 이 지시를 어기면 주인이 변상하도록 책임을 지우면 된다고 말했습니다.

그 여관 주인이 바로 내 친척입니다. 런던 상인은 그 여관 주인이 믿을 만한 사람이라는 것을 알고 있었기 때문에 당장 이 제안에 동의했고, 그 결과 세 사람은 각자 여관 주인에게 250파운드씩, 합해서 750파운드를 맡겼지요. 이미 말씀드린 조건으로…."

"그렇군요." 변호사 본은 고개를 끄덕였다. "확실히 당신 이야기는 흥미롭습니다. 그래서 결과는 어떻게 되었습니까?"

"세 사람이 여관을 나간 뒤 10분도 지나기 전에, 두 낯선 남자 가운데 한 사람, 그러니까 여관 주인과 교섭할 때 대표로 나서서 계약을 맺은 사람이 헐레벌떡 돌아와서는 이렇게 말했습니다. 다시 생각한 결과, 오늘 되도록 빨리 매매를 끝내는 게 좋겠다는 결론에 도달했기 때문에, 다른 두 사람의 의뢰를 받아 돈을 가지러 돌아왔다고…."

"그래서 여관 주인은 그 사람한테 돈을 전부 돌려주었군요?"

"그렇습니다. 본인한테도 나한테도 재난이었지요."

"그래서 그다음에는 어떻게 됐습니까?"

"어떻게 되고 말고 할 게 있나요. 뻔하지요. 또 다른 남자와 런던 상인이 한 시간쯤 뒤에 돌아와서, 각자 자기 돈-1인당 250파운드씩-을 돌려달라고 했습니다."

"물론 주인은 첫 번째 사람한테 돈을 모두 돌려주었다고 대답했겠군요."

"예, 그렇습니다."

"그래서 두 번째 낯선 남자와 런던 상인이 여관 주인을 상대로 소송을 제기한 겁니까?"

"그렇습니다. 게다가 내 친척은 세 사람이 함께 오지 않는 한 아무한테도 돈을 내주지 말라는 지시를 받았는데, 그 지시를 어기고 한 사람에게 돈을 내준 이상, 변명해도 소용없다고 생각해서,

이 사건을 변호인 없이 진행하고 있습니다. 그래서 런던 상인은 물론이고, 그 사기꾼 공범에게도 변상해야 할 판입니다. 지금까지의 사정으로도 알 수 있듯이, 낯선 두 남자는 한패가 분명하니까요."

"그래서 정말로 당신은 그 돈을 변상하기로 결심했습니까?"

"그렇습니다. 달리 어쩔 도리가 없으니까요."

"나는 변호사인데, 그 딱한 여관 주인을 위해서 이 사건을 무료로 맡고 싶군요."

상대는 그의 친절한 제의에 고마움을 표하면서도 변호는 모두 헛수고로 끝날 거라고 걱정했다.

"두고 보세요." 변호사 본이 말했다. "어떻게 될지 모릅니다. 당신과 그 여관 주인은 오늘 밤 여덟 시에 내 숙소로 와주세요. 내일 있을 변호에 대해서 미리 입을 맞춰야 하니까요."

이윽고 내일이 되어, 그 사건이 법정에 상정되었다. 딱한 여관 주인은 본의 조언에 따르면 자기가 어떤 점에서 유리해지는지도 모른 채, 본의 조언대로 직접 자신을 변호했다. 한동안은 모든 것이 검찰 측에 유리하게 진행되었기 때문에, 법정에 나와 있던 사람들은 모두 불운한 주인을 깊이 동정하면서도 그한테 불리한 판결이 내려질 거라고 확신했다.

그런데 검찰 측 주장이 끝나자, 변호사 본이 일어나서 다음과 같이 말했다.

"배심원 여러분, 여러분은 증거가 제시되는 것을 들었습니다. 피고는 세 명의 관계자가 모두 함께 있을 때가 아니면 문제의 돈을—설령 일부만이라도—어느 누구에게도 내주면 안 된다는 분명한 지시를 받았다는 사실이 흠잡을 데 없는 훌륭한 증인들에 의해 입증되는 것을 보셨습니다. 배심원 여러분, 나한테 이 사건 변호를 의뢰한 사람은 문제의 돈에 상당하는 금액을 준비해서 갖고 있고, 그 세 사람이 모두 함께 나타나서 반환을 요구하면 세 사람에게 그 돈을 지불할 작정입니다. 행방을 감춘 사람이 나머지 두 사람과 함께 출두하면, 그때는 세 사람이 각자 자기 돈을 돌려받을 수 있다는 얘기가 됩니다."

검찰 측은 깜짝 놀랐다. 판결은 물론 피고에게 유리한 것이었다. 말할 나위도 없지만, 돈을 교묘하게 가로챈 사람은 두 번 다시 모습을 나타내지 않았고, 따라서 여관 주인은 1파운드도 지불할 필요가 없었다.

착실한 곡물상인의 경우에는 이 판결이 불공평했을지 모르나, 런던 상인쯤 되면 귀중한 경험을 쌓은 것에 대해 어느 정도 대가를 치르는 것은 당연했다.

(원제: An Ingenious Defense)

산초 판사의 명판결

미겔 데 세르반테스[*]

산초 판사 앞에 두 노인이 나타났다. 한 사람은 등나무 지팡이를 짚고 있었지만, 다른 사람은 지팡이가 없었다. 지팡이가 없는 노인이 산초 판사에게 말했다.

"총독님, 얼마 전에 저는 이 친구한테 금화 10크라운을 빌려주었습니다. 제가 돌려달라고 요구하면 당장 돌려준다는 조건으로 말이지요. 저는 이 친구가 돈을 빌려갔을 때보다 더욱 곤궁해지는 것을 차마 볼 수 없었기 때문에, 한동안 돈을 돌려달라고 요구하지 않았답니다.

그런데 이제는 돌려받아도 좋을 때라고 생각했기 때문에, 이 친구한테 여러 번 돈을 돌려달라고 말했지만, 소용이 없었습니다. 이 친구는 돈을 갚기를 거절할 뿐만 아니라, 돈을 빌려간 사실조차 부인하는 겁니다. 그런 돈을 너한테 빌린 기억이 없다, 설령 빌렸다 해도 벌써 갚았을 거라고 주장하는 거예요.

제가 돈을 빌려주는 걸 본 증인도 없고, 돈을 갚았다는 이 친

---

[*] Miguel de Cervantes(1547~1616): 스페인의 소설가·시인·극작가.《돈키호테》의 작가. 여기 실린 작품은 제2권 45장에서 발췌한 것임.

구의 주장을 증명해줄 사람도 없습니다. 저는 돈을 돌려받은 사실을 부인하고 있지만, 그래도 이 친구가 총독님 앞에서 그 돈을 틀림없이 돌려주었다고 맹세한다면, 저는 지금 이 순간부터 하느님과 세상 앞에서 이 친구를 용서하겠습니다."

"여기에 대해서 당신은 할 말이 없으시오?" 산초는 지팡이를 가진 노인에게 물었다.

그러자 노인은 이렇게 대답했다.

"총독님, 이 친구가 저한테 돈을 빌려준 것은 저도 인정합니다. 총독님이 치켜들고 있는 그 방망이를 밑에 내려놓으시면, 이 친구가 저의 맹세에 재판 결과를 맡긴 이상, 저는 그 돈을 이 친구한테 돌려주었고 이건 절대로 거짓말이 아니라고 맹세하겠습니다."

산초 판사는 방망이를 내려놓았다. 그러자 그 노인은 지팡이를 주체할 수 없는 듯, 자기가 맹세하는 동안 지팡이를 맡아달라면서 채권자 노인에게 건네주었다. 그러고는 산초가 내려놓은 방망이에 새겨진 십자가에 손을 얹고 말했다.

"이 친구가 나한테 금화 10크라운을 빌려준 것은 사실입니다. 하지만 저는 그 돈을 이 친구 손에 틀림없이 돌려주었습니다. 그런데도 상대는 돈을 돌려받은 것을 모르고 끊임없이 독촉하고 있습니다."

그러자 산초 총독은 채권자를 보고, 방금 들은 그 엄숙한 맹세에 대해 그대는 뭐라고 대답하겠느냐고 물었다.

채권자는 상대가 정직하고 훌륭한 기독교도라고 믿기 때문에, 그 사람이 말한 것은 진실이라고 생각한다고 대답한 뒤, 내 기억에 결함이 있었던 게 분명한 이상, 앞으로는 빚 독촉을 하지 않겠다고 말했다. 채무자는 다시 자기 지팡이를 돌려받고, 총독에게 고개 숙여 절한 뒤 법정에서 나갔다.

그러자 산초 판사는 생각에 잠겼다. 오른손 검지를 이마에 대고 잠시 생각하고 있다가, 이윽고 고개를 들고 지팡이를 든 노인을 다시 불러오라고 명령했다.

노인이 돌아오자 총독이 말했다.

"정직한 친구여. 내가 필요하니 그 지팡이를 나한테 주시오."

"기꺼이 드리겠습니다." 노인은 대답하고 지팡이를 총독에게 건네주었다.

산초는 그것을 받아들자마자 채권자 노인에게 주면서 이렇게 말했다.

"자, 이걸 받으시오. 그리고 하나님의 이름으로 그대의 사업에 정력을 쏟으시오. 그대는 이제 빚을 돌려받았으니까."

"빚을 돌려받았다고요?" 노인이 외쳤다. "이 등나무로 만든 지팡이에 10크라운의 가치가 있다는 말씀입니까?"

"그렇고말고." 총독이 말했다. "그렇지 않다면 나는 세상에서 가장 어리석은 바보일 거요. 내가 한 나라를 통치할 만한 머리를 갖고 있느냐 아니냐가 이것으로 판명될 거요."

그러고 나서 산초 판사는 그 지팡이를 법정 안에서 쪼개라고 명령했다. 지팡이를 쪼개자 그 안에서 금화 10크라운이 나왔다.

방청객들은 모두 감탄하여, 산초 판사 각하를 솔로몬 왕의 환생으로 생각하게 되었다. 그리고 10크라운이 지팡이 속에 들어 있는 것을 어떻게 알았느냐고 총독에게 물었다.

산초 판사는 이렇게 대답했다. 피고가 그 돈을 상대의 '손에 틀림없이' 돌려주었다고 맹세하는 동안만 그 지팡이를 원고에게 들고 있게 하고, 맹세를 끝내자 다시 지팡이를 빼앗아버리는 것을 보았기 때문에 문제의 돈은 지팡이 속에 들어 있는 게 분명하다고 생각했다고. 그러고는 이렇게 덧붙여 말했다. 때로는 하느님이 통치자의 판단을 인도하시는 경우도 있다고, 그러지 않으면 통치자는 얼간이와 다를 게 없다는 것을 당신들도 알게 될 것이라고.

자장가

안톤 체호프*

밤. 열세 살짜리 애보기 하녀인 바르카가 요람을 흔들며 거의 알아들을 수 없을 만큼 작은 목소리로 흥얼거리고 있었다.

자장자장, 잘 자라.
노래를 불러줄게.

작은 초록빛 등불이 성상 앞에서 타고 있다. 방의 한쪽 구석에서 다른 한쪽 구석으로 줄이 하나 쳐져 있고, 거기엔 기저귀와 커다란 검은색 바지가 걸려 있다. 등불에서 나온 초록 불빛이 천장에 커다란 동그라미를 그리고, 기저귀와 바지는 기다란 그림자를 페치카(러시아식 벽난로—옮긴이)와 요람과 바르카에게 던지고 있다.
등불이 어른어른 흔들리기 시작하면, 초록빛의 고리와 기다란 그림자는 활기를 띠고 바람에라도 불린 것처럼 움직이기 시작한다. 방안은 후덥지근하다. 양배추 수프 냄새와 구둣방 특유의 냄새가

---

* Anton Chekhov(1860~1904): 러시아의 극작가·단편작가.

풍긴다.

아기는 울고 있다. 오래전부터 계속 울어서 목이 쉬고 녹초가 되었는데, 그래도 여전히 악을 쓰며 울고 있다. 울음을 언제 그칠지는 알 수 없다. 바르카는 졸립다. 눈꺼풀이 달라붙을 것 같고, 머리는 축 늘어지고, 목이 욱신거린다. 눈꺼풀도 입술도 움직이지 않고, 얼굴은 나무처럼 바싹 마르고 머리가 핀 끝처럼 작아진 듯한 느낌이다.

"자장자장, 잘 자라." 그녀는 콧노래를 불렀다. "죽을 끓여줄게…."

페치카 안에서 귀뚜라미가 울고 있다. 옆방 문을 통해 주인아저씨와 견습공인 아파나시의 코 고는 소리가 들려온다. 요람은 슬픈 듯이 삐걱거리고, 바르카는 중얼거린다. 그런 소리들은 모두 하나로 뒤섞여, 잠자리에서 들으면 마음을 달래주는 감미로운 한밤의 음악이 된다. 그런데 지금은 그 음악도 짜증스럽고 기분을 울적하게 만들 뿐이다. 그 음악은 졸음을 부르지만 잠을 잘 수는 없기 때문이다. 만에 하나 바르카가 잠들어버리면 주인아저씨와 아주머니한테 호되게 매를 맞게 된다.

등불이 어른거린다. 초록빛의 고리와 기다란 그림자가 그에 따라 움직이기 시작하고, 반쯤 뜨인 채 움직이지 않는 바르카의 눈에 덮씌워진다. 반쯤 잠든 바르카의 두뇌 속에서 그 그림자는 안개처럼 뿌연 환상이 된다. 그녀는 검은 구름이 하늘 전체에서 술래잡기를 하고 아기처럼 빽빽 울어대는 것을 본다. 그러나 그때 바람이 일어나 구름이 사라지자 바르카의 눈에 온통 질퍽거리는 넓은 길이 보인다. 길에는 포장을 씌운 짐마차가 늘어서 있고, 등짐을 진 사람들이 터벅터벅 걷고 있고, 그림자들이 어른어른 오가고 있다.

길 양쪽에는 자욱하게 낀 안개를 통해 숲이 보인다. 갑자기 그림자를 던지고 있는 등짐 진 사람들이 진창 속에 일제히 쓰러진다. "왜 그러세요?" 하고 바르카가 묻자, 사람들은 모두 "졸려서 잠을 자려고" 하고 대답한다. 그러고는 금세 깊이 잠들어 새근새근 잠을 잔다. 한쪽에서는 까마귀와 까치들이 전깃줄에 앉아 아기처럼 빽빽 울면서 그들을 깨우려 하고 있다.

"자장자장, 잘 자라. 노래를 불러줄게." 바르카는 중얼거리고, 이번에는 자기가 어둡고 찌는 듯이 무더운 오두막 안에 있는 것을 본다.

아버지 예핌 스테파노프가 마룻바닥에서 계속 몸을 뒤척이고 있다. 그 모습은 바르카에게는 보이지 않지만, 아버지가 고통으로 신음하면서 바닥을 뒹구는 소리가 들려온다. 아버지 말대로 '내장이 터져버린' 것이다. 통증이 너무 심해서 한 마디도 못한 채, 그저 숨을 깊이 들이마시고는 큰 북소리처럼 이를 맞부딪친다. "부우- 부우- 부우- 부우-"

어머니 펠라게야는 남편이 위독하다는 것을 알리러 지주네 집으로 달려갔다. 간 지 한참 되었으니까 이제 슬슬 돌아와도 좋을 때다. 바르카는 부뚜막 위에 누워, 한숨도 자지 못한 채 아버지의 "부우- 부우- 부우-" 소리를 듣고 있다. 이윽고 누군가가 마차를 타고 달려오는 소리가 들린다. 읍내에서 온 젊은 의사인데, 마침 지주네 집에 손님으로 묵고 있었기 때문에 지주가 보내준 것이다. 의사가 오두막으로 들어온다. 어두워서 그 모습은 보이지 않지만, 문이 덜컹거리는 소리가 들린다.

"촛불을 켜주세요." 의사가 말한다.

"부우- 부우-" 예핌이 대답한다.

펠라게야는 페치카 쪽으로 달려가서, 성냥을 넣어둔 깨진 단지를 뒤지기 시작한다. 침묵 속에서 1분이 지난다. 의사가 주머니를 뒤져서 성냥을 켠다.

"잠깐만요, 선생님. 잠깐만 기다려주세요." 펠라게야는 오두막에서 뛰쳐나갔다가, 금세 타다 남은 양초토막 한 개를 가지고 돌아온다.

예핌의 볼은 장밋빛으로 물들어 있고, 번득이는 눈빛이 묘하게 날카롭다. 마치 이 오두막과 의사를 전부 꿰뚫어보고 있는 듯한 눈초리다.

"왜 그러세요? 무슨 생각을 하세요?" 의사가 그의 몸 위에 허리를 굽히고 묻는다. "이런 상태가 오래 계속되었나요?"

"무슨 생각을 하느냐고요? 나는 죽어가고 있어요. 죽을 때가 되었다고요…. 더는 살아 있는 사람들 속에 섞여 있을 수 없다니까요…."

"그런 말 마세요. 내가 고쳐줄 테니까."

의사는 15분쯤 예핌을 진찰한 뒤 일어섰다.

"나는 손을 쓸 수가 없군요. 입원해야 합니다. 병원에서는 수술을 할 수 있으니까, 빨리 병원으로 가세요. 안 가면 안 됩니다. 벌써 밤이 늦었으니까 병원 사람들은 자고 있겠지만, 그런 건 상관없습니다. 소개장을 써드릴게요. 알았지요?"

"친절을 베풀어주셔서 고맙습니다. 하지만 뭘 타고 가야 좋을지 모르겠군요…." 펠라게야가 말한다. "우리 집에는 마차가 없거든요."

"걱정하실 거 없습니다. 내가 지주 어른께 부탁해볼게요. 그분이라면 마차를 쓰게 해줄 겁니다."

의사가 떠나고, 촛불이 꺼지고, 또 다시 "부우- 부우- 부우-" 소리가 들린다. 반 시간 뒤에 누군가가 오두막으로 달려온다. 예핌을 병원으로 데려갈 짐마차가 온 것이다. 아버지는 채비를 갖추고 나간다.

어느덧 맑고 밝은 아침이 되어 있다. 펠라게야는 집에 없다. 남편이 어떤 치료를 받는지 보러 병원에 가 있다. 어디선가 아기가 울고, 바르카는 누군가 다른 사람이, 다름 아닌 그녀 자신의 목소리로 노래하는 소리를 듣는다.

"자장자장, 잘 자라. 노래를 불러줄게."

펠라게야가 돌아와서 성호를 긋고 이렇게 중얼거린다.

"병원 사람들이 밤중에 네 아버지를 원래대로 고쳐놓았지만, 아침이 되자 네 아버지는 영혼을 하느님께 돌려보냈단다. 하늘나라로 가셨어. 병원으로 옮긴 게 너무 늦었다는구나. 조금만 더 빨리 갔더라면 좋았을걸."

바르카는 길거리로 나가서, 거기서 운다. 하지만 그때 누군가가 느닷없이 그녀의 뒤통수를 호되게 때린다. 그 바람에 그녀는 자작나무 줄기에 이마를 찧는다. 눈을 들어보니 주인아저씨인 제화공이 얼굴을 들이대고 있다.

"뭘 하고 있는 거냐, 칠칠치 못한 년! 아기를 울게 놔두고 잠을 자다니!"

주인아저씨는 바르카의 뒤통수를 또 다시 손바닥으로 철썩 때린다. 바르카는 고개를 흔들고 요람을 흔들며 자장가를 부른다. 초록빛의 고리와 검정 바지와 기저귀의 그림자가 위아래로 흔들리며 그녀를 향해 고개를 끄덕이더니, 곧이어 그녀의 두뇌를 다시금 사로잡는다.

또 다시 바르카는 진창길을 본다. 그림자를 던지고 있는 등짐 진 사람들이 누워서 곤히 자고 있다. 그것을 보고 있으려니까 바르카도 졸린다. 누울 수 있다면 얼마나 좋을까. 그런데 어머니 펠라게야가 나란히 걸으면서 그녀를 재촉하고 있다. 읍내에서 일감을 찾으려면 서둘러 가야 하기 때문이다.

"도움 좀 베풀어주세요." 펠라게야는 만나는 사람마다 붙들고 애걸한다.

"아기를 이리 다오." 귀에 익은 목소리가 외친다. 그러더니 같은 목소리가 이번에는 성을 내며 외친다. "자고 있는 거냐? 이 바보 같은 년아!"

바르카는 벌떡 일어나 주위를 둘러보고 사정을 알아차린다. 길도 없고, 어머니도 없고, 스쳐 지나는 사람들의 모습도 없다. 있는 것은 주인아주머니뿐이다. 아주머니는 아기한테 젖을 먹이러 와서 방 한가운데에 서 있다. 뚱뚱하고 어깨가 떡 벌어진 아주머니가 아기에게 젖을 물리고 어르는 동안, 바르카는 우두커니 서서 아주머니를 바라보며 젖을 다 먹이기를 기다린다. 창밖이 푸르스름하게 밝아오고, 천장에 어른거리는 그림자와 초록빛의 고리도 눈에 띄게 희미해진다. 이제 곧 아침이 된다.

"자, 안아주렴." 주인아주머니가 속치마 단추를 채워 젖가슴을 가리면서 말한다. "이 애는 울고 있어. 누군가에게 홀려서 짜증이 났겠지."

바르카는 아기를 받아서 요람에 넣고, 다시 요람을 흔들기 시작한다. 초록빛의 고리와 기다란 그림자는 점점 사라졌다. 이제 그녀의 눈을 뒤덮고 그녀의 두뇌를 흐리게 하는 것은 아무것도 없다. 그러나 여전히 졸립다. 지독하게 졸립다! 바르카는 머리를 요람 가장자리에 기대고 졸음을 쫓으려고 온몸을 흔들지만, 그래도 눈꺼풀은 찰싹 달라붙고 머리가 무겁다.

"바르카, 페치카에 불을 피워라!" 문 너머로 주인아저씨의 목소리가 들린다.

아니, 벌써 일어나 일을 시작할 시간인가? 바르카는 요람을 떠나, 장작을 가지러 헛간으로 달려간다. 아아, 잘됐어. 그녀는 생각한다. 움직이고 뛰어다니면 가만히 앉아 있을 때만큼 졸립지 않다. 바르카는 장작을 안고 와서 페치카에 불을 지핀다. 나무처럼 딱딱해진 얼굴이 다시금 부드러워지고, 머릿속의 생각도 또렷해지는 것을 느낀다.

"바르카, 사모바르(러시아의 물 끓이는 주전자―옮긴이)에 불 피워라!" 주인아주머니가 고함을 지른다.

바르카는 장작을 쪼갠다. 그러나 그 불쏘시개에 불을 붙여 사모바르 밑에 집어넣자마자, 당장 새로운 분부가 숨 돌릴 새 없이 들려온다.

"바르카, 바깥 계단을 물로 청소해놔라! 손님이 보면 창피할 만큼 더러워!"

바르카는 가게 앞 계단을 물로 청소하고, 집 안의 먼지를 털고 비로 쓸고 걸레로 닦은 다음, 다른 페치카에 불을 지펴놓고, 가게로 달려나간다. 할일이 너무 많아서 1분도 쉴 틈이 없다.

그러나 부엌 식탁 앞에 서서 감자껍질을 벗기는 일만큼 힘든 일은 없다. 머리가 저절로 식탁 위로 늘어지고, 감자가 눈앞에서 춤을 추고, 칼이 손에서 튀어나가 바닥에 떨어진다. 바로 옆에서 뚱뚱한 잔소리쟁이 아주머니가 소매를 걷어붙이고 돌아다니며 큰 소리로 지껄이기 때문에 바르카의 귀가 윙윙 울릴 정도다. 식사 시중을 들거나 빨래를 하거나 바느질을 하는 것도 힘들기는 마찬가지다. 이따금 모두 다 내팽개치고 바닥에 벌렁 드러누워 잠을 자버리고 싶은 생각이 들 때가 있다.

하루가 지난다. 창문이 어두워지는 것을 바라보면서, 바르카는 마치 나무가 되어버린 것 같은 관자놀이를 손으로 누르고, 왠지는 모르지만 히죽 웃는다. 황혼이 금방이라도 찰싹 달라붙을 것 같은 그녀의 눈꺼풀을 상냥하게 어루만지며, 이제 곧 편안히 잠잘 수 있다고 약속한다.

해질녘에 손님들이 찾아온다.

"바르카! 사모바르에 불을 피워라!" 주인아주머니가 고함을 지른다.

이 집의 사모바르는 크기가 작아서, 손님들이 마시고 싶은 만큼 차를 마실 때까지 바르카는 다섯 번이나 사모바르에 불을 피워야 한다. 차를 다 마시면 바르카는 같은 자리에 꼬박 한 시간이나 우두커니 서서 손님들을 바라보며 분부를 기다린다.

"바르카, 보드카를 가져와! 바르카, 코르크 마개뽑이는 어디 있지? 바르카, 청어를 씻어놔!"

손님들은 드디어 돌아갔다. 불이 꺼지고, 주인아저씨와 아주머니는 잠자리에 든다.

"바르카, 아기 요람을 흔들어줘라!"

페치카 안에서 귀뚜라미가 울고, 천장에 비친 초록빛의 고리와 검정 바지와 기저귀가 던지는 그림자가 반쯤밖에 뜨이지 않은 바르카의 눈을 다시 뒤덮고, 그녀에게 눈짓을 보내고, 그녀의 마음을 흐리게 한다.

"자장자장, 잘 자라." 그녀는 중얼거린다. "노래를 불러줄게."

그러자 아기는 불에 덴 것처럼 울기 시작하여, 지쳐서 녹초가 될 때까지 계속 울어댄다. 또다시 바르카는 질퍽거리는 진창길, 등짐을 진 사람들, 어머니와 아버지의 모습을 본다. 그녀는 전부 다 알고 있다. 사람들의 얼굴도 다 분간할 수 있다. 하지만 반쯤 잠들어 꾸벅꾸벅 졸고 있는 상태에서는, 그녀의 손발을 꼼짝 못하게 얽어매고 있는 힘의 정체를 도무지 알아낼 수가 없다. 그녀를 무겁게 덮쳐 그녀의 삶을 방해하고 있는 그 힘. 거기서 도망치려고, 그녀는 주위를 둘러보며 그 힘을 찾아 헤맨다. 하지만 아무리 찾아도 그 힘은 보이지 않는다.

죽도록 고단한 바르카는 마지막 남은 힘을 다 짜내어 눈을 부릅뜨고, 어른거리는 초록빛의 고리를 쳐다보고, 악을 쓰며 울어대는 아기의 울음소리에 귀를 곤두세우다가, 드디어 그녀를 못살게 구는 적을 찾아낸다. 적은 바로 그 아기다.

그녀는 쿡쿡 웃는다. 이렇게 간단한 걸 좀 더 빨리 알아내지 못했다니, 이상한 일이다. 초록빛의 고리도, 길고 가느다란 그림자도, 귀뚜라미도 함께 웃으면서 어이없어하는 것 같다.

환각이 바르카의 마음을 사로잡는다. 그녀는 둥근 의자에서 일어나 얼굴 가득 미소를 짓고, 한 번 깜박거리지도 않는 눈을 크게 뜬 채, 방안을 오락가락한다. 그녀를 꼼짝달싹 못하게 얽어매고 있는 저 아기를 이제 곧 떨쳐버릴 수 있다고 생각하자, 왠지 간지러운 것처럼 즐겁다. 아기를 죽이고, 잠을 자는 거야. 잠, 잠, 잠을⋯.

바르카는 초록빛의 고리를 향해 히죽 웃고, 눈짓을 보내고, 손가락 하나를 세워 흔들면서 살며시 요람에 다가가 그 위에 허리를 굽힌다. 아기를 목 졸라 죽이고 나자 그대로 바닥에 쓰러져. 이제는 잠을 잘 수 있다는 기쁨에 소리 내어 웃고는, 1분도 지나기 전에 죽은 사람처럼 곤히 잠들어버렸다.

(영어 제목: Hush-a-bye, My Baby)

장갑 한 켤레

찰스 디킨스[*]

7월의 어느 날 저녁, 와일드 경감이 나를 찾아와서는, "참으로 희한한 이야기"라면서 입을 열었다.

몇 해 전에 있었던 이야기인데, 워털루 가에서 엘리자 그림우드라는 젊은 여자가 살해된 사건에 관한 이야기입니다. 엘리자 그림우드라는 여자는 용모가 단정하고 행동거지가 도도했기 때문에 '백작부인'이라고 불렸지요. 그 여자와 나는 꽤 친한 사이였기 때문에, 그 여자가 침실에서 목이 잘린 시체로 발견되었을 때는 남자를 의기소침하게 만드는 온갖 생각이 내 머리를 스치더군요.

하지만 그건 아무래도 좋습니다. 살인이 일어난 이튿날 아침에 나는 현장에 가서 시체를 살펴보고, 침실을 샅샅이 조사했습니다. 그런데 침대 위의 베개를 뒤집어 보니 그 밑에 장갑 한 켤레가 놓여 있더군요. 신사용 장갑인데, 몹시 더러워져 있었습니다. 그리고 안쪽에 'TR'이라는 문자와 십자 표시가 있었지요.

---

[*] Charles Dickens(1812~1870): 영국의 소설가. 《올리버 트위스트》《황폐한 집》《위대한 유산》 등 많은 걸작을 남겼다.

그래서 나는 종합청사로 가서 장갑을 수사 책임자인 치안판사에게 보였습니다. 그랬더니 치안판사가 이러더군요.

"와일드, 이건 중요한 단서가 될지도 모르네. 자네가 해야 할 일은 이 장갑의 주인을 찾아내는 일일세."

물론 나도 같은 생각이었기 때문에 당장 수사에 착수했습니다. 장갑을 자세히 살펴본 결과, 장갑이 한 번 세탁되었다는 결론에 도달했습니다. 장갑에는 유황과 송진 냄새가 배어 있었는데, 이것은 대개 세탁된 장갑에 묻는 냄새지요. 나는 그 방면의 전문가인 켄싱턴의 친구한테 장갑을 가져가서 보여주었습니다.

"어때, 이 장갑은 세탁된 거 아닌가?" 하고 물었더니, 친구는 맞다고 하더군요. 그래서 물었지요. "누가 세탁했는지는 모르겠나?"

"누가 세탁했는지는 모르겠지만, 누가 세탁하지 않았는지는 확실히 알고 있네. 내가 세탁하지 않은 것만은 확실해. 하지만 좋은 걸 가르쳐주지. 런던에 허가받은 장갑 세탁업자는 일고여덟 명밖에 없어." 당시에는 아마 그 정도밖에 없었던 모양입니다. "그 사람들 주소는 가르쳐줄 수 있으니까, 한 사람씩 조사해보면 누가 이걸 세탁했는지 알 수 있을 거야."

그 자리에서 친구는 세탁업자들의 주소와 약도를 가르쳐주었습니다. 그런데 내가 찾아가서 만난 세탁업자들은 문제의 장갑이 세탁된 것은 모두 인정했지만, 누가 세탁했는지는 끝내 찾아내지 못했습니다.

집에 없는 사람도 있고 오후가 되어야 돌아오는 사람도 있었기 때문에, 이 조사에는 꼬박 사흘이 걸렸지요. 사흘째 되는 날 밤, 나는 완전히 지치고 낙심한 채 앞으로 어떻게 해야 할지 막막한 상태로 템스강의 워털루 다리를 건너 서리 쪽에서 돌아오다가, 문득 이런 생각을 했습니다. 1실링을 투자하여 라이시엄 극장에서 연극을 즐기고 기분을 상쾌하게 전환하자고 말입니다. 그래서 나는 할인요금을 내고 자유석에 들어가, 아주 조용하고 얌전한 젊은이 옆에 자리를 잡았습니다. 젊은이는 내가 단골이 아닌 것을 알아차리고, 등장하는 배우들의 이름을 가르쳐주더군요. 그게 계기가 되어 우리는 이야기를 나누게 되었습니다. 연극이 끝나고 함께 밖으로 나왔을 때 내가 말했지요.

"우리는 사이좋게 연극을 보았으니까, 한잔 같이하자고 권해도 싫다고 하지는 않겠지?"

그러자 젊은이가 "정말 친절하시군요. 싫다고 하면 실례가 되겠지요?" 하고 대답했기 때문에, 우리는 극장 근처의 선술집으로 가서, 에일과 포터를 반씩 섞은 맥주 1파인트와 파이프 담배를 주문했습니다.

우리는 파이프에 불을 붙이고 맥주를 마시면서 마음을 터놓고 이야기를 나누었습니다. 그런데 얼마 후 젊은이가 이러더군요.

"오래 앉아 있을 수 없어서 유감이지만, 이제 곧 집에 돌아가야 합니다. 밤샘으로 일을 하고 있어서요."

"밤샘 일을 한다고? 설마 제빵공은 아니겠지?"

"예, 제빵공은 아닙니다."

"아닐 거라고 생각했네. 제빵공 같은 얼굴이 아니니까."

그랬더니 젊은이가 "나는 장갑을 세탁하는 사람입니다" 하고 말하는 게 아니겠습니까. 젊은이의 입에서 이 말을 들었을 때만큼 놀란 건 난생처음이었습니다.

"장갑을 세탁한다고?"

내가 되묻자 젊은이가 그렇다고 대답했기 때문에, 나는 주머니에서 그 장갑을 꺼내 보이면서 이렇게 설명했습니다.

"그렇다면 이 장갑을 세탁한 사람을 가르쳐줄 수 있을지도 모르겠군. 아니, 실없는 이야기일세. 실은 람베스(런던 남부의 한 지역 —옮긴이)에서 저녁을 먹고 있는데, 어떤 신사가 이 장갑을 놓고 가버렸어. 그래서 또 다른 신사와 내가 1파운드를 걸고 내기를 했지. 장갑 주인을 찾아낼 수 있느냐를 놓고…. 나는 그 사람을 찾아내려고 지금까지 벌써 7실링을 썼다네. 하지만 자네가 내 편에 가세해 주면 기꺼이 7실링을 낼 작정이야. 장갑 안쪽에 TR이라는 문자와 십자 표시가 있는데…."

그러자 젊은이가 말하더군요.

"잘됐군요. 나는 이 장갑을 잘 알고 있습니다. 같은 사람의 장갑을 몇 다스나 보았으니까요."

"설마…."

"정말입니다."

"그럼 누가 이 장갑을 세탁했는지 아나?"

"그렇습니다. 바로 우리 아버지가 세탁했지요."

"아버님은 어디 살고 계시지?"

"저 길모퉁이를 돌아서 엑스터 가 바로 근처에 살고 계십니다. 아버지라면 이게 누구 장갑인지 금방 가르쳐주실 겁니다."

"그럼 나와 함께 지금 당장 가줄 수 없을까?"

"좋습니다."

그래서 그 집에 가보니, 하얀 앞치마를 두른 노인이 두세 명의 아가씨와 함께 바깥쪽 작업장에서 수많은 장갑을 문지르고 있더군요.

젊은이는 노인에게 나를 소개했습니다.

"아버지, 이분은 어떤 장갑의 주인이 누구인가를 놓고 내기를 했는데, 아버지라면 그 수수께끼를 풀 수 있을 거라고 제가 이분에게 말씀드렸어요."

그래서 내가 말했지요.

"안녕하십니까. 처음 뵙겠습니다. 이게 바로 아드님이 말한 장갑입니다. 보시다시피 TR이라는 문자와 십자 표시가 있습니다."

"아아, 이거라면 잘 알고 있습니다. 이 장갑은 트링클 씨의 겁니다. 치프사이드(런던 시내를 동서로 가로지르는 큰 도로. 중세 이후 상업 중심가—옮긴이)에 가구점을 내고 있지요."

"이런 질문을 드려도 괜찮을지 모르겠습니다만, 트링클 씨가 직접 이 장갑을 맡겼습니까?"

"아닙니다. 트링클 씨는 장갑이 더러워지면 언제나 가구점 맞은편에 있는 피브스 씨의 양품점에 장갑을 맡기고, 피브스 씨가 우리 집으로 장갑을 가져오지요."

"같이 한잔하자고 권해도 싫다고 하시지는 않겠지요?"

"싫다니요. 천만에요."

그래서 나는 노인과 그 아들을 데리고 술집에 가서 맥주를 마시면서 이런저런 이야기를 했습니다. 그래서 헤어질 때는 꽤나 허물없는 사이가 되어 있었지요.

이건 토요일 밤의 일이었습니다. 월요일 아침에 나는 치프사이드에 있는 트링클 씨의 가구점 맞은편에 있는 양품점에 가서 피브스 씨는 어디 있느냐고 물었지요. 그러자 가게에 있던 남자가 "내가 피브스인데요" 하더군요.

"아, 그렇습니까? 당신이 이 장갑을 세탁소에 보냈을 텐데요."

"예, 맞습니다. 저 맞은편에서 가구점을 하고 있는 트링클 씨의 주문으로…. 아, 저길 보십시오. 트링클 씨가 지금 가게에 나와 있군요."

"저 가게에 있는 저 사람인가요? 저 초록색 윗도리를 입은…."

"그렇습니다. 바로 그 사람입니다."

"그런데 피브스 씨, 별로 유쾌한 이야기는 아니지만, 솔직히 말씀드리면 나는 와일드 경감인데, 며칠 전 워털루 가에서 살해된 젊은 부인의 베개 밑에서 이 장갑이 발견되었습니다."

"뭐라고요? 트링클 씨는 아주 착실한 청년입니다. 저 친구 아버지가 그 이야기를 들으면 저 친구는 파멸할 겁니다."

"정말 안됐지만, 트링클 씨를 구류할 수밖에 없습니다."

"아, 이게 무슨 일이람! 다른 방법은 없습니까?"

"아무것도."

"저 친구를 이리로 부르면 안 될까요? 체포되는 장면을 아버지가 보면 곤란하니까요."

그래서 나는 말했습니다.

"좋습니다. 거기에는 이의가 없지만, 당신이 저 사람과 이야기를 나누는 것은 허락할 수 없습니다. 만약 이야기를 하려고 하면 당장 내가 개입해야 합니다. 어떻습니까, 여기서 손짓으로 부르면?"

피브스 씨가 가게 앞으로 나가서 손짓을 하자 길 맞은편에서 문제의 청년이 다가왔습니다. 잘생기고 팔팔한 젊은이였지요.

"안녕하시오?" 하고 내가 말하자, 젊은이도 "안녕하십니까?" 하고 인사를 하더군요.

"잠깐 묻고 싶은 게 있는데, 혹시 엘리자라는 사람과 알고 지낸 적이 있나요?"

"엘리자? 엘리자! 아니, 모르겠는데요."

"워털루 가는 아시겠지요?"

"워털루 가라면 물론 알고 있지요."

"거기서 젊은 여자가 살해되었다는 이야기는 들으셨겠지요?"

"예, 신문에서 읽었습니다. 그런 기사는 읽지 않았더라면 좋았을 거라는 생각이 들더군요."

"이 장갑은 당신 거지요? 범행 이튿날 아침 그 여자 베개 밑에서 발견한 거요."

청년은 소스라치게 놀랐습니다. 그야말로 기겁을 했지요.

"맹세코 단언하지만, 나는 거기에 가지 않았습니다. 그 여자를 본 적도 없고요. 태어나서 지금까지 단 한 번도!"

"정말 안됐군. 솔직히 말해서 나는 당신이 살인범이라고 생각지는 않지만, 경찰서까지 당신을 데려갈 수밖에 없어요. 하지만 이 문제는 적어도 지금 단계에서는 치안판사가 비공개로 심문할 수 있는 성질의 것이라고 생각합니다."

비공개 심문 결과, 다음과 같은 사실이 밝혀졌습니다. 문제의 청년은 참혹하게 살해된 엘리자의 사촌 여동생과 아는 사이였는데, 범행이 일어나기 며칠 전에 그 사촌을 찾아갔다가, 탁자 위에 장갑을 놓고 와버린 것입니다. 그 직후에 그 방에 들어온 사람이 다름 아닌 엘리자 그림우드였습니다.

"이거 누구 장갑이지?" 그녀는 장갑을 집어 들고 살펴보면서 물었습니다.

"트링클 씨의 장갑이야" 하고 사촌 여동생이 대답하자, 엘리자는 이렇게 말했습니다.

"이건 너무 더러워서 돌려줘도 쓸모가 없겠어. 내가 가져가서 난로를 청소할 때 쓰라고 하녀한테 주어야지."

그러고는 장갑을 주머니에 넣고 돌아와서 하녀한테 주었습니다. 나중에 하녀가 그걸 끼고 난로를 청소한 다음, 그대로 침실 벽난로 위에 내버려두었는데, 엘리자가 방안이 말끔히 정돈되어 있는지 조사하다가 그것을 발견하고 베개 밑에 넣어둔 것을 내가 발견한 것입니다.

이것으로 이야기는 끝입니다.

(원제: The Pair of Gloves)

복수

기 드 모파상*

파올로 사벨리니의 미망인이 보니파시오(프랑스의 코르시카섬 최남단에 있는 마을—옮긴이) 변두리에 있는 초라한 집에서 아들과 단둘이 살고 있었다. 이 마을은 산 옆으로 불쑥 튀어나온 지점에 자리 잡고 있었기 때문에, 곳에 따라서는 바다로 불거져나간 부분도 있고, 그런 곳에서는 물거품이 이는 해협을 사이에 두고 사르데냐섬 남해안이 저 멀리 바라다보인다. 마을 반대쪽에는 항구 역할을 맡고 있는 물굽이가 있어서, 이탈리아나 사르데냐의 소형 어선들이 파도가 넘실거리는 수로를 지나 마을 변두리의 집 앞까지 들어오고, 2주마다 한 번씩 코르시카섬 서쪽의 아작시오로 가는 낡은 증기선이 천식 환자 같은 소리를 내면서 들어온다.

하얀 산 위에 옹기종기 모여 있는 집들이 산보다 더욱 하얀 점을 이루고 있다. 들새의 보금자리처럼 보이는 집들은 산봉우리에 바싹 달라붙어 있어서, 배들도 함부로 접근할 수 없는 무서운 수로를 내려다보고 있다. 끊임없이 불어오는 바람이 험준한 해안의 흙

---

* Guy de Maupassant(1850~1893): 프랑스의 소설가.《여자의 일생》등을 썼다.

과 바위를 드러내고, 바람은 좁은 해협 안에서 소용돌이를 일으켜 해협 양쪽을 황폐하게 한다. 검은 바위의 수많은 돌출부가 수면에서 솟아올라 있고, 거기에 달라붙어 푸른 줄무늬를 이루는 물거품은 꼭 바닷물에 떠 있는 넝마조각 같다.

사벨리니 부인의 집은 벼랑 끝에 매달리듯 서 있어서, 창문을 통해 그 황량한 풍경이 환히 바라다보였다. 그녀는 그 집에서 아들 앙투안과 단둘이 살고 있었다. 다른 식구라고는 세밀란테라는 개뿐이었다. 세밀란테는 비쩍 마른 몸을 길고 더부룩한 털로 감싼 덩치 큰 양치기 개였다. 앙투안은 사냥하러 나갈 때는 언제나 이 암캐와 함께 갔다.

어느 날 밤에 앙투안은 니콜라스와 말다툼을 하다가 칼에 찔려 죽었다. 니콜라스 라보라티는 비겁한 방식으로 앙투안을 찔러 죽이고, 그날 밤 안으로 사르데냐로 도망쳤다.

노모는 이웃 사람들이 날라온 아들의 시체를 받고는 울지도 않고 오랫동안 아들을 뚫어지게 바라보다가, 이윽고 주름투성이의 손을 시체 위로 내밀고 아들에게 복수를 다짐했다.

그녀는 누가 가까이 오는 것을 바라지 않았기 때문에, 개와 함께 시체 옆에 틀어박혔다. 개는 침대 끝에 서서, 머리를 죽은 주인 쪽으로 뻗고 꼬리를 다리 사이로 축 늘어뜨린 채 끊임없이 짖어댔지만, 지금은 멍하니 아들을 바라보면서 하염없이 울고 있는 노모와 마찬가지로 꼼짝도 하지 않았다.

가슴께가 찢어진 재킷을 입고 반듯이 누워 있는 아들은 마치 잠을 자고 있는 것 같았지만, 온몸이 피투성이였다. 응급조치를 하기 위해 찢은 셔츠에도, 조끼에도, 바지에도, 얼굴에도, 두 손에도 피가 묻어 있고, 수염과 머리카락에는 피가 덕지덕지 말라붙어 있었다.

노모는 아들에게 말을 걸기 시작했다. 그 목소리를 듣고 개는 얌전해졌다.

"걱정 마라, 내 아들아. 내 귀여운 아기. 네 원수는 내가 반드시 갚아주마. 잘 자라. 자, 어서 자거라. 원수는 반드시 갚아주마. 들리냐? 이건 어머니의 약속이다. 어머니는 약속하면 반드시 지킨다. 그건 너도 알고 있겠지?"

그녀는 천천히 아들에게 허리를 굽혀, 차가운 입술로 아들의 입술을 맞추었다.

그러자 또다시 세밀란테가 짖어대기 시작했다. 오장육부를 도려내는 듯한 무시무시하고 단조로운 개의 울음소리는 오랫동안 계속되었다.

노모와 암캐는 아침까지 그렇게 밤을 보냈다. 이튿날 앙투안은 매장되었고, 그의 이름은 보니파시오 마을에서 들을 수 없게 되었다.

그에게는 형제도 사촌도 없었다. 복수해줄 남자가 아무도 없었던 셈이다. 단 한 사람, 어머니만이 복수를 다짐하고 있었지만, 그녀는 이미 나이든 노파였다.

그녀는 아침부터 밤까지 해협 너머에 있는 하얀 점을 바라보고 있었다. 그것은 론고사르도라는 사르데냐의 작은 마을이었는데, 코르시카의 범죄자들이 궁지에 몰리면 도망치는 피난처가 되어 있었다. 그 마을 주민들의 거의 전부가 해협 건너편에 있는 코르시카섬에서 범죄를 저지른 자들이었다. 그들은 거기서 고향인 코르시카섬으로 돌아갈 수 있을 때가 오기를 기다리고 있었다. 사벨리니 부인은 니콜라스가 그 마을로 도망친 것을 잘 알고 있었다.

그녀는 온종일 창가에 홀로 앉아 그 마을을 바라보면서 복수를 생각했다. 누구의 도움도 받지 않고 내가 도대체 무엇을 할 수 있을까. 더구나 이렇게 늙고 병든 몸이라 언제 죽을지도 모르는데. 하지만 그녀는 약속했다. 원수를 갚아주겠다고, 아들의 시체 앞에서 다짐하고 다짐했다. 잊을 수도 없고, 언제까지나 우물쭈물 기다리고만 있을 수도 없는 노릇이었다. 어떻게 하면 좋을까.

그녀는 열심히 생각했다. 발치에서 선잠을 자고 있던 개가 이따금 고개를 쳐들고 짖었다. 앙투안이 죽은 뒤 이 암캐는 자주 이런 식으로 짖게 되었다. 마치 주인을 부르는 것처럼—짐승에 불과한 이 개의 영혼도 체념하지 못하고, 무엇으로도 지울 수 없는 기억을 마음속에 간직하고 있는 것처럼—계속 짖어대는 것이었다.

어느 날 밤 세밀란테가 짖기 시작했을 때, 노모의 머릿속에 갑자기 어떤 생각이 떠올랐다. 그것은 야만적이고 격렬한 복수였다. 아침이 될 때까지 그녀는 그 계획을 거듭 생각했고, 해가 뜨자마자 일어나서 교회로 갔다. 교회 바닥에 엎드려 그녀는 기도했다. 주여, 저를 도와주소서. 저를 지탱해주소서. 기력이 쇠잔해버린 이 가련한 몸뚱이에 아들의 원수를 갚는 데 필요한 힘을 주소서.

집으로 돌아오자 그녀는 쓰레기통으로 사용하는 낡은 통을 마당에서 뒤집어 내용물을 비우고, 막대기와 돌로 그것을 땅에 고정시킨 다음, 이 즉석 개집에 세밀란테를 묶었다.

개는 온종일, 그리고 밤새도록 짖어댔다. 아침이 되자 노모는 커다란 그릇에 물을 담아서 가져왔지만, 그 밖에는 수프도 빵도 아무것도 주지 않았다.

또 하루가 지났다. 세밀란테는 완전히 체력이 떨어져 자고 있었다. 이튿날 세밀란테는 눈을 번득이고, 털을 곤두세우고, 난폭하게 쇠사슬을 잡아당기고 있었다.

그날도 온종일 노모는 세밀란테에게 아무것도 먹이지 않았다. 짐승은 분노하여 목쉰 소리로 짖어댔다. 또 하루가 지났다.

새벽에 사벨리니 부인은 이웃집에 가서 짚을 조금 얻어왔다. 그러고는 옛날에 남편이 입던 낡은 옷을 꺼내, 거기에 짚을 채워서 짚인형을 만들었다.

그녀는 개집 앞에 막대기를 하나 세우고, 그 막대기에 짚인형을 묶었다. 그러자 인형은 마치 서 있는 사람처럼 보였다. 이어서 그녀는 낡은 헝겊으로 머리를 만들었다.

개는 놀라서 이 짚인형을 바라보고, 배가 고프기는 했지만 얌전해졌다. 노모는 가게에 가서 검은 소시지를 한 개 사왔다. 집으로 돌아오자 그녀는 개집 옆에 불을 피우고 소시지를 굽기 시작했다. 소시지 굽는 냄새가 뱃속을 자극하자 세밀란테는 완전히 난폭해져서, 입에 거품을 물며 펄쩍펄쩍 뛰어오르고, 소시지에 눈을 못 박은 채 몸부림쳤다.

노모는 연기를 내고 있는 소시지로 인형의 넥타이를 만들었다. 그러고는 소시지 넥타이를 인형 목에 단단히 감고 나서 개를 풀어주었다.

짐승은 단번에 인형의 목에 덤벼들어, 인형의 어깨에 발을 올려놓고 목을 물어뜯기 시작했다. 입에 소시지 한 조각을 물고 뛰어내렸다가 다시 뛰어올라, 엄니를 로프에 박아넣어 고기 한 점을 물어뜯고 다시 땅으로 내려갔다가, 또 인형에게 덤벼들곤 했다. 세밀란테는 인형의 얼굴을 이빨로 갈기갈기 찢어발겼고, 인형이 입고 있는 옷의 옷깃은 완전히 없어져버렸다.

노모는 꼼짝도 않고 열심히 지켜보고 있었다. 세밀란테가 소시지를 다 먹어치우자, 그녀는 또 개를 묶어놓고 이틀 동안 아무것도 먹을 것을 주지 않았다. 그리고 사흘째 되는 날에는 또 다시 이 '훈련'을 시작했다.

석 달 동안 그녀는 세밀란테에게 이 전투법을 가르쳤다. 석 달이 지나자, 이제는 개를 묶지 않고 그저 인형을 가리키기만 하면 되었다. 인형의 목 주위에 소시지 같은 먹이를 숨겨놓지 않아도 세밀란테가 인형을 잡아찢고 들쑤시도록 길들일 수 있었다. 세밀란테가 인형을 찢어발기면 그녀는 세밀란테에게 소시지 한 조각을 주곤 했다.

세밀란테는 그 '남자'를 보면 당장 흥분하여 몸을 떨면서 주인을 쳐다보곤 했다. 그러면 주인은 손가락 한 개를 세우고 "덤벼라!" 한 마디를 외치곤 했다.

미망인은 때가 무르익었다고 생각되자 교회에 가서 참회하고, 어느 일요일 아침 영성체를 받았다. 그런 다음 남자 옷을 입고 늙은 부랑자로 변장한 뒤 사르데냐의 어부와 교섭하여 개와 함께 해협을 건너갔다.

그녀는 보따리 속에 소시지 한 개를 넣어두었다. 지난 이틀 동안 세밀란테는 아무것도 먹지 못했다. 노모는 계속 개에게 소시지 냄새를 맡게 하여 자극을 주었다.

노모와 개는 론고사르도에 도착했다. 남장한 그녀는 다리를 절면서 걸었다. 빵집에 가서 니콜라스에 대해 묻자, 니콜라스는 옛날

직업인 목수로 돌아가 빵집 뒤에서 혼자 일하고 있다는 것이었다.

노모는 뒷문을 열고 "니콜라스!" 하고 불렀다.

니콜라스가 돌아보자, 그녀는 개를 놓아주며 "덤벼라!" 하고 외쳤다.

미친개는 살인자의 목에 덤벼들었다. 남자는 두 팔을 뻗어 개를 붙잡고 땅바닥에 함께 나뒹굴었다. 몇 초 동안 그는 버둥거렸지만, 이윽고 세밀란테가 엄니를 그의 목에 박아넣고 갈기갈기 찢자 더 이상 움직이지 않게 되었다.

문간에 앉아 있던 이웃 사람 두 명은 늙은 거지가 비쩍 마른 개에게 무언가 먹이를 주면서 빵집에서 나온 것을 분명히 기억하고 있었다.

밤의 장막이 내릴 무렵, 그녀는 집으로 돌아왔다.

그날 밤 그녀는 아주 오랜만에 깊은 잠에 빠져들었다.

(원제: Vendetta)

정의의 비용

기 드 모파상

프랑스와 이탈리아 접경 근처의 지중해 연안에 작은 왕국이 있다. 이 나라의 이름은 모나드라고 해두자. 시골의 작은 마을들 중에도 이 왕국보다 인구가 많은 곳은 얼마든지 있다. 모나드 왕국의 백성은 전부 합해도 7천 명 정도에 불과했고, 왕국의 토지를 모든 백성에게 나누어준다 해도 일인당 1에이커밖에 가질 수 없을 정도였다. 그러나 이 장난감 나라 같은 왕국에도 왕이 있었다. 그리고 그 왕에게는 궁궐도 있고, 신하도 있고, 장군도 있고, 군대까지 있었다.

군대라 해도 대군단은 아니고, 장교와 사병을 전부 합해야 여섯 명밖에 안 되는 작은 군대지만, 그래도 군대임에는 틀림없다. 이 왕국에는 다른 나라들과 마찬가지로 세금도 있었다. 담배와 포도주 같은 알코올 음료에 세금을 물리는 것이다. 이 나라 백성들도 다른 나라 사람들처럼 술을 마시고 담배를 피웠지만, 워낙 인구가 적기 때문에 왕은 그 수입만으로는 신하나 관리들을 먹여 살리기가 어려운 것은 물론이고 자신의 생계를 세우기도 빠듯했다. 그래서 아무래도 특별한 재원을 찾아내지 않으면 안 되었다.

그 특별한 재원은 왕국을 찾아오는 손님들을 위한 룰렛 도박장이었다. 손님은 도박을 즐기고, 손님이 돈을 따든 잃든 도박장 주인은 반드시 몇 할을 배당받고, 그 이익금 중에서 상당액을 국왕에게 세금으로 낸다. 도박장 주인이 많은 세금을 바치고도 불평하지 않는 것은, 당시에는 모나드 왕국의 도박장이 유럽에 남아 있던 유일한 룰렛 도박장이었기 때문이다.

독일의 작은 주권국 중에는 이것과 같은 도박장을 열고 있는 나라들도 있었지만, 몇 해 전에 모두 폐쇄되어버렸다. 이런 도박장들이 백성들에게 큰 해악을 끼치기 때문이라는 게 그 이유였다. 도박장에 와서 운을 시험해보다가 가진 돈을 몽땅 날리고, 남의 돈까지 빌려서 쏟아부었다가 그것마저 잃어버리고, 절망한 나머지 투신 자살하거나 권총 자살을 하는 사람이 드물지 않았다. 그래서 독일에서는 이런 방법으로 돈을 버는 것을 엄격히 금지했지만, 모나드 왕을 제지할 사람은 아무도 없었기 때문에, 이제 그는 이 '업계'를 독점하고 있었다.

그래서 도박을 하고 싶은 사람은 이제 모두 모나드로 간다. 그들이 돈을 따든 잃든, 모나드 왕은 이익을 얻는다. "건실한 돈벌이로는 석조 궁전을 지을 수 없다"는 속담이 말한 대로였다. 모나드 왕도 이것이 더러운 장사라는 것은 알고 있었지만, 그러나 어떻게 하면 좋은가. 모나드 왕도 먹고살아야 하고, 술이나 담배를 재원으로 삼는 것도 역시 떳떳한 일은 아니다.

이렇게 모나드 왕은 도박장에서 나오는 수입으로 먹고살면서 나라를 다스리고, 돈을 긁어모으고, 국왕에 어울리는 성대한 의식으로 궁정을 관리하고 있다. 그는 대관식도 제대로 올렸고, 알현식도 제대로 거행한다. 공을 세운 사람에게는 상을 주고, 죄를 지은 사람에게는 벌을 내리고, 사면도 한다. 열병식도 있고, 국무회의도 있고, 법률도 있고, 재판소도 있다. 요컨대 다른 왕들과 똑같은 일을 하는 셈이지만, 규모가 작을 뿐이다.

몇 해 전에 이 모나드 왕국에서 살인사건이 일어났다. 이 나라 백성은 평화를 애호하는 사람들이어서, 이런 사건은 전대미문이었다.

재판관들은 위엄을 갖추고 집합하여, 최고의 판단력을 모아 사건을 재판했다. 판사가 있고, 검사가 있고, 배심원이 있고, 변호인이 있다. 그들은 논의하고 판단한 끝에, 마침내 법률이 정하는 바에 따라 참수형을 선고했다. 여기까지는 아주 순조로웠다. 법정은 이 판결을 왕에게 보고하고 재가를 청했다. 왕은 판결문을 읽고 그 내용을 승인했다. '범인을 참수형에 처해야 한다면 참수형에 처하라'는 것이다.

그런데 이 참수형에는 한 가지 장애가 있었다. 이 나라에는 목을 자르는 단두대도 없고 범인의 목을 벨 망나니도 없다는 점이다. 국무회의가 소집되었고, 장관들은 이 문제를 논의한 끝에 프랑스 정부에 문의서를 보내기로 결정했다. 당장 발송된 문의서에서 모나드 왕국의 장관들은 범인의 목을 자를 기계와 전문가를 빌려줄 수 없느냐고 부탁하고, 빌려줄 수 있다면 임대료가 얼마인지 알려달라고 말했다.

일주일 뒤에 회신이 왔다. 단두대와 전문가는 제공해줄 수 있고, 임대료는 1만 6천 프랑이라는 내용이었다. 이 편지는 왕에게 제출되었다. 왕은 숙고를 거듭했다. 1만 6천 프랑이라고! 살인자 놈한테 이렇게 많은 돈을 들이는 건 너무 아깝다. 좀 더 싸게 먹히는 방법은 없을까? 1만 6천 프랑이라면 우리나라 국민 전체가 부담한다 해도 일인당 2프랑 이상의 돈이 든다. 백성은 그런 부담을 견딜 수 없고, 그 때문에 폭동이 일어날지도 모른다.

어떻게 할 것인가를 논의하기 위해 국무회의가 소집되었고, 이번에는 이탈리아 왕에게 똑같은 문의서를 보내기로 했다. 이리하여 편지가 보내졌고, 곧이어 회신이 날아왔다.

이탈리아 정부는 기꺼이 단두대와 전문가를 제공하겠다면서, 여비를 포함하여 1만 2천 프랑의 비용을 제시했다. 이쪽이 약간 싸긴 하지만, 그래도 너무 비싸다는 생각이 들었다. 그런 악당에게 이렇게 큰돈을 들이기는 아깝다는 것이다. 1만 2천 프랑이라면, 국민 일인당 세금 부담액이 2프랑 가까이 늘어나는 셈이다.

또다시 국무회의가 소집되었고, 장관들은 이렇게 많은 비용을 들이지 않고 죄인을 처형하려면 어떻게 하면 좋은가를 논의했다. '손으로 만든' 조잡한 기계를 사용하고 전문가 대신 병사에게 그 일을 시킬 수는 없을까. 그래서 장관들은 장군을 불러 이렇게 말했다.

"죄인의 목을 자를 병사를 찾아줄 수 없겠소? 전쟁이 일어나면 병사는 사람을 죽이는 것을 아무렇지도 않게 생각하는 법이오. 실제로 병사들은 평소에 사람을 죽이기 위한 훈련을 받고 있잖소."

장군은 병사들과 이 문제를 의논하면서, 그들 가운데 누가 이 일을 맡아줄지 눈치를 살폈다. 그러나 그 일을 맡겠다고 나서는 병사가 아무도 없었다. "안 됩니다" 하고 그들은 말했다. "방법을 모르니까요. 그런 일은 배우지 않았습니다."

또다시 장관들은 논의에 논의를 거듭했다. 심의회를 소집하고,

미니 클래식

위원회를 소집하고, 소위원회도 소집한 끝에, 드디어 최선책은 사형을 종신형으로 바꾸는 거라는 결론에 도달했다. 그렇게 하면 국왕 폐하도 자비심을 보일 수 있고, 비용도 싸게 먹힌다는 것이다.

왕은 이 제안에 동의했고, 그리하여 준비가 갖추어졌다. 그런데 이번에도 딱 한 가지 장애가 있었다. 종신형을 선고받은 사람을 수용할 적당한 감옥이 없다는 점이었다. 일시적으로 사람을 구류해두는 작은 유치장은 있었지만, 항구적으로 사용할 수 있을 만큼 튼튼한 감옥은 없었다.

그래도 어떻게든 적당한 곳을 찾아내어 젊은 범인을 거기에 수용하고, 간수를 배치했다. 간수는 죄수를 감시할 뿐 아니라, 왕궁의 식당에서 감옥으로 죄수용 식사를 운반하는 역할도 맡아야 했다.

죄수가 거기에 갇힌 지 한 달이 지나고 또 한 달이 지나, 어언 1년이 지났다. 1년이 지난 어느 날 왕은 수입과 지출을 기록한 장부를 조사하다가, 새로운 지출 항목이 장부에 추가되어 있는 것을 알아차렸다. 그것은 죄수 부양비였고, 게다가 적은 액수도 아니었다.

특별히 간수를 한 사람 붙여준 데다, 죄수의 식비도 부담해야 한다. 무엇보다도 곤란한 점은 죄수가 아직 젊고 건강해서 50년 정도는 더 살 것 같다는 점이었다. 50년 동안 죄수를 먹여 살리는 비용을 합산해보니, 문제는 중대하기 그지없었다. 이래서는 안 돼. 어떻게든 해결책을 찾아야겠어.

그래서 왕은 장관들을 소집하여 이렇게 말했다.

"그 악당을 좀 더 싸게 다룰 수 있는 방법을 찾아내지 않으면 곤란하오. 현재의 방식은 너무 비싸게 먹히니까."

이리하여 장관들은 회의를 열고 심의에 심의를 거듭했다. 장관

하나가 이런 의견을 말했다.

"저는 간수를 해고해야 한다고 생각합니다."

그러자 다른 장관이 응수했다.

"하지만 그렇게 하면 죄수가 탈옥해버릴 텐데요."

세 번째 장관이 말했다.

"그렇게 해도 상관없잖소. 도망친 다음에야 어떻게 되든, 될 대로 되라지."

이리하여 장관들은 심의 결과를 왕에게 보고했고, 왕도 거기에 동의했다. 간수는 해고되었고, 장관들은 이제 어떻게 될 것인가 하고 결과를 지켜보았다. 하지만 그 결과는 예상을 뒤엎는 것이었다. 저녁 식사 시간이 되자 죄수는 저녁을 먹으러 감방에서 나왔다. 그러나 간수가 없는 것을 알고는 직접 궁정 식당으로 저녁 식사를 가지러 갔다. 식당에서 식사를 받은 죄수는 독방으로 돌아와 문을 걸어 잠그고 틀어박혔다.

이튿날도 마찬가지였다. 식사 시간이 되면 죄수는 식사를 가지러 나왔지만, 탈옥할 기미는 전혀 보이지 않았다.

어떻게 하면 좋을까. 장관들은 다시 이 문제를 논의했다.

"놈에게 분명히 전해야 하오. 우리는 놈을 언제까지나 붙잡아두는 걸 바라지 않는다고…"

이리하여 법무장관이 죄수를 불렀다.

"너는 왜 탈옥하지 않느냐? 너를 가두어둘 간수는 이제 없다. 어디든지 네가 원하는 곳으로 가도 된다. 국왕 폐하께서도 신경 쓰시지 않아."

그러자 죄수는 이렇게 대답했다.

"그야 물론 국왕 폐하께서는 제가 어디로 가든 신경 쓰시지 않겠지요. 하지만 저는 아무 데도 갈 곳이 없습니다. 저더러 어떻게 하라는 겁니까. 당신들이 그 재판으로 내 이름을 망쳐버렸기 때문에, 어디에 가도 세상 사람들은 나한테 등을 돌릴 겁니다. 게다가 나는 그동안 갇혀 있느라 일하는 습관을 잃어버렸습니다. 당신들은 나를 부당하게 다루었어요. 전혀 공정하지 않습니다. 그렇지 않습니까? 한번 생각해보세요. 처음에 나한테 사형을 선고했으면 당장 나를 처형했어야 마땅한데, 당신들은 그러지 않았습니다. 나는 그때 별로 불평하지도 않았어요. 다음에는 나한테 종신형을 내리고, 내 식사를 날라다줄 간수를 붙였습니다. 하지만 그것도 잠시뿐, 당신들은 간수를 해고해버렸습니다. 덕분에 나는 직접 식사를 가지러 가야 하는 처지가 되었지요. 그런데 이번에는 나더러 탈옥해달라는 겁니까? 거기에는 절대로 승복할 수 없습니다. 마음대로 하세요. 나는 절대로 탈옥하지 않을 테니까!"

다시 국무회의가 소집되었다. 어떤 대책을 채택할 것인가. 죄수는 떠나려 하지 않는다. 장관들은 숙고에 숙고를 거듭했다. 귀찮은 죄수를 떨쳐버릴 수 있는 유일한 방법은 그에게 연금을 주는 것이다. 그래서 장관들은 이 결론을 왕에게 보고했다.

"다른 도리가 없습니다. 어떻게든 그 귀찮은 녀석을 떨쳐버리지 않으면 안 됩니다."

연금 액수가 결정되어, 죄수에게 통보되었다.

"그래요?" 죄수가 말했다. "그래도 나는 상관없습니다. 그 액수를 정기적으로 꼬박꼬박 지불하겠다고 약속만 해준다면⋯ 그런 조건이라면 기꺼이 감옥에서 나가겠습니다."

이 문제는 이렇게 결말이 났다. 연금의 3분의 1을 선불로 받고 모나드 왕국을 떠난 죄수는 바로 국경 너머에 정착하여 땅을 조금 사서 채소밭을 경작하기 시작했고, 지금은 안락하게 살고 있다. 연금을 받을 때가 되면 그는 왕국으로 들어와서 돈을 받고, 그 길로 도박장에 가서 2프랑이나 3프랑쯤 돈을 건다. 돈을 딸 때도 있고 잃을 때도 있지만, 몇 시간 즐긴 뒤에는 집으로 돌아간다. 그는 평화롭고 유복하게 살고 있다.

(원제: La dépense de justice)

회중시계

마크 트웨인[*]

내 아름다운 회중시계는 지난 1년 반 동안 늦지도 빠르지도 않고, 기계의 어느 부분이 고장나지도 멈추지도 않고 잘 움직이고 있었다. 이 시계가 알리는 시각은 1분의 오차도 없이 정확하고, 시계 자체의 체질과 골격도 절대로 망가지지 않을 만큼 튼튼하다고 나는 믿게 되었다. 그런데 어느 날 밤, 드디어 이 시계가 멈춰버렸다. 나는 이것이 재난의 전조라도 되는 것처럼 슬퍼했다. 하지만 서서히 기운을 되찾아 어림짐작으로 시간을 맞추어놓고, 불길한 예감이나 미신 따위는 사라져버리라고 명령했다.

이튿날 시계를 정확하게 맞추려고 시내에서 제일 큰 시계포에 들어가자, 가게 주인이 내 손에서 시계를 받아들고 시간을 맞춰주었다. 그러고는 이렇게 말했다.

"4분 늦는군. 완급 바늘을 눌러주어야겠어."

그 시계는 정확하니까 그러지 말라고 가게 주인에게 말했지만, 소용이 없었다. 그 양배추 인간 같은 얼간이가 아는 것이라고는 오

---

[*] Mark Twain(1835~1910): 미국의 소설가. 《톰 소여의 모험》《허클베리 핀의 모험》을 썼다.

직 이 시계는 4분 늦고 따라서 완급 바늘을 눌러주지 않으면 안 된다는 것뿐이었다. 나는 고민스러운 나머지 가게 주인의 주위를 불안하게 맴돌면서, 시계에 손을 대지 말고 그냥 내버려두라고 사정했지만, 시계포 주인은 내 말을 무시하고 태연히 무참하게도 그 짓을 해버렸다.

내 시계는 빨라지기 시작했다. 날이 갈수록 점점 빨라져서, 일주일이 지나자 증세가 아주 심각해졌다. 심한 열을 내고, 그늘에서도 맥박이 150까지 올라갔다. 꼬박 두 달이 지났을 무렵에는 도시 전체의 시계를 추월하여 저만치 앞질러 독주했고, 달력을 무려 13일이나 앞당기는 폭주를 보이고 있었다. 실제 계절은 나뭇잎이 물들기 시작한 10월인데, 내 사랑하는 시계는 이미 11월 중순에 돌입하여 눈 구경을 하고 있었던 것이다. 내 시계는 집세나 지불해야 할 청구서 같은 것의 주기를 앞당겼고, 그것은 나에게 너무나 파멸적인 결과를 가져왔다. 이런 식으로 나가면 나는 수중에 땡전 한 푼 없는 빈털터리가 되어버릴 것 같았기 때문에, 나도 더는 이 시계를 참고 견딜 수가 없게 되었다.

나는 시계를 조절하려고 시계포에 가져갔다. 이 시계를 한 번이라도 수리한 적이 있느냐고 수리공이 물었기 때문에, 나는 천만의 말씀이라고, 수리할 필요는 한 번도 없었다고 대답했다. 수리공은 심술궂어 보이는 행복한 표정으로 내 사랑하는 회중시계를 힘차게 비틀어 연 다음, 작은 원통 모양의 돋보기를 눈에 끼우고 시계 내부를 들여다보았다. 그러고는 말하기를, 이건 조절만 해서는 충분치 않다, 분해 소제를 하고 기름칠을 할 필요도 있다, 일주일 뒤에 가지러 오라는 것이었다.

분해 소제되고, 기름이 칠해지고, 조절까지 되어버린 내 시계는 점점 느려져서, 마치 교회의 조종처럼 '또오옥따아악, 또오옥따아악' 하고 천천히 시간을 새기게 되었다. 덕분에 나는 기차를 놓치고, 언제나 약속시간에 늦고, 저녁 식사까지도 얻어먹지 못하게 되었다. 게다가 내 시계 덕택에 채무상환 유예기간인 사흘이 나흘로 연장되어, 나는 아직 하루가 남아 있지 않느냐고 항의하러 가는 형편이 되었다. 나는 서서히 오늘에서 어제로 역행했고, 그저께를 거쳐 지난주로 되돌아갔다. 그리하여 퍼뜩 정신을 차렸을 때는 이 세상에 오직 나 혼자만 지지난주에서 우물쭈물하고 있었고, 세상은 벌써 오래전에 내 시야 밖으로 쑥쑥 나아가버렸다. 아무래도 내 마음속에는 박물관의 미라에 대한-은밀한, 아니 남모르는-동류의식과 미라와 소식을 교환하고 싶다는 욕구가 숨어 있음을 나 스스로 탐지할 수 있을 것처럼 여겨졌다.

나는 또 다른 시계포에 갔다. 시계포 주인은 나를 기다리게 해놓고, 그동안 내 사랑하는 시계를 뿔뿔이 해체했다. 그런 다음, 태엽통이 '부풀어 올랐다'는 진단을 내렸다. 사흘만 맡겨두면 그 부푼 곳을 움푹 들어가게 할 수 있을 거라는 얘기였다. 이 '수리'가 끝난 뒤에 내 시계는 '평균적으로는' 순조롭게 돌아가게 되었지만, 단지 그것뿐이었다. 반나절 동안은 마치 역귀처럼 재빨리 움직이며, 웅웅거리거나 천식 환자처럼 쿨럭거리거나 백일해에 걸린 아이처럼 기침을 하고 재채기를 하는가 하면 씩씩거리며 콧김도 내뿜곤 했다. 그 시끄러운 소리 때문에 나는 내 머릿속의 생각도 잘 알아들을 수 없는 형편이었다. 내 시계가 그렇게 힘을 내서 열심히 분발하는 한, 우리나라에 있는 어떤 시계도 내 시계를 이길 승산은 전혀 없었다.

그런데 나머지 반나절 동안은 바늘의 움직임이 점점 둔해지고, 그렇게 머뭇거리며 시간을 보내는 동안 전반에서 추월당했던 다른 시계들이 모두 내 시계를 따라잡는 것이다. 그래서 내 시계는 24시간이 끝날 무렵에야 겨우 아슬아슬한 찰나에 결승점으로 허둥지둥 달려온다. 하루를 평균하면 정확하게 시간을 지키고 있으니까, 어떤 사람도 이 시계가 자기에게 주어진 의무 이상의 것을 수행하고 있다거나 의무를 게을리하고 있다고 불평할 수는 없다.

그러나 시계의 경우, 평균적으로 정확하다는 사실이 대단한 장점이 아니기 때문에, 나는 이 '시간 계기'를 또 다른 시계포로 가져갔다. 이번 수리공은 킹볼트가 부러졌다는 진단을 내렸다. 그보다 더 심한 고장이 아니라서 다행이라고 나는 말했다. 솔직히 말하면 킹볼트가 뭔지는 짐작도 가지 않았지만, 남의 눈에 무식한 사람으로 보이기는 싫었기 때문이다. 이 수리공은 킹볼트를 수리해주었지만, 이번에는 얻은 것만큼 잃어버린 게 있었다. 시계는 한동안 째깍째깍 움직이다가 잠시 쉬고 또 잠시 달리다가 쉬기를 되풀이했고, 게다가 휴식시간의 길이는 시계가 제멋대로 결정하는 것이었다. 그뿐만 아니라, 휴식할 때마다 마치 머스킷 소총처럼 덜컹하고 반동을 일으켰다. 사나흘 동안은 시계와 함께 덜컹거리는 내 가슴을 어르고 달래며 참았지만, 결국 시계를 다른 시계포로 가져갈 수밖에 없었다.

이번 수리공은 내 시계를 뿔뿔이 분해하고, 원통 모양의 돋보기 밑에서 몇 번이나 그 '잔해'를 이리저리 뒤집어보고 나서, 헤어트리거에 무슨 고장이 생긴 것 같다고 말했다. 그러고는 그 고장을 고쳐서 내 시계가 새로운 '삶'을 시작할 수 있게 해주었다. 그래서 이번에는 내 시계도 순조롭게 움직이기 시작했지만, 10시 10분 전이 되자 분침과 시침이 가위날처럼 딱 포개져서, 그 시각부터는 두 개의 바늘이 찰싹 달라붙은 채 함께 움직이기 시작하는 것이었다. 이 세상에서 아무리 많은 경험을 쌓은 사람도 이런 시계로는 전혀 시간을 짐작할 수 없을 것이다. 그래서 나는 또다시 이 물건을 시계포로 가져갔다.

이번 수리공은 유리덮개가 구부러졌고 큰 태엽도 똑바르지 않다는 진단을 내렸다. 기계 일부분에 금속으로 밑창을 댈 필요가 있다고도 말했다. 그러고는 이런 결함을 제대로 고쳐주었기 때문에 내 시계는 더할 나위 없이 정확하게 작동하게 되었다. 그런데 여덟 시간 가까이나 얌전히 움직이다가, 내부 기계가 느닷없이 삐걱거리고 꿀벌처럼 윙윙거리는 소리를 내기 시작했다. 바늘은 바늘대로 당장 빙글빙글 급회전을 시작하여 바늘로서의 개성을 완전히 상실하고, 문자반에 얇은 거미줄이 생긴 것처럼 보일 뿐이었다. 이렇게 내 시계는 6분이나 7분 사이에 24시간을 단숨에 돌아버리고 나서, 덜컹하는 요란한 소리를 내며 멈춰버렸다.

나는 무거운 마음으로 또 다른 시계포에 가서 내 시계가 뿔뿔이 해체되는 것을 지켜보았다. 그런 다음, 수리공에게 엄격히 질문을 하려고 단단히 마음의 준비를 했다. 사태가 점점 심상치 않게 돌아가고 있었기 때문이다. 원래 이 시계는 200달러를 주고 산 것인데, 수리비로 2천 달러나 3천 달러는 낸 것 같은 기분이 든다. 지켜보면서 기다리는 동안 그 수리공이 낯익은 사람이라는 것을 깨달았다. 그는 옛날 증기선 기관사였고, 게다가 솜씨가 좋지 않은 기관사였다. 그는 다른 수리공과 마찬가지로 시계 부품을 꼼꼼히 조사하고 나서, 다른 수리공들과 똑같이 자신만만한 태도로 판결을 내렸다.

"이건 증기를 너무 많이 내고 있습니다. 안전판을 내장 스패너로 꽉꽉 조여주면 됩니다."

그 자리에서 나는 그의 머리를 때려부수고, 내 돈으로(즉, 장례 비용을 내가 부담하여) 그를 매장시켰다.

윌리엄 삼촌(슬프게도 지금은 고인이 되었다!)은 자주 이런 말씀을 하시곤 했다. 준마도 한번 도망치면 준마가 아니듯이, 아무리 훌륭한 시계도 일단 수리공이 만지작거리면 더 이상 훌륭한 시계가 아니라고. 또한 삼촌은 출세하지 못하는 땜장이, 총포제조공, 제화공, 기계공, 대장장이 따위는 모두 어떻게 될까 하고 고개를 갸웃거리곤 했지만, 거기에 대답해줄 수 있는 사람은 아무도 없었다.

(원제: My Watch)

개와 말

볼테르[*]

조로아스터교의 경전인 '젠드'에도 쓰여 있듯이, 결혼생활의 처음 한 달은 벌꿀처럼 달콤하지만 다음 한 달은 압생트 술처럼 쓰디쓰다는 것을 자디그는 경험으로 배웠다. 그리고 얼마 후 자디그는, 더 이상 함께 어울리기엔 너무도 성미가 까다로워진 아조라와 이혼할 수밖에 없었고, 결국은 자연에 대한 탐구 속에서 자신의 행복을 찾아내기로 했다.

그는 이렇게 생각했다.

"신이 우리 눈앞에 펼쳐주신 이 자연이라는 위대한 책을 읽는 철학자보다 더 행복한 사람은 없다. 그가 캐내는 진리는 그 자신의 것이다. 그는 영혼을 살찌게 하고, 정신을 드높이며, 조용히 살아간다. 사람을 두려워할 필요도 없고, 달콤한 아내가 코를 베러 덤벼드는 일도 없다."

이런 생각에 가득 차서, 자디그는 유프라테스강 기슭에 있는 한 별장에 은거했다. 이곳에서 그는 아치 다리 밑으로 흐르는 물은

---

[*] Voltair(1694~1778): 프랑스의 계몽주의 작가·역사가·철학자. 본명은 프랑수아-마리 아루에. 여기 실린 작품은 철학소설 《자디그》의 제3장이다.

1초에 몇 센티미터를 흐르는가, 또는 생쥐의 달에는 양의 달보다 강우량이 많은가 적은가 따위를 측정하지도 않았고, 거미줄로 명주천을 짜거나 깨진 병으로 도자기를 만드는 방법을 궁리한 것도 아니었다. 그는 주로 동물과 식물의 고유한 특성을 연구했고, 그리하여 그는 오래지 않아 다른 사람들이 무심코 보아넘기는 사물 중에서도 전혀 다른 수많은 차이점을 발견해내는 날카로운 관찰력을 얻게 되었다.

어느 날 그가 작은 숲 근처를 산책하고 있을 때, 왕비의 내시장이 시종들을 데리고 달려오는 것이 보였다. 그들은 뭔가 없어진 중요한 것을 찾고 있는 사람들처럼 허둥대며 여기저기 뛰어다니고 있었다.

"이보시오, 젊은 양반. 왕비님의 개를 보지 못했소?" 내시장이 자디그에게 말했다.

"그냥 개가 아니라 암캐겠지요." 자디그가 공손하게 대답했다.

"당신 말이 옳소." 내시장이 말했다.

"작은 스패니얼종이고, 최근에 새끼를 낳았고, 왼쪽 앞발을 절고, 귀가 아주 길지요?" 자디그가 덧붙여 말했다.

"그럼 당신은 그 암캐를 보았구먼?" 내시장이 숨을 헐떡이면서 물었다.

"본 것은 아닙니다." 자디그가 대답했다. "왕비님이 암캐를 기르신다는 사실도 몰랐고요."

운명이란 야릇한 장난을 예사롭게 벌이는 법이어서, 바로 같은 시간에 임금님의 마구간에서 가장 좋은 말이 마부의 손에서 바빌론의 벌판 속으로 달아나버렸다. 수렵장과 시종들은 왕비의 암캐를 찾고 있는 내시장만큼이나 열성으로 그 말을 찾아다니고 있었다. 수렵장은 자디그를 불러세우고, 임금님의 말이 지나가는 것을 보지 못했느냐고 물었다.

"임금님의 마구간에서 가장 빠른 말이지요?" 하고 자디그가 대답했다 "키는 150센티쯤 되고, 발굽이 아주 작고, 꼬리 길이는 105센티미터, 재갈의 장식못은 23캐럿의 순금, 발굽쇠는 11페니웨이트의 은으로 되어 있지요?"

"그 말이 어디 있소?" 수렵장이 날카롭게 물었다.

"본 것은 아닙니다." 자디그가 대답했다. "그 말에 대한 소문조차 듣지 못했습니다."

수렵장과 내시장은 자디그가 임금님의 말과 왕비님의 개를 훔쳤다고 믿어 의심치 않았다. 그래서 그들은 자디그를 법정에 끌고 갔다. 재판관들은 그에게 태형과 시베리아 유배형을 선고했다. 그런데 판결이 내려지자마자 문제의 말과 개가 발견되었다. 이제 재판관들은 그들이 내린 판결을 취소해야 할 난처한 입장에 몰리게 되었다. 그런데도 그들은 자디그가 본 것을 안 보았다고 거짓말한 죄로 그에게 금화 400온스의 벌금형을 선고했다. 자디그는 어쩔 수 없이 벌금을 문 다음, 재판관들 앞에서 자기변호를 허락받아 이렇게 말했다.

"납처럼 무거우시며, 무쇠처럼 견고하시며, 다이아몬드처럼 눈부시며, 황금처럼 잘 정련된, 정의를 밝히시는 별들이시여, 심원한 학문의 석학이자 진리의 거울들이시여. 이 존엄한 법정에서 발언을 허락받았기에, 오로마데스 신에게 맹세코 왕중왕이신 임금님의 성스러운 말도, 왕비님의 고귀한 개도 본 적이 없다는 것을 여러분께 확언하는 바입니다.

 이 사건의 진상은 이렇습니다. 제가 그곳에서 존경하는 내시장과 고명하신 수렵장을 만나기 전에 저는 그 작은 숲을 향해서 산책하고 있었습니다. 그때 모래 위에서 어떤 짐승의 발자국을 보았습니다. 그리고 그것이 작은 개의 발자국이라는 것을 판단하기는 그다지 어렵지 않았지요. 모래가 조금 솟아오른 자그마한 모래밭 위에 그 개가 지나간 양 발자국 사이로 엷고 기다란 홈이 가늘게 그어진 흔적이 있었습니다. 그것을 보고 저는 그 개가 젖이 축 늘어진 암캐이고, 따라서 며칠 전에 새끼를 낳은 게 틀림없다는 사실을 한눈에 알았습니다. 발자국이 아닌 다른 자국도 나 있었는데, 그것이 언제나 앞발 흔적 근처에 있는 모래를 스치고 있었기 때문에, 저는 그 암캐가 아주 기다란 귀를 가지고 있다는 것을 알 수 있었지요. 또 모래 위에 찍힌 발자국 가운데 유독 한 발자국만이 나머지 세 발자국보다 항상 덜 깊게 파여 있는 것을 보고, 존엄하신 왕비님의 개는, 감히 말씀드린다면, 다리를 약간 절고 있다는 것을 알 수 있었습니다.

 왕중왕이신 임금님의 말에 대해서는, 아까 말씀드린 그 숲의 오솔길을 산책하고 있을 때 말발굽 자국을 보았습니다. 그런데 그 발굽 자국은 모두 간격이 일정했습니다. 그래서 저는 이렇게 생각했습니다. 이것은 말이 틀림없어, 그것도 보통 말이 아니라 아주 빠르게 달리는 훌륭한 준마야, 하고 말입니다. 너비가 2미터밖에 안 되는 좁다란 길의 양쪽 나무들에 쌓인 흙먼지가 길 한복판에서 105센티미터가량의 거리를 두고 좌우로 조금씩 씻겨져 있었기 때문에, 이 말은 꼬리가 105센티미터이고, 그 꼬리를 좌우로 흔들었기 때문에 꼬리에 닿은 부분의 흙먼지가 씻겨져 나갔구나 하고 생각했던 것입니다. 또한 150센티미터 높이의 터널을 이루고 있는 나무들의 아랫가지 잎사귀들이 길바닥에 떨어져 있었는데, 그 잎사귀들이 아직 성성한 것을 보고, 말은 그 아랫가지를 살짝 건드렸고 따라서 말의 키는 150센티미터가 틀림없다고 추리한 것입니다.

말의 재갈에 대해서 말씀드리면, 그것은 23캐럿의 순금으로 되어 있음이 틀림없습니다. 왜냐하면 그 말은 재갈의 장식못을 어떤 돌에 문지르면서 지나갔는데, 나는 그 돌이 일종의 시금석이라는 것을 알고 한번 시험해보았기 때문입니다. 또한 그 말의 발굽이 또 다른 종류의 부싯돌에 남겨놓은 자국을 보고 판단하여, 말발굽은 11페니웨이트의 은으로 만들어져 있다고 결론지은 것입니다."

나란히 앉아 있던 재판관들은 자디그의 깊고 날카로운 관찰력에 모두 감탄했다. 이 소식은 임금님과 왕비님의 귀에까지 들어갔고, 왕실이건 조정이건, 그 밖에 딸려 있는 모든 부속실에서도 오직 자디그 이야기뿐이었다. 학자들 중에는 자디그가 마법사임이 분명하니 화형에 처해야 한다고 주장하는 사람도 많았지만, 임금님은 신하들에게 명령하여 자디그에게 선고되었던 금화 400온스의 벌금을 그에게 돌려주도록 했다. 법원 서기와 변호사, 그리고 집달관들이 위엄을 갖추고 그의 집에 가서 금화 400온스를 돌려주었다. 다만 그들은 400온스에서 재판 비용조로 398온스만을 공제했다. 그러고 나자 그들의 시종들이 사례금을 요구했다.

너무 현명한 것이 때로는 얼마나 위험한 일인가를 자디그는 깨닫게 되었다. 그래서 앞으로는 자기가 본 것을 남에게 한 마디도 말하지 않기로 굳게 결심했다.

얼마 되지 않아 그런 경우가 곧 찾아왔다. 국사범 하나가 탈옥하여, 자디그의 집 창문 아래를 지나 도망친 것이다. 자디그는 심문을 받았지만 아무것도 대답하지 않았다. 그러나 누군가의 증언으로 그가 창문 곁에 서 있었다는 사실이 밝혀져, 이 죄로 금화 500온스의 벌금형을 선고받았고, 게다가 바빌론의 관습에 따라 그는 재판관들의 관대함에 대해 고마움을 표해야 했다.

"이게 무슨 꼴이람!" 자디그는 혼잣말로 중얼거렸다. "왕비님의 개나 임금님의 말이 지나가는 숲속에서 산책하는 것은 얼마나 큰 재난인가! 자기 집 창문으로 밖을 내다보는 것은 또 얼마나 위험한 일인가! 그러니 이 세상에서 행복을 잡는 것은 얼마나 어려운 일인가!"

(원제: Le chien et le cheval)

미니 셜록 홈스

파라돌 체임버의 모험

존 딕슨 카[*]

내레이터: 내 사건 기록부에 따르면, 이 사건은 1887년 8월의 어느 무더운 날 저녁에 일어났다. 그날 셜록 홈스는 온종일 불쾌감과 초조감에 사로잡혀 있었다. 밤이 되자 그는 바이올린을 집어 들었다. 그러고는 안락의자에 기대앉아, 지그시 눈을 감고 바이올린을 켜기 시작했다. 그 곡은 때로는 낭랑하게, 때로는 우수를 머금고 울려 퍼졌다.

 (바이올린, 멘델스존의 〈봄의 노래〉를 몇 소절 연주하고 사라진다. 무대가 서서히 밝아진다. 홈스와 왓슨, 각각 무대 양쪽 끝에 객석을 향해 앉아 있다. 홈스 곁에는 탁자가 놓여 있다. 홈스, 무릎에 바이올린을 놓고 오른손에 활을 쥔다. 입에는 파이프를 물고, 눈은 멍하니 앞쪽을 응시하고 있다. 왓슨, 황홀한 표정으로, 음악 소리에 박자를 맞추고 있는 듯이 손을 허공에 들고 있다. 무릎 위에는 《데일리 텔레그래프》지가 놓여 있다.)

---

[*] John Dickson Carr(1906~1977): 미국의 추리소설가. '밀실 살인'의 대가로 유명하다.

왓슨: 굉장해, 홈스. 자네의 묘기는 비할 데가 없어. 어서 계속하게.

홈스: (무뚝뚝한 표정으로) 그럴 마음이 나지 않네, 왓슨. (바이올린과 활을 탁자 위에 내려놓고 일어선다) 내 마음은 고뇌에 사로잡혀 있어.

왓슨: (흥미로운 듯이) 설마… 또 모리어티 교수 때문은 아니겠지?

홈스: 그는 범죄 세계의 왕일세, 왓슨! 단언해도 좋지만, 그의 마수가 남긴 흔적은 그 신문에서도 찾아낼 수 있을 거야. 신문에서 맨 먼저 눈에 띄는 기사가 뭔가?

왓슨: (신문을 훑어본다) 아니, 이거 참 묘하군!

홈스: 왜 그러나? 어서 기사를 읽어보게!

왓슨: (읽는다) '외무장관 매치록 경은 버킹엄궁에서 돌아오는 길에 컨스티튜션 힐을 올라가다가 갑자기 현기증을 일으켜 쓰러졌다.'

홈스: 저런!

왓슨: '다행히 그 후의 용태는 우려할 만한 것은 아닌 듯하다.'

홈스: 호오!

왓슨: '런던 경찰청의 레스트레이드, 그렉슨, 스탠리 홉킨스 씨에 따르면 병명은 열사병이라고 한다. 무더운 한낮에 매치록 경은 두꺼운 프록코트와 능직 조끼, 윙 칼라, 애스콧 타이, 긴 플란넬 내의를 입고, 모직 양말과 술 달린 장화를 신고 있었다. 그 때문에…' (홈스의 격렬한 반응에 왓슨은 흠칫 놀란다) 이보게, 홈스! 도대체 왜 그러나?

홈스: 무서운 사건이 일어나고 있어!

왓슨: (어리둥절) 농담은 그만두게. 깜짝 놀랐잖나!

홈스: 장관은 바지를 입고 있지 않았네, 왓슨! 매치록 경은 바지를 입고 있지 않았어!

왓슨: (잠시 어안이 벙벙해져 있다) 대단한 통찰력이야!

홈스: (귀찮다는 듯이 손을 내젓는다) 아니, 그건 초보적인 거야! 하지만 얻은 바가 없는 것도 아니지. 경찰청 사람들은 물론 아무것도 모르고 있어.

왓슨: 그런데 외무장관 매치록 경쯤 되는 인물이 왜 컨스티튜션 힐을 바지도 입지 않고 걸어가야 했을까?

홈스: (우울하게) 문제는 바로 그거야. 어떻게든…. (무대 밖에서 문을 요란하게 두드리는 소리가 들린다)

왓슨: 의뢰인일세, 홈스!

홈스: 어쩌면 우리 문제에 대한 해답인지도 몰라. 들어오세요!

(이모진 펠라스 부인이 겁먹은 태도로 등장. 손에는 종이꾸러미를 들고 있다. 불안한 표정으로 홈스와 왓슨을 번갈아 바라보다가, 마지막으로 홈스를 점찍는다)

이모진: 당신이 셜록 홈스 씨죠! 여자의 직관이 그렇게 말하고 있어요! (달려와서 홈스의 어깨를 잡는다) 도와주세요, 홈스 씨!

홈스: (엄격하게) 진정하십시오, 부인. 최선을 다할 테니까. 의자를 빌려주게, 왓슨! (이모진을 왓슨의 의자로 데려가서 앉히고, 자기는 원래의 자리로 돌아온다) 그리고 뜨거운 커피를 한 잔 드리는 것도 나쁘진 않겠지. 부인은 떨고 있는 모양이니까.

이모진: 하지만 제가 떨고 있는 건 추워서가 아니에요.

홈스: 추워서가 아니라고요? 그럼 무엇 때문이죠?

이모진: 공포 때문이에요. 오싹 소름이 끼치는 공포! 저는 이모진 펠라스라고 합니다. 외무장관 매치록 경의 딸이죠.

왓슨: (엉겁결에) 그럼 아버님의 바지가 도난당한 사건 때문에?

이모진: 당신들은 마법사가 분명해요. 두 분 다! 내가 여기 온 건 이걸 보여 드리기 위해서예요! (연극적으로 일어선 다음, 종이꾸러미를 풀어서 바지 한 벌을 높이 치켜든다)

왓슨: (놀라며) 아니, 이게 어떻게 된 거야! 바지잖아!

홈스: (흥분하여) 나는 바로 이런 순간을 위해서만 살고 있지. 이모진 부인, 이건 아버님의 바지인가요?

이모진: 아니에요, 홈스 씨! 당치도 않아요! 지금까지 나는 아버지가 바지를 입지 않고 계신다는 건 생각해본 적도 없어요.

홈스: 그럼 이 바지가 어떻게 부인 손에 들어왔습니까?

이모진: 이건 오늘 아침에 버킹엄궁 창문에서 내려왔어요. 저는 이 바지가 내려오는 걸 목격했답니다.

왓슨: 홈스, 어느 악당 놈이 런던 남자의 바지를 훔치고 다니는 게 분명해!

홈스: 좋은 착안일세, 왓슨. 하지만 완전한 건 아니야. 그 증거품을 좀 보여주시겠습니까? (이모진, 바지를 건네준다. 홈스, 돋보기로 바지를 살펴본다. 그러고는 이모진에게 말한다) 버킹엄궁이라고 하셨지요?

이모진: 그래요, 홈스 씨. 아버지는 오늘 아침 거기에 가 계셨어요. 여왕 폐하께서 계신 자리에서 신임 프랑스 대사인 파라돌 씨와 협의하기 위해서죠. (잠시 머뭇거린다) 분명히… 프랑스와 영국 사이의 비밀조약에 관한 협의라고 들었어요. 그렇다 해도, 여왕 폐

하의 방 창문에서 신사용 바지가 떨어지는 것을 보았을 때의 놀라움! 아니, 공포! 그걸 상상하실 수 있겠어요?

홈스: 이건 쉽지 않은 사건입니다, 부인. 여기 오실 때 혹시 미행을 당하지는 않았습니까?

이모진: 그런 일은 없었을 거예요. 온종일 사륜마차를 타고 돌아다녔으니까요. 하지만….

(무대 밖에서 조심스럽게 문을 두드리는 소리)

홈스: 왓슨! 빨리 이 증거물을 감추게! (홈스가 왓슨에게 바지를 건네주자, 왓슨은 그것을 프록코트 안쪽에 밀어 넣는다. 그러고는 몸을 돌려 문 쪽으로 다가간다)

왓슨: 홈스, 단순한 손님이 아닐세! 이분은….

홈스: 왜 그러나? 빨리 말해보게!

왓슨: (궁정의 시종처럼 옆으로 비키면서) 프랑스 대사 각하께서 오셨네.

(파라돌 후작 등장. 실크햇과 프록코트, 팔자수염. 모자를 벗고 가슴을 내밀고 당당한 자세를 취하면서 무대 중앙으로 성큼성큼 나온다)

파라돌: (멈춰 서서) 안녕하십니까! (이모진을 보고는 싹 달라진 어조로) 마드무아젤!

이모진: (외친다) 버킹엄궁의 무서운 수수께끼 때문에 오셨군요?

파라돌: (위엄을 보이며) 나, 여기 온 것은 바지를 되찾기 위해섭니다.

홈스: 그럼, 각하의 바지도 사라졌다는 말씀이신가요?

파라돌: 아, 아닙니다. 사라진 거 아닙니다. 나, 버킹엄궁에서, 여왕 폐하 앞에서 바지를 벗어서 창문으로 내던졌습니다.

왓슨: 말도 안 돼!

파라돌: 말도 안 되는 거, 아닙니다! 갑자기 나, 보았습니다. 거울 속에서! 가짜 수염을 붙이고 복면을 한 여섯 명의 남자, 나를 습격하려고 살금살금 다가오고 있었어요. 나, 소리 질렀습니다. 프랑스 만세! 그리고 해야 할 일, 했습니다. 바지 없습니다.

이모진: 그걸 여왕 폐하 앞에서 하셨단 말씀인가요?

파라돌: 유감이지만 그렇습니다. 폐하, 무시무시한 비명을 지르면서 졸도하셨습니다. 쿵! 황금빛 소파 위에. 그리고 마드무아젤 당신한테도 사과하고 싶습니다.

이모진: 저한테 사과하실 필요는 없어요.

파라돌: 아니, 유감이지만 있습니다. 마드무아젤의 아버님 바지 훔친 사람, 바로 납니다. 나, 그분의 머리, 곤봉으로 때렸습니다. '당신'을 쫓아가려면 바지가 필요했기 때문입니다.

왓슨: 외교관 기질도 색다르군. 그거야 어쨌든, 도대체 무엇 때문에 그 악당들이 각하의 바지를 훔치고 싶어 합니까?

파라돌: 당신들도 아마 들었을 겁니다. 영국과 프랑스, 두 나라가 맺은 파라돌-매치록 조약에 대해서….

이모진: 그 비밀조약 말씀이군요. 들었어요!

홈스: (파라돌에게) 그런데 그 비밀조약이 각하의 바지에 들어 있습니까?

파라돌: (놀라서 비틀거린다) 과연 대단하군! 정말로 놀라운 분입니다!

(그동안 홈스는 왓슨의 프록코트 속에서 바지를 꺼낸다)

홈스: 비밀주머니 속에 비밀조약이 들어 있다는 거군요. 그럼 이 귀중한 물건을 각하께 돌려드릴 수 있게 해주시겠습니까? (허리를 굽혀 절한다)

파라돌: (바지를 받아들면서) 고맙습니다. 우리 정부의 이름으로, 프랑스 전체의 이름으로…. (갑자기 말을 끊고 눈을 부릅뜬다. 그러고는 정신없이 바지 여기저기를 뒤지기 시작한다)

이모진: 당황하고 계시군요, 파라돌 씨. 구리로 만든 비밀주머니가 없나요?

파라돌: 구리로 만든 비밀주머니, 그거 있습니다! 하지만 조약은 없습니다.

이모진: 없다고요?

왓슨: 없다고?

홈스: 걱정하실 필요 없습니다, 각하. 중요한 물건은 아직 이 방 안에 있습니다. 단지 매국노가 빼냈을 뿐이지요.

왓슨: 모리어티 교수가 아니고?

홈스: 분명히 모리어티 교수는 아닐세. 하지만 모리어티의 오른팔, 그리고 런던에서 두 번째로 위험한 사내, 그놈이 여기 있네! (왓슨의 얼굴에서 가짜 수염을 잡아뗀다. 왓슨, 이를 드러내고 신음하면서 우뚝 멈춰 선다)

이모진: 하지만 이분은 왓슨 박사님이잖아요!

홈스: 아닙니다, 부인. 진짜 왓슨은 지금쯤 재갈이 물린 채 꽁꽁 묶여서 어느 악의 소굴에 쓰러져 있을 겁니다. 소개하지요. 세바스티앙 모랑 대령입니다.

왓슨: (화가 나서 고함을 지른다) 빌어먹을 홈스 놈! 너 따위는 내 총에 맞아 죽는 게 좋아!

파라돌: 하지만 어떻게… 왜 이 악당이 수상하다고 생각했습니까?

홈스: 아주 간단한 일 때문입니다. 이 녀석은 아직 취임이 발표되지도 않은 프랑스 대사를 한 번 보고 당장 신임 프랑스 대사라는 걸 알아보았습니다. 그때부터 나는 이 녀석의 정체를 꿰뚫어보고 있었지요. 그래서 일부러 이 녀석에게 조약을 훔칠 기회를 주었던 겁니다. (왓슨의 안주머니에 손을 집어넣어 서류를 꺼낸다) 그리고 이 녀석은 거기에 걸려든 것이지요.

파라돌: (몹시 기뻐하며) '파라돌 체임버 사건!'

왓슨: (신음하면서) 아니야, 바보 같으니! '구리 바지 사건'이야!

※ 옮긴이의 덧붙임 – '파라돌 체임버$^{Paradol\ chamber}$'는 코넌 도일의 〈다섯 개의 오렌지 씨앗〉에 나오는 '파라돌의 밀실$^{Paradol\ chamber}$'을 빗댄 것이고, '구리 바지$^{copper\ breeches}$'는 역시 〈너도밤나무 저택의 비밀〉에 나오는 '너도밤나무$^{copper\ beeches}$'를 빗댄 것이다.

(원제: The Adventure of the Paradol Chamber)

아담과 이브의 실종사건

로건 클렌드닝[*]

셜록 홈스가 죽었다. 나이 80세에 잠든 채로 세상을 떠났다. 그리고 당장 승천했다.

최근 들어 천국에서 일개 이주자의 도착이 이토록 화제가 된 적은 없었다. 이 고명한 탐정이 일으킨 소동에 필적하는 것은 나폴레옹이 지옥에 떨어진 사건 정도일 것이다. 요단강에서 피어오르는 짙은 안개에도 불구하고, 홈스는 당장 이륜마차에 태워져 야훼 앞으로 안내되었다. 의례적인 대화가 끝난 뒤 야훼가 말했다.

"홈스 군, 천국에도 여러 가지 문제가 있다네. 아담과 이브가 실종됐어. 사실은 실종된 지 벌써 20억 년 가까이 지났다네. 여기 있을 때는 방문객에게 큰 인기를 모은 존재였지. 그래서 자네한테 아담과 이브를 찾는 일을 부탁하고 싶은데…."

홈스는 생각하는 표정이 되었다.

야훼가 말을 이었다.

"마지막으로 그들이 목격되었을 때의 인상착의를 말해도 단서

---

[*] Rogan Clendening(1884~1945): 미국의 의사·소설가. 직업적 경험을 활용하여 의료범죄소설을 주로 썼다.

가 되진 않을 걸세. 20억 년이라는 세월 동안 인간은 당연히 변하는 법이니까."

홈스는 길고 날씬한 손을 들었다.

"주님의 이름으로 이런 공고를 낼 수 있습니까? 어떤 힘으로도 움직일 수 없는 물체와 어떤 물체도 저항할 수 없는 힘의 줄다리기가 천국의 중앙광장에서 개최된다고…."

공고가 나오고, 곧이어 광장은 군중으로 가득 찼다. 홈스는 나른한 태도로 성스러운 주랑 현관에 서서 그들을 바라보았다.

그러다가 갑자기 군중 속으로 뛰어들더니, 한 족장과 불만스러운 듯 코를 올리고 있는 족장의 늙은 아내를 붙잡았다. 그러고는 야훼 앞으로 그들을 끌고 갔다.

"아담아." 야훼가 말했다. "너희들 때문에 얼마나 걱정했는지 아느냐. 그런데 홈스 군, 어떻게 아담과 이브를 찾아냈는지 말해주겠나?"

"초보적인 겁니다, 하느님" 하고 셜록 홈스는 말했다. "아담과 이브에게는 배꼽이 없거든요."

(원제: The Case of the Missing Patriarchs)

탐정의 정체

캐슬린 노리스[*]

이른 봄에 뜻하지 않게 찾아오는, 황홀할 만큼 멋진 아침이었다. 전날까지만 해도 자연은 오는 봄을 시샘하듯 차갑고 축축한 바람이 휘몰아쳤기 때문에, 아무리 배짱 좋은 사람도 두툼한 코트와 머플러로 무장하지 않고는 공원을 산책하는 것도 망설여지는 날씨가 계속되고 있었다.

그런데 이날 아침은 하늘이 파랗고, 공기는 따뜻하고 맑았다. 나는 이것을 더없는 길조라고 생각했다. 분수대 주위에서는 아이들이 덩치 큰 경찰관의 자애로운 시선을 받으며 놀고 있고, 나는 벤치에 앉아서 기대와 흥분에 몸을 떨고 있었다. 이제 드디어 셜록 홈스가 또다시 내 생활의 일부가 되려 하고 있었다. 이 일이 일어나기까지 얼마나 오랜 세월을 기다려야 했던가!

내가 다소 걱정한 것은 부인할 수 없다. 얼마 전부터 나는 옛 친구의 행방을 찾고 있었다. 여러 가지 사소한 단서로 미루어보건대, 그의 남다른 지성이 이 신세계에서도 활동하고 있다고 확신했

---

[*] Kathleen Norris(1880~1966): 미국의 여성 소설가·칼럼니스트.

기 때문이다. 그래서 마지막으로 생각해낸 것이 일간지에 광고를 내는 것이었다. "S.H에게, '연맹' 시절을 기억하고 있다면 부디 연락 바람. 왓슨." 그리고 내 사서함 번호를 적어두었다.

나는 그가 자신의 정체를 깨닫고 있을 거라고 생각했고, 이런 호소가 그로 하여금 나에게 연락을 취하도록 만들 거라고 굳게 믿었다. 결국 나는 기다리던 답장을 받았고, 지금 그는 분수대에서 세 번째 벤치에 앉아 있는 나를 찾아 이리로 오고 있을 터였다.

나는 그도 역시 나와 마찬가지로 많이 변했을 거라고 예상했다. 마음 같아서는 일부러 떨어진 곳에 앉아서, 그가 나를 발견하기 전에 어떻게 행동하는지 관찰하는 것도 재미있을 것 같았다. 하지만 나는 매사에 공정을 기하기로 결심했기 때문에 약속한 벤치에 앉아 있었고, 그가 처음부터 내 신분을 알 수 있도록 의학서적까지 한 권 들고 있었다.

그를 기다리는 동안 나는 심심풀이로 옆에 있는 콜리에게 이따금 말을 걸었다. 내가 최근에 반려로 삼은 이 커다란 개는 참을성 있게 벤치 옆에 엎드려, 경찰관 주위에서 뛰놀고 있는 아이들과 우리가 기다리는 사람이 이제 곧 나타날 샛길 쪽을 번갈아 바라보고 있었다.

그는 우리를 오래 기다리게 하지는 않았다. 또한 우리를 보았을 때의 충격이 컸을 텐데도 눈에 띌 만큼 망설이는 태도를 보이지 않았다. 나도 그의 겉모습에 대해서는 모든 가능성을 예상하고 있었지만, 그래도 그에게 실망한 것은 인정하지 않을 수 없다.

신체적으로 보면 지금 그의 모습은 과거의 모습과 정반대였다. 우스꽝스러울 만큼 키가 크고, 의젓하지 못하고, 사과처럼 볼이 붉고, 게다가 몹시 뚱뚱했다. 그보다 더 안 좋은 것은 나이가 이상할 만큼 젊고, 걸음걸이에는 옛날에는 결코 볼 수 없었던 공격성이 드러나 있다는 점이었다. 다가오는 그를 지켜보면서 나는, 저런 볼품없는 몸속에 갇힌 비범한 두뇌가 느끼고 있을 굴욕감을 생각하고, 마치 내 일처럼 신음했다.

그는 걱정스러운 듯이 내 얼굴을 살피면서 다가왔다.

"이런 일이 일어날 줄은 몰랐네. 자네가 정말로 내 옛 친구인 왓슨인가?" 그가 말했다.

"'환생'은 우리에게 놀라운 변화를 가져온 것 같군." 나는 인정했다. "그렇긴 하지만, 자네를 이렇게 다시 만나게 되다니, 얼마나 기쁜지 모르겠네, 홈스."

우리는 악수를 나누었다.

"신문에 나온 광고를 보았을 때 실은 나도 어떻게 하면 자네를 찾아낼 수 있을까 궁리하고 있던 참이었어." 그가 말했다. "이렇게 간단한 방법이 있는 줄은 미처 몰랐네. 내가 날마다 신문을 살살이 읽는 습관이 있다는 걸 자네가 기억해줘서 다행이었어."

"우리가 함께 지냈던 시절 자네가 줄곧 신문에 코를 들이박고 있었던 것을 생각하면, 기억하지 못하는 게 오히려 이상하겠지."

그는 쿡쿡 웃었다.

"아아, 왓슨, 자네의 유머 감각은 조금도 변하지 않았군. 아까 자네를 처음 보았을 때, 유머 감각이 없어진 건 아닐까 하고 걱정했다네."

"나는 자네를 보았을 때 한바탕 웃고 싶어졌는걸. 하지만 자세히 보니 눈 속에는 옛날의 지성이 번득이는 걸 알아볼 수 있었고,

자네가 전과 똑같은 활동을 계속하고 있다는 걸 보여주는 최근의 징후를 생각하면, 자네가 옛날만큼 위험하지 않다고는 도저히 생각할 수 없네."

"위험? 우리 두 사람 사이에 쓰기에는 좀 이상한 말이 아냐?"

나는 과감하게 공세를 취하기로 했다.

"천만에. 어떤가, 이제 슬슬 가면을 벗어던지고 전과 똑같은 입장에서 대결하는 게? 당신은 나한테 위험한 존재고, 나도 당신한테 위험한 존재야. 안 그래, 모리어티 교수?"

그는 한 걸음 뒤로 물러섰다.

"놀랍군. 왓슨. 농담을 할 작정이라면…."

"농담? 천만에. 그리고 나는 왓슨이 아니야. 아직도 진상을 깨닫지 못했나? 나는 홈스라고."

"그런가? 역시 그렇군." 그는 나를 뚫어지게 바라보다가 싱긋 웃었다. "당연히 예상했어야 하는 건데. 하지만 자네 광고가 너무나 교묘하게 왓슨을 위장하고 있어서 그만 걸려들고 말았군. 내가 너무 안이하게 결론을 낸 모양이야. 그 잘난 체하는 의사 녀석한테 접근해서 녀석의 신뢰만 얻으면, 머지않아 녀석을 발판으로 삼아서 자네한테 도달할 수 있을 거라고 생각했거든. 자네는 틀림없이 왓슨 녀석을 찾고 있을 테니까. 내가 이렇게 생각하도록 만드는 게 자네 계획이었겠지?"

"그래, 나는 당신을 찾아낼 필요가 있었지. 당신의 방대한 범죄조직은 최근에 대단한 활동상을 보이고 있더군. 전 세계 곳곳에서. 그래서 우리가 모든 범죄조직의 꼬리를 잡아 쳐부술 때까지 어떻게든 당신의 움직임을 봉쇄해둘 필요가 있었지. 당신을 찾아내는 방법은 여러 가지가 있었지만, 시간이 중요한 과제였지. 그래서 나는 거짓 광고를 이용하기로 했는데, 그게 멋지게 성공한 것 같군."

나는 두 손을 마주 비볐다. 그는 고개를 갸웃했다.

"하지만 우리가 만나는 게 왜 자네한테 이익이 되는지 이해할 수가 없군. 자네는 나한테 불리한 어떤 증거도 갖고 있지 않아. 갖고 있다면 벌써 써먹었을 데니까. 그리고 이렇게 얼굴을 맞댄 이상, 자네가 나를 찾아낼 수 있는 것과 마찬가지로 나도 자네를 쉽게 찾아낼 수 있어. 자네가 변장하지만 않았다면…" 그는 몸을 내밀고 나를 말똥말똥 들여다보았다. "아니, 자네가 아무리 변장의 달인이라 해도, 변장을 이렇게까지 잘할 수는 없어. 그리고 이런 말을 하기는 좀 그렇지만, 지금의 자네 모습은 나한테 어떤 위협도 주지 않아!"

그는 말끝에 킬킬 웃었다.

"하지만 지금 그렇게 서 있는 동안에도 당신은 최대의 위험에 노출되어 있어." 나는 부드럽게 말했다. 그가 아무리 놀려도 신경을 곤두세우면 안 된다고 나는 마음을 다잡고 있었다. 나는 지금의 내 상태를 부끄러워하지는 않는다. 부끄럽기는커녕, 여기에는 몇 가지 명백한 이점이 있었다.

그는 좀 놀란 듯이 주위를 둘러보았다.

"권총을 가진 놈들을 잠복시켜두기라도 했나? 하지만 홈스, 그건 자네가 평소에 부르짖는 페어플레이 정신과는 안 어울려. 안 그래?"

"당신에게 폭력을 휘두를 생각은 없어. 그래도 역시 당신은 절박한 위험에 노출되어 있어. 이건 공정한 경고로서 말하는 거야."

그는 기분이 나빠졌다.

"그 이유를 전혀 모르겠는데, 그런 경고를 해봤자 무슨 소용인가? 분명히 말하지만 자네는 나를 놀리고 있을 뿐이야. 짜증을 내기 전에 이 자리를 뜨는 게 좋을 것 같군."

"그렇게 간단히 떠날 수는 없을걸."

그는 성큼 다가와서 나를 노려보았다.

"떠날 수 없다고? 그건 또 무엇 때문인지 말해주겠나?"

"당신 자신이 그걸 막기 때문이지. 당신의 호기심과 당신의 성질이…. 내가 무슨 계획을 세우고 있는지 알아내지 않고는 견딜 수 없을 테니까."

"오호, 그래? 도대체 무슨 계획을 세우고 있는데?" 그는 갑자기 흥분했다. 사과 같은 볼이 검붉은 색으로 물들고, 통통한 손이 내 팔을 움켜잡았다. 그가 나를 마구 흔들었기 때문에 나는 고통스러워서 비명을 질렀다.

"자, 어서 말해." 그가 소리를 질렀다. "도대체 무슨 꿍꿍이 수작을 준비하고 있는지. 이… 이 못된… '년'아!"

그 순간, 그 거구의 경찰관이 겨우 세 걸음 만에 달려와서 모리어티의 멱살을 움켜잡았다. 그러자 금방이라도 교수의 다리에 엄니를 박아넣으려 하고 있던 나의 콜리는 으르렁거리면서 얌전해졌다. 나는 쿡쿡 웃었다.

"바로 지금 한 것처럼 할 작정이었네. 당신이 현재의 내가 여성이라는 것을 잊어버리고 대낮에 목격자들이 많은 공원에서 나를 공격하게 만드는 거야. 당신은 그만 본성을 드러내서 법률의 손에 붙잡힌 거지. 이젠 당신도 끝장이야!"

그는 분노에 찬 고함을 지르면서 계속 발버둥을 치고, 꿈쩍도 하지 않는 경찰관의 손아귀에서 벗어나려고 했다.

"기억해둬, 홈스!" 그가 외쳤다. "언젠가는 반드시 복수해줄 테니까."

"기억해두지. 하지만 그 전에 당신은 내가 제출한 증거에 따라 그에 상응하는 형벌을 받게 될 거야. 우리가 당신 조직을 궤멸시킬 때까지, 당신은 방해가 되지 않도록 어디 조용하고 외딴 곳에 처박혀 있겠지. 자, 연행하세요."

당당한 법률 대리인이 떠나려 할 때 나는 덧붙여 말했다.

"교수한테 너무 살살 굴지 마세요, 레스트레이드 씨!"

경찰관은 싱긋 웃으며 모자챙에 손을 갖다 댔다.

"예, 알았습니다, 홈스 양."

나는 허리를 굽혀 충실한 콜리의 머리를 쓰다듬었다.

"또 단둘이 남았군. 난 자네가 그놈의 다리를 물어버리는 게 아닌가 걱정했어, 왓슨. 또다시 옛날처럼 자네 우정을 믿을 수 있다는 건 좋은 일이야. 물론 때로는 자네가 개로 환생하지 않았더라면 좋았을 거라고 생각할 때도 있지만… 어쨌든 그건 피할 수 없는 일이었겠지. '개는 인간의 가장 좋은 친구'라느니 뭐니 하는 말도 있고…. 레스트레이드 경감이 말단 경찰로 처음부터 다시 시작하는 것으로 속죄하는 것과 마찬가지지. 그래도 나는 가끔 이런 생각을 해. 내가 전생에 무슨 죄를 지었길래 여자로 환생하는 벌을 받았을까 하고…."

우리는 함께 천천히 공원을 나왔다.

※ 옮긴이의 덧붙임 - 이 작품은 아서 코난 도일의 단편 〈신랑의 정체〉를 패러디한 것이다.

(원제: A Case of Identities)

미니 탐정

핀치벡 로켓 사건

에릭 앰블러[*]

얀 치살 박사가 런던 경찰청장 매서 씨 앞에 그 남다른 모습을 나타낸 것은 춥고 음산한 어느 겨울날 오후였다. 그날 매서 씨는 감기 때문에 기분이 울적한 데다 무척 바쁘기도 했다. 치살 박사가 '내무부의 높은 분'의 소개장을 가져오지 않았다면 애당초 경찰청장을 면회할 수도 없었을 것이다.

소개장은 간단했다. 그 쪽지에는 판에 박힌 인사말에 이어 이런 내용이 적혀 있었다. '얀 치살 박사는 1938년 9월까지 체코 경찰에서 이름을 날린 분이고, 영국으로서도 환영할 만한 손님이므로, 되도록 편의를 보아주면 고맙겠소.'

매서 씨는 런던 경찰청을 찾아오는 저명한 손님들을 다루는 데는 이골이 나 있었다. 우선 정중한 인사로 첫 대면의 예의를 갖추고 나면, 손님은 덴턴 경감―손님이 청장실에 들어가면, 그는 잠시 후에 적절한 때를 가늠하여 마치 우연히 들른 것처럼 그 방에 나타난다―의 안내로 청사를 한 바퀴 돈다. 그리고 끝으로 작별의 악

---

[*] Eric Ambler(1909~1998): 영국의 소설가. 탐정소설과 스파이소설에 뛰어났다.

수를 나누고 안전하게 현관까지 바래다 드리면 절차가 끝나는 것이다.

치살 박사는 평균을 웃도는 키에 뚱뚱한 몸집을 가진 중년 사내였다. 하얗고 둥근 얼굴과 슬픈 듯한 다갈색 눈을 갖고 있었는데, 그 눈은 두꺼운 안경 뒤에서 암소 눈 만한 크기로 확대되어 있었다. 복사뼈까지 내려오는 기다란 회색 레인코트를 걸치고, 손에는 박쥐우산을 들고 있었다. 그는 청장실에 들어서자마자 멈춰 서더니, 두 발꿈치를 딱 맞대고 박쥐우산을 마치 소총처럼 겨드랑이에 끼우고는 허리를 굽혀 절도 있게 절을 하고 나서 명료하게 말했다.

"전직 프라하 경찰, 얀 치살 박사, 인사드립니다."

"잘 오셨습니다, 박사. 어서 앉으시죠."

박사는 거두절미하고 불쑥 말하기 시작했다.

"런던 경찰청을 방문하는 것은 우리에게는 명예로운 일입니다. 체코 경찰 시절의 동료들과 마찬가지로 나도 옛날부터 런던 경찰청의 조직과 능력에 경의를 표하고 있었습니다."

경찰청장 매서 씨는 이런 찬사에 대처하는 데에도 능숙했다. 그는 황감한 듯한 미소를 지어 보이면서 말했다.

"우리는 최선을 다하고 있습니다. 이 나라는 법치국가니까요."

바로 그때 그의 귀가 기다리던 소리를 포착했다. 이쪽으로 다가오는 덴턴 경감의 발소리다. 그는 일어났다.

"모처럼 오셨으니, 우리 조직의 활동상을 보고 싶으시겠죠?"

매서 씨의 이 질문은 순전히 의례적인 것이었다. 런던 경찰청을 방문한 사람은 누구나 청사를 구경하고 싶어 한다는 것을 그는 오랜 경험을 통해 알고 있었다. 그의 견지에서 보면 치살 박사는 이미 덴턴 경감의 날개 밑에 안전하게 들어간 거나 마찬가지였다. 그런데 여기서 믿을 수 없는 일이 일어났다. 치살 박사가 순전히 의례적인 질문에 부정적인 대답을 한 것이다.

"아니, 괜찮습니다. 수고를 끼치고 싶지는 않으니까요."

순간, 매서 씨는 잘못 들은 게 아닐까 생각했다.

"호오, 그럼 우리가 뭘 해주기를 원하십니까?"

"외람된 말씀이지만, 무언가를 해줄 수 있는 것은 내 쪽인데요." 박사는 천천히 말을 이었다. "나는 어떤 범죄 수사를 도와드릴 수 있습니다. 영리한 범죄자일수록 어떤 의미에서는 얼빠진 놈들이니까요."

"친절하시군요. 그러면 그 취지를 서면으로 작성해서 우송해주시지 않겠습니까. 검토해보고 조처하겠습니다."

그러자 치살 박사의 얼굴에서 희미한 미소가 사라졌다. 암소 같은 눈이 번쩍 빛났다.

"그럴 필요는 없습니다. 사건의 자초지종은 이미 서면으로 작성되어 있으니까요. 바로 이겁니다." 그는 오려낸 신문기사를 매서 씨의 코앞에 들이댔다. "자, 읽어보세요."

매서 씨는 다시 자리에 앉았다. 그의 눈이 치살 박사의 눈과 마주쳤다. 그는 기사를 읽었다. 보름 전에 웨식스 주의 어느 주간지에 실린 그 기사는 그날 열린 검시심문 결과를 보도하고 있었다.

60세가량의 노파 시체가 싱글스 만으로 밀려 올라왔다. 사망자는 시보른의 해안 피서지에서 5마일가량 떨어진 시허스트 마을에 사는 새러 팰런 부인으로 밝혀졌다. 팰런 부인의 남편은 15년 전에 사망하면서 그녀에게 막대한 재산과 20에이커의 정원 딸린 농장을 남겨주었다. 남편이 죽은 직후에 그녀는 조카딸인 헬렌 팰런의 후견인이 되었고, 11년 뒤에 헬렌은 시보른에서 땔감과 건축자재를 판매하는 아서 배링턴과 결혼했다. 결혼한 뒤 배링턴 부부는 줄곧 팰런 부인과 함께 '농장'에서 살고 있다.

11월 4일 밤, 배링턴은 팰런 부인이 행방불명되었다고 경찰에 신고했다. 그날 오후, 팰런 부인은 시보른에서 물건을 살 게 있다면서 조카딸인 배링턴 부인에게 시보른까지 차로 데려다 달라고 부탁했다. 팰런 부인이 오후에 친구를 찾아가 차를 마실지도 모른다고 말했기 때문에, 조카딸은 3시 15분에 큰어머니를 사우스 광장에 내려주고 시영 주차장에 차를 세워둔 다음 영화를 보면서 시간을 보냈다. 두 사람은 6시에 사우스 광장에서 만날 예정이었지만, 약속 시간에 팰런 부인은 나타나지 않았다. 그래서 팰런 부인이 갈 만한 데를 여기저기 찾아보았지만 행방을 알 수가 없어서 결국 경찰에 신고했다는 것이다.

8일 뒤, 연안경비대가 그녀의 시체를 발견했다.

검시 결과 사인은 두부 좌상으로 인한 쇼크로 판명되었지만, 그 상처는 무엇이든 단단하고 무딘 물체와 충돌하면 입을 수 있는 것이었다. 팰런 부인이 높은 절벽에서 떨어졌다고 생각하면 이치에 맞는다. 시체가 물속에 들어간 것은 죽은 지 몇 시간 뒤였고, 부패 상태로 보아 실종된 그날 사망한 것으로 추정된다. 팰런 부인의 주치의에 따르면 그녀는 심장병을 앓고 있어서 현기증을 자주 일으켰다고 한다.

실종된 지 사흘째 되던 11월 7일, 애니 스미스라는 소녀가 시헤드 절벽 아래에서 구리와 아연의 합금인 핀치벡으로 만든 하트 모양의 로켓(사진 따위를 넣어 목걸이에 다는 여성용 장신구―옮긴이)을 주웠다고 신고했다. 시헤드 절벽은 사우스 광장에서 도보로 몇 분 거리에 있는 이 고장의 명소 가운데 하나다.

로켓을 본 배링턴 부인은 그게 큰어머니의 것이라고 인정했다. 팰런 부인은 왠지 그 싸구려 로켓에 감상적인 애착을 갖고 있어서 언제나 그것을 몸에 지니고 있었다고 한다. 또한 그녀는 맑게 갠 오후에는 그 절벽에 올라가 벤치에 앉아서 쉬는 버릇이 있었는데, 실종되기 전에는 감기를 앓았기 때문에 며칠 동안 거기에 가지 않았다.

검시관은 이런 점들을 요약하여 이렇게 말했다. 고인은 4일 오후에 조카딸과 헤어진 뒤, 친구를 찾아가려던 계획을 바꾸어 가파른 절벽을 올라간 게 분명하다. 감기를 앓고 난 몸으로 그런 무리한 운동을 했기 때문에, 정상에 도착하자마자 현기증을 일으켜 절벽 아래로 떨어졌다. 그날의 만조는 6시였다. 그때까지 그녀의 시체는 거기에 누워 있다가, 이윽고 썰물에 실려 바다로 나간 것으로 여겨진다.

배심원들은 사고사라는 평결을 내렸다.

매서 청장은 고개를 들었다.

"그런데 이게 어쨌다는 겁니까?"

그러자 치살 박사는 단호하게 말했다.

"팰런 부인은 살해되었습니다."

"말도 안 됩니다."

"그럼 난방용 보일러는 어떻게 됩니까?" 박사가 반문했다.

"보일러라고요?" 매서 씨는 어리둥절했다.

"예, 보일러요. 그건 작동하지 않았습니다. 시허스트 농장의 보일러는 팰런 부인이 실종된 날 불이 꺼졌습니다."

매서 씨는 한숨을 내쉬고 의자 등받이에 몸을 기댔다.

"경위, 팰런 사건의 조사 서류를 가져오게. 아, 고맙네. 자, 이겁니다. 모든 게 이 서류에 분명히 적혀 있지요. 우선 조카딸부터 시작합시다.

그 여자는 자기가 증언한 대로 그날 오후를 보냈습니다. 주차장과 극장 종업원이 둘 다 그녀가 그날 오후에 시보른에 있었다고 확인했고요. 귀가한 것은 7시, 그때까지는 큰어머니를 기다리면서 사우스 광장에서 30분을 보냈고, 큰어머니의 친구들한테 문의 전화를 걸면서 10분을 보냈지요. 배링턴이 집에 돌아온 것은 그 직후였는데, 그는 거래 관계로 사람을 만나기 위해 2시 반에 집을 나가서 헤이위크로 갔습니다. 헤이위크는 해안을 따라 서쪽으로 15마일쯤 간 곳에 있지요. 약속 시간은 3시였는데, 그는 제시간에 모습을 나타냈고, 그 밖에도 헤이위크 지역에 있는 몇몇 거래처를 돌면서 오후 시간을 보냈습니다. 어쨌든 조금이라도 분별이 있는 살인자라면 누군가를 그 절벽에서 떨어뜨려 죽이려고는 생각지 않을 겁니다. 불과 400미터 앞에 연안경비대 초소가 있으니까요. 들킬까봐 겁을 내는 게 당연하지요. 이제 만족하셨습니까?"

치살 박사는 밝은 미소를 지었다.

"자, 들어보세요. 내가 사건을 해명해드리지요." 그는 손가락을 하나 세웠다. "우선 내 주의를 끈 것은 로켓입니다. 아주 이상하다는 생각이 들어요. 로켓은 절벽 밑에서 발견되었고, 따라서 팰런 부인은 절벽에서 떨어져 죽었다…. 아주 단순합니다. 아니, 너무 지나치게 단순하다고도 말할 수 있습니다. 로켓이 발견된 것은 사고가 일어난 지 사흘 뒤였습니다. 따라서 그것은 '밀물이 들어오지 않는 지점'에 떨어져 있었다고 생각할 수밖에 없습니다. 여섯 번이나 밀물과 썰물이 일어나면, 그 정도 물건은 모래 속에 파묻히거나 물에 휩쓸려 떠내려가버릴 테니까요. 어제 나는 시보른에 다녀왔는데, 절벽을 보러 간 겁니다. 절벽은 바다 쪽으로 불쑥 튀어나와 있더군요. 나는 간단한 실험을 해보았습니다. 그 결과로 판단하면, 무언가를 절벽 위에서 떨어뜨려 밀물이 들어오지 않는 지점에 떨어지게 하는 것은 절대로 불가능합니다."

매서 씨는 어깨를 으쓱했다.

"로켓은 잠금장치가 망가져 있었어요. 아마 떨어지면서 팰런 부인이 로켓을 움켜잡았겠지요. 부인은 심장발작을 일으켰습니다. 그럴 때 가슴을 누르는 것은 당연한 몸짓입니다. 그렇다면 로켓은 어디에라도 떨어질 가능성이 있다는 얘기지요."

"팰런 부인은 재산을 노린 아서 배링턴과 헬렌 배링턴에게 살해되었습니다." 치살 박사는 고집스럽게 말을 이었다. "그리고 그들은 범행이 발각되지 않도록 알리바이를 조작했습니다. 그건 별로 강력한 알리바이는 아니었습니다. 팰런 부인의 정확한 사망 시간은 아무도 모르니까요. 내가 보기에 팰런 부인이 살해된 것은 실종된 날 오후 2시 30분부터 35분 사이입니다. 그리고 시체는 그날 밤 6시 이후에 헤이위크의 모래언덕에서 바다로 던져졌습니다.

2시 반에 배링턴은 헤이위크에서 사람을 만나기 위해 집을 나섰습니다. 하지만 곧장 거기로 가지 않고, 도로로 나가기 직전에 차를 세웠습니다. 그러고는 걸어서 '농장'의 개인도로까지 돌아왔지요. 그리고 5분 뒤에 그의 아내가 팰런 부인을 시보른까지 태워 다주려고 집을 떠났습니다. 집에서 보이지 않는 곳까지 오자마자 배링턴 부인은 '농장'의 개인도로에 차를 세웠습니다. 그러자 기다리고 있던 남편이 미리 준비해둔 흉기로 팰런 부인을 때려죽였지요. 그런 다음 자기 차로 돌아가 헤이위크로 떠났고, 배링턴 부인은 시보른으로 차를 몰았습니다."

"그럼 시체는 어디에 있었죠?" 매서 씨가 신랄하게 물었다.

"배링턴 부인의 차 안에 있었습니다. 뒷좌석 바닥에 눕히고 무릎덮개를 씌워놓았겠지요. 혹시라도 누군가가 발견하면 안 되니까, 개인도로 옆의 나무 그늘에 숨겨둘 수는 없었습니다. 그렇다고 해서 배링턴의 차에 실어둘 수도 없습니다. 시영 주차장이라면, 배링턴 부인의 차가 조사당할 염려는 거의 없습니다. 직원은 한 사람뿐이고, 그것도 출입구 옆에 있으니까요. 5시 반에 배링턴 부인은 극장을 나와서, 남편과 만나기로 되어 있는 헤이위크의 모래언덕으로 차를 몰았습니다. 만조 시간은 6시입니다. 그 무렵에는 날이 다시 어두워져 있었지요. 그리고 약속 장소는 아주 한적하고 인적이 뜸한 곳입니다. 물가로 시체를 나르는 배링턴의 모습이 남에게 목격될 가능성은 아주 적습니다. 그러고 나서 배링턴 부인은 시보른으로 되돌아와, 큰어머니의 친구들에게 문의 전화를 걸었습니다. 이게 다입니다."

"보일러는 이 일과 무슨 관계가 있습니까?" 매서 씨가 물었다.

"시체를 덮어둔 무릎덮개와 자동차 깔개는 피를 흠뻑 빨아들였을 겁니다. 배링턴 부인은 그걸 태워버리려고 보일러에 집어넣었을 겁니다. 그렇게 두꺼운 것도 태울 수는 있지만, 그러려면 통풍 조절

밸브를 활짝 열어두어야 합니다. 안 그러면 불이 꺼져버리지요. 돈 많은 큰어머니 슬하에서 자란 배링턴 부인은 보일러에 대해 별로 잘 알지 못했을 겁니다. 그래서 '농장'의 난방용 보일러는 팰런 부인이 살해된 날 멈춰버린 겁니다."

"아직도 설명해주셔야 할 게 있습니다, 치살 박사. 해안에 떨어져 있던 로켓의 존재인데…."

"아, 그 로켓 말입니까?" 치살 박사는 미소를 지었다. "실은 저번 날 어떤 보석상에서 어떤 물건을 보고 배링턴 부부를 생각해냈지요."

그는 주머니에 손을 집어넣었다. 다시 나왔을 때 그 손에는 가느다란 사슬이 매달려 있고 그 사슬 끝에서 무언가가 흔들리고 있었다. 그것은 핀치벡으로 만든 하트 모양의 로켓이었다.

"그 가게 주인이 말하기를… 이런 종류의 물건은 흔해 빠졌답니다. 살 마음만 있으면 이런 로켓은 어디서나 구입할 수 있다더군요." 그는 시계를 보았다. 그러고는 말을 이었다. "배링턴이 범행 전이나 범행 후에 새 깔개와 무릎덮개를 샀는지 어떤지 조사해보십시오. 그리고 4일에 배링턴 부인이 차를 몰고 헤이위크로 가는 것을 본 사람이 있는지 어떤지도…. 또 하나, 그날 5시 30분 이후의 배링턴의 행동을 자세히 조사해보는 것도 증거를 잡는 데 도움이 될 겁니다."

그는 갑자기 벌떡 일어섰다.

"너무 장광설을 늘어놓고 말았군요. 친절하게 대해주셔서 고맙습니다. 안녕히 계십시오."

그리고 치살 박사는 떠났다. 매서 씨는 숨을 깊이 들이마시고 전화기를 집어 들었다.

"웨식스 주 경찰서장을 연결해주게."

(원제: The Case of the Pinchbeck Locket)

서명된 살인

로런스 블로크먼[*]

"짐인가? 하비 포슨일세." 전화 목소리는 흥분 때문에 한껏 날카로워져 있었다. "미안하지만, 좀 와주지 않겠나? 지금 당장!"

짐 와일더 경위는 손목시계를 보았다. 7시 30분이다. 포슨은 나쁜 녀석은 아니고, 와일더도 친구를 도와주고 싶었다. 하지만 좀 전에 집에 돌아와 구두를 벗어버렸고, 집에서 조용히 보내는 하룻밤을 낙으로 삼고 있었다. 게다가 6시에 경찰서를 나왔을 때부터 줄곧 비가 내리고 있었다.

"글쎄 꼭 와달라면 가겠지만…"

"끔찍한 일이 일어났어, 짐!" 포슨의 목소리는 집요했다. "마지가 죽었어. 방금 귀가해서 발견했는데… 살해됐어!"

와일더는 슬리퍼를 벗어 던졌다.

"알았네. 지금 당장 갈게."

짐 와일더 경위가 교외에 있는 하비 포슨의 집까지 차를 모는

---

[*] Lawrence Blochman(1900~1975): 미국의 소설가. 탐정소설에 뛰어났다.

동안, 와이퍼의 규칙적인 리듬이 생각을 정리하는 것을 도와주었다. 그러면 마지는 죽었나? 그다지 뜻밖의 일은 아니라는 생각이 든다. 명사들의 뒷소문이나 파헤치고 다니는 그 악질적인 기자가 불쾌하기 짝이 없는 망명 귀족 조르주 드 브리소 후작과 마지의 이름을 결부시켜 불륜을 암시한 기사를 쓴 이후, 언젠가는 이런 일이 일어나지 않을까 걱정하고 있었다.

하비 포슨은 부잣집 도련님으로, 마지한테 홀딱 반해 있다. 그리고 미인으로 소문난 마지는 하비의 재산이 보장해주는 안락한 생활에 홀딱 반해 있다. 조르주 드 브리소는 미남에다 세련된 귀족으로, 유럽적인 매력을 물씬 풍기고 있다. 가십 기사에 따르면 그 역시 마지에게 홀딱 반했다지만, 와일더가 보기에 그는 포슨의 돈에도 똑같이 매력을 느끼고 있는 것 같다. 이런 긴장된 삼각관계 안에서는 언제 무슨 일이 일어나 팽팽히 당겨진 실을 툭 끊어버릴지 모른다.

하비 포슨의 집에 도착한 와일더 경위는 하비의 반들반들한 '쿠페' 자동차가 반짝반짝 빛나는 빗방울로 장식된 채 길가에 서 있는 것을 보았다. 잔디밭을 가로질러 초인종을 울리자 당장 포슨이 문을 열었다. 그의 푸른 눈은 충혈되고, 불그레한 머리털은 수세미처럼 헝클어져 있었다.

경위는 안으로 들어가, 모자도 코트도 벗지 않고 말없이 포슨을 따라 거실로 들어갔다. 마지 포슨은 장의자에 쓰러져 있었다. 진홍빛 실내복은 갈기갈기 찢기고, 은빛을 띤 금발이 장의자 등받이에 퍼져 있었다. 얼굴에는 보랏빛 얼룩이 떠오르기 시작했고, 벨벳 같은 목에는 무참하게도 거무칙칙한 손가락 자국이 나 있었다.

"목을 졸라 죽였군." 와일더가 말했다.

"아직 아무것에도 손을 대지 않았네." 포슨이 말했다. "이걸 좀 봐주게, 짐. 자네를 부른 건 이것 때문이야." 포슨은 커피 탁자 위에 있는 것을 가리켰다. "이걸 처리해버리는 편이 좋았을까? 마지는 이제 이 세상 사람이 아니고, 추문을 퍼뜨려도 마지가 되살아나는 건 아니니까."

형사는 탁자 위로 허리를 굽혔다. 두 개의 빈 술잔 옆에 놓여 있는 것은 금으로 문장^{紋章}을 상감한 은제 담배 케이스였다. 한쪽 구석에 'G. de B.'라는 머리글자가 새겨져 있었다.

"드 브리소가 오후에 여기 왔었나?" 와일더가 물었다.

"그래. 마지한테서 전화가 왔더군. 빨리 집으로 와달라고. 후작은 마지한테 같이 도망가자고 했지만, 마지가 거절하자 후작의 태도가 점점 험악해지기 시작했다는 거야. 그때 진지하게 받아들였으면 좋았을걸. 하지만 공교롭게도 중역회의가 있어서…."

"자네가 집에 왔을 때 드 브리소는 아직 여기에 있었나?"

"아니, 그때는 없었어. 마지는 지금과 같은 모습으로 죽어 있었지. 두 사람이 함께 있는 장면을 내가 보았다면 무슨 일이 일어났을지 몰라."

"나는 알 것 같은데…." 형사는 장의자에 쓰러져 있는 시체를 바라보았다. "두 사람을 죽였겠지. 붉은 머리를 가진 사람답게 발끈하기 쉬운 성미니까."

포슨은 손에 얼굴을 묻었다.

"그 스컹크 같은 놈은 왜 내 인생을 파멸시켜야 했지?"

"자네는 언제 집에 돌아왔나?" 와일더가 물었다.

"자네한테 전화하기 2분 전에."

"그건 7시 반이었어. 브리소는 어디에 살고 있지?"

"그만두게, 짐. 나는 오히려…."

"가세, 하비. 이 근처에 살고 있다는 건 알고 있어. 자네가 나를 좀 태워다주게."

와일더가 옆좌석에 앉자 포슨은 시동을 걸었다. 차가 움직이기 시작했을 때 와일더는 백미러를 뚫어지게 바라보았다. 5미터쯤 달렸을 때 갑자기 그의 발이 브레이크를 밟았다. 엔진은 콜록거리다가 정지했다. 어느새 포슨의 손목에서 수갑이 빛났다.

"짐!" 포슨이 외쳤다. "정신 나갔나?"

"드 브리소는 오늘 오후에 담배 케이스를 자네 집에 놓고 간 게 아니야. 전에 왔을 때 잊어버리고 간 게 분명해. 오늘 오후에 브리소는 자네 부인 이름으로 된 위조수표를 사용한 혐의로 경찰에 체포되었으니까. 내일 그 일로 자네한테 전화할 생각이었어."

"하지만 그게 나하고 무슨 상관이지?"

"미안하네, 하비. 이 사건에는 자네의 서명이 새겨져 있어. 자네는 집에 돌아온 게 7시 반이라고 했지? 하지만 비가 내리기 시작한 건 6시였어. 뒤를 보게, 하비."

하비 포슨은 뒤를 돌아보았다. 비에 젖어 검게 빛나고 있는 땅바닥에 그의 차가 서 있던 곳만 깨끗이 마른 직사각형으로 하얗게 남아 있었다.

(원제: The Initialed Case)

너무 간단한 범행

조지 하먼 콕스[*]

번스는 살을 에는 듯한 바람에 쫓겨, 뗏목 위의 상자처럼 지어져 있는 옥상가옥으로 종종걸음을 치면서 술병을 가슴에 끌어안았다.

콜드웰은 누런 타이프 용지 한 묶음을 손에 들고 책상 앞에 앉아 있었다. 번스는 술병을 안고 다가가면서 히죽 웃어 보였다.

"그게 3막째인가?"

콜드웰은 한 눈으로 술병을 보면서 고개를 끄덕였다.

"지금까지 쓴 건 자네가 보기에 어떻던가?"

3막도 지금까지 쓴 것만큼 잘되어 있다면 대성공은 따놓은 당상일세. 이 술병을 따고, 술잔도 좀 갖다주지 않겠나?"

"좋아. 함께 마시자고."

이렇게 말하고 콜드웰이 부엌으로 사라지자마자, 책상 옆에 서 있던 번스는 행동을 개시했다. 서랍을 열고 거기에 들어 있던 소구경 권총을 손수건에 싸서 주머니에 넣는 데에는 몇 초도 걸리지 않았다. 몸을 일으켰을 때 그의 눈이 책상 위에 쌓여 있는 원고와 청구서 묶음에 멈추었다. 콜드웰이 술을 따르는 동안 번스는 느긋

---

[*] George Harmon Coxe(1901~1984): 미국의 추리소설가.

하게 웃고 있었지만, 무언가가 이상하다는 것을 민감하게 느끼고, 늦기 전에 계획을 세우기를 잘했다고 생각했다.

"이걸 쓰는 데 나흘 걸렸어." 이렇게 말하고 콜드웰은 자리에 앉아 다시 술을 따랐다. 그의 웃음은 즐거워 보이지 않았고, 얼굴에는 짙은 피로가 배어 있었다. "자네 덕이야."

"내 덕이라고?"

"그때까지는 알아차리지 못했어. 자네가 얼마나 나를 증오하고 있는지, 얼마나 오랫동안 나를 속여왔는지. 마거릿 때문이야?"

번스는 안면 근육을 억제하고, 놀라고 상처받은 듯한 표정을 지으려고 애썼다. '그렇고말고, 이 얼간아' 하고 그는 생각했다. 그러다가 사실은 마거릿이 나타나기 전부터 콜드웰을 증오하고 있었다는 것을 문득 깨달았다. 그들의 합작품이 처음으로 성공하여 할리우드에서 연락이 왔을 때부터 이미 그는 콜드웰을 증오하고 있었다. 짐 콜드웰은 어수룩한 시골뜨기여서 속이기가 쉬웠다. 하지만 그는 뛰어난 글재주를 가지고 있었다. 그 무렵에는 번스도 콜드웰을 참고 있었다. 그가 필요했기 때문이다. 번스는 항상 그의 순진함을 깔보고 그의 재능을 시기하는 한편, 구성이나 기법을 잘 알고 있는 것은 번스라고 콜드웰에게 믿게 했다. 하지만 당시 단역 여배우였던 마거릿이 그를 차버리고 콜드웰을 받아들였을 때….

"정신 나갔나?" 번스가 말했다.

콜드웰은 낮게 코를 울리고, 청구서 묶음을 집어 들었다.

"자네는 영리한 친구야. 그 점에 대해서는 경의를 표하지. 나를 속여서, 무일푼이 된 건 '자네'라고 믿게 했으니까. 그때부터 자네는 걸핏하면 나한테 돈을 뜯어냈지. 방세도 내가 빌려주어야 했고,

내가 도저히 지불할 수 없을 만큼 많은 외상도 짊어졌어. 이건 퇴거 요구서야. 1일까지 집을 비워달래."

그는 손을 흔들었다. 그것을 쫓는 번스의 눈은 콜드웰이 집세를 절약하기 위해 직접 벽널판을 댄 실내와 전화기가 놓여 있는 책상, 덜컹덜컹 울리는 낡아빠진 타자기를 바라보았다.

"얼마 전부터 자네는 내 험담을 하고 다녔어. 그렇지, 번스? 여기서 슬쩍, 저기서 슬쩍, 나한테 투덜거릴 만한 빚쟁이가 있는 곳만 골라서 험담을 늘어놓았지. '콜드웰이란 놈! 딱하게도 그 녀석은 이제 끝장이야. 땡전 한푼 없고 글도 쓸 수 없게 됐어' 하고…."

"자넨 머리가 좀 이상해졌군." 번스는 다시 웃는 얼굴로 분노를 숨겼다. "그렇지 않아? 우리는 벌써 5년이나 함께…."

"그야 그렇지." 콜드웰은 청구서 묶음을 안주머니에 집어넣고는 다시 술잔을 들어 꿀꺽 마셨다. "그래서 자네가 무슨 짓을 했는지 알았을 때도 한동안 나는 그걸 믿을 수가 없었어. 그러다가 겨우 이유를 알아차렸지. 자네는 자기 돈은 어딘가에 감추어두고 내 돈을 빨아들여 나를 빚더미 위에 올려놓았어. 그러면 마거릿이 나와 이혼할 거라고 생각했겠지." 콜드웰은 갑자기 웃음소리를 냈다. "1년 전에 내가 부부싸움을 했을 때, 내 자존심이나 독립심에 관해서 장황하게 말한 게 누구였지? 내가 다시 한 번 내 능력을 증명할 때까지 마거릿과 헤어져 살아야 한다고 주장한 게 누구였지? 자네는 정말 영리해. 내가 얼간이였던 것만큼 자네는 영리해. 나는 마거릿을 뿌리치고 집을 뛰쳐나왔어. 자네와 함께 일하려고 마거릿을 내버린 거야. 그런데 그 결과가 이거야."

그는 전보 한 통을 꺼내 책상 위에 내던졌다. 번스는 이미 그것을 보았다. 그것을 진작부터 예상하고 있었다. 에이전트인 시먼스가 보낸 그 전보는 오래된 이야기를 재탕한 이런 작품으로는 어쩔 도리가 없다는 내용이었다.

"어쨌든 여러 가지로 고마워. 나는 지금 내 방식으로 글을 쓰고 있어. 다만 자네가 맨 먼저 읽게 하고 싶었을 뿐이야." 콜드웰은 술잔을 내려놓았다. "나는 파산했어. 하지만 이 원고를 정리해서 복사하는 동안 먹고살 정도는 남아 있지. 시먼스에게 원고를 보낼 비용도 갖고 있고. 그다음에는 더 이상 돈은 필요 없어. 자, 빨리 그걸 읽어보게."

"자네가 옆에서 투덜대고 있는데 원고를 읽으라고?" 번스는 일어섰다. "풋내기 같은 짓은 그만둬. 다 읽으면 다시 돌아올게. 그때 의사를 데려오도록 하지. 아무래도 자네는 편집광 같은 말을 하기 시작한 것 같으니까."

끝까지 허세를 부릴 필요가 있었기 때문에 그는 옥상을 가로지르는 동안 휘몰아치는 찬바람도 느끼지 못하고, 단지 자신의 내면에 숨어 있는 격렬한 증오만을 의식하고 있었다.

속으로는 총을 쏘아버리고 싶은 마음이 굴뚝 같을 때 콜드웰 앞에서 연기를 하기는 어려웠다. 콜드웰의 말은 모두 사실이었기 때문이다. 마거릿이 실패를 경멸한다는 것을 그는 알고 있었다. 하지만 콜드웰을 파멸시키기 위한 그의 작전은 실의에 빠진 콜드웰에 대한 마거릿의 기묘한 헌신을 계산에 넣지 않았다.

이윽고 번스는 3층에 있는 자기 방으로 돌아갔다. 여기서는 천천히 총을 검사하고, 계획의 세부를 재검토해볼 수 있다. 사흘 전에 콜드웰이 쓰고 있는 희곡의 제1막을 읽었을 때 그는 무엇을 해야 하는가를 깨달았다. 이런 작품이라면 콜드웰은 다시 성공을 손에 넣을 수 있을 뿐 아니라 마거릿도 되찾을 거야. 그렇게 되면 나한테는 아무것도 남지 않게 돼. 희망조차도 사라져버릴 거야. 나는 단 하나의 성공작만 있으면 충분해. 마거릿은 아직도 나를 좋아하고 있어. 그건 분명해. 마거릿은 다른 사람들과 마찬가지로 남편이 실패를 인정하고 자살했다고 생각할 거야.

마거릿을 위해, 그녀가 주연할 영화 대본을 쓴다는 공상은 번스에게는 유쾌한 것이었다. 잠시 그는 넋을 잃고 그 공상에 잠겨 있다가, 이윽고 옆방에 사는 젊은 부부가 영화관에서 돌아오는 기척을 듣고는 빙긋 웃으며 침실로 갔다.

어젯밤 그가 침실에서 라디오를 켰을 때, 젊은 부부 가운데 남편인 워드 씨가 뻔뻔스럽게 벽을 두드리며 조용히 해달라고 말했다. 그때 처음으로 번스는 칸막이벽이 얼마나 얇은가를 알아차렸다. 그리고 그때 처음으로 그의 계획의 마지막 조각그림이 들어가야 할 곳에 딱 들어갔다. 이제 그는 전화기를 벽 바로 옆으로 이동시키고는, 칸막이벽에 귀를 대고 기다렸다.

가슴 속에서 신경이 실룩실룩 경련을 일으키기 시작했다. 목이 바싹 말라 있는 게 느껴졌다. 견디다 못한 그는 옆방의 젊은 부부에게 '빨리 해. 빨리 침실로 와서 내 말을 들으란 말이야' 하고 호통을 치고 싶어졌다.

자제력을 유지하려고 기를 쓰고 있는 그의 귀에 마침내 젊은 부부가 움직이는 기척이 들렸다. 그 기척을 확인한 뒤, 그는 서둘러 수화기를 들었다.

와들와들 떨리는 손으로 자기 번호를 돌린 다음, 살짝 수화기를 내려놓았다. 그러자 당장 전화벨이 울리기 시작했다. 그는 흠칫 놀랐다. 말초신경이 난도질당하는 느낌이었다. 첫 번째 전화벨이 울린 다음 두 번째 전화벨이 울릴 때까지, 그 사이에 그는 애써 마음을 가라앉히고 두 번째 전화벨이 울리기를 기다렸다. 두 번째 전화벨이 울리자 그는 수화기를 들고 벽에 몸을 찰싹 붙이고는 큰 소리로 말하기 시작했다.

"여보세요… 뭐라고?" 그는 일부러 갈라진 목소리를 냈다. "그만둬, 짐! 안 돼. 그러지 말라니까! 짐! 기다려! 쏘지 마!"

수화기를 내려놓은 그는 일부러 의자를 뒤엎으면서 거실을 가로질러 달렸다. 이제 모든 긴장이 사라지고, 자기가 더 이상 떨고 있지도 않고 겁을 먹고 있지도 않다는 것을 의식 한구석에서 느끼고 있었다.

층계로 달려가고 있을 때 문이 열리는 소리가 나고, 워드 부부가 놀라서 하얘진 얼굴로 내다보는 것이 얼핏 보였다. 그들은 그가 전화로 이야기하는 소리를 들은 게 분명했다. 여기까지 오면 다음은 간단하다.

번스에게는 이렇다 할 살인 동기가 전혀 없다. 반면에 콜드웰이 자살할 동기는 뚜렷하고 분명하다. 게다가 권총은 콜드웰의 것이고, 1일까지 집을 비워달라는 퇴거 요구서, 그 고리타분한 소설을 퇴짜놓은 전보까지 갖추어져 있으면….

콜드웰은 아직도 책상 앞에 앉아 있었다. 번스는 창백한 얼굴에 굳은 웃음을 띤 채 곧장 그에게 다가가서, 한 마디도 하지 않고 총을 꺼내 총구를 콜드웰의 가슴에 댔다.

몸에 바싹 대고 쏘았기 때문에 번스는 세차게 내리치는 듯한 반동을 느꼈다. 콜드웰의 몸이 가볍게 경련하고, 그의 눈에 놀란 빛이 떠오르는 것이 보였다. 번스는 범행이 어이없을 만큼 간단히 끝난 것에 놀라면서, 콜드웰이 앞으로 푹 고꾸라질 때까지 기다리지도 않고 재빨리 총을 닦았다.

번스는 축 늘어진 콜드웰의 손가락을 잡아서 총에 눌러댄 다음, 총을 책상에 떨어뜨렸다. 제 심장을 쏘려고 하는 사람은 엄지손가락으로 방아쇠를 당길 테고, 따라서 총을 끝까지 쥐고 있을 수는 없다. 번스는 일이 끝난 것을 알았다. 이제는 경찰을 부르고, 그들이 도착하기를 기다리는 동안, 콜드웰이 새로 쓴 각본의 사본을 파기하면 된다. 그것으로 모든 일은 끝난다….

"가만히 계세요. 금방 끝나니까요." 의사가 말했다. 그러고는 솜씨 좋은 손놀림으로 가슴에서 빼낸 총알을 탈지면 위에 올려놓았다.

"자, 됐습니다." 의사는 콜드웰이 일어날 수 있도록 재빨리 붕대를 감았다. "총알이 당신을 실신시키긴 했지만, 다행히 1센티미터 정도밖에는 들어가지 않았어요. 이것 덕분입니다. 당신은 정말 운 좋은 사람이에요."

콜드웰은 창백한 얼굴을 긴장시키고, 셔츠의 가슴주머니에 들어 있던 청구서 묶음을 받아들고는 거기에 뚫려 있는 총알구멍을 신기하다는 눈빛으로 바라보았다. 그 옆에 서 있던 마이어스 형사가 말했다.

"덕택에 또 다른 사람도 행운을 얻은 셈이지요. 우리가 놈을 잡아도 살인죄로 기소할 수는 없었으니까요. 참으로 교묘한 계획을 세웠어요. 그 가짜 전화는 아카데미 연기상 감입니다. 여기 와서 전화가 고장난 것을 알았을 때, 비로소 녀석은 함정에 빠진 것을 깨달았지요. 그런 전화가 걸려왔을 리가 없다는 것을 우리가 알아낼 테니까요. 그것으로 모든 계획은 다 틀어지고, 녀석은 도망칠 수밖에 없었던 겁니다. 워드 부부가 번스를 보고 우리한테 연락을 했더군요."

"그건 고장이 아니었어요." 콜드웰은 떨리는 목소리로 말하고, 손에 들고 있던 청구서 묶음에서 맨 위에 있는 서류를 힐끔 내려다보았다. 그것은 요금 미납으로 전화를 끊는다는 전화 회사의 통지서였다. "여기에 대해서 번스는 자기 자신에게 감사하는 게 좋을 겁니다."

"당신이 청구서를 몽땅 몸에 지니고 있었던 것도 다행이었어요." 의사가 말했다.

콜드웰은 먼 곳을 바라보는 듯한 눈빛으로 잠시 꼼짝도 않고 앉아 있었다. 그러다가 천천히 말했다.

"기묘한 일이지만, 나는 거기에 대해서도 번스한테 감사해야 할 것 같군요."

(원제: The Simplicity of the Act)

강변의 범죄

에드먼드 크리스핀[*]

죄송합니다, 하고 가정부가 말했다. 서장님은 아직 런던에서 돌아오시지 않았답니다. 하지만 이제 곧 돌아오실 테니까, 괜찮으시다면….

경감은, 그럼 정원에서 기다리겠다고 말했다. 하지만 그가 밖에 있기로 작정한 것은 상쾌한 10월 저녁의 산들바람보다는 강 건너편의 농가 때문이었다.

처음에 그는 그 농가의 부름을 무시하기로 굳게 결심하고 있었다. 하지만 시간이 흐르는 동안 그 결심은 약해졌다. 그리고 어느새 (결국에는 그렇게 될 거라고 마음 한구석에서 예상한 대로) 그는 낙엽이 깔린 앞뜰의 잔디밭을 지나, 그 끝에 있는 산울타리까지 걸어갔다. 산울타리의 밑동은 강물에 잠겨 있었고, 강물 너머로 엘시라는 하녀에게 마지막 약속 장소였던 별채가 보였다. 거기서 엘시는 목이 졸려 죽었다.

강 너머에서, 희미해져가는 석양빛에 누군지 알아볼 수 없는

---

[*] Edmund Crispin(1921~1978): 영국의 추리소설가·작곡가.

사람의 모습이 마구간에서 나와 뜰을 가로질렀다. 렉슨이 틀림없다. 그는 식민청 관리로 재직하다 얼마 전에 퇴직하여 그 농가에 세들어 살고 있었다. 홀아비 렉슨. 처량한 렉슨. 따분한 렉슨. 아마 오늘 아침에 사들인 말 때문에 마구간에서 야단법석을 피우고 있을 것이다….

그가 시야에서 사라질 때까지 경감은 우울하게 그 모습을 지켜보았다. 이제 한 달만 지나면 경감도 현직에서 물러나게 된다.

'그러고 나면 속이 후련할 거야.' 그는 속으로 중얼거렸다. '그렇고말고. 이런 일과 작별할 수만 있다면 얼마나 속이 편할까.'

자동차 소리가 들리는 바람에 그는 몽상에서 깨어나 현실로 돌아왔다. 그는 집으로 돌아갔다.

"기다리고 있었습니다." 그는 기분과는 거리가 먼 쾌활한 어조로 말하고는, 운전석에서 내리는 경찰서장을 부축해주었다. "회의는 어땠습니까?"

경찰서장은 여위고 쇠약한 노인이었다. 피부색은 세월의 풍상에 바랜 것처럼 보였다.

"회의가 어쨌느냐고? 아, 언제나 그렇지 뭐. 거창한 제목만 늘어놓고, 정작 중요한 결정은 하나도 내리지 않아. 게다가 호텔이 또 재수 없는 곳이었어."

"거기서 몇 시쯤 출발하셨습니까?"

"두 시."

"그렇다면 그렇게 나쁘진 않군요. 실은 오늘 오후에 불행한 사건이 있었습니다. 샤워나 식사 같은 볼일을 먼저 끝내시겠습니까? 아니면…"

"아니, 그보다 다리를 뻗고 싶군. 강 쪽으로 걸어가봄세."

처음에 두 사람은 말없이 걸었다. 오랫동안 사이좋게 함께 일해 온 두 남자의 마음이 담긴 침묵이다. 강 건너편 농가가 보이는 곳까지 왔을 때 경감이 그쪽으로 턱짓을 하며 말했다.

"저깁니다, 사건이 일어난 곳이…. 엘시라는 하녀가 살해됐습니다. 오늘 오후에 저 별채에서 목이 졸려 죽었습니다."

경찰서장은 천천히 이 말을 소화했다. 한참 후에야 그는 고개를 끄덕였다.

"으음, 나는 저 집에 두 번밖에 찾아가지 않았어. 렉슨이 나를 찾아온 적은 많지만… 하지만 그 아가씨는 본 기억이 있는 것 같군."

"아주 심하게 저항한 모양입니다." 하지만 이것은 경감의 추측에 불과했다. 실제로 그가 본 것은 혀를 깨물고 눈을 부릅뜬 채 뻣뻣하게 굳어 있는 섬뜩한 시체였다. "계획적인 살인이 아니라, 일시적인 격정에 사로잡혀 저지른 범행인 것 같습니다. 그리고 한스 의사가 말하기를, 피해자는 보름 전에 임신 테스트를 받으러 왔답니다. 결과는 양성이었고요. 그게 무슨 뜻인지는 아시겠지요?"

경찰서장은 어깨를 움츠린 채 고개를 떨구고 눈앞으로 다가오는 어스름을 응시하고 있었다.

"흔히 있는 일이지. 판에 박힌 이야기야. 렉슨은 아직도 그 조카라는 녀석을 집에 놔두고 있나?"

"예, 아직 있습니다." 나약하고 침착하지 못한 청년이라고 경감은 생각하고 있었다. 지나치게 뚱뚱한 나방처럼 허공에 가볍게 떠서 둥실둥실 날아다니는 것 같다. "물론 그 젊은이와 렉슨이 가장 유력한 용의자입니다." 순간, 그의 목소리가 가늘어지다가 끊겼다.

잠시 후, 그는 왠지 말하기 어려운 것처럼 조심스럽게 말을 이었다.

"그 두 사람이 서장님의 이웃이라는 점을 고려해서…."

"이보게, 이웃인 건 사실이지만 친구는 아니야. 그런 고려는 필요 없어. 하지만 사건 개요는 여기서 지금 당장 듣고 싶군."

"알았습니다." 경감은 한시름 놓은 듯한 태도로 말을 이었다. "요점만 추려서 말씀드리면 이렇습니다. 한스 의사의 추정에 따르면 사건이 일어난 것은 오후 한 시부터 세 시 사이입니다. 시체는 5시쯤 렉슨에게 발견되었고요. 오늘은 점심을 일찍 끝냈는데, 식사 때는 피해자가 시중을 들었답니다. 그 후로는 렉슨도 그 조카도 그녀를 보지 못했답니다. 점심을 먹은 뒤 조카는 줄곧 혼자서 방에 틀어박혀 일을 하고 있었다네요. 두 시쯤 렉슨은 서장님이 돌아오시지 않았나 하고 이쪽으로 달려와서…."

"그러면 렉스가 드디어 말을 샀나 보군? 오래전부터 산다 산다 하더니만…. 아니, 미안하네. 어서 계속하게."

"물론 서장님은 아직 돌아오시지 않았기 때문에 렉슨은 그대로 돌아가서 세 시 15분 전쯤 자기 집에 도착했습니다. 그때부터 렉슨은 조카를 보지 못했고, 조카도 렉슨을 보지 못했다고 증언하고 있습니다."

경찰서장은 이 이야기를 소화하는 데에도 꽤 시간을 들였다. 경감의 관찰에 따르면 이런 버릇은 2년 전에 부인이 죽은 뒤로 점점 눈에 띄게 되었다. 이렇게 넓은 창고 같은 집에 혼자 살면서, 말상대라고는 늙은 가정부 한 사람뿐인 생활을 하고 있으면….

경감이 여기까지 생각했을 때 경찰서장은 다시 기능을 되찾았다.

"지문은 있었나?"

"렉슨의 지문과 피해자의 지문, 그리고 조카의 지문뿐입니다. 예상한 대로죠. 하지만 외부인이 했다 해도, 지문을 남겼다고 단정할 수는 없습니다. 피해자가 별채에서 그를 기다렸다면, 범인은 열린 대문을 지나 열린 별채 문으로 들어가면 그만이니까요. 발자국에 대해서는… 아실지 모르지만, 땅이 놋쇠처럼 단단해서…"

그들은 강가에 이르러 한 그루의 나무 옆에 서 있었다. 그 뿌리의 절반은 끊임없는 강물의 침식으로 노출되어 있었다. 한 떼의 파리매가 그들의 주위를 날아다니고 있었다. 맞은편 강변에는 렉슨이 경찰서장을 방문할 때 사용하는 나룻배가 물결에 흔들리면서 계류용 말뚝에 나른하게 묶여 있고, 농가의 부엌 창문에는 방금 불이 켜졌다.

"별로 쉬운 사건은 아닌 것 같군." 경찰서장이 말했다. "물론 엘시의 남자 친구는 조사하면 알 수 있겠지. 그리고 수사가 완전히 끝날 때까지는 자네도 단정적인 말은 하고 싶지 않을 테고…"

경감이 대답하지 않자 경찰서장은 문득 고개를 들어, 경감이 갑자기 무표정해진 눈으로 강물을 바라보고 있는 것을 보았다.

"이보게! 못 들었나? 나는…"

그러나 대답이 나오기까지는 긴 공백이 있었다. 그리고 대답이 나왔을 때 그것은 귀에 익은 경감의 목소리가 아니었다.

"그렇지는 않습니다." 경감이 무거운 어조로 말했다. "저는 이미 범인을 짐작하고 있으니까요…"

그는 잠시 망설였다. 그러고는 시원스러운 어조로 돌아가 말을 이었다.

"솔직히 말씀드리죠. 법정에 제출할 수 있는 증거를 잡은 건 아닙니다만, 지금까지의 사건 전개로 보아 이건 로저스 사건과 비슷합니다. 한 가지만이 아니라 많은 점에서 로저스 사건과 비슷하다고 말할 수 있지요."

경찰서장은 고개를 끄덕였다.

"그래, 나도 기억하고 있네."

(여기까지 읽은 독자는 아마 범인의 정체를 이미 간파했을 것이다. 하지만 이 이야기에서는 범인의 정체가 저자의 창의성을 재는 척도가 아니다. 중요한 점은 이것이다. 경감은 하녀의 살인범을 어떻게 알아냈을까? 모든 것을 해명하는 단서, 저자가 공명정대하게 독자에게 제시하고 있는 단서는 무엇인가? 미리 경고하지만, 그것은 결코 찾아내기 쉬운 단서는 아니다. 지금까지 오랫동안 우리가 만난 단서들 가운데 가장 정교하고 치밀하며 포착하기 어려운 단서다. 이 하나의 요점을 축으로 삼아 장편 추리소설을 쓸 수 있을 정도다.)

이윽고 경찰서장은 가볍게 몸을 움직이며 말했다.

"그래? 결말이 났다니 다행이군. 사실은 정말로 끝까지 허세를 부릴 생각인지 어떤지, 나 자신도 잘 알 수가 없었다네. 하지만 사는 것은 습관이고, 그 습관을 깨는 건 쉽지 않아. 그리고… 아니, 됐네. 그건 잊어주게." 경찰서장은 쾌활하게 말하려 애쓰고 있었다. "그런데 내가 도대체 무슨 실수를 저질렀지? 범행 현장에 운전면허증이라도 떨어뜨렸나?"

경감은 한 마디 한 마디 신중하게 대답했다.

"아까 제가 렉슨이 두 시에 서장님을 만나러 여기 왔다고 말씀드렸을 때 서장님은 렉슨이 말을 타고 왔다는 뜻으로 받아들였습니다. 실제로 저는 그렇게 들리도록 말했지만, 아무리 그렇다 해도 원래는 당연히 배를 타고 왔다고 생각하셔야 했을 겁니다."

경찰서장은 잠시 생각에 잠겼다가 입을 열었다.

"그렇군. 알았네. 내가 정말로 점심때 런던을 떠났다면 렉슨이 말을 산 것을 알 턱이 없지. 그리고 말이 없으면 당연히 렉슨은 여느 때처럼 배를 타고 강을 건너왔을 거야. 자네한테는 두 손 들었네. 규정에는 이런 경우 어떤 조치를 취하라고 나와 있는지는 잘 모르겠지만, 역시 자네는 내무부에 직접 연락을 취해야 할 거야."

"규정에 따르면 이런 경우에는 서장님께 직접 보고하도록 되어 있습니다." 이렇게 말하는 경감의 목소리는 일부러 무표정을 가장하고 있었다.

"고맙네. 하지만 역시 그건 안 돼. 지금은 아내도 이 세상에 없고…" 경찰서장은 일그러진 웃음을 지었다. "하지만 이대로 멍하니 하루하루를 보내면서 법의 심판을 기다릴 만한 배짱도 나한테는 없어. 그러니까 혹시 괜찮다면…"

집에서 1마일쯤 떨어진 곳에서 경감은 차를 세우고 담배에 불을 붙였다. 그러나 그는 한 번도 뒤를 돌아보지 않았다. 사내들끼리 임시변통으로 저녁 식사를 준비하기 시작한 렉슨의 집에서도 총성을 들은 사람은 아무도 없었고, 저물어가는 강 건너편의 버드나무 아래에 서 있는 그림자에 신경을 쓴 사람도 없었다.

(원제: The Crime by the River)

살인을 위한 레시피

C.P. 도넬 주니어[*]

뜻밖이었던 것은 꽃이 흐드러지게 피어 있는 그 별장만은 아니었다. 별장 주인도 그의 평가 기준을 뛰어넘는 새로운 타입이었다. 마흔 살의 샬롱 부인은 어떤 여자 살인자의 범주에도 들어맞지 않았다. 클레오파트라도 아니고 마녀도 아니다. 굳이 말하라면 미네르바(로마 신화에 나오는 지혜의 여신—옮긴이) 같은 여인이다. 순간적으로 그는 그런 판단을 내렸다. 촉촉하게 물기를 머금은 그녀의 커다란 눈망울은 그들이 앉아 있는 객실의 기다란 창문 밖에서 햇빛을 받아 반짝이는 지중해의 코발트빛보다 약간 밝은 색조를 띠고 있었다.

아니, 완전한 미네르바는 아니다. 더욱 자세히 관찰한 뒤 그는 좀 전의 판단을 수정했다. 볼은 18세 처녀 같은 복숭앗빛이고, 전체적으로 포동포동한 느낌이었다. 그 때문에 미네르바 여신만 한 위엄은 없어도, 그보다 훨씬 부드러운 여성으로 보였다. 그녀만 한 체중을 가진 여자는 대개 나이가 들면 비만을 향해 치닫는 법이라

---

[*] C.P. Donnel, Jr.(1907~?): 미국의 추리소설가.

고 생각하기 쉽지만, 샬롱 부인의 경우에는 그가 직관적으로 알아차린 바에 따르면 체중과 신체 곡선에 세심하게 신경을 써서 몸무게가 늘어나는 것을 억제하고 있었다. 그녀는 아마 60세가 되어도 더 이상 늘지도 줄지도 않고 지금 그대로의 체중을 유지할 터였다.

"뒤보네(식전에 마시는 프랑스산 적포도주―옮긴이) 좀 드시겠어요, 미롱 경감님?" 이렇게 말하면서 그녀는 포도주를 따르려고 했다. 그가 순간적으로 망설이는 기색을 보이자 그녀는 눈에 짓궂은 빛을 띠었지만, 그 짓궂은 빛이 입가에 머물 만큼 교양 없는 여성은 아니었다.

"좋습니다." 그는 자신에게 화를 내면서 일부러 강한 어조로 말했다.

샬롱 부인은 먼저 술잔에 입을 댔지만, 그 몸짓을 너무 눈에 띄게 강조하지는 않았다. 마치 '자, 아시겠지요, 미롱 경감님? 이 술은 마셔도 안전해요' 하고 말하는 듯했다. 훌륭하군. 너무 지나치게 훌륭한 건 아닐까?

그녀가 이번에는 희미한 미소를 띠고 단도직입적으로 말했다.

"제가 남편들을 독살한 문제로 오셨겠지요?"

"부인!" 그는 당황하면서, 또 다시 망설였다. "부인, 나는…."

"경감님은 이미 현청을 방문하셨을 거예요. 그 도시 전체가 그 소문을 믿고 있어요."

"부인, 나는 1939년 1월에 사망한 샤를 웨세르 씨와 1946년 5월에 사망한 에티엔 샬롱 씨의 유해를 발굴하여 몇 가지 내장기관을 공식적으로 분석하는 문제에 관해 부인의 허락을 받으러 왔습니다. 여기에 관해서는 관할 경찰서의 뤼셰르 경위가 이미 요청했지만 부인께서 그 요청을 거부하셨지요. 이유가 뭡니까?"

"뤼셰르 씨가 예의를 모르는 사람이었기 때문이에요. 불쾌한 사람이라고 생각했어요. 뤼셰르 씨는 경감님과는 달리 섬세한 면이 없더군요. 저는 법을 거부한 게 아니라 그 사람의 태도를 거부한 거예요." 그녀는 작은 술잔을 통통한 입술에 댔다. "당신이라면 거부하지 않겠어요, 미롱 경감님." 그녀의 눈빛은 미롱 경감을 찬미하고 있는 것 같았다.

"겉치레 말도 잘하시는군요."

그러자 그녀는 조용히 말을 이었다.

"저는 파리 경찰의 방식을 잘 알고 있답니다. 그 발굴이라는 것도 이미 은밀하게 끝났을 거라고 믿는데, 안 그런가요?" 그녀는 일단 말을 끊고 그가 얼굴을 붉히기를 기다렸지만, 그 변화를 눈치채지 못한 척했다. 그러고는 태연히 말을 이었다. "그리고 그 분석이라는 것도 벌써 끝났을 거예요. 당신들은 당황하고 있어요. 분석에서 아무것도 발견되지 않았으니까요. 그래서 이제 경감님이 이 사건의 새로운 담당자로서 나를 평가하러 오신 거예요. 내 사람 됨됨이, 내 자제력을 평가하고, 가능하다면 나를 교묘하게 구슬려서 내 유죄를 입증할 만한 말을 시키기 위해…."

이 말은 너무나 정확하게 정곡을 찔렀기 때문에, 이제 와서 그 말을 부인하는 것은 더없이 어리석은 짓으로 여겨졌다. 이렇게 된 바에는 부인이 경계심을 풀도록 솔직하고 스스럼없는 태도로 나가는 편이 낫다. 미롱 경감은 재빨리 그렇게 판단했다.

"맞습니다. 한 마디도 어김없이 모두 사실입니다, 샬롱 부인. 하지만…." 그는 그녀를 빤히 쳐다보았다. "한 부인이 잇따라 두 남편을 상당히 심한 위장장애로 잃었다면… 둘 다 어느 정도 나이는 들었지만 결코 노인은 아니고, 둘 다 결혼한 지 2년 안에 사망했고, 게다가 둘 다 상당한 부자로서 그 모든 재산을 미망인에게 남겼다면… 이해하시겠지요?"

"이해하고 말고요." 샬롱 부인은 창가로 다가가서, 그 통통한 얼굴과 가슴의 멋진 곡선이 푸른 바다를 배경으로 또렷이 떠오르도록 옆으로 섰다. "원하신다면 모든 걸 고백할까요? 어떠세요, 경감님?" 그녀는 머리끝부터 발끝까지 도발적인 여성이었다. 그리고 애무하는 듯한 그녀의 목소리는 미롱 경감에게 절대로 방심하면 안 된다고 경고했다.

"그러고 싶으시다면, 어서 해보시죠." 그는 되도록 아무렇지도 않게 말했다. 위험한 여자다.

"그럼 그렇게 하죠." 샬롱 부인은 웃고 있지 않았다.

열린 창문을 통해 변덕스러운 바닷바람이 그녀의 체취를 그에게 실어왔다. 아니면 그것은 정원의 꽃향기일까? 그는 수첩을 꺼내려다가 그만두었다. 경계심이 솟아났기 때문이다. 있을 수 없는 일이다. 그녀가 이렇게 쉽게 고백할 마음이 나다니… 하지만….

"경감님은 음식의 예술에 관해서 뭘 좀 알고 계신가요?"

"내가 파리에서 왔다는 걸 기억하고 계시겠지요?"

"그럼 사랑에 대해서도 알고 계신가요?"

"말씀드렸듯이 나는 파리에서 온 사람입니다."

"그럼…" 심호흡을 하자 그녀의 젖가슴이 부풀어 올랐다. "저는 이렇게 말씀드릴 수 있어요. 나, 오르탕스 외제니 빌루아 웨세르 샬롱은 서서히, 그리고 고의적으로 완전한 계획을 가지고 첫 남편 웨세르 씨를 죽였고, 똑같은 방법으로 두 번째 남편인 샬롱 씨도 죽였다고."

"물론 그럴 만한 이유가 있어서겠지요?" 이건 꿈일까, 아니면 광기일까?

"웨세르 씨와는 부모님의 강요 때문에 결혼했어요. 당시 나는 어린 처녀였죠. 결혼한 지 보름도 지나기 전에 알았지만, 웨세르 씨는 돼지였어요. 만족할 줄 모르는 돼지 말이에요. 거칠고 탐욕스럽고 허풍선이에다, 가난한 사람들을 속이고 무고한 사람들을 등쳐먹는 남자. 게걸스럽고 불결하고, 수많은 불쾌한 버릇을 가진 남자. 바꿔 말하면 나이를 먹는 데서 오는 불쾌한 결점은 하나도 빠짐없이 갖추고 있으면서, 나이든 남자의 부드러움이나 위엄 따위는 눈을 씻고 찾아봐도 없는 남자. 그게 바로 웨세르 씨였죠. 그리고 당연한 결과지만, 그의 위장은 별로 튼튼하지 않았답니다."

미롱 경감은 고개를 끄덕였다. 파리에서 웨세르 씨에 대해 꼼꼼히 조사하면서 거의 같은 인상을 받았던 터였다.

"그러면 샬롱 씨는요?"

"웨세르 씨보다 나이가 많았어요. 그와 결혼했을 때의 내가 처음 결혼했을 때보다 나이가 많았던 것처럼."

"그래서 그분도 역시 위장이 약했나요?" 미롱은 가벼운 빈정거림을 담아서 물었다.

"맞아요. 아니, 위장보다는 의지가 약했다고 할까요? 웨세르만큼 짐승 같지는 않았다고 말할 수도 있고, 실체는 웨세르보다 훨씬 나빴다고도 말할 수 있어요. 그는 이곳을 점령하고 있던 독일군을 많이 사귀고 있었으니까요. 덕택에 우리는 가장 좋은 음식, 구하기 힘든 포도주를 항상 손에 넣을 수 있었죠. 날마다 길거리에는 배고픈 아이들이 쓰러져 있었는데… 그래요, 나는 살인자일지 몰라요. 하지만 그와 동시에 프랑스 여자예요. 그래서 조금도 양심의 가책을 느끼지 않고 판단한 거예요. 샬롱은 죽어야 한다고, 웨세르가 죽은 것처럼 죽어야 한다고…"

미롱 경감은 아주 부드럽게, 상대가 더듬고 있는 생각의 실마리를 어지럽히지 않도록 조심하면서 물었다.

"어떻게 죽였습니까?"

그녀는 고개를 돌렸다. 그 얼굴은 미소로 빛나고 있었다.

"'댕도노 파르시 오 마롱'이라는 요리를 아시겠죠? '쉬프렘 드 볼레유 아 랭디엔'이라든가 '투르느도 마스코트'라든가 '옴레트 앙 쉬르 프리즈 아 라 나폴리덴' 같은 요리도 아시겠죠? 아니면 '포타주 바글라시옹'이라든가 '오베르진 아 라 튀르크'라든가 '쇼 프루아 드 카유 앙 벨 뷔'라든가…"

"아아, 그만하세요. 군침이 돌면서도 음식에 질식할 것 같은 기분이 드는군요. 그렇게 기름진 요리만!"

"경감님은 저한테 살해 방법을 물으셨어요. 저는 이런 요리 말고도 그와 비슷한 기름진 요리를 많이 사용했죠. 그리고 그 모든 요리에 소량의…"

그녀가 문득 말을 끊었다. 미롱 경감은 뒤보네를 마시면서 손이 떨리는 것을 애써 억누르고 있었다.

"소량의 뭘 넣었죠?"

"경감님은 저를 조사하셨을 테니, 우리 아버지가 누구였는지도 알고 계시겠네요?"

"장 마리 빌루아. 에스코피에(1847~1935. 프랑스의 요리사, 식당 운영자―옮긴이)의 수제자로서, 에스코피에의 유일한 후계자라는 말을 들은 위대한 요리사."

"그래요. 그리고 제가 스물두 살이 되었을 때, 아버지는 돌아가시기 직전에, '브레제'(은근한 불로 졸이는 요리법―옮긴이) 기술에서는 아주 사소한 약점을 제외하면 아버지와 같은 수준의 달인으로 저를 인정하겠다고 하셨어요."

"아주 재미있군요. 경의를 표합니다." 미롱 경감의 얼굴이 험악해졌다. 이 지적인 여성이 이렇게 엉뚱한 이야기를 꺼내는 것이 신경에 거슬렸기 때문이다. "하지만 부인은 말씀하셨지요. 그런 요리에 모두 소량의…."

샬롱 부인은 그에게 등을 돌렸다. 멋진 어깨라고 그는 생각했다. 그리고 무시할 수 없는 허리, 탄력 있는 엉덩이. 그녀는 바다를 향해 말했다.

"소량의 예술을 집어넣었답니다. 그 밖의 것은 아무것도 없어요. 에스코피에의 예술, 또는 빌루아의 예술. 웨세르와 샬롱 같은 남자가 어떻게 거기에 저항할 수 있겠어요? 하루에 네 번씩, 저는 그런 기름진 요리 중에서도 가장 기름진 요리를 다양하게 변화시켜서, 먹지 않고는 배길 수 없도록 맛있게 만들어 먹였지요. 배가 터지도록 집어넣고, 잠자고, 또다시 배 터지게 먹어대도록 그들을 부추겼답니다. 게다가 더 많이 뱃속에 집어넣을 수 있도록 포도주도 벌컥벌컥 마시게 했지요. 그만한 나이의 남자가 그렇게 먹고 마셔대는데 어떻게 오래 살 수 있겠어요? 설령 그 나이까지는 살았다 해도 말이에요."

그 뒤에 이어진 침묵은 멀리 있는 시계가 째깍째깍 시간을 새기는 소리와 비슷했다.

"그러면 사랑은 어떻습니까, 부인? 아아, 미안합니다. 하지만 부인이 아까 그 말을 했기 때문에…."

"기름진 식사는 사랑을… 또는 사랑 비슷한 것을 낳는 법이죠. 그들이 사랑이라고 부르고 있었던 것을 말이에요. 그들은 나를 안았어요. 그들이 애인을 갖는 것도 나는 말리지 않았어요. 그래서 그들은 죽었어요. 웨세르 씨는 쉰일곱 살에, 샬롱 씨는 예순다섯 살에. 이게 다예요…."

또다시 침묵―이번에는 신음하는 듯한 침묵이 흘렀다. 그러다가 갑자기 미롱 경감이 벌떡 일어섰기 때문에 샬롱 부인은 흠칫 놀라 그를 돌아보았다. 그녀의 얼굴은 약간 창백해져 있었다.

"오늘 밤 나하고 니스에 가지 않겠습니까, 샬롱 부인?"

"경찰서에 말인가요?"

"아니, 카지노에요. 샴페인과 음악을 즐기러…. 그리고 좀 더 많은 이야기를 나누어봅시다."

"하지만 경감님…."

"부인, 나는 독신입니다. 마흔네 살의 홀아비지요. 그다지 볼품없는 얼굴은 아니라는 말도 자주 듣습니다. 내 마음대로 쓸 수 있는 재산도 조금은 갖고 있고요. 그렇게 대단한 남편감은 아닐지 모르지만, 그렇게 하찮은 전리품도 아닙니다." 그는 그녀의 눈을 들여다보았다. "나는 죽고 싶습니다, 당신 손에…."

그는 어깨를 펴고 한껏 훌륭해 보이는 자세를 취했다. 샬롱 부인은 그런 그의 온몸을 표정이 풍부한 눈으로 유심히 살펴보면서

미니 탐정소설

솔직하게 평가했다.

한참 뒤에 샬롱 부인은 깊은 생각에 잠긴 어조로 말했다.

"그 요리는 적당히 먹으면 절대로 생명을 위협하지 않아요. 내 손에 키스해줄래요, 미롱 경감님?"

(원제: Recipe for Murder)

다운셔의 공포

앤드루 가브[*]

'다운셔의 공포'로 악명을 떨치게 된 사내가 처음으로 그 마각을 드러낸 것은 1957년 9월, 내가 다운셔 주 경찰청장을 그만두기 직전이었다. 그 무렵 돈체스터의 엑셀시오르 자동차 학원에서 강사로 일하고 있던 존 아일스라는 남자가 어느 날 밤 일이 끝난 뒤, 자동차를 여느 때처럼 학원 옆의 조용한 주차장에 세워두고 영화를 보러 갔다. 10시 조금 지나 차를 가지러 간 그는 누군가가 헤드라이트를 잡아떼고, 문을 비틀어 열고, 시트를 엉망으로 찢어놓은 것을 발견했다. 운전석에는 《돈체스터 헤럴드》지에서 오려낸 기사가 놓여 있었는데, 그것은 아일스가 최근에 말려든 재판을 보도한 기사였다. 아일스의 교습생들 가운데 하나가 운전 연습을 하다가 갑자기 겁에 질리는 바람에, 옆자리에 타고 있던 아일스가 미처 이중운전장치를 작동할 새도 없이 차가 보도로 올라가 지나가던 여인에게 경상을 입힌 사건이다. 이 기사에는 한 장의 종이쪽지가 핀으로 꽂혀 있고, 거기에는 범인이 남긴 듯한 편지가 연필로 적혀 있었다.

---

[*] Andrew Garve(1908~2001): 영국의 저널리스트·소설가. 본명은 폴 윈터턴.

지난달 다운셔에서는 교통지옥으로 15명이 사망하고 120명이 부상했다!
당연하다. 너 같은 놈이 풋내기 운전자를 책임지고 있으니까.
일할 때는 좀 더 주의하는 게 어떤가?
다음에 또 같은 일이 일어나면 천벌을 면치 못할 줄 알라!

이것은 좀 불쾌한 사건이었기 때문에 우리는 범인을 찾아내기 위해 전력을 기울였다. 하지만 단서가 별로 없었다. 범행은 어두워진 뒤에 저질러진 듯, 차에 다가가는 사람을 본 목격자는 아무도 없었다. 이렇다 할 지문이 채취되지 않은 것으로 보아, 범인은 장갑을 끼고 있었던 것으로 여겨진다. 협박문을 적은 종이는 평범한 타이프 용지로 어느 문구점에서나 살 수 있는 물건이었다. 협박문 자체에서도 어느 정도 교육을 받은 사람이 썼다는 것 외에는 어떤 단서도 얻을 수 없었다.

우리는 아일스에게 개인적 원한을 가진 것으로 짐작되는 사람들을 중심으로 폭넓게 사정을 청취했다. 그들 중에는 자동차 학원 연습차에 받친 부인과 보도로 차를 몰고 올라간 교습생, 교육을 받았는데도 운전면허시험에 떨어진 몇몇 교습생 등이 포함되어 있었다. 그러나 성과는 전혀 없었다. 아일스 자신은 몹시 겁을 먹고 있어서, 학원은 그에게 임시 휴가를 줄 수밖에 없었다.

며칠 뒤, 우리가 수사에 쫓기고 있을 무렵 최초의 살인사건이 일어났다. 다운셔의 부잣집 아들인 조슬린 웨이드라는 청년이 그날 스포츠카를 몰고 런던에 갔다가 돌아오는 길에 돈체스터에서 5마일쯤 떨어져 있는 조용한 시골풍 선술집 '개와 깃털'에 들렀다.

그는 10시 조금 전에 그 선술집을 나왔고, 30분 뒤에는 주차장에서 시체로 발견되었다. 머리를 스패너 같은 둔기로 두 번 강타당했고, 누군가가 뒤에서 살금살금 다가가 범행을 저지른 것으로 여겨졌다. 시트 위에는 살인범이 남기고 간 종이쪽지가 놓여 있었는데, 거기에는 연필로 이렇게 적혀 있었다.

이놈은 오늘 밤 돈체스터의 중심가를 시속 42마일로 달렸다.
조심해라. 다운셔의 스피드광 놈들아!
다음에는 네놈 차례인지도 모른다!

이번에도 지문은 발견되지 않았고, 이렇다 할 물적 증거도 얻지 못했다. 이번에도 범행은 어둠 속에서 저질러졌고, 범인은 어둠을 틈타 유유히 사라졌다.

이제 우리들 가운데 편집광이 있는 것은 분명했다. 혼자서 미치광이 같은 교통안전 캠페인을 벌이고 있는 남자. 이튿날 아침, '다운셔의 공포'의 활약상은 온 나라에서 최대의 화제가 되었다. 신문들은 앞다투어 덤벼들었다. 전국에서 기자들이 돈체스터로 몰려들어 카운티 호텔을 사실상 점거했다. 그들은 웨이드 살인사건에 관한 수사 상황만이 아니라, 더 이상의 살인을 막기 위해 어떤 방책을 강구하고 있는지도 알고 싶어 했다.

실제로 이 점에 관해서는 주민을 안심시키기 위해 허황된 말을 하기가 쉽지 않았다. 이런 연속 살인사건-범행은 어두워진 뒤에 옥외에서 저질러지고, 게다가 피해자와 가해자를 연결하는 개인적인 동기가 없는 사건-에는 기묘하고 섬뜩한 측면이 있는데, 그것

미니 탐정소설

은 경찰이 수사망을 좁히기 전에 두 번째나 세 번째 범행이 일어나기를 기다려야 한다는 점이다. 따라서 우리가 무엇보다 좋은 안전책으로 강조한 것은 '다운셔의 공포'가 체포될 때까지는 다운셔의 모든 운전자들은 신중하게 운전해야 한다는 점이었다.

이제 우리가 외부의 지원을 요청해야 하는 것은 분명했고, 나도 이미 대책을 협의하기 위한 회의 소집을 내무부에 요청해놓고 있었다. 하지만 불행히도 대책회의가 열리기 전에 두 번째 살인사건이 일어났다.

이번 피해자는 프레이 부인이라는 여성이었다. 돈체스터에 사는 친구를 찾아왔다가 9시가 조금 지나서 차를 몰고 귀로에 오른 그녀는 10시께에 자택에서 그리 멀지 않은 길가 풀밭에 세워진 자동차 옆에서 머리가 깨진 시체로 발견되었다. 이번에도 종이쪽지가 운전석에 놓여 있었는데, 이렇게 적혀 있었다.

이 여자는 오늘 돈체스터에서 일시정지 신호를 무시했다.

자동차 왼쪽 앞바퀴 타이어에서 공기가 빠져나가 있었지만, 펑크는 아니었다. 밸브캡이 벗겨져 있고, 밸브가 느슨해져 있었다. 이것으로 미루어보아 '다운셔의 공포'는 낮에 이미 그녀를 점찍고, 친구 집까지 미행하여, 어두워진 뒤에 길거리에 세워둔 차의 밸브를 풀어놓고, 그 때문에 집으로 가는 도중에 오도가도 못하게 된 그녀를 습격한 것으로 여겨졌다.

이 새로운 살인사건으로 내무부에서 열린 대책회의는 더한층 긴박감을 띠게 되었다. 거기에는 런던 경찰청에서 파견된 몇 명의 노련한 수사관과 다운셔에 인접한 각 주의 경찰청장도 참석했다. 그들의 부서는 모두 인원이 부족했다. 다운셔와 마찬가지로 인접한 주들은 런던과 해안의 중간에 자리잡고 있어서, 해마다 이 시기에는 교통혼잡과 빈발하는 사고가 경찰력에 큰 부담을 주고 있었기 때문이다. 하지만 그들도 다운셔에 지원반을 파견할 필요가 있다는 데에는 이의가 없었다.

이때 무엇보다도 효과적인 조치는 야간순찰을 대폭 강화하는 것으로 여겨졌다. 이렇게 하면 다음번 살인을 막을 수는 없다 해도, 최소한 초동수사에 필요한 정보를 모을 수 있게 된다.

'다운셔의 공포'는 그 피비린내 나는 소풍을 끝내면 많은 피를 뒤집어쓸 테고, 따라서 우선 남의 눈에 띄지 않는 은신처로 달려가 범행 흔적을 지우려 할 것이다. 우리는 은신처로 가는 범인을 도중에 잡으려고 애써야 한다.

그러기 위한 대책 중에는 주를 몇몇 구획으로 분할하여, 여차할 때는 당장 움직일 수 있는 도로 검문 체제를 펴는 것도 포함되어 있었다. 또한 사복 경찰관들이 개인 승용차를 타고 제한속도가 넘는 속도로 각 지역을 돌아다니며, '다운셔의 공포'가 그 가운데 한 대를 따라오기를 기다리는 미끼 작전도 펴기로 했다.

대책회의가 끝난 뒤 일주일 동안은 아무 일도 일어나지 않았다. 그러다가 마침내 '다운셔의 공포'가 세 번째 범행을 저질렀다. 게다가 이번에는 대낮의 범행이었다.

피해자는 앨버트 스톡스라는 트럭 운전사였다. 그는 주 경계를 10마일쯤 벗어난 곳에 차를 세우고 점심을 먹은 뒤, 잠깐 눈을 붙이려고 운전석에 누웠다. 오후 서너 시쯤, 그는 머리를 마구 얻어맞아 죽은 시체로 발견되었다. 시트에 놓인 종이쪽지에는 이렇게 적혀 있었다.

이 녀석은 돈체스터 시내에서 45마일의 속도로 나를 추월했다. 제한속도는 분명 25마일이었다.

'다운셔의 공포'는 여전히 다운셔 안에서 날뛰고 있지만, 필요하다면 주 경계를 벗어난 곳에서도 희생자를 찾아내겠다는 경고를 보낸 셈이었다. 이것은 다운셔를 통과하는 모든 운전자가 완전무결한 운전을 하지 않는 한 예외 없이 위험에 노출된다는 것을 의미했다. 그래서 누구나 살인범의 표적이 될 위험은 상당히 높았지만, 이제 다운셔라는 이름은 폭력적인 비명횡사의 동의어로 사람들의 마음속에 새겨져버렸기 때문에, 대다수 사람들은 위험을 피하는 쪽을 택했다. 교통량이 격감하지는 않았지만, 운전자들의 운전 태도는 두드러지게 좋아졌고, 모든 제한속도가 준수되었다. 이런 식으로 나가면 '다운셔의 공포'는 더 이상 희생자를 찾지 못하게 될 것으로 여겨졌다.

그리고 다시 일주일이 지났다. 그동안에도 지금까지의 사건에 대한 끈질긴 수사와 도로순찰을 통한 끊임없는 경계는 계속되고 있었다. 이제는 방대한 경찰력이 이 지역에 투입되어 있었다. 하루 또 하루, 평온한 날들이 계속되는 가운데, 나는 '다운셔의 공포'가 캠페인을 그만둔 게 아닐까 생각하기 시작했다. 다소라도 분별 있는 사람이라면 우리의 완벽한 대비태세를 보고 망설이지 않을 리가 없기 때문이다.

그러나 어느 날 밤늦게 그는 또 다시 범행을 저질렀다.

이번 희생자인 리버라는 남자도 다른 희생자들처럼 머리를 얻어맞고 죽었지만, 이번에는 죽은 직후에 발견되었다. 그의 차는 차량 운행이 뜸한 샛길의 도랑 속에 처박혀 있었는데, 상황으로 보아 차를 도랑에 박아넣은 사람은 아무래도 피해자 자신인 것 같았다. 시트 위에 놓여 있는 종이쪽지에는 이렇게 적혀 있었다.

이 녀석은 음주운전을 했다!

시체가 발견된 직후 우리의 도로 검문 체제는 순조롭게 작동하기 시작했기 때문에, 범인은 간발의 차이로 아슬아슬하게 수사망을 벗어난 게 분명했다.

우리는 더욱 많은 기동력을 투입하여 순찰을 강화했다. 그리고 거의 보름 동안 다운셔 주민들은 높아지는 긴장 속에서 범인이 잡히기를 기다렸다. 그러다가 갑자기, 게다가 전혀 예상치 못한 방법으로 사건은 막을 내렸다.

그날 밤 나는 경찰본부에서 늦게까지 계속된 회의로 기진맥진하여 집으로 돌아가고 있었다. 시내 간선도로에 들어서자마자 검은색 소형 승용차 한 대가 내 차를 추월했다. 순간 나는 내 눈을 믿을 수가 없었다. 그 차는 제한구역에서 40마일 이상의 속도를 내고 있었기 때문이다. 지금 다운셔의 운전자들 가운데 그런 무모한 짓을 하는 사람은 아무도 없을 터였다.

저건 경찰의 미끼가 분명하다고 나는 단정했다. 하지만 만약을 위해 번호판을 확인하려고 속도를 높였다. 나는 미끼로 쓰이는 자동차 번호를 전부 기억하고 있었지만, 그 차량의 번호는 내가 기억하고 있는 번호가 아니었다. 나는 액셀을 힘껏 밟았다. 그러자 앞차도 속도를 높였다. 옆길에서 두 대의 다른 경찰차가 나타나 추적에 가세했다.

우리는 60마일의 속도로 시내를 빠져나갔다. 이윽고 나는 65마일의 속도로 그 검은색 승용차를 추월했다. 내가 앞을 가로막고 브레이크를 걸자 검은색 차는 격렬한 충격과 함께 내 차에 추돌했다. 그러고는 길에서 벗어나 어느 정원의 울타리에 처박혔다. 차가 멎자마자 운전자가 뛰어내려 달아나기 시작했다. 나는 그 뒤를 쫓았고, 다른 경찰관 대여섯 명도 내 뒤를 따랐다. 거기서 50미터도 가기 전에 우리는 그를 붙잡았다. 그는 자동차 학원 강사인 존 아일스였다.

그는 레인코트를 입고 있었는데, 거기에는 온통 피가 튀어 있었다. 그는 최후의 범행을 막 끝낸 참이었다.

나중에 밝혀진 바에 따르면 그는 학원에서 얻은 '휴가'를 캠핑차에서 보내고 있었다. 이웃한 주의 어느 한적한 시냇가에 캠핑차를 세워두고, 범행을 저지른 뒤에는 곧장 거기로 돌아가서 뒤처리를 하곤 했다. 우리 질문에 대해 그는 다운셔에서 자신의 사명은 거의 만족할 만한 성과를 거두었기 때문에 내일은 다시 일터인 자동차 학원으로 돌아갈 작정이었다고 말했다. 따라서 만약에 그가 다운셔에서 '다운셔의 공포'를 두려워할 필요가 없는 유일한 사람이 아니었다면 그는 사직당국의 손을 영원히 피할 수 있었을 것이다.

물론 그는 회복될 가망이 없을 만큼 완전히 미쳐 있었다. 지금까지 그가 저지른 행위에 광기가 분명히 드러나 있지 않았다 해도, 법정에서 그가 보인 행동거지가 정신이상을 증명했을 것이다. 그는 자기야말로 공익의 위대한 수호자이고, 그 공적으로 훈장을 받아야 마땅하다고 주장했다. 그 때문에 다섯 사람을 죽인 것은 인정하지만, 자기가 활동하고 있던 한 달 남짓한 기간에 다운셔의 교통사고 사상자 수는 사망 15명, 부상 120명에서 사망 2명, 부상 33명으로 크게 줄었다고 지적하면서, 이것은 전적으로 자신의 공적이라고 주장했다. 줄어든 교통사고 사망자 수에서 그가 죽인 사람의 수를 빼면 결국 8명이 목숨을 구했고, 쓸데없는 고통을 크게 줄일 수 있었기 때문이라는 것이다.

이 주장에 대해 재판장은 엄숙하게 말했다. 그건 정신병자식 계산이라고. 그러고는 더 이상 이러쿵저러쿵 말하지 않고 브로드무어 정신병원으로 그를 보냈다. 다운셔에 제정신이 돌아오고 위험이 사라진 것을 알자, 다운셔 주 전역에서는 팽팽했던 긴장이 풀리면서 들뜬 분위기가 퍼져갔다. 다음 달의 교통사고 사상자 수는 사상 최고인 사망 20명, 부상 153명을 기록했다.

(원제: The Downshire Terror)

찻집의 암살자

마이클 길버트[*]

일간지의 사건 기자라는 직업상, 나는 런던에서 일어나는 사건에 대해서는 꽤 자세히 알고 있다고 자부한다. 또한 지난 10년 동안의 경험에서, 갖가지 흥미진진한 사건이 일어나는 것은 반드시 그럴 만한 곳, 예를 들면 소호나 노팅힐이나 라임하우스 같은 곳만은 아니라는 사실도 알게 되었다.

흥미진진한 사건은 도처에 널려 있다. 눈만 똑바로 뜨고 있다면. 그 찻집—웨스트민스터 다리와 의사당 북쪽 모퉁이가 바라다보이는 곳에 있는 찻집이라고 말하면, 대개 어디에 있는 찻집인지 알 수 있을 것이다—에 들어갔을 때 나는 경찰청 특별수사본부의 헤이즐러 경감이 거기에 앉아 있는 것을 보았다. 그가 내 시선을 잡았다. 그것이 초대인지 아닌지는 분명치 않았지만, 당연히 나는 초대로 해석하기로 했다. 그하고는 몇 해 전, 그러니까 그가 경위로 있을 때부터 아는 사이였고, 한번은 그를 도와준 적도 있었다. 물론 이건 다른 이야기지만.

---

[*] Michael Gilbert(1812~2006): 영국의 변호사·소설가. 범죄소설을 많이 썼다.

내가 탁자로 다가가자 그는 불쑥 손을 내밀다 말고, 갑자기 마음이 변했는지 손을 흔드는 것도 아니고 경례를 하는 것도 아닌 어중간한 몸짓을 해 보였다.

"오랜만입니다, 경감님." 나는 붙임성 있게 말했다.

"정말 오랜만이군. 만나서 반갑네. 괜찮다면 저쪽 자리에 앉아주겠나."

나는 그의 오른쪽 자리에 앉으려고 했다. 거기에 앉으면 찻집의 다른 자리에 등을 돌리게 된다.

"자네가 다른 사람들이 볼 수 있는 자리에 앉아주었으면 해서… 아니, 돌아보지는 말게. 아주 자연스럽게 행동해주면 고맙겠군. 커피 마실 텐가?"

여종업원이 다가왔기 때문에 나는 커피를 주문했다.

종업원이 가고 나자 헤이즐러는 다시 말을 이었다.

"엥겔스를 기억하고 있겠지?"

내가 이 질문에 대답할 때까지는 잠깐 시간이 걸렸다.

"하도 옛날 일이 돼놔서 말이죠." 나는 천천히 말했다. "벌써 15년, 아니 20년 가까이 되었나요? 중앙형사법원 피고석에서 본 게 마지막입니다. 죄명은 상해죄. 분명히 정치와 관련되어 있었던 것으로 기억하고 있습니다만."

"맞아. 그놈은 암살 전문가였다네. 어떤 모임에서 오즈월드 모즐리(영국의 정치인. 1930년대에 영국 파시스트 연합 총재를 지냈다—옮긴이)의 부하를 폭행해서 반쯤 죽여놨지."

"그랬지요. 그리고 재판장도 기억하고 있습니다. 옹고집 애버스노트였지요? '본관은 피고를 지극히 위험하고 지극히 냉혹한 인간으로 생각한다. 이번 범행이 개인적인 이해관계 때문에 저질러진 것이라면, 본관은 피고에게 장기 금고형을 선고했을 것이다.' 이렇게 말했을 겁니다."

"그래, 바로 그 녀석이야. 가장 위험한 타입의 정치 깡패지. 그런데 그 녀석이 지금 이 찻집 안에 있다네."

"뭐라고요?" 나는 소리를 지르고는 놀라움을 약간 가라앉히고 물었다. "왜요?"

"자네는 자기네 신문도 읽은 적이 없나?" 헤이즐러는 안타깝다는 듯이 말했다. "지금으로부터 약 10분 뒤에…" 그는 손목시계를 보며 말했다. "라몬 카를로스가 빅토리아역에 내린다네. 라몬 카를로스가 누구의 오른팔이고 누구의 앞잡이인지는 알고 있겠지? 어쨌든 라몬의 자동차는 궁전으로 가는 길에 이 찻집에서 불과 몇 미터 떨어진 곳을 지나간다네. 반파시스트당 사람들은 오래전부터 라몬을 해치우겠다고 공언하고 있지. 그리고 이 나라 안에서 그를 암살하는 건 그들의 목적에도 딱 들어맞아."

밖은 화창했다. 가을 햇살이 의사당 건물을 따뜻하게 비추고, 그 무수한 창문에 되비쳐 반짝반짝 빛나고 있었다. 보고 있는 동안, 제복 경찰관 한 명이 의사당 바깥벽을 융단처럼 둘러싼 잔디밭을 천천히 가로질러가는 것이 보였다. 그는 모퉁이에 이르자 멈춰 섰다가 방향을 돌려 다시 천천히 돌아왔다. 버팀벽 주위에도 헬멧을 쓴 제복 경찰관이 보였고, 샛길에도 경찰관의 모습이 보였다.

그 일대에는 경찰이 우글거리고 있었다. 유심히 바라보니 의사당 광장 모퉁이와 다리 사이에 10명 정도의 경찰관이 모여 있었다.

직업상 나는 위험한 상황에도 두세 번 마주친 적이 있었다. 하지만 지금은 입안이 바싹 말라 있는 것을 스스로 느낄 수 있었다. 너무 긴장한 나머지, 종업원이 달그락 소리를 내면서 내가 주문한 커피를 탁자에 놓았을 때는 나도 모르게 펄쩍 뛰어올랐을 정도였다.

"빅토리아역에서 궁전으로 가는 정확한 코스는 물론 비밀로 되어 있었네." 헤이즐러가 씁쓸하게 말했다. "그런데 그게 누설된 것은 새삼 말할 필요도 없겠지. 나한테 통보가 온 건 오늘 아침이었어. 엥겔스가 움직이려 하고 있다, 그리고 놈이 이 찻집에 온다는 정보였지. 공범과 연락을 취하기 위해서인지, 아니면 행동을 개시할 때까지 숨어 있기 위해서인지는 모르지만, 한 가지만은 확신하고 있네. 지금 그놈이 이 찻집 어딘가에 있다는 것 말일세."

우리가 이야기하는 동안 두 쌍의 여자 손님이 나가고, 지금은 탁자 네 개가 차 있을 뿐이었다. 헤이즐러는 옆에 있는 신문을 나에게 건네주었다.

"이걸 읽고 있는 척하게. 허둥대지 말고 빈틈없이 해야 돼."

내 커피가 갑자기 맛이 달아나버린 것 같았다. 그래도 나는 커피를 젓고 나서, 주의 깊게 스푼을 받침접시 위에 내려놓고 신문을 집어 들었다. 그러고는 의자에서 몸을 살짝 비틀어 실내를 살폈다.

내 바로 앞에는 덩치 큰 사내가 앉아 있었다. 건강해 보이는 혈색 좋은 얼굴에 더부룩한 백발이 덮여 있었다. 평상복을 입은, 운동을 좋아하는 목사 같은 인상이다. 실제로 그는 목사티가 나는 파이프에 불을 붙이고 있는 참이었다. 내가 지켜보는 동안 그는 파이프를 옆에 내려놓고 살짝 손을 들어 올려 칼라의 단추를 만지작거렸다.

저쪽 카운터 옆에는 턱수염을 기른 사내가 앉아 있었다. 그 수염은 겉보기에는 진짜처럼 보였다. 그는 커피만 마시러 온 손님이 아니었다. 스파게티 접시를 앞에 놓고, 입맛을 다셔가면서 그것을 입속에 열심히 집어넣고 있는 중이었다. 그리고 이따금 손을 멈추고 차를 꿀꺽 마셨다. 그의 먹는 모습은 어딘지 모르게 동물적인 데가 있었다. 그가 입을 움직이는 것을 바라보는 동안 나는 그의 턱수염 위와 그 양쪽의 피부가 얼굴의 다른 부분보다 하얀 것을 알아차렸다.

그 사내 저쪽에는 머리를 짧게 깎은 말라깽이 사내가 벽을 등지고 앉아 있었다. 그의 특징은 잘 알 수 없었다. 그가 신문을—부자연스럽게 느껴질 만큼—크게 펼치고 얼굴 아래쪽을 신문으로 가리고 있었기 때문이다. 그는 한 번 시선을 들어 힐끗 우리 쪽을 바라보고는 다시 신문으로 시선을 내렸다. 그의 신문은 위쪽이 뒤로 꺾여 있었는데, 시력이 좋은 나는 아래로 늘어진 그 부분에 라몬 카를로스의 방문이 지니는 정치적 의미를 보도한 기사가 실려 있는 것을 보고 좀 우스워졌다.

네 번째 사내는 도로 쪽으로 나 있는 출입문 바로 안쪽에 앉아 있었다. 이 사내에게는 공군 스타일의 콧수염 말고는 이렇다 할 특징이 없었다. 담배를 든 손은 거의 움직이지 않았지만, 비어 있는 손의 손가락은 계속 콧수염을 잡아 뜯는 동작을 보이고 있었다. 이 동작은 나에게 무언가를 연상시켰지만, 그게 무엇인지는 잘 생각나지 않았다.

"그렇게 말똥말똥 쳐다보면 안 돼." 헤이즐러가 말했다. "좀 느긋하게 있게나. 우리 상대는 결코 바보가 아니야. 느긋한 태도로 코를 풀거나 담배에 불을 붙이거나, 무엇이든 하게."

헤이즐러의 음성에는 변화가 없었지만, 나는 주위에 충만해 있는 긴장을 느낄 수 있었다. 무언가가 일어나려 하고 있고, 게다가 그 일은 이제 곧 일어날 터였다. 내가 담배를 찾자 헤이즐러가 라이터를 내밀었다. 그때 나는 좀 전에 내 눈이 가르쳐준 것을 생각해냈다.

"불을 좀 붙여주세요." 내가 말했다. "경감님 어깨 너머로 안 보는 척하면서 보고 싶으니까요. 미안합니다."

나는 다시 시선을 보냈다. 내가 본 사람은 벽을 등지고 앉은 말라깽이 사내였다. 분명히 그에게는 무언가 이상한 점이 있었다. 신문의 윗부분이 꺾여서 아래로 늘어져 있는데, 그 늘어진 부분을 내가 읽을 수 있다면 그는 신문을 '거꾸로 들고' 있다는 얘기가 되지 않는가.

내가 입을 열려는 순간 방해가 들어왔다. 구급차 한 대가 요란한 사이렌을 울리면서 찻집 앞을 지나간 것이다. 다행히 나는 구급차가 아니라 찻집 손님들을 주목하고 있었기 때문에 어떤 기묘한 사실을 깨달았다. 턱수염의 사내와 목사는 둘 다 고개를 들어 흥미로운 듯이 구급차를 지켜보았다. 턱수염의 사내는 의자에서 엉거주춤 일어났을 정도다. 그런데 신문을 거꾸로 읽고 있는 말라깽이 사내와 콧수염의 사내는 찻집 안으로 눈을 돌린 채 조금도 시선을 움직이려 하지 않았다.

"이걸로 범위가 좁아진 것 같군." 헤이즐러가 냉정하게 고개를 끄덕였다.

"짐작이 가세요?"

"그런 것 같네."

"저도 짐작은 가지만, 아직은 확신이 없습니다."

"그럼, 힌트를 주지. 그놈은 프로야. 일에 모든 것을 집중하지.

무기는 권총이고, 여기 들어오자마자 당장 나를 알아보았네. 자, 이제 알겠나?"

'자'라는 말에는 약간 힘이 들어가 있었다. 아마 그게 신호였던 모양이다. '말라깽이'씨와 '콧수염'씨가 벌떡 일어나더니 우리 쪽으로 걸어왔다.

헤이즐러가 나에게 말했다.

"생각해보게. 이 찻집에 있는 다른 사람들은 모두 자유롭게 두 손을 사용하고 있었네. 하지만 자네는 아니야. 나는 자네한테 오른손을 주머니에서 빼낼 기회를 세 번 주었어. 처음에는 악수하려고 했을 때, 두 번째는 자네가 왼손으로 커피를 젓고 있을 때 나는 신문을 자네에게 밀어주었네. 그래도 효과는 없었지. 자네는 왼손으로 커피를 다 젓고 나서 스푼을 내려놓고 왼손으로 신문을 집어 들었어. 다음에 나는 자네가 왼손으로 담배를 꺼내려 할 때 라이터를 내밀었지. 그런데 자네는 그럴듯한 구실을 붙여 내가 라이터를 켜게 했어. 그토록 조심해서 오른손을 감추려고 하는 것을 보면, 엥겔스, 그 손이 뭘 쥐고 있는지 짐작하는 건 그리 어렵지 않은 일이지. 그렇긴 하지만, 보다시피 3대 1이야. 내가 자네라면 그 총은 사용하지 않겠네."

'말라깽이' 씨와 '콧수염' 씨는 이제 내 바로 뒤에 와 있었다. 헤이즐러 경감의 말이 옳았다. 여기서 섣불리 저항하는 것은 어리석기 짝이 없는 일이었을 것이다.

(원제: Tea Shop Assassin)

시카고의 밤

벤 헥트[*]

"당장은…" 하고 제1파출소의 커크 경위가 말했다. "당장은 아무것도 생각나지 않습니다. 잠깐 시간을 주시면 그런 이야기를 한두 가지는 생각해낼 수 있을지도 모르지만…. 그러니까 당신이 원하는 건 내가 직접 체험한 이야기겠지요? 예를 들면, 6개월 금고형을 받고 복역하던 혼혈 인디언이 탈옥하여 집으로 돌아가 아내를 죽이고는 다시 감옥으로 돌아가서 시치미를 떼고 있었던 사건 같은…. 이 사건은 1년 뒤에 범인이 술이 취해서 바텐더에게 지껄일 때까지는 미궁에 빠져 있었지요. 당신은 그런 이야기를 듣고 싶은 거지요?"

나는 그렇다고 대답했다.

"글쎄요." 커크 경위가 말을 이었다. "지금도 말했듯이, 당장은 아무것도 생각나지 않는군요. 옛날 웨스트먼로 가의 어느 건물 지하실에서 시체 세 구가 발견된 적이 있었지요. 모두 타살이었습니다. 하지만 이것만으로는 전혀 이야기가 되지 않을 겁니다. 누가 세 사람을 죽였는지는 끝내 밝혀지지 않았으니까요. 잠깐만 생각할

---

[*] Ben Hecht(1894~1964): 미국의 저널리스트·극작가·각본가·소설가. 제1차 세계대전 이후 발생한 '시카고 문예부흥'의 중심 인물이었다.

시간을 주세요."

커크 경위는 생각에 잠겼다. 그러다가 조심스럽게 물었다.

"혹시 리게트 사건을 기억하십니까? 하기야 그건 당신 시대보다 전에 일어난 사건이니까요. 나도 그 무렵에는 아직 순찰 경관이었습니다. 리게트란 놈은 인간의 해골로 만든 담배 케이스를 가지고 있었지요. 그것 때문에 놈이 아내를 죽인 게 들통났습니다. 그건 아내의 해골이었어요. 사건은 어느 날 밤 놈이 새 신부를 데리고 집에 돌아왔을 때 시작되었습니다. 그래요. 첫 아내를 죽이고 두 번째 아내와 재혼한 셈이지요. 그날 밤에 그들은 집에서 파티를 열 예정이었는데, 새 신부는 그런 해골을 가까이에 두는 건 싫다고 했습니다. 그러자 리게트는 미치광이처럼 화를 내면서, 그 해골만은 억만금을 준대도 절대로 내놓지 않겠다고 말했습니다. 그런데 어느 날 놈이 일하러 나가고 집에 없을 때 아내가 그걸 쓰레기통에 버렸습니다. 집에 돌아와서 해골이 없어진 것을 안 리게트는 악귀처럼 미쳐 날뛰다가, 그 길로 경찰서에 찾아와서 자기 아내를 풍기문란죄로 체포해달라고 요구했지요. 놈이 너무 끈덕지게 졸라댔기 때문에 결국 형사는 이상하게 생각하고 리게트와 함께 그의 집에 가서 쓰레기통에 버려져 있던 해골을 찾아냈습니다. 그러자 리게트란 놈은 그 해골을 붙잡고 엉엉 울기 시작한 겁니다. 당연히 형사는 그게 누구의 해골이냐고 물었지요. 그러자 리게트가 말하기를, 이건 해골이 아니라 담배 케이스라는 겁니다. 형사는 그걸 어디서 구했느냐고 다그쳐 물었지요. 그러자 리게트는 열심히 거짓말을 늘어놓기 시작했고, 형사는 리게트에게 질문 공세를 펴서 그의 거짓말을 추궁했습니다. 결국 리게트는 그게 첫 아내의 해골이라고 인정했고, 그 직후에 교수형을 당했지요. 조금만 시간을 주시면 재미있는 읽을거리가 될 만한 이야기를 몇 가지 생각해낼 수 있을 겁니다. 하지만 당장 생각해내라면, 그건 좀 어렵군요."

커크 경위는 한숨을 내쉬면서 말을 이었다.

"당신이 어떤 이야기를 원하는지, 그것도 확실치 않고… 물론 재미있는 사건이어야 한다는 건 알고 있습니다. 재미가 없으면 신문이 실어줄 리가 없으니까요. 하지만 재미난 사건은 그렇게 자주 일어나는 게 아닙니다. 그러고 보니 시체공시소에서 일어난 괴사건이 있었군요. 30년 전, 아니 그보다 더 오래된 일인데, 당시 나는 경찰에 갓 들어온 풋내기였지요. 시체공시소에서 시체가 사라졌다가 뼈토막 몇 개로 발견된 사건입니다. 처음에는 어느 못된 의대생이 해부실습용으로 훔쳐갔겠거니 여겼는데, 그게 아니었어요. 피트 영감―이 사람은 시체공시소에 수위로 고용된 흑인이었습니다. 나중에 알았지만 아프리카계 흑인이 아니라 피지 제도 출신이었지요. 이 영감이 어느 날 아침 시체공시소에서 시체로 발견되었고 결국 그 영감이 식인종이었다는 사실이 밝혀진 겁니다. 어쨌든 그의 부족은 피지 제도에서 식인종이었어요. 그 습성이 갑자기 되살아나, 욕망을 주체할 수 없게 된 피트 영감은 시체공시소에서 시체를 슬쩍 훔쳐다가 진수성찬을 즐긴 겁니다. 그런데 어느 날 방부 처리된 시체를 모르고 먹었다가 그만 저세상으로 가버렸지요. 대단한 사건은 아니라서 신문은 별로 크게 다루지 않았던 모양이지만, 나는 지금도 비교적 재미있는 사건이었다고 생각하고 있습니다. 당신이 원하는 건 이런 이야기겠지요? 또 재미난 이야기가 없을까… 잠깐만 기다려주세요."

잠깐 사이를 두었다가 커크 경위는 한숨을 내쉬었다.

"어렵군요. 즉석에서 이야기를 생각해낸다는 건…. 생각해보니 점점 생각이 나는 것 같기는 한데…. 내가 담당한 사건 가운데 지아노프라는 남자가 아내의 귀에다 납물을 부어서 죽인 사건이 있었지요. 잘하면 그대로 도망칠 수 있을 뻔했습니다. 그런데 녀석이 시체를 해부실습용으로 군립병원에 팔아넘겼어요. 병원 사람들이 두개골을 만지작거리고 있을 때 두개골 안에서 무언가 달그락거리는 소리가 났지 뭡니까. 조사한 결과, 몇 개의 납덩어리가 들어 있는 것을 발견한 겁니다. 그래서 지아노프는 체포되어 모든 것을 자백했지요. 녀석은 종신형을 받았습니다. 사형을 당하지 않은 것은 조사 결과 아내가 그 주일에만 무려 네 번이나 남편을 칼로 찌른 사실이 밝혀졌기 때문입니다. 그래서 생각다 못한 그는, 어떤 의미에서는 자신을 방어하는 입장에서 자고 있는 아내의 귀에다 납물을 부어넣은 거지요. 당신이 어떤 이야기를 원하고 있는지, 방향은 대충 알겠습니다…."

커크 경위는 뭐라고 중얼거리더니 다시 말을 이었다.

"우리가 다루는 사건은 대개 살인이나 자살, 노상강도 따위입니다. 예를 들면 이런 이야기가 있지요. 벌써 죽어버렸지만 올더먼 맥가이어라는 사람이 어느 날 밤 회의를 끝내고 집으로 돌아가는 길에 2인조 강도를 만나, 그중 하나를 최면술로 잠재워버렸습니다. 거짓말 같지요? 하지만 그건 맥가이어라는 사람을 모르기 때문입니다. 그 사람은 뛰어난 최면술사였어요. 노상강도 가운데 하나를 잠재운 뒤, 아직 최면에 걸리지 않은 또 한 놈이 그의 주머니를 열심히 뒤지고 있는 동안, 맥가이어는 최면에 걸린 놈한테 이렇게 말했습니다. '너는 경찰관이다. 이 노상강도를 사살하라'고 말입니다. 최면에 걸린 놈이 2인조 강도 가운데 총을 가진 쪽이었기 때문에, 올더먼 맥가이어가 명령한 대로 홱 돌아서더니, 최면에 걸리지 않은 놈을 쏘아죽여 버렸습니다. 하지만 맥가이어가 경찰서에 자초지종을 신고해왔을 때-그날 밤 나는 당직을 서고 있었기 때문에 잘 알고 있지만-서장은 도무지 그 말을 믿으려 하지 않았어요. 그러고는 어떻게든 맥가이어를 설득해서 그건 사고였다고, 우연히 권총이 폭발하는 바람에 강도가 총에 맞은 거라고 말하게 하려고 애썼지요. 하지만 맥가이어는 완강하게 그것을 거부했습니다. 그리고 맥가이어의 말은 사실이었어요. 내가 최면에 걸린 강도를 졸리엣으로 호송해가는 도중에 그놈이 사실을 털어놓았거든요."

커크 경위는 잠시 말을 끊었다가 이었다.

"생각해보겠습니다. 일주일만 시간을 주시면 당신이 듣고 싶어 하는 이야기를 생각해낼 수 있을 겁니다. 어떤 이야기를 원하는지 점점 확실해졌고, 생각나면 짐과 거기에 대해 이야기해볼 작정입니다. 짐은 언제나 나와 함께 돌아다닌 파트너인데, 이런 이야기를 듣기에는 안성맞춤인 친구지요. 이야기를 들려달라고 해도, 그렇게 갑자기 생각나지는 않는 법입니다. 어쨌든 일주일만 시간을 주세요."

늙은 경위는 나무의자에 깊이 몸을 묻고, 곤혹스러운 눈으로 경찰서의 먼지 낀 유리창 밖을 내다보았다.

(원제: Chicago Nights' Entertainments)

20년 후

오 헨리*

순찰 중인 경찰관이 으스대는 걸음걸이로 다가왔다. 그 으스대는 태도는 습관적인 것이었지, 뽐내기 위한 연기는 아니었다. 관객이 거의 없었기 때문이다. 시간은 이제 겨우 밤 10시였지만, 찬 바람이 몰아치고 금방이라도 비가 뿌릴 듯한 날씨 때문에 거리에는 오가는 행인의 모습이 거의 보이지 않았다.

집집마다 문단속을 확인하고, 복잡하고 능란한 손놀림으로 경찰봉을 휘두르면서 이따금 빈틈없는 눈으로 조용한 거리를 이리저리 살피며 걸어가는 경찰관의 모습은 그야말로 평화의 수호자 같은 느낌을 주었다. 키가 크고 탄탄한 체구로 어깨를 가볍게 흔들며 걷는 버릇도 그런 느낌을 더욱 강하게 해주었다. 그 일대는 밤이 일찍 찾아오는 지역이었다. 이따금 담뱃가게의 불빛이 보이거나 밤새 영업하는 간이식당을 만날 때도 있지만, 그 언저리는 업무지구에 속해 있어서 집들은 벌써 문을 닫은 상태였다.

어느 구획의 중간쯤 왔을 때였다. 문득 경찰관의 걸음이 느려졌

---

* O. Henry(1862~1910): 미국의 단편소설 작가. 본명은 윌리엄 시드니 포터.

다. 어두운 철물점 앞에 한 사내가 시가를 물고 서 있었기 때문이다. 경찰관이 그쪽으로 다가가자 사내는 서둘러 먼저 말을 걸었다.

"아무 일도 아닙니다, 경찰관님." 사내는 안심시키듯이 말했다. "그냥 친구를 기다리고 있을 뿐이에요. 20년 전에 한 약속이지만 … 좀 우습게 들릴지 모르지만, 원하신다면 사정을 말씀드리지요. 내가 수상한 사람이 아니라는 걸 알려드리기 위해서라도…. 벌써 오래전이지만, 그 무렵 이 자리엔 식당이 있었지요. '빅 조 브래디'라는 식당이…"

20년 전까지만 해도 있었습니다." 경찰관이 말했다.

철물점 앞에 선 사내는 성냥을 켜서 시가에 불을 붙였다. 그 불빛에 창백하고 모난 턱을 가진 얼굴과 날카로운 눈, 오른쪽 눈썹 옆에 난 하얀 흉터가 드러났다. 넥타이핀에는 큼직한 다이아몬드가 기묘하게 박혀 있었다.

"20년 전 오늘 밤에…" 사내가 말을 이었다. "나는 '빅 조 브래디' 식당에서 지미 웰스라는 친구와 저녁을 먹었습니다. 나와 가장 친한 친구이고, 이 세상에서 가장 훌륭한 녀석이었지요. 나도 지미도 뉴욕 태생이고, 형제처럼 함께 자랐답니다. 그때 나는 열여덟 살이고 지미는 스무 살이었지요. 그 이튿날 아침에 나는 새로운 운명을 개척하러 서부로 떠나기로 되어 있었습니다. 지미한테도 함께 떠나자고 설득했지만, 그를 뉴욕에서 끌어낼 수는 없었지요. 그 친구는 뉴욕을 이 세상에서 가장 좋은 곳으로 믿고 있었으니까요. 어쨌든 그날 밤 우리는 한 가지 약속을 했답니다. 20년 뒤 오늘 밤이 시간에 여기서 다시 만나자고. 어떤 처지에 있더라도, 아무리 먼 곳에 있더라도 말입니다. 20년쯤 지나면 둘 다 자기 운명을 개

척하여 상당한 재산을 모으게 될 거라고 생각했기 때문이지요. 그게 어떤 운명이든 간에…."

"꽤 재미난 이야기군요." 경찰관이 말했다. "20년이란 세월이 너무 긴 것 같다는 생각이 들지만 말입니다. 그런데 헤어진 이후 그 친구한테서는 소식이 있었나요?"

"한동안은 편지가 오갔지만, 1년이 지나고 2년이 지나는 동안 서로 소식이 끊겨버렸습니다. 어쨌든 서부는 넓은 곳이고, 나는 그 넓은 곳을 계속 뛰어다녀야 했거든요. 하지만 나는 지미란 녀석을 알고 있습니다. 살아 있기만 하다면 반드시 여기 나타날 겁니다. 지미만큼 성실하고 믿을 수 있는 사람은 이 세상에 없으니까요. 나는 오늘 밤 이 자리에 서기 위해 천 마일을 달려왔지만, 옛 친구가 나타나기만 한다면 그 먼 길을 달려온 보람은 있는 셈이지요."

사내는 멋진 회중시계를 꺼냈는데, 그 뚜껑에는 작은 다이아몬드가 몇 개나 박혀 있었다.

"10시 3분 전이군요. 우리가 이 식당 앞에서 헤어진 건 10시 정각이었지요."

"서부에서 꽤나 성공한 모양이군요?" 경찰관이 물었다.

"물론입니다. 지미가 내 절반만큼이라도 성공해주었으면 좋겠군요. 지미는 좋은 녀석이지만, 워낙 고지식한 편이라서요. 나는 돈을 모으느라 약삭빠른 놈들과 맞서 싸워야 했습니다. 그러나 뉴욕에서는 사는 게 언젠가는 틀에 박혀버리게 되지요. 사람이 빈틈없고 날카로워지려면 거친 서부를 돌아다녀야 합니다."

경찰관은 경찰봉을 휘두르고는 두세 걸음 걸어나갔다.

"이만 가봐야겠습니다. 순찰 중이라서요. 친구가 나타나면 좋겠군요. 그런데 정확히 약속 시간까지만 기다릴 작정인가요?"

"아니요. 적어도 30분은 더 기다려볼 작정입니다. 지미가 이 세상에 살아 있기만 하다면 그 시간까지는 틀림없이 나타날 겁니다. 그럼, 안녕히 가세요, 경찰관님."

"안녕히 계십시오." 경찰관은 대답하고, 다시 집집마다 문단속을 확인하면서 순찰을 계속했다.

어느새 가늘고 차가운 안개비가 내리기 시작했다. 조금 전까지 변덕스럽게 불던 바람도 이제는 세찬 바람으로 바뀌어 있었다. 거리를 지나가는 몇 안 되는 행인들은 모두 외투깃을 높이 세우고 손을 주머니에 깊이 찔러 넣은 채 말없이 걸음을 재촉하고 있었다. 그리고 철물점 앞에는 젊은 시절 친구와 맺은 약속을 지키기 위해 천 마일을 달려온 사내가 시가를 피우며 서 있었다.

20분쯤 지났을 때 외투깃을 귀까지 세운 키 큰 사내가 길 맞은편에서 급한 걸음으로 다가왔다. 그는 기다리고 있는 사내 쪽으로 곧장 걸어왔다.

"자넨가, 보브?" 그가 조심스럽게 물었다.

"그렇다면 자넨 지미 웰스?" 철물점 앞에 서 있던 사내는 덤벼들듯이 외쳤다.

새로 온 사내도 큰 소리로 외치며 상대의 두 손을 꽉 움켜잡았다.

"보브가 맞군. 살아 있기만 하다면 반드시 올 거라고 믿고 있었지. 어쨌든 반갑네. 20년이면 긴 세월이지. 여기 있던 식당도 없어져버렸고… 지금도 있었으면 좋았을 텐데. 그랬다면 둘이서 함께 식사를 할 수 있었을 텐데 말이야. 그래, 서부에서는 어땠나? 잘 지냈나?"

"굉장했지. 서부는 내가 원했던 것을 전부 다 주었어. 자네는 많이 변했군, 지미. 그렇게 키가 크다고는 생각지 않았는데, 2, 3인치나 더 자란 느낌이야"

"스무 살이 넘은 뒤에도 키가 자랐어."

"뉴욕에선 잘 지냈나, 지미?"

"그럭저럭. 지금은 시청에서 일하고 있지. 어쨌든 가세, 보브. 내가 아는 술집이 있는데, 거기 가서 그동안 쌓인 이야기나 나눔세."

두 사내는 팔짱을 끼고 거리를 걷기 시작했다. 서부에서 온 사내는 성공에 우쭐해진 기분을 더 이상 참을 수 없다는 듯이 지금까지 겪은 일을 대충 이야기하기 시작했다. 함께 가고 있던 사내는 외투깃에 얼굴을 깊이 묻은 채 열심히 귀를 기울였다.

길모퉁이에 휘황하게 불을 밝힌 잡화점이 있었다. 거기까지 왔을 때 두 사내는 누가 먼저랄 것도 없이 고개를 돌려 서로의 얼굴을 바라보았다.

서부에서 온 사내가 우뚝 멈춰 서더니 팔을 뿌리쳤다.

"당신은 지미 웰스가 아니야. 20년은 확실히 긴 세월이지만, 매부리코를 들창코로 바꾸어놓을 만큼 긴 세월은 아니야."

"하지만 때로는 착한 사람을 악당으로 바꾸어놓기도 하지." 키 큰 사내가 대꾸했다. "당신은 10분 전에 체포됐어, '실키' 보브. 시카고 경찰은 당신이 여기 올지도 모른다고 생각해서, 당신한테 할 말이 있다고 우리한테 전보를 보내왔지. 얌전히 따라가겠지? 그래, 그게 좋을 거야. 경찰서에 가기 전에 당신한테 주라고 부탁받은 편지가 있는데, 이 진열창 불빛으로 읽어봐. 순찰 경관인 웰스가 보낸 거야."

서부에서 온 사내는 건네받은 쪽지를 폈다. 처음에는 쪽지를 단단히 쥐고 있던 손이 쪽지를 다 읽을 무렵에는 가늘게 떨리고 있었다. 편지는 짧은 편이었다.

보브에게, 나는 약속한 시간에 약속 장소에 갔었다네. 자네가 시가에 불을 붙이려고 성냥을 켰을 때 나는 불빛에 드러난 얼굴이 시카고 경찰에서 수배 중인 범죄자의 얼굴이라는 것을 알았지. 내 손으로는 도저히 자네를 체포할 수가 없었어. 그래서 그대로 순찰을 계속하고, 나 대신 사복 경찰관을 보낸 것일세. 지미가.

(원제: After Twenty Years)

애플비 경감의 첫 번째 사건

마이클 이네스[*]

"내 최초의 사건?" 애플비 경감은 당황한 태도로 친구들을 둘러보았다. "놀랍군. 지금까지 그런 질문을 받은 적은 한 번도 없는데…. 사람들이 듣고 싶어 하는 건 언제나 가장 '최근'의 사건이거든."

목사가 고개를 끄덕였다.

"요즘은 뉴스가 역사보다 더 인기 있는 시대니까. 유감이지만 그 정도는 최근의 한심한 풍조…."

"그렇고말고." 의사가 끼어들었다. "자네 말이 전적으로 옳아. 하지만 지금은 애플비한테 사건 이야기를 들어보자고. 보아하니 재미난 이야기가 있는 모양이니까. 눈을 가늘게 뜨고 파이프 대통을 들여다보는 저 버릇이 틀림없는 징후야."

"내 최초의 사건은 아주 작은 것이었어." 애플비는 가늘게 뜨고 있던 눈을 들고, 파이프를 뻐끔뻐끔 피우기 시작했다. "크기로 말하면 가로 50센티미터에 세로 25센티미터, 깊이는 10센티미터도 채 안 되었을 거야."

---

[*] Michael Innes(1906~1974): 영국의 소설가·영문학자. 존 이네스 매킨토시 스튜어트의 필명.

목사는 비둘기가 새총에라도 맞은 듯한 표정을 지었다.

"그 사건은 무슨 상자와 관련된 거였나?"

"그래, 방금 말한 작은 상자와 관련된 사건이었지. 물론 당시에는 나도 작았지만. 정확히 말하면 그때 나는 열네 살이었어. 고지식한 아이였고 조숙한 취미를 갖고 있었지만, 경찰관이 될 생각은 꿈에도 하지 않았지. 열세 살 때는 자칭 지질학자여서 방안을 온통 산에서 가져온 돌멩이로 가득 채웠고, 열다섯 살 때는 비교종교학의 권위자가 될 작정이었다네.

하지만 열네 살 때는 미술에 관심을 가지고 있었지. 휴일마다 국립미술관이나 테이트 미술관에 다녔고, 입장료로 1실링, 도록 값으로 6펜스를 더 내고 웨스트엔드의 화랑에서 열리는 전시회를 구경하는 걸 특히 좋아했다네.

이제 이야기할 그 상자는 본드 가에서 조금 떨어진 페라리스 화랑의 구석방에 전시되어 있었는데, 여남은 개의 영롱한 비취가 세공되어 있었지. 이 화랑에 대해서는 자네들도 잘 알고 있을 거야. 화랑은 당시나 지금이나 전혀 달라진 게 없고, 두 개의 전시회를 동시에 여는 것이 그 화랑의 관례로 되어 있지. 나는 대전시실에서 열리고 있던 인상파전을 보러 갔다네. 문제의 비취를 비롯한 중국 예술품은 안쪽의 소전시실에 있었는데, 그건 그때의 내 예정표에는 들어 있지 않았어. 나는 언제나 꼼꼼하게 예정표를 만들었지. 그런데 그 예정표에 따르면 동양 예술 연구는 6주 뒤에나 시작할 예정이었다네."

의사가 쿡쿡 웃었다.

"자네는 꼬마 학자였군, 애플비. 그것도 매사를 깔끔하게 체계

화하려는 학자 말일세."

"정말 그래. 하지만 입구에서 '양쪽'의 입장료를 낸 기억이 있으니까, 결국 중국 예술품 전시회도 구경하기로 했던 게 분명해. 인상파 전시실에는 관람객이 가득 차 있었지만, 안쪽 전시실에는 몇 명이 들어와 있을 뿐이었지. 나는 소전시실을 한 바퀴 둘러보고 나서 그 안쪽에 있는 방을 들여다보았다네. 거기는 넓이가 방에 딸린 반침 정도밖에 안 되고, 이따금 그림 한 점이나 조각 한 점만 조명을 멋지게 해서 전시하곤 하는 방이었지. 그때 그 방에 실제로 뭐가 전시되어 있었는지는 기억나지 않지만, 그 빨간 턱수염의 사내만은 잊으려야 잊을 수가 없어.

그 사람은 그 작은 방에 혼자 있었지. 지긋한 나이에 차림새는 초라하지만 교양도 있어 보이는 남자였다네. 낡아서 모양이 다 망가진 외투를 걸치고, 겨드랑이에는 서류 한 묶음과 낡은 가죽표지를 씌운 이절판 책을 끼고 있더군. 나는 예술만이 아니라 학문에도 존경심을 품고 있었지만, 그때 내 눈앞에 있는 사람은 분명히 그 위대한 전통을 잇는 학자였어. 나는 그 사람의 빨간 턱수염도 바라보았지. 거기에는 흥미를 끄는 무언가가 있었으니까. 나는 염치도 없이 뻔뻔스럽게 쳐다보고 있었던 게 분명해. 그러는 동안 문득 그게 실례라는 것을 깨닫고 황급히 전시품 쪽으로 고개를 돌린 기억이 나거든. 그런데 내가 다시 그 학자 쪽을 보았을 때 거기서는 터무니없는 일이 일어나고 있었지. 그가 바닥에 떨어진 턱수염을 집어 들고는 황급히 그것을 깨끗이 면도한 턱에 붙이고 있는 참이었다네."

경감은 말을 끊었고, 목사는 손을 마주 비볐다.

"굉장하군!" 목사가 외쳤다. "참으로 대단한 관찰력이야. 그게 자네의 첫 승리와 연결된 거로군. 어서 이야기를 계속하게."

"나는 좀 당황했어. 그리고 물론 조금은 겁도 먹었겠지. 순간적으로, 이럴 때는 군중 속에 있으면 안전하다고 직감하고, 인상파전을 구경하고 있는 관객들 속으로 뛰어들어갔다네. 하지만 내 머리는 눈이 팽팽 돌 만큼 빠르게 움직이고 있었지. 적어도 나 자신은 그때 그렇게 확신했네. 그때까지 몇 번이나 섹스턴 블레이크(가상의 캐릭터로, 1893년 이후 영국의 수많은 만화·소설·드라마에 등장한 형사-옮긴이)가 활약하는 책을 읽고, 이럴 때는 항상 그의 머리가 눈이 팽팽 돌 만큼 빠르게 작동한다는 것을 알고 있었으니까.

그렇게 눈이 팽팽 돌 만큼 빠르게 움직이다 보면 언젠가는 내 머리도 어떤 실제적인 행동방침을 낳게 되었을지도 모르지. 요컨대 내가 적절한 행동방침을 생각해내기 전에 또다시 사태가 선수를 쳐버렸다는 얘기야. 문득 정신을 차리고 보니 누군가가 소리를 지르고 있고, 순식간에 전시장 관계자와 경비원들이 안쪽 방에서 달려 나오더군. 단 한 마디, '비취'라는 말이 내 귀에 들어왔지. 그제야 내 미숙한 지능은 정말로 상당히 빠른 속도로 회전하기 시작했다네. 순식간에 나는 모든 것을 깨달았지. 나는 우선 그 악당을 알고 있었네. 악당은 반드시 변장하는 법이잖나? 그리고 그 악당이 무슨 짓을 했는지도 알고 있었지. 이것도 금방 알 수 있는 일이야. 그 귀중한 비취가 들어 있던 케이스는 그 악당이 겨드랑이에 끼고 있던 큼직한 책-아마 가짜겠지만-에 딱 들어가는 크기였으니까. 무서운 순간이었네. 하지만 그보다 훨씬 무서웠던 것은 그 직후였지. 그 빨간 수염의 사내가 나한테서 여섯 걸음도 채 떨어지지 않은 문으로 살짝 빠져나가려는 참이었으니까."

애플비는 여기서 또 말을 끊었다. 이번에는 파이프를 두드려 재를 떨기 위해서였다.

"나는 소리를 질렀다네. 아니, 적어도 나 자신은 그렇게 생각했지. 그런데 놀랍게도 아무 소리도 들리질 않는 거야. 꿈속에서 필사적으로 소리를 지르려 하지만 목소리가 나오지 않을 때가 있잖나? 바로 그런 느낌이었어. 하지만 두 번째 시도에서 마침내 성공했지. 실내에 있던 사람들이 모두 깜짝 놀라 돌아보았을 만큼 큰 소리였어. '저놈을 잡아요!' 나는 그렇게 외쳤네. 지금도 기억하고 있지만, 마침내 또렷이 말할 수 있게 되었다는 승리감과 안도감 속에서도 사정을 조리있게 설명하지 못하는 것을 부끄럽게 여겼던 기분이 지금도 생생해. 어쨌든 그렇게 외치면서 나는 빨간 수염의 사내를 손으로 가리켰지. 그리고 손가락질을 하면서 사내한테 덤벼들었어. 순간적으로 그렇게 해야 한다는 생각이 떠올랐으니까. 그거야말로 이런 상황에서 취해야 할 유일한 행동이고 의심할 여지 없이 올바른 행동이라고 생각할 수밖에 없었다는 건 자네들도 인정하겠지?

직원들은 이미 붉은 수염의 사내를 둘러싸고 있었네. 하지만 나는 맨 먼저 그에게 덤벼들어 두 손으로 턱수염을 움켜잡고 힘껏 잡아당겼지. 다음 순간, 나는 사내도 비명을 지르고 있다는 것을 알아차렸네. 그건 고통의 비명이었어. 눈에는 눈물까지 맺혀 있더군. 실제로 수염이 한 움큼이나 뽑혔으니 얼마나 아팠겠나? 하지만 턱수염은 내 코밑에 자란 솜털처럼 진짜였다네. 그리고 당연히 작은 케이스를 숨긴 상자여야 할 대형 책은 금방이라도 책장이 찢어질 것처럼 바닥에 나뒹굴고 있었지. 그것도 전혀 수상한 점이 없는 진짜 책이었다네."

"그건 너무하군!" 목사는 낙담한 듯이 말했다. "감수성이 예민한 소년한테는 너무나 충격적인 상황이야. 그래서 그다음에는 어떻게 됐나?"

애플비는 미소를 지었다.

"이런 경우에 예상되는 일은 죄다 체험했지. 예를 들어 쥐구멍이라도 있으면 들어가고 싶다든가…. 화랑 사람들은 내 목을 비틀어주고 싶었을 거야. 그런데 그러지 않았던 것은, 격분해 있는 내 희생자를 달래거나, '의사를 부를까요' 하고 묻거나, '택시를 불러드리겠습니다' 하고 제의하거나, '책을 다시 장정해드릴 테니 허락해주십시오' 하고 부탁하거나, 그 밖에 여러 가지 일을 하느라 정신이 없었기 때문이지. 그 틈에 나는 호흡을 가다듬을 수 있었던 걸세."

"호흡을 가다듬었다고?" 의사가 놀라서 엉거주춤 일어섰다. "설마 또 그 사람을 공격했다는 말은 아니겠지?"

"공격했고말고. 그렇게 할 수밖에 없었어. 내 머리는 마침내 완전히 명석해져서, 무슨 일이 있어도 그 사내를 저승사자처럼 물고 늘어져야 한다는 것을 깨달았지. 나는 필사적으로 저항했다네. 그래서 심한 소동이 벌어졌고, 마침내 달려온 경찰관은 책임 있는 지위에 있는 경감을 불러올 필요가 있다고 판단했지. 그 경감이 양쪽 주장을 정리해서, 결국 진짜 턱수염을 가진 사내의 신원을 조사했고, 그 결과 가짜 수염을 단 사내가 붙잡힌 걸세. 요컨대 내가 마지막으로 추론한 건 이런 거였다네. 이렇게까지 비슷하게 생긴 두 사내가 동시에 같은 장소에 있었다면, 그들은 무언가를 공모한 게 분명하다고. 그 두 사람은 남들의 주의를 딴 데로 돌리는 교묘한 수법을 생각해냈던 거야. 특히 소년한테 그런 수법을 쓴 경우에는 효과가 크지. 그때 '가짜 수염'은 일부러 나한테 자기 수염이 가짜라는 것을 보여준 다음, 당장 그 가짜 수염을 떼어내고 보물을 훔쳤지. 그 다음에는 공범자인 '진짜 수염'이 임무를 교대하여 내 앞에 모습을 드러냈고, 내 격렬한 반응을 불러일으켜 모든 사람의 주의가 그쪽으로 쏠려 있는 틈에, '가짜 수염'이 도난품을 안고 감쪽같이 모습을 감춘 걸세. 만약 내가 거기서 완강하게 버티지 않았다면 '진짜 수염'도 내 무책임한 상상과 발칙한 행위에 대한 사죄의 말을 들으면서 유유히 모습을 감추었겠지." 애플비 경감은 쿡쿡 웃었다. "그렇게 되었다면 나는 얼마나 비참하고 난처했겠나!"

(원제: Inspector Appleby's First Case)

살인의 향기

로크리지 부부 [*]

로니 비드는 이미 48시간 동안 제멋대로 돌아다니고 있었다. 게다가 그는 총을 가지고 있고, 살인자였다. 웨스트체스터 군과 퍼트넘 군의 주민들은 로니 비드를 피해 문에 빗장을 건 채 숨을 죽이고 있었다.

뉴욕주 북부의 정신병원에서 탈출한 이후 그는 이미 두 번의 살인을 저질렀다. 처음에는 그를 차에 태워준 세일즈맨이었고, 두 번째는 그가 음식과 옷을 훔치러 들어간 집에서 애보기로 있던 16세 소녀였다. 첫 번째 사건에 대해서는 경찰도 그의 범행이라는 확증을 쥐고 있었다. 휘발유가 떨어지는 바람에 버리고 간 세일즈맨의 자동차에 그의 지문이 남아 있었기 때문이다. 두 번째 살인에 대해서는 그의 범행이라는 확증은 없었다. 하지만 그 살인은 불필요하고 이유도 없는 것이었다. 바로 그런 사실이 로니 비드의 소행임을 증명해주는 것으로 여겨졌다.

비드에 관해서는 많은 사실이 알려져 있었다. 그가 지금 어디

---

[*] Richard Lockridge(1898~1982): 미국의 소설가. 아내 프랜시스(Frances: 1896~1963)와 함께 작업했으며, '미스터 앤 미세스 노스'시리즈가 유명하다.

에 있는가를 제외하고는 거의 모든 사실이 파악되었다. 나이는 20대 중반, 금발에 덩치가 크고, 사교성이 있고 상당한 미남이다. 웃는 얼굴은 남에게 호감을 주고, 말을 할 때는 수줍어하는 듯이 말투가 느리다. 정신이 제대로 박힌 사람들조차 그만 경계심을 풀고 차에 태워줄 만한 타입이다. 살해된 세일즈맨은 픽스킬 북쪽 도로에서 로니를 태웠을 때 아마 혼자 하는 여행에 따분함을 느끼고 있었을 것이다. 로니는 그를 때리고 목을 졸라 죽인 다음, 시체를 길가에 버렸다. 이것도 불필요한 살인이지만, 그것이 로니의 방식이다. 현재 그가 지니고 있는 총은 그 세일즈맨의 자동차 글러브박스에 들어 있던 것이다.

소녀가 살해된 곳은 키스코라는 마을이었다. 이것이 이유 없는 살인이라는 점과 함께 이 마을의 지리적인 위치 때문에 경찰은 로니 비드를 살인범으로 점찍게 되었다. 만약 그가 사람을 계속 죽이면서 자기 집으로 가고 있다면, 키스코는 그가 지나가는 길에 자리 잡고 있는 셈이다. 그의 집은 블루스터와 폴링 사이의 샛길에 면해 있는, 페인트가 벗겨진 작은 농가였다. 그의 노모가 거기서 아들을 기다리고 있다. 뉴욕주 경찰청의 헤임리치 경감은 그녀를 만났을 때, 로니가 한 짓이 당신의 책임은 아니라는 점을 납득시키면서 아주 부드럽게 말을 걸었는데도 그 노파는 한없이 부들부들 떨었다. 그녀는 로니가 그렇게 된 게 군대 탓이라고 생각하고 있었다.

"군대에 갈 때까지는 아주 착한 아이였어요. 그렇게 착한 아들은 별로…." 그러고는 더 이상 말을 잇지 못했다.

노모는 누구 때문에 로니가 그렇게 되었는지는 끝내 말하지 않았지만, 그건 헤임리치가 상관할 일은 아니었다. 그가 경찰관인 동시에 한 인간이고, 인간성의 본질에 불안을 품고 있었다는 점을 제외하면 그렇다. 로니를 나쁘게 말하는 것은 쉬운 일일 것이다. 그는 편집광이고, 세상이 나를 적대시하고 있다고 믿고 거기에 대해 자신을 지키기 위해 남을 죽인다. '살인광, 또 범행을 저지르다.' 이것이 소녀의 시체가 발견된 7월의 아침에 뉴욕의 어느 타블로이드판 신문에 나온 기사 제목이었다. 누구 탓인가? 그것은 경찰이 결정할 일이 아니다. 문제는 로니를 붙잡는 것이다. 그가 또 다시 살인을 저지르기 전에.

살인사건이 일어났다는 통보는 오후 4시 31분에 경찰차의 무선을 통해 들어왔다. 찰스 포니스 경위가 운전하는 차는 NY22번 도로에 면한 캐트나에서 동쪽으로 2마일가량 떨어진 지점을 호손에 있는 군부대를 향해 서쪽으로 달리고 있었다. 포니스는 무선연락을 받자마자 사이렌을 울리며 액셀을 힘껏 밟았다. 차는 튀어 오르듯이 달리기 시작했다. 다른 차들이 황급히 길을 비켰다. 그 사이를 누비며 눈 깜짝할 사이에 캐트나를 지난 포니스의 차는 요란한 사이렌 소리와 함께 북서쪽으로 3마일쯤 달린 다음, 어느 샛길로 들어가자마자 나무 사이로 구불구불 뻗어 있는 개인도로로 접어들었다.

포니스는 길을 잘 알고 있었다. 프랭클린네 집은 이 근동에서는 상당히 잘 알려진 집이었다. 아서 프랭클린은 읍의 기획위원회와 도서위원회에서 위원을 맡고 있었고, 그의 부인인 마사 프랭클린은 요즘은 활동이 뜸한 편이지만 한때는 원예클럽의 열성 회원이었다. 프랭클린 부부 같은 사람에게 이런 일이 일어난다는 것은 도저히 믿을 수 없는 일이었다.

그들의 집은 해묵은 아름드리나무에 둘러싸여, 주위로부터 외따로 떨어져 있었다. 살인자는 아마 이런 지리적 상황과 남들 눈에 띄지 않는다는 조건 때문에 이곳에 들렀을 것이다.

헤임리치와 포니스는 어느 누구보다도 빨리 현장에 도착했다. 현관문은 활짝 열려 있고, 입구를 가로막고 있어야 할 방충문은 손잡이 근처가 무참히 찢겨 있었다. 출입문 안쪽에 있는 현관홀의 장의자에 아서 프랭클린이 앉아 있었다. 그는 두 손목을 무릎 위에 올려놓고 손을 무릎 사이로 늘어뜨린 채 짙은 그림자에 감싸인 바닥을 물끄러미 내려다보고 있다가, 헤임리치와 포니스가 포치를 가로질러 다가가자 귀찮은 듯 천천히 일어나서 문간으로 다가와 멍한 눈길로 그들을 바라보았다.

"그놈이 아내를 죽였소. 아무 이유도 없단 말이오. 원한다면 뭐든지…" 아서 프랭클린은 말을 끊고 오른손바닥을 이마에 대고는 천천히 쓸어올렸다. 손에 묻어 있던 진흙이 이마에 검은 자국을 남겼다. 그는 잘생긴 남자였다. 나이는 40대 후반, 몸무게가 많이 늘었지만, 그래도 아직 미남이었다. 더러운 반바지에 파란 셔츠를 입고, 땅바닥에 무릎을 꿇고 있었는지 무릎에 진흙이 묻어 있었다.

"아무 이유도 없이…." 그는 같은 말을 되풀이하고는 뒤로 물러서서 두 사람을 안으로 들여보냈다. 마사 프랭클린은 바닥의 피 웅덩이에 반듯이 누워 있었다. 키가 큰 여자였고, 남편보다 몇 살 위로 보였다. 죽은 얼굴은 우락부락한 느낌을 주었고, 죽었는데도 여전히 당당하고 위압적이었다. 이 여자는 지금까지 언제나 자기 뜻을 관철해왔을 거야. 헤임리치는 그녀를 내려다보면서 생각했다. 보아하니 그녀는 심한 놀라움 속에서 죽은 게 분명했다.

'내가, 하필이면 내가 이런 꼴을 당하다니' 하는 놀라움. 그녀는 가까운 거리에서 이마를 총에 맞았다. 고꾸라진 그녀의 머리는 벽난로 쪽을 향하고 있었다.

"나는 채소밭에 있었소." 프랭클린은 묻기도 전에 말했다. "내가 여기 있기만 했어도…." 그는 고개를 젓고 나서, 험악한 태도로 헤임리치를 노려보았다. "도대체 언제까지 그놈이 제멋대로 설치게 내버려둘 작정이오? 앞으로 몇 명을 더 죽일 때까지?"

"그놈이라뇨?" 헤임리치가 되물었다.

"그 미치광이 말이오. 신문에도 나왔고 라디오에서도 말했소. 이름이 뭐라고 했더라?"

"비드. 로니 비드입니다."

"원하는 건 뭐든지 다 주었을 텐데…." 프랭클린이 말을 이었다. "먹을 것도, 돈도… 원하는 건 뭐든지 다…. 아무 의미도 없이 사람을 죽이다니." 그는 멍하니 아내의 시체를 내려다보며 천천히 고개를 저었다.

이렇게도 죽음이 뚜렷한 모습을 드러내고 있는 현관홀에 서 있어도 얻을 것은 없었다. 여기서는 당분간 할 일이 없고, 다른 사람들도 이제 곧 올 것이다. 열린 문 너머로 그리 멀지 않은 곳에서 사이렌 소리가 들려왔다. 헤임리치는 떡 벌어진 체격을 가진 아서 프랭클린을 이끌고 현관홀에서 거실로 들어갔다.

"채소밭에 있었다고 하셨지요? 누군가를 보지 못했습니까?"

"누군가가 달려가는 소리는 들었소. 그리고 총소리도…. 처음에는 거기에 주의를 기울이지 않았소. 이런 시골에서는 자주 듣는 소리인 데다, 어쨌든 상당히 멀리서 들렸으니까. 하지만 그 후에 누군가가 집에서 나와 빈터를 달려가는 소리가 들렸소." 그는 말을 끊고 고개를 설레설레 저었다. "나는 토마토 버팀대를 세우고 있었소. 토마토 버팀대를 세우고 있었단 말이오."

"그 채소밭 말인데요." 헤임리치가 말했다. "집에서 멀리 떨어진 곳에 있습니까?"

"언덕 저편이오. 햇빛이 충분히 닿는 곳은 거기뿐이라서…. 내가 집에 있기만 했어도…." 프랭클린이 이번에는 마음속의 어두운 그림자를 떨쳐버리듯 힘차게 고개를 저었다. 그러고는 말을 이었다. "아마 아내는 쉬고 있었을 거요. 그때 그놈이 침입하는 소리를 듣고…. 방충문을 보았겠죠?"

"봤습니다."

"그래서 무슨 일인가 하고 보러 갔을 거요. 아내라면 그렇게 했을 거요. 그런 여자니까. 그리고 그놈은 아내를 쏘았소. 아주 간단하게. 아무 이유도 없이, 아무 이유도 없이 말이오."

"자, 진정하세요. 프랭클린 씨." 헤임리치가 말했다. "누군가가 달려가는 소리를 들었다고 하셨지요? 그 사람은 채소밭을 가로질러 달려갔습니까?"

"아니, 그 옆에 있는 빈터요. 나는 토마토 사이에 무릎을 꿇고 있었소. 그쪽으로는 등을 돌리고 있었지. 고개를 돌렸을 때 그놈의 모습은 보이지 않았소. 그건 비드, 그놈이었겠지요?"

그런 것 같다고 헤임리치는 말했다. 확실히 범행은 로니 비드의 방식으로 이루어졌다. 변덕스럽게, 아무 이유도 없이.

"우리는 전력을…." 다하고 있다고 말하려다가 그는 입을 다물었다. 아서 프랭클린이 비틀거리며 쓰러지려 했기 때문이다. 헤임리치는 재빨리 앞으로 나가서 프랭클린의 어깨를 안았다. 그의 팔에 프랭클린의 몸무게가 묵직하게 실려왔다. 헤임리치는 그를 부축하여 가까운 의자로 데려가서 그의 손목을 잡고 의자에 앉혔다. 상대의 몸무게에 밀려 하마터면 앞으로 고꾸라질 뻔했다. 헤임리치의 콧구멍이 오므라들었다.

"고맙소." 한참 후에 프랭클린이 말했다. "이제 괜찮아요. 현기증이 난 것뿐이오. 햇볕이 너무 강했던 모양이오. 너무 여러 가지 일이 일어나서… 모든 게…."

"그렇겠지요." 헤임리치는 위로했다. 밖에서 자동차 문이 닫히는 소리가 나고, 현관 포치에 발소리가 울렸다. 이어서 브레이크 밟는 소리가 나고, 또 다른 자동차 문이 열렸다가 닫혔다. 다른 사람들이 도착한 것이다.

"여기서 잠시 쉬고 계세요, 프랭클린 씨." 이렇게 말하고 헤임리치는 현관홀로 돌아갔다.

나중에 온 사람들은 카메라를 꺼내고 있었다. 사진반이 먼저 도착한 것이다.

"비드입니까?" 포니스가 물었다.

"그렇게 보이지 않나?" 헤임리치가 대답했다. "프랭클린 부인이 비드를 놀라게 했고, 그래서 비드는 부인을 쏘아 죽이고 달아났어. 프랭클린 씨의 채소밭 옆을 지나서…. 잠깐 가서 보고 오겠네."

그는 샛길을 따라서 걸어갔다. 길이 처음에는 나무 그늘을 지나갔지만, 완만한 비탈을 올라갔다가 내려가자 양지바른 곳으로 나왔다. 그것은 말끔히 손질된 채소밭이었다. 언젠가는 나도 이런 밭을 갖고 싶다고 헤임리치는 생각했다. 끝없이 이어지는 밭이랑에

리마콩이 열매를 맺고, 토마토 줄기가 버팀대에 정성껏 묶여 있는 밭. 밭에 면하여 오른쪽에 돌담이 있고, 돌담 너머는 키 자란 풀과 월귤나무가 무성한 빈터였다.

헤임리치는 프랭클린네 채소밭으로 들어가 토마토 이랑 사이에 쭈그려 앉았다. 프랭클린은 쓸데없는 순을 솎아서, 줄기 하나에서 3개 이상의 덩굴이 나오지 않도록 손질해놓았다. 따낸 순은 땅바닥에 잔뜩 흩어져 햇볕 속에서 말라가고 있었다. 헤임리치는 프랭클린이 미처 못 보고 넘어간 순이 몇 개 있는 것을 보고 엄지와 검지로 그 순을 따냈다. 그러고는 손가락 냄새를 맡고 나서 고개를 끄덕이고 집으로 돌아갔다.

이제 현관홀은 사복형사와 감식반으로 북적거리고 있었다. 헤임리치는 현관홀을 지나 거실로 들어갔다. 프랭클린은 아까 그가 앉혀준 의자에 그대로 앉아 있었다.

그 곁으로 다가간 헤임리치는 프랭클린의 오른손을 잡고 뚫어지게 들여다보았다. 프랭클린도 처음에는 어리둥절한 눈으로 그를 쳐다보고 있다가, 이윽고 헤임리치에게 잡힌 손을 빼내려고 했다. 그 손은 더러워져 있었다. 헤임리치는 허리를 구부려 그 손의 냄새를 맡았다.

"도대체 무슨 짓이오?" 프랭클린이 물었다. 그 목소리는 아까처럼 둔하지 않고 험악하고 날카로웠다.

"프랭클린 씨, 토마토를 손질하고 있었다고 하셨지요?"

"말했잖소…." 말하다 말고 프랭클린은 갑자기 입을 다물었다.

"당신 손의 냄새를 맡아보시죠. 자, 어서 맡아보세요."

그러나 프랭클린은 냄새를 맡는 대신, 의자에서 일어나려고

했다.

"안 됩니다." 헤임리치가 말하자 프랭클린은 다시 의자에 주저 앉았다.

"그럼, 내 손가락 냄새를 맡아보세요, 프랭클린 씨." 이렇게 말하고는 엄지와 검지를 상대의 코앞에 들이댔다. "토마토 덩굴은 코를 찌르는 강한 냄새를 갖고 있지요? 틀림없습니다. 토마토를 만지면 그 냄새가 손에 배어서 지울 수가 없습니다. 즙을 씻어낼 때까지는 냄새가 남고, 씻은 물은 초록빛으로 물듭니다. 그건 물론 아시겠지요? 하지만 그 냄새가 지금 당신 손에는 남아 있지 않아요. 그렇지요? 아까 당신을 부축했을 때 그걸 알아차렸지요. 전혀 토마토 냄새가 나질 않더군요. 그런데 당신은 손을 씻지 않았습니다. 그렇지요? 당신은 일부러 손을 더럽힌 겁니다. 그리고 무릎도… 채소밭에서 방금 돌아온 것처럼 보이기 위해… 제멋대로 날뛰고 있는 살인범에 착안해서…. 왜 부인을 죽였습니까, 프랭클린 씨? 함께 사는 걸 참을 수 없었기 때문인가요? 아니면 부인이 돈을 갖고 있었기 때문인가요?"

프랭클린은 대답하지 않았다. 하지만 그의 눈 속에서는 무언가가 일어나고 있었다.

이런 일은 흔히 있는 법이다. 거짓말 속에 포함되어 있는 사소한 결함이 그 거짓말을 폭로하고, 그와 함께 거짓말을 한 사람도 파멸시키는 일은….

잠시 후 헤임리치는 포니스 경위에게 말했다. 프랭클린은 경솔했다고. 만약 그가 채소밭에서 콩밭을 갈고 있었다고 말했다면 경찰의 추궁을 쉽게 벗어날 수 있었을 거라고.

그날 밤에 그들은 로니 비드를 함정에 빠뜨려 체포했다. 그 함정은 그의 어머니 집이었다. 그들은 그 집을 멀리서 에워싼 채 로니가 포위망에 들어오기를 기다렸다. 그들이 집으로 들어갔을 때 로니는 바닥에 무릎을 꿇고 어머니 무릎에 얼굴을 묻고 있었다. 그가 몸을 심하게 떨고 있었기 때문에 가냘픈 노모의 몸도 함께 떨릴 정도였다

(원제: The Scent of Murder)

비글의 코

아서 포지스[*]

노인은 벼랑 끝에 서서 바다를 내려다보고 있었다. 후줄근한 모자를 쓰고, 보풀이 일어난 거무스름한 망토를 걸치고 있었다. 노인은 물거품을 일으키는 파도를 바라보면서 낡은 지팡이로 땅바닥을 쿡 찔렀다.

순간, 입이 힘없이 일그러졌다. 무엇으로도 달랠 수 없는 지독한 뱃멀미에 시달린 오랜 세월이 생각난 것이다. 남다른 의지력, 일에 대한 열정이 있었기에 그런 고난도 견딜 수 있었다.

푸른 눈은 부드럽고 몽롱해 보이지만 거의 아무것도 놓치지 않는다. 까마귀 두 마리가 커다란 매 한 마리를 습격하는 것을 보고 그는 그 무모함에 경탄했다. 그렇게 멋진 공중곡예를 해낼 수 있는 새, 허공에서 춤을 추며 그토록 교묘히 몸을 지킬 수 있는 새는 그리 흔치 않다. 그는 잠자리가 쉬파리한테 덤벼드는 것도 보았다. 한참 뒤에 그는 허리를 굽혀서 유성생식을 보이고 있는 바늘금작화를 유심히 들여다보았다. 이것은 식물학자들도 모르는 현상이다.

---

[*] Arthur Porges(1915~2006): 미국의 단편소설 작가.

하지만 이런 관찰도 갑자기 중단할 수밖에 없었다. 한 사내가 성큼성큼 다가왔기 때문이다. 근엄한 제복 차림의 사내였다.

"안녕하십니까?" 사내는 약간 숨을 헐떡이면서 말했다. "프랜시스 씨가 그러더군요. 영감님이 여기 계실지 모른다고…."

"경찰에 계신 뉴비 씨지요?" 노인은 사내를 힐끔 쳐다보며 말했다. 여기서 1마일쯤 떨어진 다운 마을에 주재하고 있는 이 순경은 이 지역에서 영국 법률의 대표자였다. "설마 우리 집에 무슨 일이 일어난 건 아니겠죠?" 이렇게 묻는 노인의 얼굴에 문득 불안한 표정이 떠오른다.

"그런 건 아닙니다." 경찰관은 당혹스러운 듯이 말을 끊었다. 아니, 실제로 그는 당혹스러워하고 있었다. 한 시간쯤 전에는 멋진 생각처럼 여겨졌는데, 이제 와서 생각해보니 다소 곤란한 면이 있는 듯한 생각이 든다. 하지만….

"그럼 무슨 용건으로…. 뉴비 씨라고 하셨던가?"

"예, 그렇습니다. 실은 마을 근처에 살인사건이 일어나서 지금 대소동이 벌어졌습니다."

"아니, 저런!" 노인은 외치고 긴 턱수염을 쓰다듬었다. "누가 살해됐소?"

"'파파'캘러리라는 사람입니다. 손풍금을 들고 여기저기 떠돌아다니는 집시지요. 칼에 찔려 죽었는데, 범인은 아무래도 톰 베넷인 것 같습니다."

"둘 다 내가 모르는 사람인 것 같군요." 노인은 이렇게 말하고 뉴비를 힐끔 바라보았다.

"물론 모르실 겁니다. 둘 다 상류사회와 교류할 만한 인간은 아니니까요. 톰 베넷은 말썽만 일으키는 놈입니다. 밀렵꾼에다 도둑에다 깡패지요. 캘러리는 남에게 해를 끼치는 사람은 아니었습니다. 이따금 좀도둑질을 하기는 했어도… 어쨌든 집시니까요."

"아무래도 잘 모르겠군." 노인은 말하고 땅바닥에 지팡이를 쿡 찔렀다. "아까도 말했듯이 둘 다 내가 모르는 사람이오. 그런데 왜 나를 찾아왔소?"

"폐를 끼쳐 죄송합니다만… 영감님이 현미경을 사용하거나 동물을 해부하는 등, 훌륭한 일을 하신다는 소문이 자자해서…" 경찰관은 문득 입을 다물었다. 그러고는 당혹스러운 듯이 얼굴을 붉혔다.

노인의 입매가 꿈틀 경련을 일으켰다. 하지만 그는 천사 같은 성격의 소유자였다. 몰인정한 짓은 한 적이 없고, 가족과 친구들의 존경을 받고 있었다. 그런데도 남들이 그가 하는 일에 사사건건 트집을 잡고 공공연히 매도하는 것은 참으로 얄궂은 일이었다.

"어쨌든 무슨 일인지, 얘기나 들어봅시다." 노인은 기분 좋게 재촉했다. "나한테 손재주가 있다는 건 당치않은 얘기지만… 물론 가끔은 일이 잘될 때도 있긴 하지만, 그건 인내와 노력의 결과요. 어쨌든 나는 손재주가 없는 사람이오. 그건 그렇다 치고…"

뉴비의 얼굴이 밝아졌다.

"아까도 말씀드렸듯이 캘러리가 살해됐습니다. 그리고 톰 베넷이 범인인 건 거의 틀림없습니다. 톰은 그때 몹시 취해 있어서 어리석게도 자기 셔츠에 칼을 닦았습니다. 그런데 톰은 그 피가 자기 피라는 겁니다. 그러고는 손에 칼로 벤 상처를 만들어놓고, 그게 증거라고 우겨대니 정말 난감합니다. 캘러리와 톰이 다투는 소리를 들은 사람은 많습니다. 톰이 캘러리의 딸 로자를 괴롭혔나 본데, 그걸 캘러리가 참지 못한 모양입니다. 로자는 집시 젊은이와 결혼하기로 되어 있어서, 집시들과 행동을 같이하고 있었지요." 경찰관은 다시 입을 다물고 기대가 담긴 눈으로 노인을 쳐다보았다.

"으흠, 그렇군. 그런데 나더러 어떻게 해달라는 거요?"

"문제의 칼을 보아주셨으면 해서요. 그리고 셔츠도… 지독하게 더러운 셔츠지만요. 그리고 그게 캘러리의 피인지 아니면 톰의 피인지 조사해주셨으면 합니다."

노인은 부르르 몸을 떨었다. 피 따위는 질색이다. 짙은 눈썹이 꿈틀 치켜 올라갔다. 후줄근한 모자를 벗자, 주변에만 백발이 남아 있는 대머리가 나타났다.

"정말 안됐지만…" 노인은 부드럽게 말했다. "그건 불가능한 일이오. 그걸 알 수 있는 사람은 이 세상에 아무도 없소. 적혈구가 변질되지 않았다면 그게 인간의 피인지 아닌지는 나도 알 수 있을지 모르나, 누구의 피인지는 알 수 없소. 지금 단계에서는 그래요. 언젠가는 알 수 있을 때가 오겠지만… 20세기가 되면 아마 알 수 있을 테지만, 유감스럽게도 나는 그때까지 살 수 없소."

"현미경이란 걸 사용해도 안 됩니까? 톰 베넷을 체포할 수는 있지만, 확실한 증거가 없습니다. 목격자도 없고, 손에 벤 상처도 있고…" 그러고는 치켜세우는 듯한 어조로 말을 이었다. "어쨌든 잠깐 봐주시지 않겠습니까? 무언가 좋은 생각이 날지도 모르니까요. 영감님은 교육을 많이 받으신 분이고, 놀랄 만한 학자라는 평판이 자자하더군요. 자, 한번 봐주세요." 이렇게 말하고 경찰관은 기분 나쁜 꾸러미를 내밀었다. "칼은 셔츠에 싸여 있습니다."

노인은 또다시 몸서리를 쳤다. 남과 다투는 건 싫어하지만, 그는 심약한 사람도 아니고 우유부단하지도 않았다. 단순한 신사가 아니라 온화한 사람이었고, 신분이 다르기 때문에 더더욱 경찰관의 기분을 해치고 싶지 않았다.

그는 조심스럽게 꾸러미를 풀고, 신경질적으로 칼을 조사했다. 칼은 몹시 더러웠고, 닳아빠진 칼날이 달려 있었다. 강철 부분은 꼼꼼히 닦아냈지만 손잡이 부분에 핏자국이 남아 있었다. 노인은 뚫어지게 그것을 들여다보았다. 한참 뒤에 그는 코에 주름을 잡고, 푸른 눈이 갑자기 멍한 빛을 띠었다. 그는 셔츠를 얼굴에 바싹 들이대고 핏자국을 바라본 다음, 놀랍게도 냄새를 맡기 시작했다.

이윽고 노인이 입을 열었다.

"혹시 두 사람이 무얼 먹었는지 알고 있소? 살인사건이 일어나기 직전에…"

"예, 알고 있습니다. 캘러리는 다운 마을에 들러서 소시지를 샀답니다. 톰은 같은 가게에서 그 칼을 사용해서 스틸턴 치즈를 잘라갔고요. 그때 로자 문제로 서로 옥신각신했다네요. 그러고 나서 세 시간도 지나기 전에 톰이 캘러리를 죽인 모양입니다. 그 가게 주인인 하커가 말해주더군요. 그리고 톰의 칼에 대해서도…"

"소시지를 먹었다고?" 노인은 생각에 잠긴 듯한 투로 말했다. "어떤 소시지였소?"

"하커가 그러던데, 몇몇 단골을 위해 특별한 소시지를 만들어 둔답니다. 우리가 먹는 보통 소시지가 아니라, 속에 마늘을 듬뿍 넣은 소시지라고 하더군요."

"아아." 노인이 중얼거리고는 눈을 빛내며 말을 이었다. "불가사의한 일도 다 있군. 지난주에 베르나르의 논문을 읽었는데, 생리학에 대해서는 거의 몰라요. 굴등(해변의 바위에 붙어사는 절지동물의 하나-옮긴이) 외에는⋯." 노인은 말하고 눈을 반짝거렸다. "이 칼⋯ 그리고 셔츠에 묻어 있는 핏자국⋯ 냄새를 맡아보면 틀림없이 마늘 냄새가 날 거요. 베르나르는 프랑스의 유명한 생리학자인데, 그의 말에 따르면 마늘은 사람이 먹으면 급속히 혈액 속으로 흡수되는 몇 가지 물질 가운데 하나이고, 그 본질을 이루고 있는 기름 때문에 그런 독특한 냄새가 난다는 거요."

"그럼 이 피는 마늘 냄새가 나니까 캘러리의 피가 틀림없다는 건가요?"

"톰 베넷은 소시지가 아니라 치즈를 먹었다고 했잖소? 그렇다면 이건 절대로 톰의 피일 리가 없지."

"그렇습니다." 뉴비는 저도 모르게 외치고는 경외심에 사로잡힌 눈으로 노인을 쳐다보았다. "특히 영감님 같은 분이 그렇게 말씀하시는 이상⋯."

"하지만 법정에서 증언할 수는 없을 것 같소." 노인이 못을 박았다. "건강도 안 좋고⋯ 이제부턴 당신이 알아서 처리해주시오. 물론 베르나르의 논문은 보내줄 수 있소만⋯."

"아아, 안심하십시오. 법정에 소환하지는 않을 테니까요. 그리고 어차피 마늘 이야기를 꺼내면 톰도 순순히 자백할 겁니다. 그야말로 결정타가 될 테니까요. 1분도 버티지 못할 겁니다." 그는 노인을 쳐다보고 숨을 들이마셨다. "영감님은 정말 경탄할 만한 분입니다. 비글 같은 코를 갖고 있다고 사람들이 말하던데, 그 말이 맞는 것 같네요."

"고맙소." 노인은 실없이 기뻐하고 있었다. 그의 이름은 전 세계에 알려져 있고, 사람들도 지금은 전보다 더 그에게 호의를 품고 있지만, 경찰관의 소박한 찬사에 그는 감격했다. "별거 아니오. 단지 운이 좋았을 뿐이지."

찰스 다윈은 이렇게 말하고는 지팡이를 한 번 휘두르고 집으로 돌아갔다.

※ 옮긴이의 덧붙임—비글은 '사냥개'라는 뜻도 있지만, 찰스 다윈이 박물학자로서 남아메리카와 태평양을 항해할 때 이용한 선박의 이름이기도 하다.

(원제: The Nose of a Beagle)

각설탕

엘러리 퀸[*]

 그날 아침 기마경찰 윌킨스는 아침 근무를 나가서 '공원 주점' 옆을 지나는 승마길을 순찰하고 있었는데, 만약 그러지 않았다면 제이크 쿠니 살인사건은 해결되지 않았을 것이다. 이 점은 엘러리도 인정하고 있다. 그에게는 그만한 도량이 있다. 그 복잡한 사건을 해명하는 데 필요한 일상적 상식을 가져다준 사람은 다름 아닌 윌킨스였기 때문이다.
 그 전날 밤, 데이트를 앞두고 마음이 들뜬 웨이터가 술집의 옥외 탁자 한 개를 치우는 것을 깜박 잊어버렸다. 그리하여 문제가 발생했다. 이튿날 아침 6시경, 쿠니의 심장을 칼로 찌른 것은 누구인가? 논리적으로 생각하면 그럴 가능성이 있는 사람은 약 8백만 명, 즉 뉴욕 시민 전체다. 대부분의 선량한 시민은 제이크 쿠니가 이 세상에 존재하는 것을 불쾌하게 여기고 있었기 때문이다. 그런데 마침 그 무렵 기마경찰 윌킨스가 우연히 그곳을 지나가다가 세 신사의 덜미를 잡았다. 그 세 사람은 불가사의하게도 그 이른 아침

---

[*] Ellery Queen: 사촌지간인 두 명의 미국 작가 프레데릭 대니(Frederic Dannay: 1905~1982)와 맨프레드 리(Manfred Lee: 1905~1971)의 공동 필명.

에 인적 없는 술집과 쿠니의 시체 근처에 있었던 것이다.

그런데 덜미가 잡힌 사람들이 모두 저명하고도 중요한 인사였기 때문에, 사건을 맡은 수사본부의 리처드 퀸 경감은 깨지기 쉬운 물건이라도 다루듯 신중하게 그들을 다루었다. 노련한 퀸 경감이라 해도, 살인사건과 관련하여 정계와 재계의 거물들을 심문하는 일은 별로 없었다. 그래서 이 작달막한 경감은 마음을 가라앉히고 차분히 이 난국에 대처했다.

크레이그 상원의원은 야당 기관지의 기자를 대하듯 오만한 태도로 대답했고, 피어스 밀러드는 소액 주주라도 대하듯 냉담하게 대답했으며, 스티븐스 하원의원은 선거운동원이라도 대하듯 부드럽게 대답했다.

이처럼 태도는 제각기 달랐지만, 승마복 차림의 이 고명한 용의자들의 진술은 한 치의 차이도 없이 일치했다. 새벽의 승마를 즐기러 승마길로 나갔다는 것이다. 기마경찰이 불러 세울 때까지는 네 번째 인물에게 말을 건 적도 없고 모습을 본 적도 없다. 제이크 쿠니가 살아 있든 죽었든 그들과는 관계가 없다. 그들을 체포한 윌킨스의 행위는, 크레이그 상원의원의 말에 따르면 '전체주의적'이고, 경제인인 밀러드의 말에 따르면 '무분별한 짓'이고, 정당 간부인 스티븐스의 말에 따르면 '더없이 어리석은 짓'이었다.

퀸 경감은 관련이 있을지도 모르는 사항을 슬쩍 탐색해보았다. 소문에 따르면, 국가 행정이라는 숲속에서 크레이그 상원의원은 대통령의 자질을 가진 아름드리 떡갈나무로 여겨지고 있었다. 경제계의 거물인 피어스 밀러드는 크레이그 상원의원을 건축자재로 사용하는 건축가였고, 이미 그 황금 만년필을 사용하여 청사진 작성에 착수했다는 소문이 파다했다. 그리고 정계의 야비한 관측통에 따르면, 스티븐스 하원의원이 홍보 담당 매니저로서 이 계획에서 중요한 역할을 맡고 있다는 것이다. 그래서 세간에는 다음과 같은 소문이 나돌고 있었다. 즉, 제이크 쿠니는 경마 도박장을 개설한 물주이자 도박꾼, 암흑가의 불량배, 클럽 하우스의 진드기로서, 천민의 본능과 시체도둑 같은 양심을 가진 인간이니까, 누군가의 시체가 묻혀 있는 곳을 냄새 맡고, 만약 그 시체가 발굴되면 크레이그 상원의원이 상처를 입고, 나아가서는 그의 숭고한 야망도 무너져버린다는 것을 알고 있었던 게 아닐까. 그런데 그 시체를 손대지 않겠다는 조건으로 쿠니가 요구한 돈이 터무니없이 많았기 때문에 누군가가 발끈한 게 아닐까. 퀸 경감은 이런 이야기를 조심스럽게 꺼내고는, 여기에 대해 어떻게 생각하느냐고 세 사람에게 의견을 물었다.

크레이그 상원의원은 거침없이 의견을 말하고는-다행히 그 의견은 공표되지 않았다-파도가 물러가듯 나가버렸다. 경제인인 밀러드는 그 뒤를 따라 비틀거리며 나가려고 하다가 문득 걸음을 멈추고는, "퀸 경감, 뉴욕 경찰에 근무한 지 몇 년이나 됐소?" 하고 쏘아붙였다. 그리고 스티븐스 하원의원은 잠시 자리에 우뚝 서서 윤활성 액체를 몇 방울 뱉어낸 뒤 나가버렸다.

엘러리가 현장에 도착했을 때 아버지인 퀸 경감은 깊은 생각에 잠겨 있는 것 같았지만 기분은 좋아 보였다. 단서는 준비되어 있었다. 하지만 제이크가 그 단서로 누구를 가리키려고 했느냐가 문제라고 퀸 경감은 말했다. 제이크 쿠니는 얌전히 당할 사내가 아니었다. 식당 테라스에 남겨진 증거로 보아 쿠니는 식당에서 쓰는 스테이크 나이프를 가슴에 꽂은 채-그가 심장을 찔리고도 즉사하지 않은 건 오기 때문일 거라고 퀸 경감은 말했다-전날 밤에 웨이터가 깜박 잊고 치우지 않은 탁자까지 엉금엉금 기어갔다. 그러고는 탁자 위로 손을 뻗어 어떤 그릇을 찾았다. 그리고 그 그릇 속에서 무언가를 집어냈다. 그것은 피해자의 손에 쥐어져 있는 한 개의 각설탕이었다. 그것으로 제이크는 만족하고 숨을 거두었을 것이다.

"제이크는 아마 네 소설의 애독자였을 거다." 퀸 경감은 엘러리에게 말했다. "틀림없어. 각설탕은 그가 죽기 직전에 남긴 메시지야. 하지만 제이크는 각설탕으로 누구를 지칭하려 했을까?"

"설탕이라고요?" 엘러리가 중얼거렸다. "제이크 쿠니의 사전에서 설탕이라면 돈을 의미하는 걸까요?"

"그래. 하지만 그 세 사람 가운데 돈을 듬뿍 갖고 있는 건 밀러드만이 아니야. 상원의원도 돈이 많고, 게다가 최근에 백만장자의 딸과 결혼했기 때문에 재산이 배로 늘어났어. 그리고 스티븐스도 직권을 남용해서 떼돈을 벌었지. 따라서 제이크가 각설탕으로 전하려고 했던 건 그런 의미가 아니야. 그런데 네 사전에서는 설탕이 어떤 의미지?"

지금 쓰고 있는 추리소설의 87쪽째를 타자기에 끼워둔 채 뛰쳐나온 엘러리는 뒤엉켜 있는 생각의 실마리를 풀고 나서, "크레이그와 밀러드, 스티븐스의 승마 경력을 조사해서 알려주세요" 하는 말을 남기고 소설 쓰는 일로 돌아가버렸다.

그날 오후에 아버지가 전화를 걸어왔다.

"무슨 일입니까?" 엘러리는 타자기를 바라보면서 얼굴을 찡그렸다.

"그 세 사람의 승마 경력 말인데… 크레이그 상원의원은 과거에는 자주 말을 탄 모양이지만, 10년쯤 전에 낙마로 부상을 입은 뒤에는 체육관에서 전동식 안장만 탄다더구나. 그리고 밀러드는 어릴 적에 인디애나주에서 할아버지 농장의 말과 작별한 뒤로는 말이라는 이름이 붙은 동물을 타본 적이 없어. 밀러드가 오늘 아침에 승마바지를 입을 마음이 난 것은 크레이그와 스티븐스를 만나 텔레비전 카메라의 추적을 받지 않는 공원에서 밀담을 나누기 위해서였다고 생각할 수밖에 없어."

"그러면 스티븐스는요?"

"그 모주망태 말이냐?" 퀸 경감은 흥 하고 코를 울렸다. "그놈이 탈 줄 아는 말(호스)이라고는 바지멜빵을 한 다크호스 정도야. 스티븐스가 승마화를 등자에 올려놓은 건 오늘 아침이 난생처음이지."

"그래요?" 엘러리는 깜짝 놀란 어조로 말했다. "그럼 제이크는 무슨 의미를 전달하려고 했을까요? 설탕이라면… 혹시 세 사람 가운데 제당업에 관계하고 있는 사람은 없습니까? 크레이그는 설탕에 관한 법률을 제정할 때 활약한 적이 없나요? 밀러드는 어느 제당회사의 이사가 아닐까요? 스티븐스는 어느 제당회사의 주식이라도 갖고 있을지 모르죠. 그쪽 방면을 조사해주세요."

아버지는 진저리가 난 듯이 말했다.

"그 정도는 구태여 네 지혜를 빌릴 필요도 없어. 지금 조사하는 중이니까."

"그럼, 잘 부탁합니다." 엘러리는 말하고, 내키지 않는 태도로 다시 소설 작업을 시작했다. 그 작업은 죽어가는 제이크 쿠니와 마찬가지로 엉금엉금 기는 상태여서 좀처럼 진척되지 않았다.

이틀 뒤, 퀸 경감에게서 수사 상황을 알리는 전화가 걸려왔다.

"그 세 사람은 설탕과는 아무 관계도 없어. 그들이 설탕에 관여하는 건 커피에 넣을 때뿐이야." 조금 있다가 경감이 덧붙여 말했다. "엘러리, 듣고 있는 거냐?"

"각설탕이라…" 엘러리는 중얼거렸다. "제이크는 그걸 단서로 남기면 경찰이 손쉽게 범인을 알아낼 수 있을 거라고 생각했을 텐데…." 분명치 않은 목소리가 점점 작아지다가 끊겼다.

"뭐라고?" 아버지가 물었다. 쾌활한 목소리였다.

"아, 그렇지." 엘러리는 쿡쿡 웃으면서 말했다. "아버지, 그 세 사람의 건강진단서를 떼어주세요. 그리고 그들 중에 당뇨병에 걸린 사람은 누군지 알아봐주세요."

경감은 이를 딱 맞부딪쳤다.

"그렇군! 그래! 그게 틀림없어!"

이튿날, 퀸 경감한테서 다시 전화가 걸려왔다.

"아버지라니, 누구 아버지 말씀이세요?" 엘러리는 머리털을 쥐어뜯으면서 되물었다. "난 또 누구시라고! 아버지세요? 그런데 무슨 일이세요?"

"그거 말인데…."

"그거라니요? 아아, 그 사건 말입니까? 당뇨병에 걸린 건 누구였습니까?"

"아무도 당뇨병에 걸리지 않았어."

"아무도! 그렇다면…."

"사실이야."

"그래요?"

퀸 경감의 귀에는 깊은 생각에 잠겨 있는 듯한 목소리밖에 들리지 않았지만, 갑자기 전기의자의 스위치처럼 또렷한 소리가 수화기를 통해 들려왔다.

"뭐 좋은 생각이라도 떠오른 거냐?"

"네, 그래요." 엘러리는 한시름 놓은 듯한 목소리로 자신만만하게 말했다. "알아냈어요, 아버지. 제이크 쿠니가 누구를 가리켰는지."

"누군데?"

"설탕에 관한 합리적인 해석을 하나씩 제거하자 우리는 원점으로 되돌아와 버렸어요. 쿠니가 쥐고 있던 각설탕은 범인을 알아내는 단서라고 볼 수밖에 없어요. 온갖 상상을 해보아도 안 되었으니까, 사람 손에 쥐어져 있는 각설탕을 문자 그대로의 의미로 받아들이면 어떨까요? 사람이 각설탕을 손에 쥐고 돌아다니는 게 무엇 때문이겠어요?"

"글쎄 무엇 때문이지?"

"그야 물론 말한테 먹이기 위해서죠."

"먹인다…?" 경감은 한동안 침묵을 지키고 있다가 다시 입을 열었다. "그래서 그 세 사람의 승마 경력을 알고 싶다고 한 거냐? 하지만 엘러리, 그 추리는 틀렸잖니. 그 세 사람은 모두 승마인이 아니야. 따라서 세 사람 가운데 각설탕을 갖고 다닐 가능성이 있는 사람은 하나도 없어."

"옳은 말씀이에요. 따라서 제이크가 가리킨 것은 제4의 용의자라는 이야기가 돼요. 지금까지는 거기에 미처 생각이 닿지 못했지만, 제이크 쿠니는 경마 도박장 경영자이고 도박꾼이었어요. 범인은 그 도박장에서 내기에 돈을 걸었다가 큰 손해를 보고, 빚을 갚을 수가 없게 되자 충동적으로 쿠니를 죽인 게 아닐까요?"

"잠깐만!" 퀸 경감은 으르렁거리듯이 말했다. "제4의 용의자라고? 그건 누구를 말하는 거냐?"

"그야 물론 그날 아침 그 승마길에 있었던 네 번째 사람이지요. 그 사람이라면 말에게 먹일 각설탕을 가지고 있었을 테니까요."

"기마경찰 윌킨스가!"

(원제: A Lump of Sugar)

토요일 밤의 살인

패트릭 쿠엔틴[*]

휴가를 이용하여 스키 여행을 온 뉴욕 경찰청 살인과의 트렌트 경위는 즐거운 하루를 보내고, 아름다운 뉴햄프셔주의 작은 마을을 느긋하게 걷고 있었다. 눈이 조용히 내리는 토요일 밤의 유쾌한 분위기는 크리스마스 캐럴처럼 따뜻했다. 네드 벤턴 박사의 클리닉은 금방 찾을 수 있었다. 큰길에 면한 가장 큰 건물 안에 있었고, 눈에 잘 띄는 간판이 붙어 있었기 때문이다. 길 건너편에는 영화관 주차장이 있었다. 주차장에는 차량이 가득 들어차 있고, 영화관 입구에 나붙어 눈부신 조명을 받고 있는 '타이론 파워'라는 글자가 안에서 벌어지고 있는 낭만적인 즐거움을 암시해주고 있었다.

청년 의사 네드 벤턴의 야간진료는 너무 신바람을 내다가 다친 스키어들의 요구에 따라 10시까지 계속된다. 스키장에서 만나 알게 된 벤턴 부부에게 저녁 초대를 받은 트렌트가 산허리에 있는 벤턴 부부의 호화로운 산장으로 직행하지 않고 일단 클리닉에 들

---

[*] Patrick Quentin: 미국 작가 리처드 윌슨 웨브(Richard Wilson Webb: 1901~1966)와 휴 캘링엄 휠러(Hugh Callingham Wheeler: 1912~1987)의 공동 필명.

른 것도 실은 그 때문이었다. 야간진료가 끝나면 함께 차를 타고 산장으로 가기로 되어 있었다.

건물 입구에서 트렌트는 빨간색의 멋진 스키복 차림에 눈이 번쩍 뜨일 만큼 아름다운 금발 여인을 만났다. 차림새로 보아 이곳 사람이 아니라 스키 산장에 묵고 있는 도회지 여자인 게 분명했다. 여자를 따라 층계를 올라가면서 트렌트는 이 여자도 벤턴 부부의 초대를 받은 손님이면 좋겠다고 생각했다.

트렌트와 금발 여인은 거의 동시에 2층 클리닉에 도착했다. 눈에 검게 그을린 벤턴은 웃으며 두 사람을 맞이했다.

"로저스 양, 이쪽은 트렌트 씨입니다. 역시 뉴욕 분이지요."

트렌트는 객지에서는 자신의 직업을 밝히지 않는다. 경찰관이라는 것을 알면 사람들이 경원하기 때문이다. 금발 여인이 장갑 낀 매끄러운 손을 트렌트에게 내밀자 벤턴이 말을 이었다.

"로저스 양은 오늘의 마지막 환자랍니다, 트렌트 씨. 잠깐만 기다려주세요. 곧 끝나니까."

벤턴은 이렇게 말하고, 금발 여인과 함께 안쪽 진료실로 모습을 감추었다. 트렌트가 잡지를 집어들고 읽고 있으려니까, 5분쯤 뒤에 로저스 양이 반지를 낀 손에 장갑을 끼면서 진료실에서 나왔다.

"내일 뉴욕으로 돌아간 뒤에도 여전히 등이 아프면 단골 의사에게 진료를 받도록 하세요, 로저스 양."

벤턴은 금발 여인을 배웅하고는 한숨을 내쉬었다.

"이제야 겨우 끝났습니다, 트렌트 씨. 돌리도 차를 몰고 시내에 나와 있는데, 지금 영화를 보고 있는 중이지요. 보고 싶었던 영화를 상영한다나요. 이제 곧 나올 겁니다. 그때까지 나는 여기를 치워두겠습니다. 돌리가 오면 곧바로 나갈 수 있도록."

이곳에서 제일가는 부자라는 벤턴 부인이 이곳 사람들과 함께 영화를 볼 만큼 서민적이라는 것을 알고 트렌트는 감동했다. 도도한 여자인 줄 알았는데, 그 인상을 바꿔야 할 것 같다. 벤턴이 소독기에서 진료기구를 꺼내고 있을 때 전화가 걸려왔다.

"전화 좀 받아주시지 않겠습니까?" 벤튼이 말했다.

그래서 트렌트가 수화기를 들자 여자 목소리가 들려왔다.

"네드?"

"바꿔드리겠습니다."

"아아, 트렌트 씨인가요? 저 돌리 벤턴이에요. 네드한테 좀 전해주세요. 이제 조금만 있으면 끝나니까 곧 나간다고. 그쪽에는 들르지 않고 곧장 주차장으로 가겠다고 전해주세요."

"알았습니다, 부인. 영화는 어땠습니까?"

"아주 좋았어요. 전 타이론 파워의 열렬한 팬이거든요."

트렌트가 부인의 말을 의사에게 전하러 가자, 진료실의 넓은 창문을 통해 휘황하게 불이 켜진 영화관 입구에서 관객들이 몰려나오는 것이 보였다. 그때 다시 전화벨이 울렸다. 벤턴은 혀를 차면서 수화기를 들었다. 그러고는 당장 표정이 굳어졌다. 그는 떨어뜨리듯 수화기를 내려놓고는 이렇게 말했다.

"어떤 여자가 전화를 했는데, 주차장에서 사람이 죽었다는군요. 경찰을 부르면 될 텐데, 어째서 나한테 전화를 걸었을까요."

그는 왕진가방을 움켜잡았다.

"갑시다, 트렌트 씨."

두 사람은 곧 주차장에 도착했다. 사람들은 각자 차를 세워 둔

곳으로 걸어가고 있었다. 사람이 죽었다면 한바탕 소동이 벌어졌을 텐데, 그런 느낌은 전혀 없었다.

"장난 전화일지도 모르지만, 일단 둘러보는 게 좋겠습니다. 당신은 저쪽 줄을 좀 봐주시지 않겠습니까?"

벤턴이 저쪽에 세워져 있는 자동차 쪽으로 가자, 트렌트는 이쪽에 서 있는 자동차들 사이를 둘러보았다. 별로 이상한 점은 없었다. 영화관 앞을 지나자, 이제는 불이 꺼진 입구 차양 위에 나붙은 '타이론 파워'라는 글자가 주문처럼 어렴풋이 보였다.

타이론 파워가 네 명의 적을 상대로 용감히 싸우고 있는 현란한 포스터를 트렌트가 힐끗 바라보았을 때, 문득 벌떼 소리 같은 웅성거림이 들려왔다. 소리가 나는 쪽으로 달려가자 스테이션 왜건 뒤쪽에 사람들이 둥글게 모여 있었다. 사람들을 헤치고 나아가자 벤턴이 쓰러진 여자 옆에 무릎을 꿇고 있는 것이 보였다. 하얀 눈 위에 피가 튀어 있고, 피에 물든 벽돌이 나뒹굴고 있었다. 트렌트는 급히 달려가서 벤턴 옆에 쭈그려 앉았다. 벤턴이 창백해진 얼굴로 돌아보았다.

"돌리예요. 죽었습니다."

벤턴 부인은 방금 숨을 거둔 게 분명했다. 온통 눈으로 범벅이 된 밍크코트 위쪽에 끔찍한 상처가 보였다. 불과 몇 초 전에 두개골을 벽돌이 내리친 게 분명하다.

누군가가 비명을 질렀다. 경찰관이 사람들을 헤치고 나타났다. 벤턴은 망연자실한 태도로 장갑을 끼지 않은 아내의 축 늘어진 손을 잡고 있다.

"누군가가 이 차 뒤에 숨어서 기다리고 있었습니다. 불량배인지

뭔지는 모르겠지만…"

 곧이어 두 번째 경찰관이 달려왔다. 두 경찰관은 벤턴과 이야기를 나누고 있다가, 한 사람이 트렌트 쪽으로 다가왔다.

 "벤턴 씨는 당신과 함께 있을 때 영화관에 있는 부인한테서 전화가 걸려왔다고 하는데…"

 "그건 나중에 이야기합시다." 이렇게 말하면서 트렌트가 경찰수첩을 꺼내 보이자, 경찰관은 흠칫 놀라며 입을 다물었다. "도둑맞은 건 없습니까?"

 "진주 목걸이 하나와 다이아몬드 반지 두 개가 없어졌다는군요."

 구급차가 와 있었다 하얀 옷을 입은 사람들이 시체를 날라갔다.

 "뉴욕행 스키 열차는 몇 시에 떠납니까?" 트렌트가 경찰관에게 물었다.

 10시 27분입니다."

 "그럼, 당신들 가운데 한 사람은 지금 당장 역으로 가서, 빨간 스키복을 입은 키 큰 금발 여자를 잡아오세요. 로저스라는 여자입니다."

 "잡아오라고요?" 경찰관이 헐떡이듯이 말했다.

 "로저스 양을?" 벤턴이 홱 돌아보았다.

 트렌트는 변명하는 듯한 미소를 지으며 말했다.

 "모두 함께 역으로 가면 좋겠지만…"

 로저스 양이 끌려왔다. 열차가 떠나기 직전에 억지로 하차당했기 때문에 분개하고 있었다. 경찰관과 벤턴이 멍하니 지켜보는 앞에서 트렌트가 로저스 양의 오른쪽 장갑을 벗기자 찬란하게 빛나는 반지가 두 개 나타났다.

"도둑맞은 반지는 이거지요? 목걸이는 아마 가방 속에 있을 겁니다. 이 여자를 체포하세요."

"하지만…." 벤턴이 끼어들었다.

"그리고…" 트렌트는 무심한 듯이 중얼거렸다. "벤턴 씨도 함께 체포하세요."

"그렇습니다." 시골 경찰서에서 트렌트 경위는 설명하기 시작했다. "닥터 벤턴의 착상은 정말 절묘했습니다. 부인은 살해되고 보석이 사라진다. 벤턴 씨는 제삼자를 초대해놓고, 범행 시간에 자기는 진료실에 있었다는 것을 증언하게 한다…. 참으로 훌륭했어요."

벤턴의 검게 그을린 얼굴이 공포로 일그러지고, 핏기가 사라져가는 것처럼 보였다. 금발 여인은 아직도 침착성을 유지하고 있었다.

"하지만 벤턴 씨의 범행은 분명합니다." 트렌트는 담담한 어조로 말을 이었다. "벤턴 씨는 부인이 집에서 영화관으로 가기 직전이나 아니면 차 안에서 부인의 머리를 때려 기절시켰습니다. 두세 시간 동안 의식을 회복하지 못할 정도로…. 의사라면 그 정도는 쉽게 할 수 있을 겁니다. 그렇게 해놓고 목걸이와 반지를 빼낸 다음, 모두 영화를 보고 있는 동안 아무도 없는 주차장에 기절한 부인을 태운 스테이션 왜건을 놓아두었습니다. 그러고는 로저스 양을 클리닉으로 오게 해서 반지와 목걸이를 건네주고 자기 손은 비워둔 겁니다."

"그런데 그걸 어떻게 아셨습니까?" 경찰서장이 물었다.

"로저스 양을 소개받을 때 악수를 했는데, 그때 반지를 끼고 있었다면 장갑을 끼고 있더라도 감촉으로 알았을 겁니다. 하지만 그런 느낌은 전혀 없었어요. 그런데 잠시 후 로저스 양이 진료실에서 장갑을 끼면서 나올 때 보니까 반지를 끼고 있더군요. 정말 안됐습니다. 장갑을 끼고 나서 나왔더라면 좋았을 텐데.

물론 그 밖에도 여러 가지가 있습니다. 부인한테서 걸려온 전화도, 두 번째 전화도 어리석은 짓이었어요. 벤턴 씨는 기절한 부인을 태운 스테이션 왜건 안에다 벽돌을 한 개 놓아두었습니다. 나와 함께 주차장으로 왔을 때 그는 차로 달려가서 부인을 끌어냈지요. 그러고는 치료하는 척하면서 벽돌로 내리쳐서 숨통을 끊었어요. 그런 다음, 죽은 아내를 발견하고 망연자실해 있는 남편으로 변신한 겁니다. 정말 멋진 연기였어요. 볼만했지요."

이렇게 말하고 나서 트렌트는 얼굴이 일그러진 벤턴과 풀죽은 로저스 양을 바라보았다.

"흔히 있는 일입니다. 사랑하지도 않는 돈 많은 아내와 보기만 해도 안아주고 싶은 금발 미인의 대비는…."

"하지만 부인이 정신을 잃고 있었다는 건 이상하군요. 영화관에서 전화를 걸어왔으니까요." 경찰서장이 침을 튀기면서 말했다.

"그건 부인이 아니었습니다."

"그럼…."

"로저스 양이었지만, 전화에서도 로저스 양은 실수를 저질렀어요. 아무래도 로저스 양은 범죄자로서는 벤턴 씨만큼 재능이 없는 모양입니다. 나는 캐묻기를 좋아하는 성미라서, 영화는 어쨌느냐고 전화로 물어봤지요. 그랬더니 아주 좋았다고. 자기는 타이론 파워의 열렬한 팬이라고 대답하더군요. 그런데 공교롭게도 오늘 밤에는 타이론 파워가 나오는 영화를 상영하지 않았습니다."

"하, 하지만…" 금발 여인이 저도 모르게 입을 열었다.

"그래요. 영화관 입구에는 분명히 타이론 파워의 영화 광고가 붙어 있습니다. 그러니까 그렇게 말해도 괜찮다고 생각한 것도 무리는 아니지요. 그런데 만약 당신이 이곳 사람이라면 매주 일요일에 영화가 새 프로로 바뀐다는 사실을 알고 있었을 겁니다. 그리고 토요일 마지막 회를 상영하는 동안 일요일부터 시작되는 영화 광고를 입구에 내걸지요. 타이론 파워가 나오는 영화는 내일부터 시작하는 겁니다." 트렌트는 어깨를 으쓱하고 말을 이었다. "그래서 전화를 건 사람이 영화를 보지 않았다는 걸 금방 알았던 겁니다. 전화로 벤턴 부인이라고 말한 여자가 누군지도, 두 번째로 전화를 걸어온 여자가 누군지도 쉽게 알 수 있었지요. 로저스 양, 바로 당신이었어요."

트렌트 경위는 닥터 벤턴을 돌아보았다.

"미안합니다, 벤턴 씨." 진심으로 미안하게 생각하는 듯한 어조였다. "모처럼 초대해주셨는데, 오히려 내가 당신네 일을 그르치고 말았으니 말입니다. 초대를 받기 전에 내가 경찰관이라는 걸 미리 말씀드렸어야 했는데…"

(원제: Death on Saturday Night)

말을 삼킨 사나이

크레이그 라이스[*]

"이 사람은 살해됐어." 저 유명한 형사 변호사 존 말론이 말했다. "이건 계획적인 살인사건이야. 다크 씨는 쇼크사했네. 그 정신과 의사의 소행일세."

"말도 안 돼." 살인과의 플래너건 경감은 이렇게 외치고 나서, 문득 입을 다물었다. 두 사람은 수술실에서 옮겨진 다크 씨의 시신을 내려다보았다. "그런데 내시 박사는 어디 있습니까?"

"그냥 누워 계세요." 얼굴이 창백해진 간호사가 대답했다. "충격으로…." 간호사는 말하다 말고 꿀꺽 침을 삼켰다. "다크 씨의 심장이 나쁘다는 건 알고 있었지만, 설마 이렇게 될 줄은…. 가벼운 장난이었어요. 아니, 적어도 그럴 작정이었어요." 그러고는 이렇게 덧붙였다. "다크 씨 부인은 진료실에 계세요. 박사님과 함께…."

작달막한 변호사와 플래너건 경감은 다시 한번 다크 씨의 시체를 힐끗 바라보았다. 다크 씨는 얼굴이 크고 풍채가 좋은 사내였다. 복부에 절개한 자국이 있었지만, 그저 살짝 긁힌 상처에 불과

---

[*] Craig Rice(1908~1957): 미국의 여성 추리소설가.

했다.

"갑자기 숨이 막혀서 돌아가셨어요." 간호사는 미간을 찌푸렸다. "내시 박사님과 다크 씨 부인은 아주 친한 사이세요."

말론은 간호사를 찬찬히 바라보았다. 상당한 미인이다. 금발에 매력적인 입술을 갖고 있다.

"진료실로 가보세." 플래너건 경감이 말했다. "그런데 말론, 왜 이 사건에 관여하게 됐나?"

"다크 씨가 내 의뢰인이었거든. 부인의 권유로 내시라는 정신과 의사한테 수술을 받으러 온다는 얘기도 다크 씨한테 들었지. 다크 씨는 말을 삼켰기 때문에…."

"이봐 말론, 자네 또 취했나 보군." 경감이 나무라듯이 말했다.

"다크 씨는 자기가 말을 삼켰다고 믿었어." 작달막한 변호사는 완강하게 주장했다. 그러고는 문득 생각난 듯이 덧붙였다. "자네도 언젠가 입안에 생쥐가 들어간 것 같은 기분이 든다고 했잖나?"

플래너건 경감은 낮은 신음 소리를 내고 진료실 문을 열었다. 내시 박사는 진료용 침상에 누워 있었다. 그 잘생긴 얼굴에는 핏기가 전혀 없었다. 다크 부인이 그 옆에 앉아서 의사의 손을 쥐고 있었다.

두 사람이 들어가자 다크 부인은 흠칫 놀라서 펄쩍 일어나며 외쳤다.

"이건 누구의 잘못도 아니에요."

"다크 씨는 말을 삼켰다는 망상에 사로잡혀 있었습니다." 의사가 말했다. "그래서 우리는 잠깐 연극을 해보기로 했지요. 다크 씨를 마취하고, 복부에 살짝 절개한 흔적을 내고, 의식을 회복하기 전에 수술실에다 말을 데려다둔 겁니다. 좀 색다른 치료법이기는 하지만…. 어쨌든 수술해서 말을 꺼내면, 되살아난 것처럼 속이 후련해질 거라고 설명해두었지요. 그런데 다크 씨는 그 말을 보자마자 숨을 거두고 말았습니다."

"이건 살인입니다." 말론이 말했다. "다크 씨는 심장이 나쁘기 때문에 사소한 충격도 치명적이라는 건 알고 있었을 겁니다. 그거야 어쨌든, 당신과 다크 부인은 장래 계획을 세우고 계시겠지요?"

"증거가 있나요?" 다크 부인이 대들듯이 말했다.

"있고말고요. 나는 남편한테 편지를 받았습니다. 병에 대해서도, 수술을 받게 된다는 얘기도 편지에 모두 적혀 있었어요. 다만 다크 씨는 당신들 두 사람이 이런 계획을 꾸미고 있는 줄은 꿈에도 모르고 있었지요. 다크 씨는 그 계획에 따라 살해된 겁니다."

나중에 경찰청 지하의 바에서 한잔하면서 플래너건 경감은 신음하는 듯한 목소리로 말했다.

"나는 지금도 자네가 모든 걸 지어낸 것 같다는 생각이 들어."

"무리도 아니지." 말론이 진을 두 잔 더 가져오라고 손짓을 보냈다. "하지만 내시 박사는 심약한 위인이라서 불안에 떨다가 결국 모든 것을 자백했잖나? 게다가 자백서에 서명까지 했고 말이야. 이번 진은 자네가 사게."

"하지만 그 사람 마음이 변하면 큰일이야. 그런 이야기를 배심원들이 믿어줄 것 같지도 않고…." 경감은 얼굴을 찡그리고 술잔을 들여다보았다. "솔직히 말해주게, 말론. 안 그러면 이번 진은 자네가 사야 해."

"다크 씨가 말을 삼켰다고 믿은 건 사실이야. 망상에 사로잡혀 있었지. 그래서 수술해서 말을 꺼내면 완전히 좋아질 거라고 믿고 있었어. 그것도 사실이야."

"그런데 말을 본 순간 죽어버린 건 무슨 까닭이지?"

"그건 말이야, 다크 씨는 검은 말을 삼켰다고 믿고 있었는데, 수술실에 있던 말은 하얀 말이었기 때문이지."

(원제: The Man Who Swallowed a Horse)

런던 야화

마저리 샤프[*]

가워 스트리트를 끝에서 끝까지 살펴보아도 마음을 들뜨게 하는 화려한 데는 전혀 없고, 카페의 직사각형 불빛이 보일 뿐이었다. 등불에 이끌린 나방처럼 할리데이 씨는 저도 모르는 사이에 길을 건너 노점 카페의 차양 아래로 들어갔다. 어느새 10시였다. 저녁밥은 충분히 먹었고, 이제 그만 집으로 돌아가고 싶었지만, 그럼에도 할리데이 씨의 팔꿈치는 카운터 위에 기분 좋게 놓여 있었다.

"햄 샌드위치 주세요. 그리고 엷은 홍차 한 잔도."

가까이에 있던 사내가 일어나더니, 카운터 위의 커피와 읽다 만 책을 옆으로 치우고 자리를 내주었다. 그 사내는 전등에 머리가 닿을 만큼 키가 커서, 할리데이 씨는 조금 놀랐다. 자세히 보니 그 신사는 중국인이었다. '중국의 왕족인지도 몰라.' 할리데이 씨는 그 사내의 조상에게 본능적으로 경의를 표하면서 생각했다. 두꺼운 외투를 입고 있는 것을 보면 방랑자 같지도 않다. 불빛 아래로 내민 한쪽 구두에는 커다란 금이 비스듬히 나 있었다.

---

[*] Margery Sharp(1905~1991): 영국의 여성 작가. 다양한 장르의 소설을 썼다.

"홍차와 햄 샌드위치 나왔습니다." 카페 주인이 말하면서 기운차게 음식을 카운터에 내려놓았기 때문에, 갈색 액체가 거품을 내며 받침접시 위로 넘쳐흘렀다. 카페 주인은 비쩍 마르고 원기왕성한 젊은이였는데, 손님들은 그를 제임스라고 부르고 있었다.

"설탕 넣으십니까?" 중국인 신사가 말하고는 예의 바르게 몸을 옆으로 비켰다. 그러자 설탕통만이 아니라, 다른 세 손님의 모습도 갑자기 조명을 받은 것처럼 눈에 들어왔다. 한 사람은 회사원 같고, 또 한 사람은 경기 좋은 기술자 같고, 나머지 한 사람은 아무리 보아도 부랑자 같았다. 그들은 살인사건에 대해 종잡을 수 없는 이야기를 나누고 있었다.

"불쌍도 해라." 기술자 타입의 사내가 말했다.

"불쌍하다고? 당치도 않아요!" 부랑자 타입의 사내가 소시지를 한 입 물어뜯고는 비웃는 듯한 어조로 말했다. "그 할망구는 장수를 누렸잖소. 게다가 꽤 괜찮은 인생이었소. 아담한 제과점을 운영하면서 부족한 것 없이 살았고…. 나도 일흔두 살쯤 되면 누군가가 내 머리를 그렇게 박살내줬으면 좋겠구먼." 이렇게 말하고 나서 다시 소시지를 물어뜯고, 이번에는 옆자리의 키 큰 중국인에게 말을 걸었다. "그건 그렇고, 범인은 잡혔겠지요? 오늘은 석간을 보지 못해서…."

"실은 나도 마찬가집니다." 중국인은 읽고 있던 책에서 잠깐 눈을 들고 엄숙하게 말했다. 할리데이 씨는 곁눈질로 그 책의 제목을 보았다. 에드워드 기번(1737~1794. 영국의 역사가―옮긴이)이 쓴 《로마제국 쇠망사》였다. 할리데이 씨는 속으로 감탄했다.

"아직은 잡히지 않았다 해도, 이제 곧 잡힐 겁니다." 기술자가 예언했다. "요즘에는 경찰의 눈을 피할 수가 없으니까요. 지금쯤 이 근처를 이 잡듯이 뒤지고 있을 게 분명해요."

할리데이 씨는 몸을 약간 내밀었다. 부랑자만이 아니라 그 역시 석간을 읽지 않았고, 석간뿐만 아니라 조간도 읽지 않았다.

"이 근처에서 살인사건이 있었습니까?" 그는 조심스럽게 카페 주인에게 물어보았다.

그러자 다른 세 사람이 그의 무지를 겨냥하고 덤벼들었다. 마치 쥐에게 덤벼드는 고양이처럼.

"그렇습니다."

"노파가 둔기로 얻어맞고 머리가 깨져서…"

"어젯밤 자정이 조금 지났을 때 당한 모양이에요." 기술자가 보충설명을 했다. "강도가 제과점에 몰래 들어가 돈상자에서 5파운드 10실링과 초콜릿 한 개를 훔쳤답니다. 그러고는 막 나가려 할 때 노파가 아래층으로 내려간 모양이에요. 길모퉁이에 있는 저 제과점이지요."

"그렇습니다." 카페 주인이 우울하게 말했다. "큰길에 면해 있는 가게인데, 여기서도 보입니다. 구경꾼이 많이 몰려올 줄 알았는데, 별로 오지 않은 모양이군요."

"그야 볼 만한 게 별로 없으니까 그럴 수밖에." 부랑자 타입의 사내가 말했다. "피가 흐른 것도 아니고… 적어도 밖에는 핏자국이 없으니까 말이오. 그런데 불이 나면 보러 갈 가치는 충분해요. 나는 큰 화재를 보러 멀리까지 간 적도 있었지요."

"맞아요." 기술자가 고개를 끄덕였다. "움직임이 없으면 대중은 덤벼들지 않아요. 문간에 경찰관 한 사람이 서 있을 뿐인데, 그걸 보러 가고 싶어 할 사람이 어디 있겠어요? 그런데 반드시 보러 가는 사람이 딱 하나 있지요. 바로 살인범이죠. 범인은 현장에 가보고 싶은 욕구에 사로잡힌다니까요."

"그렇다면…" 중국인이 기번의 저서를 탁 덮으면서 말했다. "여기 있는 우리 모두 용의자라는 얘기가 되나요?"

"나는 아닙니다." 제임스가 당장 반박했다. "나는 오늘 아침에 한참 시간을 들여서 경찰관에게 내 결백을 증명했으니까요. 경찰이 노파의 시체를 발견한 게 한 시가 좀 지나서였지요. 밤 열한 시에는 분명히 살아 있었어요. 이건 목격자가 있습니다. 그런데 열한 시부터 한 시까지 나는 줄곧 이 가게에 있었거든요. 택시 승차장이 가까이에 있었던 게 천만다행이었어요. 자정까지는 언제나 택시 기사들이 꽤 있으니까요. 그때부터 두 시에 가게를 닫을 때까지는 댄스파티에 갔다가 집으로 돌아가는 동생과 그 애의 약혼녀가 여기 와 있었지요."

"알리바이라는 거군요." 작달막한 회사원이 유식한 척 말했다. "내 사촌도 언젠가 회사에서 강도사건이 일어났을 때 알리바이가 있었지요. 커피 한 잔 더 주세요. 우유를 듬뿍 넣어서…"

회사원은 이렇게 말하고는 카운터 위의 커피잔을 제임스에게 밀어주었다. 유치원에서 우유를 마시는 아이처럼 부드러운 그의 태도를 보고, 할리데이 씨는 그 회사원을 중국인이 말한 용의자 명단에서 뺐다. 생각해보면 중국인 신사는 살인 현장 근처에 있는 사람들에게 맞대놓고 묘한 말을 했다. 좀 불쾌하기도 하다. 그렇다면 그런 말을 꺼낸 중국인도 결백한 게 아닐까. 보통 살인범이라면 그렇게 공개적으로 의심을 북돋우는 짓은 하지 않는다. 하지만 보통이 아닌 살인범이라면 어떨까.

보기 좋은 커다란 머리, 가느다란 눈, 꽉 다문 입매. 그런 모습을 힐끗 보고 할리데이 씨는 저도 모르게 오싹 소름이 끼쳤다. 살인범이든 아니든, 그 사내한테는 무언가 심상치 않은 데가 있었다. 낡아빠진 외투를 자신만만하게 차려입고 있어서, 외투를 기웠는지 어떤지 생각해낼 수 없을 정도였다.

그 사내는 계속 지껄이고 있었다.

"살인범은 반드시 현장에 돌아오는 법이라는 설은 어느 정도 사실에 뒷받침된 주장인가요? 감각이라는 문제도 있고…. 예를 들면 심리학 교수가 실험이라는 고차원적인 동기에서 살인을 저지를 가능성도 있습니다."

"그런 얘기는 듣고 싶지 않아요." 회사원 타입의 사내가 화난 투로 말했다. "죄송합니다. 실은 내 아들놈이 이번 9월에 교직에 들어갈 예정이라서요."

이렇게 말하고 나서 그는 황급히 커피를 마시며 커피잔 너머로 사람들의 얼굴을 걱정스러운 듯이 둘러보았다.

"저도 한 말씀 드리자면…" 카페 주인인 제임스가 비스킷 통 사이로 몸을 내밀고 말했다. "살인 동기는 세 가지밖에 없습니다. 그 세 가지 가운데 어느 것인가를 생각해봐야죠. 우선 돈입니다. 저 제과점에서 일어난 살인사건처럼요. 다음은 치정입니다. 프랑스에서 자주 일어나는 정열의 범죄라는 거죠. 그리고 마지막은 원한입니다. 이 세 가지밖에 없습니다."

"옳소!" 부랑자가 입으로 가져가려던 손을 멈추고 외쳤다. "치정과 원한과 돈… 이 세 가지로 설명할 수 없는 건 아무것도 없소.

내가 이렇게 누더기를 걸치고 있는 이유는 무엇인가? 바로 사랑 때문이오. 전쟁을 하는 것은 무엇 때문인가? 증오 때문이오. 세상이 미친 건 무엇 때문인가? 돈 때문이오."

그는 도중에 멈춘 손을 입으로 가져갔다. 그러고는 자신의 지혜에 스스로 감탄한 듯, 한동안 말없이 소시지를 씹고 있었다.

"그거야 어쨌든, 묘하군요." 기술자가 말했다. "범인을 본 사람도 없고, 소리를 들은 사람도 없다는 게 말입니다. 순찰 경찰관이 가게 문이 열려 있는 것을 발견한 게 한 시 5분입니다. 그때까지 줄곧 자네는 여기 있었지, 제임스? 게다가 택시 기사들도 있었고…. 참으로 불가사의한 일입니다."

"그거야 어쨌든…" 부랑자가 말했다. "살인범은 현장을 떠날 때도 전혀 방해를 받지 않았을 거요. 현장에 갈 때도…. 큰길 맞은편에 늘어서 있는 창고 뒤를 지나면, 오전 한 시쯤에는 사람들도 지나다니지 않으니까…."

"그런가요? 그거 재미있군요." 카페 주인이 말했다.

부랑자는 빈정거리는 웃음을 지었다.

"자, 뭐든지 물어보시오. 어젯밤 저 큰길 언저리에서 내가 뭘 하고 있었냐고? 아무것도 하고 있지 않았소. 어젯밤에는 침대에서 지냈으니까. 스무 명의 신사와 한방에서…."

부랑자는 소시지를 다 먹고 커피도 다 마셨다. 그러고는 계산을 하려고 꾸깃꾸깃한 10실링짜리 지폐를 이것 보라는 듯 조심스럽게 꺼냈다. 네 사람이 일제히 그 지폐를 바라보았다. 할리데이 씨는 몸을 뒤로 뺐다.

"아니, 그 돈을 어디서 구했습니까?" 제임스가 날카롭게 물었다.

"주웠소. 저쪽 하수구에서."

"붉은 얼룩 같은 게 묻어 있군요." 할리데이 씨가 중얼거리듯 말했다.

"말도 안 됩니다." 제임스가 대들듯이 말했다. "그 노파는 돈 근처에 없었어요. 토마토 수프겠지요."

하지만 그는 한 손을 돈상자 위에 올려놓은 채 계속 망설이고 있었기 때문에, 트위드 재킷을 입은 젊은이가 다가오자 사람들은 모두 안도의 한숨을 내쉬었다. 의대생이로군. 할리데이 씨는 순간적으로 생각했다. 이런 재킷은 이 언저리에서 흔히 볼 수 있었다.

"제임스 씨, 실은 당신한테 1실링 빚진 게 있습니다." 젊은이는 말하고 1실링짜리 은화를 카운터에 내려놓았다.

"도대체 무슨 소리요?" 카페 주인은 유리잔을 행주로 훔치면서 되물었다.

"소시지 두 개와 햄 샌드위치 두 개 값입니다. 어젯밤에 친구하고 둘이서 이곳에 들렀는데, 당신이 마침 자리를 비웠더군요. 그래서 실례했지요. 돈을 놓고 갈까 했지만, 다른 사람이 훔쳐가면 안 될 것 같아서…."

"당신은 뭔가 착각한 모양이군요. 당신이 소시지를 실례한 건 이 가게가 아니라 다른 가게일 거요. 이 가게가 열려 있는 동안은 나는 늘 여기 있었어요. 카운터 안쪽에. 그러니까 누군가가 소시지를 가져가면 나는 금방 압니다."

"하지만 어젯밤에 당신은 여기 없었잖아요!" 젊은이는 정색을 하고 말했다. "우리는 열두 시 반부터 45분까지 여기 있었지만, 사람은커녕 개미새끼 한 마리 없었어요."

카운터 앞의 손님들 위로 묘한 침묵이 내려앉았다. 아무도 침묵을 깨뜨릴 말을 찾아내기 전에 중산모를 쓴 회사원 타입의 사내가 불빛 가장자리로 나아가더니 어둠 속을 향해 신호를 보냈다. 그러고는 카페 쪽으로 돌아서서 부드러운 어조로 이렇게 말했다.

"제임스 파커, 9월 27일 수요일 밤 가워 스트리트 14번지에서 일어난 노파 살인사건 용의자로 당신을 체포하겠소."

(원제: London Night's Entertainment)

산타클로스의 크리스마스 선물

렉스 스타우트[*]

'크리스마스 이브만큼 살인사건에 어울리는 때는 없다.' 아트 휘플은 속으로 그렇게 생각하고 있었다.

시기적으로 맞는 생각이기도 하고, 그다운 생각이기도 했다. 때는 마침 12월 24일 오후 3시. 아트 휘플은 살인사건이라면 언제나 대환영이지만, 크리스마스 기분이니 쇼핑이니 하면서 지루하게 계속되는 야단법석을 불쾌하게 여기고 있었기 때문에, 어차피 살인사건이 일어난다면 크리스마스이브만큼 안성맞춤인 때는 없다고 생각하고 싶어졌다. 그렇다고 해서 그가 크리스마스를 경멸하고 있는 것은 아니다. 크리스마스를 경멸한다는 건 미국인답지 않은 일이기 때문이다. 하지만 최근에 사복 경찰이 되어, 제복을 가구 딸린 셋방의 옷장 구석에다 내던진 뉴욕 경찰관으로서, 그는 자신이 유능하고 강인하다는 것을 어느 누구보다도 우선 자기 자신에게 납득시킬 필요가 있었다. 따라서 그가 크리스마스를 빈정거리는 눈으로 바라보는 것도 어쩔 수 없는 일이다. 살인사건을 만나고 싶

---

[*] Rex Stout(1886~1975): 미국의 추리소설가. 명탐정 네로 울프의 창조자로 유명하다.

다는 소망이 싹튼 것은 주차위반 차량에 딱지를 붙이는 일을 맡고 있을 무렵이었는데, 그것은 직무상 터무니없는 소망은 아니었다. 그의 최대 희망은 살인과 형사로 발탁되는 것이었고, 그러려면 우선 시체를 발견하여 혼자서 재빨리 범인을 체포하는 것이 지름길이다. 물론 온종일 그런 생각에 사로잡혀 있었던 것은 아니다. 12월 24일 오후, 성큼성큼 길을 걸으면서 더러운 문이 보일 때마다 혹시 피 냄새가 나지는 않나 하고 냄새를 맡고 다닌 것은 아니다. 하지만 신고자가 알려준 번지에 도착하여 안으로 들어가려다가 무심코 손이 저고리 안쪽으로 들어가 권총을 쥐었다.

하지만 지저분하고 불쾌한 냄새가 나는 좁은 사무실에 들어가 거기에 있는 세 사람을 보자 아무래도 권총을 사용할 필요는 없을 것 같았다. 아트는 우선 자신의 이름과 신분을 밝힌 다음, 세 사람의 이름을 받아적었다.

낡은 책상 앞에 앉아 있는 사내-40대 후반으로 보이고, 수염이 거뭇거뭇 돋아나 있었다-는 이 사무실에서 이루어지고 있는 사업-싸구려 모조 보석을 취급하는 통신판매회사 '듀러스 스페셜'-의 경영자인 에밀 듀러스였다. 골판지 상자가 쌓여 있는 탁자와 선반들 사이에 끼여 앉아 있는 작달막하고 까무잡잡하고 말쑥한 사내는, 그가 내민 명함에 따르면 '에이벡스 보험회사'의 조사원인 H.E. 케이니그였다. 목의 힘줄이 불거지고 물기 어린 파란 눈을 가진 아가씨는 어깨 높이까지 쌓아 올린 골판지 상자 쪽으로 밀려난 채 우두커니 서 있었는데, 짙은 갈색의 펠트 모자를 쓰고 단추가 하나 떨어진 옅은 갈색의 모직 코트를 입고 있었다. 이름은 헬렌 라울로였고, 눈에 물기가 어려 있는 것은 점막에 염증이 생겼기 때문이 아니라 눈물을 흘린 흔적인 것 같았다.

아트 휘플은 일을 철저히 하는 성미라서, 납득이 갈 때까지 이야기를 듣는 데 20분쯤 걸렸다. 그 일이 끝나자 그는 수첩을 주머니에 집어넣고 나서, 듀러스를 바라보고 다음에는 케이니그를 바라보고 마지막으로 아가씨를 바라보았다. 눈물을 닦으라고 말해주고 싶었지만, 그녀가 손수건을 갖고 있지 않으면 어떻게 되나 싶어 그만두었다.

그는 우선 듀러스에게 말했다.

"내 말이 틀리면 그렇다고 말해주세요. 당신은 부인에게 크리스마스 선물을 하려고 일주일 전에 그 반지를 사고 대금으로 162달러를 지불했다. 그리고 그걸 라울로 양에게 보여준 뒤 책상 서랍에 넣었다…. 그런데, 라울로 양에게 보여준 건 왜죠?"

듀러스는 두 손바닥을 천장 쪽으로 펼쳐 보이면서 말했다.

"헬렌은 내 사무실에서 일하고 있고, 여자고, 게다가 아름다운 반지니까요."

"그렇군요. 그런데 오늘 당신은 라울로 양과 함께 일을 했다. 주문품을 꾸리고, 주소를 쓰고, 우표를 붙였다. 그리고 소포를 넣은 자루를 라울로 양에게 들려서 우체국으로 보냈다…. 그런데 왜 소포를 전부 가져가지 않았죠?"

"전부 가져갔습니다."

"그럼 저건 뭡니까?" 하고 말하면서 아트는 주소가 적히고 우표가 붙여진 채 작업대 한 모퉁이에 쌓여 있는 작은 상자들을 가리켰다.

"오후에 온 주문품입니다. 헬렌이 우체국에 가 있는 동안 내가 꾸렸지요."

아트는 고개를 끄덕이고 질문을 계속했다.

"그리고 라울로 양이 나가 있는 동안, 크리스마스에 반지를 집에 가져가려고 서랍을 들여다보았더니 반지가 없어졌다. 오늘 아침에는 분명히 있었다. 라울로 양이 다시 한번 보여달라고 했기 때문에 보여주고, 손가락에 끼게 해준 뒤 다시 서랍 속에 돌려놓았다. 그런데 오후에 보니까 없어졌다. 당신이 밖으로 가지고 나간다는 건 있을 수 없는 일이다. 이 방에서 한 발짝도 밖으로 나가지 않았으니까. 라울로 양은 나가서 당신이 점심에 먹을 샌드위치를 사왔다. 그래서 당신은 라울로 양이 반지를 훔쳤다고 생각해서 보험회사에 전화했더니, 케이니그 씨가 와서 경찰을 부르라고 권고했고…."

"보험에 들어 있는 건 재고상품뿐입니다." 케이니그 씨가 끼어들었다. "문제의 반지는 재고상품이 아니니까 보험에 들어 있지 않습니다."

"그건 형식론에 지나지 않아요." 듀러스가 내뱉듯이 말했다. "보험회사가 그런 논리를 방패로 삼다니, 그러면 신용이 떨어져요."

케이니그는 정중하지만 알쏭달쏭한 미소를 지었다.

아트는 아가씨 쪽을 바라보며 말했다.

"앉으시죠? 빈 의자도 있고…"

"전 이 방에서는 두 번 다시 앉지 않겠어요." 그녀는 가냘프고 굳은 목소리로 대답했다.

"그래요?" 아트는 그녀를 노려보았다. 아무리 보아도 미인은 아니다. "만약 그 반지를 훔쳤다면…."

"훔치지 않았어요."

미니 탐정소설

"그래요? 하지만 만약 훔쳤다면 어디 있는지 가르쳐주는 게 좋습니다. 끼고 다닐 수도 없고, 팔 수도 없을 테니까요."

"알아요. 그래서 훔치지 않았어요."

"그럼, 훔치려고 생각한 적은 있습니까?"

"물론 있죠. 예쁜 반지였으니까…." 헬렌 라울로는 여기서 잠깐 말을 끊고 숨을 들이마셨다. "내 목숨 같은 건 하찮을지도 모르지만, 그런 예쁜 반지를 얻을 수 있다면 목숨을 내던져도 좋을 정도예요. 물론 그걸 훔치려고 생각한 적은 있어요. 하지만 낄 수도 없고…."

"어떻습니까?" 듀러스는 경찰관에게 호소했다. "교활한 여자입니다. 아주 악질이에요."

아트는 충동을 억눌렀다. 조사를 중단하고 경찰서로 돌아가서 보고서를 써버리고 싶은 충동에 사로잡혔던 것이다. 이런 놈들은 정의를 누릴 가치가 없어. 조사할 필요도 없이 보고서를 쓰는 것만으로도 충분해…. 사건의 99%는 그런 식으로 처리된다. 하지만 아트는 조사를 중단하지 않고, 세 사람의 시선을 받으면서 의자에 차분히 앉은 채 한참 동안 생각했다.

그러다가 마침내 입을 열어 듀러스에게 말했다.

"오후에 온 주문서를 보여주시겠습니까?"

듀러스는 흠칫 놀라면서 되물었다.

"그건 왜요?"

"당신이 주소를 쓰고 우표를 붙인 소포와 대조해보고 싶어서요."

듀러스는 고개를 저었다.

"주문서와 발송품을 대조하는 일로 경찰관에게 수고를 끼칠 필요는 없습니다. 농담이시겠지요?"

"아니, 농담이 아닙니다. 주문서를 보여주세요."

"싫습니다!"

"그럼 상자를 전부 열어봐야 합니다."

아트는 일어나서 탁자 쪽으로 걸어갔다. 듀러스가 벌떡 일어나더니 앞을 가로막았다. 두 사람은 가슴과 가슴을 맞대다시피 하고 마주 섰다.

"이 상자에 손을 대면 안 됩니다." 듀러스가 말했다. "수색영장은 없겠지요? 그렇다면 어디에도 손을 대면 안 됩니다!"

"그거야말로 형식론이 아닌가요?" 아트는 접촉을 피하려고 반 발짝 뒤로 물러섰다. "그리고 내 짐작이 맞다면 그런 건 아무래도 좋습니다. 지금 당장 상자를 열어보고 싶지만, 열을 셀 테니까 그때까지 주문서를 가져오세요. 그러면 피차 수고를 덜 수 있을 테니까요. 하나, 둘, 셋…."

"경찰에 전화하겠습니다."

"아하, 어서 하시죠. 넷, 다섯, 여섯, 일곱, 여덟, 아홉…."

아트는 아홉까지 세고 그만두었다. 듀러스가 탁자 쪽으로 가서, 산더미처럼 쌓인 상자를 뒤적거렸기 때문이다. 듀러스가 상자 하나를 손에 들고 물러서자 아트는 "그걸 이리 주세요" 하고 말했다. 듀러스는 잠시 망설였지만 결국 그 상자를 건네주었다. 아트는 주소를 보고 나서, 테이프를 떼어내고 상자 뚜껑을 열고 상자 속에 채워 넣은 얇은 종이를 꺼내고, 마지막으로 작은 상자를 꺼냈다. 그리고 그 상자에서 반지를 꺼냈다. 초록빛이 감도는 커다란 돌을 박은 황금색 반지였다. 헬렌 라울로가 목구멍을 울렸다. 케이니그는 신음소리를 냈다. 칭찬의 뜻인 모양이다. 듀러스는 아트의 손에서 반지가 아니라 주소가 적힌 상자를 낚아채려고 했지만 실패했다.

"불 보듯 뻔한 일입니다." 아트가 듀러스에게 말했다. "하지만 상자를 눈여겨본 것은 직감이 맞았을 뿐입니다. 이 물건에 162달러를 지불했나요?"

듀러스는 입을 열었지만 말은 나오지 않았다. 말을 할 수 없게 되어버린 모양이다. 그는 힘없이 고개만 끄덕였다. 아트는 아가씨를 바라보았다.

"이런 회사는 그만두겠다고 하셨죠? 그렇다면 퇴직금으로 무언가를 받아야 하지 않겠어요? 듀러스 씨한테 누명을 쓸 뻔했으니까 혼을 내주고 싶기도 하겠지만, 눈감아주면 감사 표시로 이 반지를 받을 수 있을 겁니다. 어떻습니까, 듀러스 씨?"

"좋습니다."

"내가 건네줄까요?"

"그러세요." 듀러스의 턱이 경련을 일으켰다.

아트가 반지를 내밀자 아가씨는 믿을 수 없다는 표정으로 그것을 받아들었지만, 반지는 보지 않고 아트의 얼굴만 바라보고 있었다. 얼굴에 구멍이 뚫릴 만큼 바라보기 때문에 아트는 쑥스러운 기색을 감추려고 듀러스 쪽으로 돌아서서 주소가 적혀 있는 상자를 내밀었다.

"자, 이건 돌려드리겠습니다. 크리스마스 선물로 반지를 샀다고 말해서 아내의 신망을 얻고, 반지가 없어졌다고 소동을 피워서 보험회사에서 돈을 받아내고, 그 반지는 애인에게 보낸다… 썩 괜찮은 잔재주를 부렸지만, 다음에 또 그런 짓을 꾸미면 무사하지 못할 겁니다. 그리고 증인이 보는 앞에서 그 반지를 라울로 양에게 선물했다는 것도 잊지 마세요."

듀러스는 꿀꺽 침을 삼키고는 고개를 끄덕였다.

"형사님 이름은 휘플이 아니라 산타클로스일 겁니다." 케이그니가 말했다. "저 아가씨한테는 목숨과 바꾸어도 아깝지 않은 반지를 선물했고, 듀러스 씨에 대해서는 사기죄에 걸릴 뻔한 것을 구해주었고, 나한테는 보험금 청구를 무효로 할 증거를 주었으니 말입니다. 정말이지 그거야말로 그리운 옛날의 크리스마스 정신입니다! 메리 크리스마스!"

"당치도 않습니다."

아트는 사무실을 나와 층계를 내려갔다. 그리고 경찰서로 돌아가는 길에 보고서를 조금 손질해주기로 마음먹었다. 강인한 것으로 이름을 날리는 것도 좋지만, 그것도 적당히 하지 않으면 안 돼. 그 보험회사 놈은 아무리 봐도 얼간이야. 나를 산타클로스라고 하다니… 크리스마스에 진절머리를 내고 있는 이 나를….

그리고 아트는 생각해냈다. 크리스마스이브만큼 살인사건에 어울리는 때는 없다고.

(원제: Santa Claus Beat)

마술처럼 사라지다

줄리언 시먼스[*]

살인은 군중 속에서 행하는 것이 가장 쉽다고 하지만, 그 말을 뒷받침해주는 사건이 공휴일인 월요일에 브라이트샌드 제방 근처에 있던 수많은 사람들 속에서 일어났다.

사람들은 바람이 거세게 휘몰아치는 제방 쪽에서 유원지로 쏟아져 들어가, 켄터키 경마 게임이나 그레이트 브룩랜즈 자동차 경주 게임을 즐기거나 버틀러의 기기묘묘한 톱질 솜씨를 구경하거나 각종 게임에 잔돈을 탕진하고 있었다. 펀치와 주디의 인형극은 막을 내려 조용해져 있었다. 브라이트샌드 악단은 이미 오후 연주를 끝내고 집으로 돌아가버렸다.

제방 한가운데에는 둥근 지붕을 씌운 양파 모양의 찻집이 있었다. 거기서는 기진맥진한 부모들이 차를 마시며 휴식을 취하고, 아이들은 신나게 떠들어대면서 프루트 케이크나 아이스크림을 먹고 있었다. 바람이 닿지 않는 쪽에서는 사람들이 간이의자에 드러누워 얼굴에 신문지를 덮고 잠을 자거나 바다에 떠 있는 장난감 같

---

[*] Julian Symons(1912~1994): 미국의 추리소설가·시인.

은 배를 바라보며 일광욕을 즐기고 있었다.

  살인자가 기회를 포착한 것은 이처럼 유쾌하고 소란스럽고 남의 일에는 관심을 기울이지 않는 공휴일의 군중 속이었다. 살인자의 이름은 아무래도 좋다. 그는 너무 평범해서 눈에 잘 띄지 않는 작달막한 사내였다. 그리고 피해자—이쪽 역시 이름은 별로 중요하지 않다—는 제방 난간에 아무렇게나 발을 내던진 채 간이의자에 누워 잠을 자고 있는, 햇볕에 그을린 덩치 큰 사내였다. 이 사내의 양쪽 의자는 그때 마침 비어 있었다.

  눈에 띄지 않는 작달막한 사내는 친구에게 인사라도 하는 것처럼 간이의자 쪽으로 몸을 내밀었다. 그러고는 잭나이프를 허리춤에서 꺼내더니 한 번, 두 번, 세 번 내리꽂았다. 덩치 큰 사내는 신음 같은 소리를 냈다.

  이어서 작달막한 사내는 붉게 빛나는 칼을 내던졌다. 칼은 완만한 포물선을 그으며 푸른 바다로 사라졌다. 작달막한 사내는 빠른 걸음으로, 하지만 태연한 모습으로 그 자리를 떠났다. 이 살인에 걸린 시간은 기껏해야 10초였다.

  나중에 밝혀졌지만 이것은 완전히 돌발적인 범행이었다. 살인자는 이쪽으로 등을 돌리고 잠들어 있는 적을 우연히 발견하고, 자기한테 칼이 있다는 생각이 떠오르자 더 이상 아무 생각도 없이 범행을 저질렀던 것이다. 동기는? 그것은 미친 듯이 타오르는 질투였다. 덩치 큰 사내가 작달막한 사내의 아내를 빼앗아 동거하고 있었던 것이다. 이 범죄의 동기와 배경은 며칠, 아니 몇 주에 걸쳐 사법기관의 손으로 서서히 밝혀졌지만, 범행 자체는 순식간에 끝났다.

  이 살인사건에는 목격자가 있었다. 당일치기로 브라이트샌드에

놀러온 중년 여교사가 칼이 오르내리는 것을 실제로 보았던 것이다. 새빨간 피가 뿜어져 나와 살인자의 갈색 재킷에 튀는 것을 보았다. 순간, 그녀의 이성은 감각이 포착한 것을 받아들이기를 거부했다. 한참 후에야 그녀는 한쪽을 가리키며 비명을 질렀다.

평화로웠던 공휴일의 제방은 순식간에 미친 듯한 혼란의 도가니로 변했다. 간이의자에 누워 있던 사람들은 일제히 일어났고, 낚시꾼들은 낚싯대를 내팽개쳤고, 웨이트리스 한 사람이 찻집에서 뛰쳐나왔다. 이리하여 혼란스러운 문답이 오갔다.

"강도래…. 여자가 기절했대…. 이쪽으로 도망쳤대…. 몸집이 작은 사내였대…. 사내아이가 바다에 빠졌대…. 아니, 그게 아니라 살인이 일어났대…."

하지만 이 혼란도 2, 3분 만에 가라앉았다. 이윽고 시체가 발견되고, 소매치기를 막기 위해 제방에 배치되어 있던 두 명의 사복 경찰이 제방에 비상선을 치고 수사에 나섰다.

하지만 갈색 재킷에 피를 뒤집어쓴 사내는 그 잠깐 사이에 모습을 감추어버렸다. 완전히 행방을 감추어버린 것이다. 마술이라도 부린 것처럼.

프랜시스 쿠어스는 살인사건이 일어나기 30분 전부터 제방에 와서 조카 로저의 상대역을 맡고 있었다. 유원지에서는 전기자동차를 타거나 스키볼을 하느라 벌써 몇 실링을 썼다.

로저는 아이스크림과 솜사탕을 깜짝 놀랄 만큼 잘 먹어댔고, 펀치와 주디의 인형극을 보고는 아동용으로 각색한 것인데도 아주 재미있다고 말했다. 쿠어스는 제방에 쳐진 비상선과 개리티 경감이 도착하는 모습을 흥미롭게 바라보았다. 수사 상황을 알고 싶다는 경감의 말에 쿠어스는 기꺼이 응했다.

범행을 목격한 여교사의 증언은 간단했다. 범인의 모습은 보였지만 얼굴은 보이지 않았다는 것이다. 범인은 간이의자 위로 몸을 내밀고 있었다고 한다. 범인의 재킷 오른쪽 소매에 피가 튀는 것은 분명히 보았다고 한다.

범인은 회색 플란넬 바지를 입고, 평균보다 키가 작고, 머리는 다갈색이었던 것 같다고 여교사는 증언했다. 그리고 범행을 끝낸 뒤 범인은 찻집 입구 쪽으로 걸어갔다고 한다. 목격자는 이 증언을 몇 번이나 되풀이 말했고, 증언을 조금도 뒤집지 않았다.

그러면 범인은 찻집에 들어갔을까? 그런 일은 절대로 없다고 웨이트리스는 잘라 말했다. 그녀는 줄곧 입구 쪽에 서 있었고, 비명을 들은 순간 뛰쳐나왔으며, 비명을 듣기 전이나 그 후에 찻집에 들어온 손님은 없었다고 한다.

그렇다면 범인은 옆에 있는 유원지로 들어갔을까? 아니, 그런 일은 없다고 그 자리에 있던 사람들이 말했다. 악단 스테이지 뒤에 있던 분장실에는 자물쇠가 잠겨 있었다. 펀치와 주디의 인형극을 공연하는 천막에는 인형을 다루는 기술자가 아직 남아 있었지만, 그도 피 묻은 갈색 재킷을 입은 작달막한 사내 따위는 보지 못했다고 말했다.

그렇다면 범인은 제방 밖으로 도망쳤을까? 불룩하게 튀어나온 제방이 좁아져서 보통 산책길로 이어지는 지점에 배치되어 있던 두 명의 사복 경찰은 여교사의 비명을 듣기 전이나 그 후에 그런 작달막한 사내가 그곳을 지나간 일은 없다고 단언했다. 그리고 이 두 사람 근처에 있던 쿠어스도 거기에는 이의가 없었다.

경찰은 논리적으로 수사를 진행했다. 범인은 윗옷을 갈아입었거나(만약 그렇다면 갈아입을 윗옷과 남의 눈에 띄지 않게 옷을 갈아입을 수 있는 곳을 사전에 마련했다는 얘기가 된다), 아니면 피 묻은 옷을 어떤 방법으로든 처리했을 것이다. 그 어느 쪽도 아니라면 범인은 아직도 피 묻은 옷을 입은 채로 있을 것이다.

이 세 가지 경우 이외에 다른 가능성은 있을 수 없을 터인데, 어찌된 셈인지 범인은 그림자도 보이지 않는 것이다.

제방 근처에는 300명 남짓한 사람이 있었고, 그 절반가량이 남자였다. 재킷을 입지 않은 남자는 그 가운데 여섯 명뿐이었다. 바람이 차가웠기 때문이다. 그 여섯 명도 친구나 가족과 함께 왔기 때문에 결백이 증명되었다. 갈색 재킷을 입은 남자는 꽤 많았지만, 피 묻은 옷은 보이지 않았다.

만약을 위해 개리티 경감은 찻집과 유원지에 있는 사람들도 조사해보았다. 하지만 한 시간이 지나도 범인을 찾아낼 전망이 보이지 않자 제방 근처에 발이 묶인 사람들은 짜증을 내기 시작했다.

"헛수고일 거요." 경감이 말했다. "이곳에는 숨을 곳도 없고 옷을 갈아입을 곳도 없으니까요. 범인은 모든 사람의 눈을 피해 제방 밖으로 도망쳐버린 게 분명합니다."

"천만에요." 쿠어스가 말했다. "지금까지의 상황을 종합하면 범인은 이 근처에 은신처를 갖고 있고, 그곳에 들어가도 전혀 의심받지 않는 사람이라는 얘기가 됩니다. 범인은 재빨리 은신처로 돌아가서 옷을 갈아입고, 피 묻은 옷은 장사도구를 운반하는 상자 속에 넣어버렸을 거예요."

이렇게 말하면서 쿠어스는 펀지와 주디의 인형극을 하고 있는 평범하고 작달막한 사내의 어깨를 잡았다.

"은신처와 옷을 갈아입을 곳으로 펀치와 주디의 인형극 천막만큼 좋은 곳이 또 있을까요?"

(원제: As If By Magic)

결정적인 단서

앤서니 바우처 *

탐정 일을 하다 보면 평생에 한두 번은 소설에나 나올 법한 순수한 수수께끼에 부딪히는 법이다. 내가 만난 수수께끼 가운데 가장 극적인 것은 마치니-콜레티 사건, 즉 '두 낱말 풀이 사건'이었다.

이것은 미식축구와 관련된 사건이지만, 펀트(손에 쥔 공을 떨어뜨려 그것이 바닥에 닿기 전에 길게 차는 것을 가리키는 미식축구 용어─옮긴이)와 펀트(배다리를 만들 때 쓰이는 납작한 상자─옮긴이)를 구별할 줄 몰라도 이 수수께끼를 푸는 데에는 별 지장이 없을 것이다. 이 사건이 일어난 것은 캘리포니아 대학이 스티브의 감독 아래 멋진 팀워크를 발휘하던 무렵이다. 스티브는 기민하면서도 노련한 체중 127킬로그램의 거인으로서, 스포츠 기자들한테 '기민한 바다표범'이라는 별명을 얻고 있었다. 그해 캘리포니아 대학은 AP통신에 따르면 미국 제6위, UP통신에 따르면 제4위에 올라 있었다. 그것은 모두 나파밸리 출신인 두 이탈리아인이 있었기 때문이다.

잭(자코모) 마치니는 키는 작지만 윌리엄 텔(스위스의 전설적 영

---

* Anthony Boucher(1911~1968): 미국의 추리소설 및 과학소설 작가·비평가·편집자.

웅, 석궁의 명수-옮긴이)처럼 겨냥이 확실한 쿼터백이었다. 시합 때마다 그는 폴 라슨이 세운 대학 기록을 모조리 깨뜨렸고, 그의 장기인 패스는 언제나 토니 콜레티라는 팔다리가 긴 거구의 '엔드'(미식축구에서 최전방에 있는 선수-옮긴이)를 겨냥하고 있었다. 콜레티는 손가락에 도마뱀붙이 같은 빨판이 붙어 있는 게 아닌가 여겨질 정도였다. 두 사람은 고등학교 시절부터 짝을 이루어 환상적인 플레이를 보여주었기 때문에, 어느 심리학 박사 지망생은 이 두 사람을 이용하면 '운동경기에서의 초능력'이라는 논문을 완성할 수 있지 않을까 생각했을 정도였다.

캘리포니아 대학은 그 빅게임에서 20점을 앞서고 있었다. 캘리포니아주에서 빅게임이라면 캘리포니아 대학과 스탠퍼드 대학의 시합을 말한다. 물론 그 밖에도 큰 시합은 몇 가지 있다. 예를 들면 예일 대학과 하버드 대학의 시합이라든가, 육군사관학교와 해군사관학교의 시합 같은. 하지만 빅게임이라면…. 어쨌든 그 시합은 빅게임이었다. 점수 차는 그리 큰 문제가 되지 않는다. 때로는 상당히 큰돈이 패배한 선수 쪽으로 넘어가는 일도 있다. 따라서 20점을 앞서가던 팀이 26대 20으로 따라잡혀 간신히 이기는 상황에는 아무도 놀라지 않았다. 하지만 그 시합의 상황에는 많은 사람들이 놀랐다. 태평양 연안 경기연맹 사람들도 의심을 품고 나에게 그 조사를 의뢰해왔다.

콜레티는 자신과 골라인 사이에 수비수가 아무도 없는 절호의 기회를 세 번이나 맞았다. 그리고 마치니는 완벽한 엄호를 받으면서 콜레티에게 공을 패스했다. 그런데도 공은 콜레티의 손에 넘어가지 않았다. 패스가 너무 길었거나(또는 엔드가 제 위치에 너무 늦게 도착했거나) 패스가 너무 짧았기(또는 패스를 받는 사람이 너무 멀리 가버렸기) 때문이다. 여느 때의 초능력이 작동하지 않았던 것이다. 과연 그게 누구 탓인지, 누가 알겠는가. 다만 마치니는 알고 있었을 것이다. 그리고 콜레티도. 그리고 어쩌면 도박사 일당도….

도박을 하지 않는 분들을 위해 말해두면, 미식축구의 도박은 대개 승부로 결정되는 것이 아니라 점수 차에 따라 결정된다. 따라서 확실히 터치다운을 하여 득점할 수 있는 절호의 기회를 패스 미스로 세 번이나 놓쳐버린 결과, 설령 스탠퍼드 팀이 역전에 실패하여 캘리포니아 팀이 연승을 거두었다 해도, 진 팀에 돈을 건 사람들의 주머니에는 수십만 달러의 돈이 굴러 들어가게 되었다.

내가 태평양 연안 경기연맹으로부터 조사를 의뢰받았을 때 맨 먼저 이야기를 나누고 싶었던 상대는 스티브였다. 하지만 스티브는 금방 응해주지는 않았다.

"여덟 시간만 기다려주세요" 하고 그는 말했다. "오늘 밤늦게 와주세요, 오블린 씨. 그러면 아마 도움을 줄 수 있을 겁니다. 나는 그 두 사람과 이야기해볼 작정인데, 철저히 이야기할 겁니다. 나는 그 두 사람을 잘 알고 있지요. 친아버지 이상으로, 고해신부 이상으로…. 그러니까 그 두 사람 가운데 하나가 매수당했다면, 어느 쪽인지 알 수 있을 겁니다."

그리고 실제로 그는 그렇게 했을 것이다. 하지만 나한테 말해주기 전에 죽어버렸다. 직접적으로는 나한테 아무 말도 해주지 않았다. 초인종을 10분이나 눌러도 응답이 없기에 잠겨 있지 않은 문을 열고 그의 방에 들어가 보니 그는 죽어 있었다. 죽은 지 두 시간쯤 지난 것 같았다. 그렇게 머리 좋은 사람이 왜 종이칼을 책상 위에 놓아두었을까? 그 칼은 심장에까지 이르러 있었다. 그렇게 찔리면 잠시도 버티지 못했을 것이다.

시체 옆 마룻바닥에 책이 한 권 굴러 있었다. 그것은 너트 로크네의 전기였다. 유명한 미식축구선수에 관한 책들이 즐비하게 꽂혀 있는 책꽂이에 책 한 권이 들어갈 만한 빈자리가 있었다. 책꽂이에는 책이 빽빽이 꽂혀 있었기 때문에 《로크네 전기》가 저절로 떨어질 리는 없다.

경찰이 오기를 기다리는 동안 나는 그 책을 조사해보았다. 마지막 페이지의 아래쪽 절반이 찢겨 있었다. 남아 있는 부분은 마지막 장의 본문 끝부분인 듯, 아래쪽에 약간의 여백이 있었다.

책상 위의 재떨이 속에 종이를 태운 재가 있었지만, 산산이 바스러져 있어서 도저히 복원할 수 있을 것 같지 않았다. 그래서 나는 알았다. 사건의 전모를, 그리고 스티브를 죽인 범인이 누구인가를.

스티브는 칼에 찔린 뒤에도 가늘게 숨이 붙어 있었지만 127킬로그램의 거구를 바닥에서 들어 올리지는 못했다. 책상까지 기어가서 글을 남길 수도 없었다. 그래서 책을 한 권 빼내어 통신문이 될 부분을 찢어냈다. 하지만 범인은 그때 아직 현장을 떠나지 않았다. 범인은 되돌아와서 빈사 상태에 빠진 피해자의 오동통한 손에서 그 통신문을 낚아채어 불태워버렸다.

하지만 나는 알고 있었다. 그의 메시지가 무엇이었는지. 물론 완벽을 기하기 위해서는 책장이 찢기지 않은 온전한 《로크네 전기》와 대조하여, 타버린 반쪽 페이지에 어떤 내용이 담겨 있는가를 증명해야 했다. 이리하여 그 두 사람 가운데 어느 쪽에 초점을 맞추어야 할지를 알자, 경찰이 도박 모의 사실을 입증하고 제1급 살인의 증거를 찾아내는 것은 아주 쉬운 일이었다.

그런 일에 시간이 걸리긴 했지만, 소설에나 나올 법한 수수께끼는 당장 풀렸다. 그것은 물론 그 마지막 페이지에서 없어진 절반이 범인을 가르쳐주었기 때문이다. 범인은 쿼터백이 아니라 '엔드'라는 것을….

그런 일을 하느라 시간이 걸렸지만, 소설에나 나올 법한 수수께끼는 당장 풀렸다. 그것은 물론 그 마지막 페이지에서 사라진 절반이 나에게 가르쳐주었기 때문이다. 범인은 쿼터백이 아니라 '엔드(THE END)'라는 것을….

(원제: The Ultimate Clue)

최후의 미니 미스터리

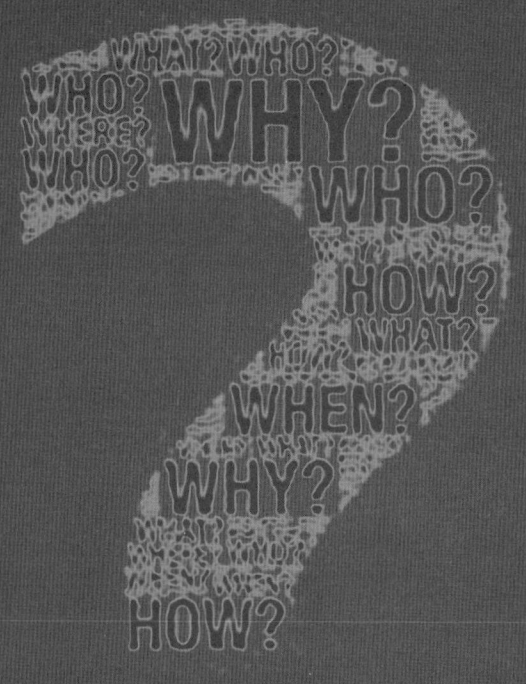

더 이상 줄일 수 없는 탐정소설

스티븐 리콕[*]

수수께끼는 이제 클라이맥스에 도달해 있었다.

첫째, 그 남자의 죽음이 타살이라는 것은 의심할 여지가 없었다. 둘째, 누군지 알 수 없는 인물이 살인을 저질렀다는 것은 절대로 확실했다.

그래서 지금이야말로 그 위대한 탐정이 나서기를 바라야 할 때였다.

그는 시체를 한 번 보고는 당장 현미경을 꺼냈다.

"아하!" 그는 말하면서 죽은 사람의 상의 옷깃이 접힌 곳에서 머리카락 한 올을 집어냈다. "이것으로 수수께끼는 풀렸어."

그는 그 머리카락을 머리 위로 치켜 올렸다.

"이제 이 머리카락을 떨어뜨린 인물만 찾아내면 돼. 그러면 범인은 꼼짝 못해."

논리의 사슬은 완벽했다.

탐정은 수색에 나섰다.

---

[*] Stephen Leacock(1869~1944): 캐나다의 소설가·정치경제학자. 유머소설에 뛰어났다.

그 후 나흘 동안 그는 남몰래 뉴욕 거리를 돌아다니고 엇갈리는 행인들의 얼굴을 자세히 들여다보면서 머리카락 한 올을 떨어뜨린 남자를 찾았다.

닷새째 되는 날, 그는 여행자를 가장한 한 남자를 발견했다. 그 남자의 머리는 귀밑까지 내려오는 커다란 선원 모자로 가려져 있었다.

남자는 기선 '글로리타니아'호에 올라타려는 참이었다.

탐정은 그 남자를 따라 배에 올라탔다.

"저놈을 체포해!" 이렇게 말하자마자 그는 한껏 몸을 펴서 그 머리카락을 높이 치켜 올렸다.

"이건 그 남자 거야" 하고 고명한 탐정은 말했다. "이게 그의 유죄를 증명하고 있어."

"그의 모자를 벗겨." 선장이 엄격하게 말했다.

선원들은 그 말에 따랐다.

남자의 머리는 맨들맨들한 대머리였다.

"하!" 위대한 탐정은 조금도 망설이지 않고 말했다. "저놈은 한 건의 살인만 저지른 게 아니야. 무려 백만 건이나 저질렀어!"

(원제: An Irreducible Detective Story)

옮긴이의 덧붙임

옮긴이의 덧붙임

이 책은 1969년에 엘러리 퀸이 엮어서 펴낸 13번째(그리고 마지막) 주제별 앤솔러지를 우리말로 옮긴 것이다.

엘러리 퀸은 미국 뉴욕 출신의 사촌지간인 프레데릭 대니와 맨프레드 리의 합작 필명으로, 1928년에 처녀작 《로마 모자의 비밀》을 발표한 이후 그들이 추리작가로서 펼친 활동에 대해서는 아마 모르는 이가 없을 것이다. 애거사 크리스티와 반 다인, 존 딕슨 카 등과 더불어 본격 추리소설의 황금기를 확립한 거장으로 꼽히는 퀸이지만, 미국 추리소설 평론가이며 작가이기도 한 앤서니 바우처(이 책에는 그의 작품도 실려 있다)가 "엘러리 퀸은 미국 추리소설 그 자체"라고 평한 것은 단순히 그의 작가로서의 업적만을 평가한 것은 아니다.

퀸은 창작 활동과 병행하여 편집, 비평, 서지 연구 등 다방면에 걸쳐 눈부신 활약을 보였고, 그 업적은 질적인 면에서나 양적인 면에서도 타의 추종을 불허하는 위대한 발자취를 추리소설 역사에 남기고 있다.

그 기념할 만한 출발점은 《미스터리 리그》라는 추리잡지의 편집이었다. 이 잡지는 엘러리 퀸이 '국명 시리즈'를 발표하고 있던

1933년 10월에 창간되어 이듬해인 1934년 1월에 폐간되었지만, 이 잡지가 실패한 것은 당시의 독자 수준에 비해 내용이 너무 고급이었기 때문이라는 말을 들을 정도였고, 현재는 구하기 어렵다는 희귀성까지 겹쳐져 환상의 추리잡지로 유명하다(고서계에서는 엄청난 값에 거래되고 있다고 한다). 엘러리 퀸의 한 사람인 맨프레드 리의 말에 따르면, 그들은 한 명의 조수도 두지 않은 채 이 잡지의 모든 편집 작업을 둘이서 진행했다고 한다. 《미스터리 리그》는 퀸의 상상력과 패기가 낳은 것이라고 리가 말했듯이, 그 내용에는 열정과 헌신이 담겨 있었다. 그러나 《미스터리 리그》의 실패는 결코 무의미한 것이 아니었다. 그 실패의 경험 덕분에 《엘러리 퀸스 미스터리 매거진》(EQMM)이 탄생하게 되었기 때문이다.

그리고 편집자로서의 퀸은 두 번째 잡지를 시작하기 전에 활동을 개시했다. 1939년에 《Challenge to the Reader》라는 첫 번째 앤솔러지를 출간한 것이다. 이 책은 각 단편에 등장하는 탐정의 이름을 바꾸어 독자에게 그 탐정과 작가를 알아맞히게 하는 독특한 취향의 앤솔러지였지만 판매는 시원치 않았다. 어쨌거나 이 첫 번째 앤솔러지로도 알 수 있듯이 퀸은 단순히 단편들을 모아서 앤솔러지로 만들려고는 하지 않았다. 그들은 "과거에 출간된 어떤 앤솔러지와도 다른, 참신한 착상의 앤솔러지여야 한다"고 주장하면서, 그것을 실천에 옮겼다.

그리고 마침내 1941년 가을에 《EQMM》이 탄생하게 되었다. 창간호는 25센트로 발매되었는데, 창간사에서 퀸은 '우수한 단편 추리소설' 발표에 전념하는 고급 정기간행물이 없음을 개탄하고, 그 구멍을 메우는 것이 자신들의 사명이라고 선언했다. 실제로 그들은 신작과 구작을 불문하고, 원로 작가에서부터 신인 작가의 처녀작에 이르기까지 폭넓은 작품을 실었을 뿐만 아니라, 미국에만 한정하지 않고 좋은 작품이면 어느 나라 작가의 작품이든 가리지 않고 실었다.

1941년에는 또한 퀸의 주제별 앤솔러지 중에서도 손꼽히는 《101 Years' Entertainment》가 출간되었다. 에드거 앨런 포가 〈모르그 가의 살인〉을 발표한 1841년부터 헤아려 정확히 101년째인 1941년까지의 걸작 단편 추리소설을 집대성한 앤솔러지였다.

이어서 1942년에는 스포츠와 도박을 주제로 한 단편 추리소설을 모은 《Sporting Blood》, 1943년에는 여성이 탐정이나 범인으로 등장한 단편을 모은 《The Female of the Species》를 출간했다. 그리고 이듬해에 간행된 것이 《The Misadventures of Sherlock Holmes》인데, 홈스가 등장하는 작품의 패러디만을 모은 이 단편집은 코넌 도일의 아들 에이드리언의 반대에 부딪혀 절판 처분을 당하고 말았다.

1944년에는 《The Best Stories from EQMM》도 출간되었는데, 이 앤솔러지의 편찬이 계기가 되었는지, 이듬해인 1945년부터 〈EQMM〉은 단편 컨테스트를 개최하는 동시에 우수작을 모은 연간 앤솔러지를 출간한다고 발표했다.

'EQMM 단편 컨테스트'는 12년 동안 계속된 뒤, 5년 동안 중단되었다가 1961년에 13번째가 이루어졌다. 이 13번의 컨테스트에는 6개 대륙에서 통틀어 1만 2천 편에 이르는 신작 단편이 응모되었고, 13년 동안의 상금 총액은 15만 달러였다고 한다.

연간 앤솔러지는 1946년에 《The Queen's Awards-1946》이라

는 제목으로 출간된 뒤, 해마다 정기적으로 출간되었다.

이 단편 컨테스트와 앤솔러지는 추리소설계에서는 권위 있는 것으로 받아들여졌다. 상금이 많은 탓도 있어서, 많은 기성 작가나 작가 지망생들에게 격려가 되었다. 이 사업과 《EQMM》 등의 편집을 통해 신인 작가를 발굴하고, 묻힌 작품을 발굴하여 재평가하고, 현역 작가를 고무하여 추리 문단의 융성에 이바지한 퀸의 공로는 이루 말할 수 없이 크다. 1955년 무렵까지는 직접 《EQMM》에 '편집자의 말'을 썼고, 퀸의 격려로 대성한 작가도 적지 않다.

1945년 이후에도 퀸은 주제별 앤솔러지를 잇달아 출간했는데, 그 목록을 열거하면 아래와 같다.

1. Challenge to the Reader(1938)
2. 101 years' Entertainment(1941)
3. Sporting Blood(1942)
4. The Female of Species(1943)
5. The Misadventures of Sherlock Holmes(1944)
6. Best Stories from EQMM(1944)
7. Rogues' Gallery(1945)
8. To the Queen's Taste(1946)
9. Murder by Experts(1947)
10. 20th Century Detective Stories(1948)
11. The Literature of Crime(1950)
12. Poetic Justice(1967)
13. Mini Mysteries(1969)

퀸에게는 주제별 앤솔러지와 연간 앤솔러지 외에 'EQMM 걸작선'이라는 무크지 형식의 앤솔러지가 있는데, 1960년에 출발한 뒤 3년 동안은 1년에 한 권씩, 1963년부터는 1년에 두 권씩, 1971년에는 1년에 3권이나 나왔다(맨프레드 리가 1971년에 사망함으로써 두 사람의 공동 작업은 여기서 끝났다).

그 밖에 잊어서는 안 될 퀸의 업적이 두 가지 있다. 하나는 작가별 앤솔러지 편찬이고, 또 하나는 추리소설의 연구와 평론 분야에서 쌓아 올린 업적이다.

작가별 단편집은 1944년에 대실 해미트의 작품을 모은 《샘 스페이드의 모험》을 시작으로, 스튜어트 파머, 존 딕슨 카, 로이 비커스, 마저리 앨링엄, 오 헨리, 로런스 트리트, 에드워드 호크, 마이클 길버트 등, 모두 19권이 출간되었다.

한편, 연구와 평론 분야에는 3권의 저서가 있다. 단편 추리소설의 서지학적 연구인 《The Detective Short Story》(1942), 1945년 이후에 출간된 가장 중요한 106권의 단편집을 골라서 해설을 덧붙인 《Quee's Quorum》(1951), 그리고 〈EQMM〉의 편집후기를 모은 《In the Queen's Parlor》(1957)가 그것인데, 모두 다 퀸의 오랜 경력과 추리소설에 대한 깊은 조예를 말해주는 것으로서, 그들의 업적을 언급할 때 빼놓을 수 없는 것들이다.

13번째 주제별 엔솔러지인 이 책은, 70편의 짧고 짧은 범죄, 미스터리, 탐정 이야기(70 short-short stories of crime, mystery, and detection)'라는 부제가 말해주듯, 69명의 작가가 쓴 70편의 단편 추리소설을 모은 작품집이다(이 번역서에는 50명의 51편을 실었다). 그 내용에 관해서는 퀸의 머리말 소개도 있으니까 여기서 구태여 언급할 필요가 없을 것이다. 어쨌든 수록 작가들의 면면만 보아도 장관이 아닐 수 없다.

    이 책을 처음 번역한 것은 오래전이다. 그 후 4반세기 세월이 흐르는 동안 책은 절판되었고 출판사는 문을 닫았다. 내가 번역한 책의 쓸쓸한 뒷모습을 보면서 아쉬운 마음을 가슴 한구석에 묻어두었는데, '섬앤섬' 출판사에서 연락이 왔다. 이 책을 다시 내고 싶다는 것이다. 참 반갑고 고마운 일이다. 이참에 다소나마 손길을 더해 다듬었으니, 책도 좋아할 듯싶다.

2021년 초여름, 제주 애월에서
김석희

미니 미스터리
ELLERY QUEEN'S MINI MYSTERIES

초판 제1쇄 발행 2021년 7월 1일
제2쇄 발행 2023년 1월 7일

엮은이 엘러리 퀸

옮긴이 김석희

펴낸이 김현주

주 간 함윤수
편 집 한예솔
디자인 노병권
마케팅 한희덕
펴낸곳 섬앤섬

출판신고 2008년 12월 1일 제396-2008-000090호
주 소 경기도 고양시 일산동구 백석로 119, 210-1003호
주문전화 070-7763-7200 팩스 031-907-9420
전자우편 somensum@naver.com
인 쇄 세영미디어

ISBN 978-89-97454-44-0 03840

이 책의 출판권은 섬앤섬 출판사가 소유합니다. 저작권법에 따라 보호를 받는 저작물이므로 무단 전재와 복제를 금합니다.